Peter Schneider

EDUARDS HEIMKEHR

Roman

Rowohlt

Veröffentlicht im Rowohlt Taschenbuch
Verlag GmbH, Reinbek bei Hamburg, Juli 2000
Copyright © 1999 by
Rowohlt · Berlin Verlag GmbH, Berlin
Alle Rechte vorbehalten
Umschlaggestaltung C. Günther/W. Hellmann
(Foto: Deutsche Presse-Agentur, Hamburg)
Gesamtherstellung Clausen & Bosse, Leck
Printed in Germany
ISBN 3 499 22187 X

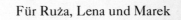
Für Ruža, Lena und Marek

ERSTES BUCH

1 LANGE konnte er sich nicht erklären, wie er in dieses Bett geraten war. Stirn und Haar fühlten sich kühl an, als sei er eben erst von draußen hereingekommen. Das Fenster war geschlossen, aber jemand hatte die Tür des Kühlschranks, der am Kopfende seiner Liege stand, offengelassen.

Jemand? Oder er selbst? Es kam ihm unwahrscheinlich vor, daß irgend jemand vor ihm diesen Raum bewohnt haben könnte; er meinte, den Geruch frischer Farbe wahrzunehmen, die Aluminiumheizkörper mit den flachen Lamellen, der glänzendweiße Anstrich von Tür und Fenster, der Stufenlichtschalter an der Wand, alles war so neu, als hätten die Handwerker das Zimmer eben erst verlassen. Seltsam nur, wie alt all dieses Neue wirkte. Vor dem Fenster, dessen Scheibe schon wieder oder immer noch mit einer öligen Schmutzschicht bedeckt war, hing ein Vorhang aus cremefarbenem Leinen – so schmal, daß er beim Zuziehen die eine Hälfte des Fensters unverdeckt ließ. Die braune Auslegware war an den beiden Schmalseiten des Zimmers jeweils einen halben Meter hoch die Wand hinaufgeschlagen, als sei sie für eine zukünftige Erweiterung des Zimmers oder ursprünglich für einen anderen Raum bestimmt. Als Bett diente eine Couch, deren Scharniere die Liegefläche in zwei schmale Streifen zerteilten. Wenn Eduard die Kerbe nicht unter dem Rücken spüren wollte, mußte er sich für die zu enge rechte oder die zu enge linke Seite entscheiden. Auch hatte der Hersteller offenbar nicht daran gedacht, daß ein Schläfer hin und wieder den Drang verspüren könnte, sich in ganzer Länge auszustrecken. Einem Menschen von Eduards Statur blieb nur die Wahl, entweder den Kopf auf die Armlehne zu legen oder die Beine anzuziehen.

Er sprang aus dem Bett, trat ans Fenster. In der Fassade des einzigen erhaltenen Bürgerhauses aus der Gründerzeit auf der gegenüberliegenden Straßenseite sah er Löcher, die wohl von den Kugeleinschlägen des letzten Krieges herrührten; dank eines ungestörten fünfzigjährigen Verfalls hatten sie sich teilweise zu mannshohen Abspaltungen des Putzes erweitert. Alle übrigen Häuser waren in den Pionierjahren des Plattenbaus entstanden und hatten ihre mittlere Zerfallszeit längst hinter sich, sie glichen riesigen, auf den Kopf gestellten Betonziegeln. Wahrscheinlich spiegelten sie exakt bis in die Tür- und Fensterabmessungen das Haus wider, in dem er in diesem Augenblick am Fenster stand.

Am Abend war er nach einem Fünfzehnstundenflug von einem Taxifahrer, der seinen Mercedes, ohne das Tempo zu drosseln, über metertiefe Straßenlöcher hatte springen lassen, vor dem Eingang des Hochhauses abgeliefert worden. Der erste Blick an der Fassade hinauf hatte ihn zunächst an der Richtigkeit der Adresse zweifeln lassen. Die ihm zugewiesene Gästewohnung befand sich in einem wohl sechzig Meter hohen Zellenbau mit niedrigen, vollkommen gleichen Fenstern. Der Hauseingang, die Treppe zum Foyer, das Anschlagbrett mit den übereinandergehefteten handgeschriebenen Zetteln, das Pförtnerfenster, durch das ihm eine Verwalterin grußlos den Schlüssel aushändigte, alles strahlte die Herrschaft eines hochorganisierten Unglücks aus. Konnte es sein, daß die Gäste des Instituts für Moleku-

larbiologie in einem Studentenwohnheim untergebracht wurden? Der «Wohnbereich für das Lehrperso-
nal», so erfuhr er von der Frau hinter dem Pförtnerfenster, von der er nur eine hochgesteckte Frisur erkennen
konnte, befinde sich im ersten Stock. Er war zwischen
grüngestrichenen Wänden eine Treppe hinaufgegan-
gen, hatte eine Eisentür aufgeschlossen, hinter der
plötzlich alles frisch geweißt war, und erinnerte sich
jetzt an das Gefühl, das ihn überwältigt hatte, als er ans
Fenster getreten war. Ihm war, als hinge das frisch ge-
strichene und ausgelegte Zimmer am Seil eines Riesen-
krans über einer zum Abriß bestimmten Stadtlandschaft.

Er fühlte sich nervös und zerschlagen wie nach einem
Dreistundenschlaf. Während er auf den Strom der
merkwürdig kurzen und eckigen Autos schaute, die sich
unten, wie von einem unsichtbaren Band gezogen, vorbeibewegten, fiel ihm der Traum ein, aus dem er mitten
in der Nacht hochgeschreckt war. Oder hatte er nur ge-
träumt, daß er aufgewacht war? Das ganze Zimmer, das
durch unruhige, über das Fenster wandernde Lichter erhellt wurde, war plötzlich in Bewegung gewesen. Die
Konturen der Möbel veränderten von Sekunde zu Sekunde ihre Gestalt und schoben sich ineinander und
übereinander: Schrankbett, Stuhltisch, Kühlfernseher.
Die Sitzfläche des Stuhls war plötzlich eine Flaschen-
länge höher als die Schreibtischplatte. Und wieso paßten auf einmal Hunderte von Menschen in ein so kleines Zimmer? Es hörte sich an, als habe eine gewaltige
Menschenmenge sich um seinen Liegetisch, seine Bü-
chercouch, sein Bettbrett versammelt, die das ununter-
brochene orgelhafte Grundgeräusch hervorbrachte,
durch das er wach geworden war. Ein dunkles, an- und
abschwellendes Stimmengewirr, das von hellen, jäh ein-

11

brechenden Jubellauten überstrahlt wurde. Vorsichtig streckte er den rechten Arm ins Zimmer, aber der Raum wich vor seiner Berührung zurück und teilte ihm nur Empfindungen von Kälte und von Leere mit. Plötzlich, ohne daß er einen Fuß gerührt hätte, stand er am Fenster, riß es auf. Was er dort unten sah, kam ihm lächerlich und bedrohlich vor. Denn auch das Kopfsteinpflaster war in unaufhörlicher Bewegung, die Steinköpfe hoben und senkten sich, Arme, Beine und Körper wuchsen ihnen zu, und jetzt sah er es ganz deutlich – dort unten tummelten sich, keinen Zentimeter Raum zwischen sich lassend, Hunderte, Tausende von Menschen mit ihren eckigen Kopfsteinköpfen. Was sie dort zusammengeführt hatte, war nicht zu erkennen. Was ihn jedoch mehr als alles andere verblüffte, war ihre Ausgelassenheit, die Abwesenheit von Gewalt. Sie wogten zwischen Autos hin und her, die einfach stehengelassen worden waren, wild gegeneinandergestellt, ineinander verkeilt, mit angeschalteten Scheinwerfern, die Türen offen. Einige trommelten auf die Karosserien, andere hatten sich auf die Dächer ihrer Autos gesetzt oder sprangen darauf herum; viele hatten Flaschen in der Hand, die sie weiterreichten, alle riefen sie etwas oder sangen. Sie feierten ein Fest. Jetzt sah er auch, daß sämtliche Fenster in der Straße erleuchtet waren, bis auf seines. Auf den benachbarten Fensterbänken saßen, von ihren Eltern mit Mühe festgehalten, kleine Kinder und winkten den Menschen unten zu, manche Anwohner ließen Sekt auf die Köpfe der Jubelnden hinunterspritzen. Aber gerade die Dunkelheit seines Fensters lenkte die Aufmerksamkeit auf ihn. Er, der als einziger im Dunkeln stand, war der eigentliche Anlaß, der Adressat der riesigen Versammlung. Spring doch, warum springst du nicht? Zuerst war es nur eine dünne

Stimme, die ihm zurief, aber im Nu steckte sie andere Stimmen an, es bildeten sich Chöre.

Spring doch, Eduard, sei nicht so hart
Wir nehmen dich mit und ohne Bart.

Bart, wieso Bart? Er hatte nie einen Bart getragen, er haßte Bärte!

Dutzende, bald Hunderte von Händen winkten ihm jetzt zu und luden ihn zum Springen ein. Die Menschen stellten sich auf die Autodächer, als wollten sie so die Entfernung zu ihm verkürzen, mit dringlichen Gesten bedeuteten sie ihm, alles hinter sich zu lassen und sich so, wie er im Fenster stand, in Hemd und Unterhose, fallen zu lassen – ins Helle, Tiefe, Freie. Und warum dem Ruf nicht folgen? Die vielen, die dort unten nach ihm verlangten, würden ihn sicher auffangen, sie hatten ja nicht einmal Platz genug, zurückzuweichen und ihn auf dem Pflaster aufschlagen zu lassen. Ja, warum nicht springen? Er war bereit. Er stand schon auf dem Fensterbrett, die Vorahnung auf das herrliche Gefühl des Fliegens erfaßte ihn, er war dabei, sich mit dem linken Zehenballen abzustoßen, er sprang, wäre gesprungen, hätte er nicht im letzten Augenblick eine Gestalt erkannt, die ihn im Sprung innehalten ließ: eine hochaufgerichtete Frau in der Menge, die ihm als einzige nicht zuwinkte. Im tief ausgeschnittenen schwarzen Kleid, das ihre hohen, blendendweißen Brüste freigab, stand sie da, in unbegreiflicher Jugend, obgleich sie, wenn er allein die getrennt verbrachten Jahre zusammenrechnete, doch in seinem Alter hätte sein müssen. Auf die Entfernung war nicht deutlich zu erkennen, ob auch sie ihn sah und erkannte. Ein kindliches, unbelehrbares Gefühl der Freude durchfuhr ihn; daß sie hier war, war ein Versprechen auf Versöhnung. Aber in dem Augenblick, da er ihren Blick gefunden hatte, veränderten sich die Gesichtszüge, aus Laura wurde Jenny, die aber immer noch mit Lauras Brüsten ausgestattet war, er sah einen Zug von Trauer, ja Bitterkeit in dem sich abwendenden Gesicht. Und plötzlich war ihm alles falsch und gefälscht erschienen, die Bilder waren uralt, durch tausendfache Wiederholung abgenutzt, was er sah, war ein Remake des deutschen Jahrhundertfests, das er verpaßt hatte. Irgendein heimtückischer Regisseur hatte es für ihn nachgestellt. Hier war nichts so, wie es sich gab. Jahrzehntealte Vorwürfe, maskiert als Jubellaute, Vernichtungswünsche, versteckt hinter Willkommensgesten, Rache- und Entlarvungswünsche, drapiert als Rettungsangebote. Nein, mich könnt ihr nicht täuschen, ich denke gar nicht daran zu springen – hält das Fensterkreuz? In Wahrheit seid ihr nur an meinem Absturz interessiert, niemand wird mich auffangen. Fallen möchtet ihr mich sehen, herunterkrachen, aufschlagen! Und euch dann über mich beugen, nur um nachzuschauen, wie flach ein Mensch werden kann, der den kürzesten Weg aus dem sechsten Stock nimmt.

Noch vor dem Frühstück lernte er, daß er sich vor spontanen Antworten hüten mußte. Er spürte die innere Erstarrung der Verwalterin, Frau Schmidtbauer, als er auf ihre ausdrückliche Erkundigung nach seiner ersten Nacht in der Gästewohnung höflich, aber wahrheitsgetreu antwortete.

«Ich hoffe doch, daß Sie morgen mit freundlicheren Gedanken aufwachen», sagte sie, als erkläre sich seine Bemerkung über die Scharniere des Klappsofas aus einem ganz und gar subjektiven Empfinden. Und sie fügte hinzu, daß die bisherigen Gäste des Instituts, darunter sechzig- und siebzigjährige Professoren (mit wer weiß wie vielen Ehrendoktorhüten und internationalen

Preisen geadelte) auf ebendiesem Möbel ohne Ausnahme vorzüglich geschlafen hätten. Es war unmöglich, den Nachsatz, den Frau Schmidtbauer unausgesprochen ließ, nicht zu erraten. Hier war ein verwöhnter, bis gestern arbeitsloser Professor aus dem Westen, der wahrscheinlich einen mindestens ebenso tüchtigen einheimischen Kollegen von seinem Arbeitsplatz verdrängt und selber nichts als Ansprüche zu bieten hatte. Mit seinen Klagen machte er sich als Vertreter jener deutschen Spezies kenntlich, die ihr geographisches Glück nach dem Krieg mit Talent verwechselte.

Eduard hatte das Gefühl, daß seine Vorschläge auch dann, wenn sie keinerlei Kosten verursacht hätten, gar nicht erst geprüft, sondern unter dem Stichwort «Anmaßungen» abgelegt wurden. Seine Bitte, das Ventil der unablässig laufenden Toilettenspülung zu erneuern, löste nur die Mitteilung aus, das Ventil sei neu. Als er sich erbot, die überstehende Auslegware selber zuzuschneiden, erfuhr er, der Teppich sei Besitz des Instituts und dürfe nicht beschädigt werden. Die Luft des anderen deutschen Landes, in dem er Arbeit genommen hatte, war offenbar mit einem feinen, hochexplosiven Gas durchmischt. Der Zugereiste merkte gar nicht, daß er gefährliche Funken versprühte, wenn er nur seinen Reflexen folgte.

Eduard hatte die Stadt vor acht Jahren, halb im Zorn, verlassen. Das überraschende Angebot aus Berlin-Buch allein hätte ihn wohl kaum veranlaßt, die weite Reise zurück anzutreten. Für einen Wissenschaftler, der sich inzwischen als Assistenzprofessor in Stanford einen Namen gemacht und einige seiner Arbeiten in den Zeitschriften «Science» und «PNAS» veröffentlicht hatte, gab es verlockendere Herausforderungen als die, einen

Job in der grauen Hauptstadt eines verschwundenen grauen Staates anzutreten.

Das Bild, das man sich auf den immergrünen Rasenflächen Kaliforniens von seiner Heimatstadt machte, war von einer fröstelnden Neugier geprägt. «An amazing city» oder auch «really interesting» waren die Kommentare, die man dort am häufigsten hörte. Im Kontext des amerikanischen Umgangstons, der den Affront verbot, drückten solche Worte eher eine freundliche Warnung aus. Im übrigen gehörte Deutschland nicht mehr zu den Ländern, in die es einen ambitionierten Wissenschaftler unwiderstehlich gezogen hätte. Auf einen Einfall, unkte man unter Kollegen, kamen in Deutschland hundert Vorschriften. Man mußte Anträge ausfüllen und genehmigen lassen, auch wenn das Labor nur eine Packung mit Pipetten brauchte. Entscheidungen über einen Projektantrag, die in den USA an einem Nachmittag getroffen wurden, waren an einem deutschen Institut vor einem halben Jahr nicht zu erwarten. Und wenn der Antrag endlich durch war, dann standen die Umwelt- und Tierschützer vor der Tür.

Ein einziges Ereignis hatte die Stadt, so schien es, für immer verändert. Am späten Nachmittag des 10. November 1989 war Eduard auf den Gängen des Medical Center in Stanford immer wieder mit dem hochgereckten Daumen und dem Wort «Congratulations!» begrüßt worden. Bekannte und Unbekannte hatten ihm anerkennend auf die Schulter geschlagen, ganz so, als hätte er persönlich den Befehl zur Öffnung der Mauer gegeben. Man nahm ihn ganz selbstverständlich als Experten für das welthistorische Ereignis in Anspruch und bestürmte ihn mit Fragen. Ob es ihn nicht nach Berlin ziehe, hatte ihn der Chairman mit einem Aufblitzen des Pioniergeistes in den alten Augen gefragt, ob es ihn nicht in den Fingern jucke, den ostdeutschen Kollegen, die sich bisher vor allem mit ihren Anabolika für ostdeutsche Sportler international in Szene gesetzt hätten, ein wenig auf die Sprünge zu helfen? Der kauzige Alte kam meist in Bluejeans und in Cowboystiefeln in das Center, das sich diskret mit der Zahl seiner Nobelpreisträger pro hundert Quadratmeter brüstete. Wie er dasaß und Eduard voller Erwartung ansah, schien er ihm sagen zu wollen, daß er an Eduards Stelle längst nach Berlin unterwegs wäre. «Es gibt Tausende von Büchern», sagte er, «in denen steht, wie man eine kapitalistische Gesellschaft in eine sozialistische umwandelt, aber nicht ein einziges Buch darüber, wie es in der umgekehrten Richtung geht.»

Als die Sekretärin Eduard im Namen des Department einen Blumenstrauß und eine Flasche Sekt überreichte – «we are so happy for you!» –, wußte er vor Rührung zuerst gar nichts zu sagen. Da er die Augen aller Anwesenden in der Bibliothek auf sich gerichtet fühlte, improvisierte er eine kleine Ansprache auf den «Glückstag». Bestürzt registrierte er, daß das kleine Ritual Gefühle in ihm wachrief oder erst entstehen ließ, von denen er sich frei geglaubt hatte. Am Ende seiner ironisch-patriotischen Rede standen Eduard zu seiner eigenen Verwunderung Tränen der Freude in den Augen. Ein paar Tage lang hatte er versucht, einen Flug nach Berlin zu reservieren, und sich dann, da die erschwinglichen Plätze ausgebucht waren, nicht weiter bemüht. Ohnehin war ihm die Vorstellung, als Tourist in die eigene Stadt zurückzukehren, um das Wunder der Maueröffnung zu bestaunen, unbehaglich gewesen.

Die ungewohnten Bilder von den tanzenden und jubelnden Berlinern liefen monatelang über die amerikanischen Bildschirme, nur wenig später aber wurden sie wieder durch ältere Bilder verdrängt, die stärker im amerikanischen Gedächtnis verhaftet waren. Im Feuerschein der Neonazi-Brandanschläge kehrte der blonde, blauäugige «Hollywood-Deutsche» mit den dünnen Lippen, der die Hacken zackig zusammenschlägt und «Zu Befehl, Herr Obersturmbannführer!» brüllt, aus dem Archiv zurück.

Die Einladung an das Institut in Berlin-Buch fiel in die Zeit nach der politischen Ernüchterung. Der Leiter des neubegründeten Instituts für Molekularbiologie bekundete lebhaftes Interesse an Eduards Arbeiten auf dem Gebiet des «genetic mapping of human diseases». Das Angebot an Mitarbeitern und an Forschungsmitteln war weit verlockender als das in Aussicht gestellte Honorar. Am Ende hatte Eduards Abenteuerlust den Ausschlag gegeben. Es reizte ihn, in der vertrauten, gleichzeitig wildfremden Umgebung Ostberlins – im «deutschen Busch», wie ihn ein deutscher Kollege in Kalifornien warnte – eine neue Forschungsrichtung durchzusetzen.

Aber es gab noch einen anderen Grund für ihn, nach Berlin zu reisen. Eduard hatte ein Erbe anzutreten. Eines Tages war ein Brief von einem Dr. Lorenzen gekommen, der sich als Steuerberater seines verstorbenen Vaters vorstellte und auf einer DIN-A4-Seite mitteilte, Eduard und sein Bruder seien die rechtmäßigen Erben eines Mietshauses mit sechsundfünfzig Wohnungen in Berlin-Friedrichshain. Eduard hatte noch nie von diesem Haus gehört. Das Schreiben, das mitsamt einem Erbscheinantrag an seine alte Adresse in Berlin gegangen war, hatte ihn erst nach mehreren Umwegen erreicht. Eduard war so überrascht, daß er an einen Aprilscherz glaubte. Es bedurfte eines langen transatlantischen Ferngesprächs mit dem Steuerberater, um ihn davon zu überzeugen, daß er kraft eines rätselhaften Paragraphen im Vereinigungsvertrag der beiden deutschen Staaten einer von Millionen Deutschen geworden war, die auf dem Gebiet der ehemaligen DDR Restitutionsansprüche anzumelden hatten. Es bedurfte mehrerer transpazifischer Ferngespräche, bis er seinen Bruder ausfindig gemacht hatte – in Christchurch / Neuseeland. Dort hielt er ein Hochschulseminar über die Ursprünge der Genetik im Dritten Reich ab. Lothar hatte auf Eduards Mitteilungen zuerst mit Gelächter reagiert. «Wir beide – ein Mietshaus in Berlin? In Friedrichshain? Soll das ein Witz sein? Oder willst du mich testen, meine Grundsätze auf ihre Belastbarkeit prüfen, indem du behauptest, ich müsse lediglich ja sagen, um Millionär zu werden?»

«Ein zweifacher Millionär», sagte Eduard.

Er konnte an der Stimme hören, daß sein Bruder sich unter einem Berliner Mietshaus im Bezirk Friedrichshain so wenig vorstellen konnte wie er selber. Dann aber hatte Lothar erstaunlich schnell den Ton gewechselt, andere Überlegungen oder Instinkte gewannen die Oberhand. Verkaufen oder vermieten? Und wenn vermieten, warum dann nicht gleich modernisieren? Was für Mieteinnahmen kann so ein Haus zur Zeit im Osten bringen? Welche Belastungen sind in Abzug zu bringen?

Eduard war über die Geistesgegenwart des jüngeren Bruders verblüfft. Lothar, der ihm noch vor wenigen Jahren auseinandergesetzt hatte, der Besitztrieb sei genetisch nicht verankert, sondern nachträglich anerzogen, spekulierte mit ihm bereits über den Unterschied zwischen Verkaufs- und Mieterträgen! Und hörte er recht, war da nicht ein elektronisches Piepsen zu hören, hatte Lothar etwa schon den Taschenrechner in der Hand?

«Verkaufen ist am Ende das bessere Geschäft, wenn

du den immateriellen Wert, dich mit den Maurern und Mietern nicht herumärgern zu müssen, in die Bilanz einbeziehst», meinte Lothar. Auf Lothars Bitten – «du wirst zugeben, daß du aus Kalifornien den kürzeren Weg zum Erbteil hast» – erklärte Eduard sich einverstanden, sich um das Erbe zu kümmern und den Verkauf zu organisieren. Nach dem Ende des Telefonats hatte ihn flüchtig der Gedanke beschäftigt, daß die Vermeidung des Ärgers mit den Mietern und Maurern der einzige immaterielle Wert gewesen war, der in ihren Überlegungen eine Rolle gespielt hatte.

Er hatte noch nie einen Gedanken darauf verwendet, was außer Annehmlichkeiten eine Erbschaft mit sich bringen könnte; er war sich sicher gewesen, daß er nie etwas erben werde. Wenn Bekannte oder Kollegen in diese Lage gerieten, fiel ihm dazu nur ein, daß aus dem Haus seiner Eltern nichts, nicht einmal ein Stuhl auf ihn gekommen war, und er war sogar ein wenig stolz auf dieses Nichts gewesen, das natürlich ebensowenig ein Verdienst darstellte wie das viele, das anderen zufiel. Plötzlich, kraft einer zehnzeiligen Mitteilung, gehörte er zu einer Menschengruppe, die er bisher ohne Neid, sogar mit einer gewissen Herablassung betrachtet hatte. Eine Großgruppe, wie er bald bei seinen Erkundigungen im Freundes- und Bekanntenkreis feststellte, womöglich sogar die Mehrheit seiner Generation. Denn jeder zweite, dem er von dem unverhofften Erbe erzählte, gab sich zu seiner Überraschung als Schicksalsgenosse und Experte zu erkennen. Unversehens fühlte er sich aufgenommen in eine Bruderschaft, von deren Existenz er zuvor nichts geahnt hatte. Allerdings hatte er zuerst eine Art Aufnahmeprüfung zu bestehen. Leute, die ihm sonst unaufgefordert ihre Seitensprünge beichteten, sahen ihn plötzlich mit einem forschenden

Blick an, manche stellten sogar Fangfragen, als suchten sie herauszufinden, ob sie es mit einem Erben oder einem Steuerfahnder zu tun hätten.

Offenbar besaßen die meisten Menschen zwei Intimleben, von denen das Besitzleben das intimere war. Hatten sie erst einmal Vertrauen zu Eduards neuer Identität gefaßt, bombardierten sie ihn sogleich mit Fachausdrücken und Informationen über steuerliche Tricks, die sie im Gespräch mit ihm bisher offenbar vermieden hatten. «Erbfolge», «Erben erster und zweiter Ordnung», «Pflichtanteil», «unbewegliches» und «bewegliches Vermögen», «Einheitswertberechnung» – es war, als würde er die ersten Wörter einer Geheimsprache erlernen, die außer ihm fast alle beherrschten. Yachtbesitzer, so erklärte ihm ein Freund, der immer mit dem Fahrrad und in zerrissenen Jeans in ihre alte Charlottenburger Stammkneipe gekommen war und sich nun als Erbe eines süddeutschen Bauunternehmens zu erkennen gab, Yachtbesitzer unterhalten sich mit Leuten, die Schlauchboot fahren, nicht gerne über die steuerliche Absetzbarkeit ihrer Yacht. Von ihm hörte Eduard auch zum erstenmal von den Gefahren des Erbens. Ein Erbe, vor allem eines, das man nicht allein antrete, könne ein Verhängnis sein, ein Springquell unvorhersehbarer und ganz ungewohnter Leiden, ein Fluch, ein Unglück, das unaufhörlich neues Unglück produziere. Zwar könne man ein Erbe ausschlagen. Doch wenn dies nicht rechtzeitig, nämlich in den ersten zwei Monaten nach dem Angebot geschehe, begleite ein Erbe den Erben, wie ein unerwünschtes Kind den Vater, durchs ganze weitere Leben. Eduard solle sofort seine ironische Haltung ablegen. Ein Erbe, der sich nicht für den Besitz, sondern eher für die psychologischen Wirkungen des Besitzens interessiere, sei in den unvermeidlich folgenden mörderischen Erbstreitigkeiten von vornherein zum Verlierer bestimmt. Ob Eduard wolle oder nicht, von nun an werde er immerdar an sein Erbe denken müssen, selbst dann, wenn er ausnahmsweise an etwas anderes denken sollte.

2 ES verwirrte ihn, daß der neue Stadtplan die Straßen nicht mehr nach Ost- und Westzugehörigkeit unterschied. An den alten Ost-Berliner Stadtplänen hatte ihn erstaunt, daß westlich der Mauer nichts als unbebaute Flächen ausgewiesen waren. Jetzt wunderte er sich darüber, daß im neuen Gesamtberliner Stadtplan jeder Hinweis auf die Mauer fehlte, ganz so, als sei die Stadt niemals geteilt gewesen. Erst nach langem Blättern und Falten gelang es Eduard, sich den Weg zu dem Mietshaus in der Rigaer Straße einzuprägen, dessen eine Hälfte plötzlich ihm gehören sollte.

Der größte Teil des S-Bahnhofs war durch Baugerüste und Plastikplanen verdeckt. Eduard war erleichtert, als er das Geräusch der einfahrenden S-Bahn hörte. Es war immer noch der vertraute, irgendwie menschliche Maschinenseufzer, den er aus der Zeit vor seiner Abreise kannte – ein hartes, langanhaltendes Ausatmen.

Der Herbst war in diesem Jahr nach einem heißen Sommer ohne Übergang mit Stürmen hereingebrochen. Die Äste der Ahornbäume und Buchen, die er vor dem Fenster des S-Bahn-Wagens vorbeiziehen sah, stachen schwarz und regenfeucht in den Himmel, nur wenige Blätter pendelten zittrig an ausgetrockneten Stengeln. Einige Bäume aber hatten, als gehörten sie einer anderen, windimmunen Art an, ihren Blätterschmuck vollständig behalten. Unter dem blauschwarzen Himmel wirkten das Gelb und Goldgrün ihrer Baumkronen unwirklich, wie gemalt. Wenn ein Sonnenstrahl auf das

Blattwerk fiel, schienen die Bäume in Flammen aufzugehen und die Hinterhöfe mit einem letzten Aufstrahlen in Festsäle zu verwandeln. Fast alle der dunkelgrauen, abblätternden Fassaden waren mit Graffitis bedeckt. Aber auch die frisch verputzten helleren Wände, sogar die Fenster und Türen des Bahnwaggons waren markiert. Zu Anfang, als sie aufgekommen waren, hatte Eduard die Sprayaufschriften mit Neugier und einem undeutlichen Optimismus wahrgenommen, als Botschaften einer unterirdischen oder zukünftigen Zivilisation. Als sie sich überallhin ausbreiteten, sah er darin nur noch die Zeichen einer Auflösung und Verwahrlosung, Ankündigungen einer Welt ohne Grammatik. Die Agenten dieser Gegenwelt hinterließen ihre Zeichen wie Pißmarken auf jeder leeren Fläche, die groß genug für einen Schwenk mit der Spraydose war, und das einzige Geheimnis dieser Hieroglyphen bestand darin, daß sie keine Bedeutung hatten. Sie waren nicht entzifferbar, weil sie nichts verschlüsselten. Wenn man die Allgegenwart der Markierungen bedachte, mußte man auf eine riesige Armee von Autoren schließen. Eine nach Tausenden zählende Sprayguerilla war in meist nächtlichen Einsätzen damit beschäftigt, die Werke der Tageszivilisation mit ihren Chaosbotschaften zu überschreiben. Und die Tageswelt schien sich allmählich vor den Sprayern zu ergeben, sie arbeitete ihnen sogar zu. Zornig registrierte Eduard, daß die grünen, schwarzen und rosa Striche auf den neuen Plastikbezügen der Waggonsitze nicht etwa aufgesprayt, sondern gedruckt waren. Die S-Bahn-Designer hatten einfach ein Grundmuster der Graffiti-Kämpfer kopiert und für die Massenfertigung der Sitzbezüge übernommen. Wahrscheinlich wollten sie ihnen damit sagen: Hier bitte nicht, hier habt ihr schon gesiegt!

Der Waggon war um diese frühe Stunde vollbesetzt. Eduards Blick fiel auf das Gesicht des neben ihm sitzenden Mannes, das über eine aufgeschlagene Zeitung gebeugt war. Plötzlich schaute der Mann auf, richtete seine Augen aber, da er Eduards Blick offenbar als Belästigung empfand, gleich wieder auf die Zeitung. Auch die übrigen Fahrgäste waren offenbar mit der Anstrengung beschäftigt, mit ihren Augen nicht denen der anderen zu begegnen. Jeder starrte an seinem Gegenüber vorbei gezielt in eine Leere, die er sich mit den neben ihm und gegenüber Sitzenden teilen mußte. Eduards Blick wurde von einer Schlagzeile auf dem Titelblatt der Zeitung angezogen, die sein Nebenmann sich jetzt wie zum Schutz vor das Gesicht hielt, «Frauen in Ex-DDR orgasmusfreudiger», las er in riesigen Buchstaben.

Unwillkürlich senkte er den Kopf, um die kleiner gesetzten Unterzeilen zu entziffern. «Experten fürchten um die Entfremdung des DDR-Sex», las er dort, «Orgasmusrate der Frauen in der ehemaligen DDR mit 37% deutlich höher als in Westdeutschland – 26%». Was mochte die eben vereinigten Deutschen dazu bringen, sich über die Ehebetten ihrer Landsleute zu beugen und derartige Vergleiche anzustellen? Aber mehr als die Schlagzeile über die Orgasmusrate in Ost und West verblüffte Eduard etwas anderes: die implizite Nachricht, wie niedrig auch die Rate der «glücklicheren» Frauen war.

Die Fahrt strapazierte zunehmend seinen Magen. Immer wieder bremste der Zug auf offener Strecke scharf ab, fuhr eine Weile im Schrittempo, um dann wieder mit einem ungemütlichen Ruck zu beschleunigen. Aus dem Fenster blickte man auf neugegossene Betonflächen, aus denen Armiereisen für anzufügende Verbindungsstücke ragten. Unverlegte Schienen lagen, zu Haufen gestapelt, neben den Gleisen, in anderen Haufen türmten sich zugeschnittene Holzbalken, in wieder anderen war Kies oder Sand aufgeschüttet, und all diese Haufen waren von Plastikplanen überdeckt. Die Arbeiter steckten in orangefarbenen Sicherheitswesten, ihre Köpfe in orangefarbenen Sicherheitshelmen, nur ihre Hände waren nackt und wirkten zwischen all dem verhüllten Material um so schutzloser; Eduard wunderte sich, daß kaum einer Handschuhe trug. Aber auch weiter weg, links und rechts neben der Bahnstrecke, stieß das Auge überall auf Verhülltes, Verpacktes, Verschnürtes. Jedes zweite oder dritte Haus war von Baugerüsten zugestellt, die ihrerseits durch Abdeckplanen oder Gitterbahnen verhüllt waren. Es war, als sei die halbe Stadt verpackt worden und warte auf die Verschickung.

Unversehens war ein Satz von Jenny in seinem Kopf. Ein beiläufiger, völlig nebensächlicher Satz, der nichts bedeutete. Wahrscheinlich kam er ihm nur in den Sinn, weil Jenny ihn in der Nacht vor seiner Abreise zu ihm gesagt hatte. Oder weil sie ihn in einem Augenblick gesagt hatte, in dem man eher auf andere Laute gefaßt ist als auf einen klaren Satz. Während er, von den Aufwinden seines sexuellen Rauschs getragen, hoch über den gepackten Koffern schwebte und sich einbildete, daß er nur die Hand ausstrecken müßte, um die neben ihm oder über ihm fliegende Jenny zu erreichen, hatte sie ihn mit einer Stimme, in der nicht die Spur einer Atemlosigkeit zu hören war, gefragt: «Hast du eigentlich daran gedacht, deinen Zahnarzttermin abzusagen?»

Er war aufgestanden und in der dunklen Wohnung dem zarten Geräusch des Kinderschnarchens nachgegangen. Loris war ins Bett von Ilaria gekrochen und hatte seinen Arm, entspannt auf dem Rücken liegend, quer über deren Gesicht gelegt. An den Füßen hatte Eduard Loris zu sich gezogen und sich darüber gewundert, daß schlafende Kinder viel schwerer sind als wache. Er hatte ihn hochgehievt und in die ihm zustehende untere Etage des Kastenbetts zurückgebracht.

Auch die Verglasung und die Eisenträger des Bahnhofs, an dem er umsteigen mußte, waren mit Plastikplanen abgedeckt. Den improvisierten Richtungspfeilen folgend, lief er durch verbretterte Treppenschächte auf und ab, bis er den richtigen Bahnsteig gefunden hatte. Der einfahrende Zug war von Baustaub bedeckt. Erst als sich die Türen geschlossen hatten, merkte Eduard, daß er in den falschen Zug geraten war. Der Zug fuhr in derselben Richtung aus dem Bahnhof hinaus, aus der er eingefahren war: nach Westen. Der Mann neben ihm hatte für seine Frage nur ein Achselzucken und ein «Seh'n Se doch!» übrig. Eine junge Frau sprang ein und erklärte, die Strecke werde zur Zeit nur eingleisig, im Pendelverkehr befahren. Erst am Bahnhof Zoo könne er wieder aussteigen, da die nächsten Bahnhöfe geschlossen seien.

Als sie sich der alten Schnittstelle zwischen der Ost- und Westhälfte der Stadt näherten, traten die engstehenden Häuser von den Gleisen jäh zurück. Kilometerweit gab es nichts als ausgeschlachtete oder ausbetonierte Baugruben und Sandflächen zu sehen, dazwischen gelbe und rote Containeraufbauten und vereinzelte, meist stehende Baufahrzeuge. Der Boden war bis zu einer Tiefe von zehn, fünfzehn, zwanzig Metern aufgerissen und die ausgeschachtete Erde zu gewaltigen Haufen aufgeschüttet. Die Mitte der Stadt war wüst und leer, ein ungeheures Loch, über dem turmhohe Kräne kreisten. Die Mauer war spurlos verschwunden. Erst auf dem Rückweg fiel ihm auf, daß die seltsamen

Betonfiguren mit der runden Oberkante, die als Skulpturen auf einem Gelände in der Nähe des Spreebogens aufgestellt waren, Reste der Mauer waren.

Er stieg am Bahnhof Lichtenberg aus. Die Straßen waren bedeckt mit nassem Laub, das die Rinnsteine und Pfützen mit einer schmierigen gelben Masse füllte. Ein unruhiges, durch rasch ziehende Wolken jählings verschattetes Licht fiel auf die Fassaden, die von den Regengüssen leicht nachgedunkelt waren und manchmal in einem gleich wieder abwandernden Sonnenstrahl naß aufglänzten. Einige der Häuser waren offenbar noch vor dem Fall der Mauer ausgebessert worden. Die mit Mosaiksteinchen verzierten Eingänge und der hellgrüne oder rosarote Anstrich erinnerten Eduard an die westdeutschen fünfziger Jahre, als schrille, mit ineinander geschachtelten Recht- und Dreiecken ornamentierte Fassaden als Zeichen von Spielfreude und Weltläufigkeit galten. Die meisten Häuser jedoch waren, von notdürftigen Erhaltungsmaßnahmen abgesehen, in dem Zustand belassen worden, in dem sie nach dem Krieg gewesen waren. In ganzen Straßenzügen war der Putz bis auf wenige Reste von den Wänden gefallen und gab den Blick auf die nackten Ziegelsteine frei. An manchen Häusern hingen die Dachrinnen von den Dächern, viele Fensterrahmen schienen lose im Mauerwerk zu stecken, die Eisenträger unter den Balkons zeigten riesige Rostlöcher und sahen aus, als könne man sie mit einem kräftigen Ruck aus der Wand ziehen, und jeder, der auf oder unter einem dieser Balkons stand, schien sich darauf zu verlassen, daß das vorhersehbare Unglück nicht ihm widerfahren werde, sondern irgendeinem nächsten. Dies alles war Eduard aus der Zeit vor seiner Übersiedlung irgendwie bekannt, die wahrgenommenen Bilder sagten ihm nichts Neues, aber sie schienen eher durch Wegsehen als durch Hinsehen abgenutzt zu sein. Wie hatte er bei früheren Besuchen den ungeheuren Verfall der östlichen Halbstadt so lange und so hartnäckig verleugnen können? Wenn es kein anderes Indiz gegeben hätte – ein unbefangener Blick auf den Zustand der Häuser hätte genügen müssen, den Zusammenbruch des real existierenden Sozialismus ziemlich pünktlich vorauszusagen.

Einfach war es nicht zu finden – sein Erbe. An einigen Eingangstüren fehlten die Nummernschilder, an anderen war die Farbe so weit verblichen, daß man eine 3 von einer 8 nicht sicher unterscheiden konnte. Vergeblich suchte Eduard die Straße nach einer Fassade ab, bei der er sich immerhin gewünscht hätte, Erbe zu sein. Es waren sämtlich Häuser jenes einzigartigen, nur in Berlin verbreiteten Typs, der bei Besuchern aus dem Ausland regelmäßig eine Art ethnologisches Interesse weckte. Wer hatte sich diese Wohnkasernen mit den zwei oder drei ineinander geschachtelten Hinterhöfen bloß ausgedacht, die weder den Bewohnern noch den Bäumen Licht gönnten und sich bestenfalls als Durchgänge zu jenem eigentlichen Wohnhaus eigneten, das man nie erreichte?

Nachdem er zweimal zwischen den Eingängen mit den Endziffern 5 und 9 hin- und hergegangen war, gab es keinen Zweifel mehr. Ausgerechnet das unbezifferte Haus mit den verbarrikadierten Fenstern im Parterre und im ersten Stock war jenes, das vom Großvater auf Lothar und ihn gekommen war. Er ging auf die andere Straßenseite, um das Erbe aus größerer Entfernung zu betrachten. Was den baulichen Zustand des Hauses betraf, so ließ sich auf den ersten Blick nicht mehr darüber sagen als über jedes andere Haus in der Fünfergruppe:

ein Wunder, daß es noch stand. Erst als er mit den Augen dem wirren Drahtgestrüpp an der Fassade folgte, wurde ihm das Besondere seines Erbteils klar. Wer immer darin wohnte, Mieter konnten es nicht sein. Telefondrähte, Antennendrähte, Elektroleitungen führten teils vom Keller, teils vom Dach in einzelne Fenster und wieder aus ihnen heraus, die Kabel hingen wie Kletterpflanzen, die keinen Halt finden, an den grell beschrifteten Fassaden. FREIHEIT FÜR DAS BASKENLAND, EAT THE RICH, THINK PINK, DIE HÄUSER DENEN DIE DARIN WOHNEN. Eine ungewohnte Überlegung schoß Eduard durch den Kopf: So rasch wie möglich würde er zu klären haben, welche Geräte an all diesen Kabeln hingen und wer die anfallenden Stromeinheiten bezahlte, das Gas, das Wasser und die Müllabfuhr. An wen gingen alle diese Rechnungen, auf welchem Konto sammelten sie sich?

Als Eingangstür diente eine mehrfach durchschossene Eisenplatte. Es gab keine Klingel und kein Klingelschild, und es war unwahrscheinlich, daß das Haus für den Zusteller der verschiedenen Rechnungen noch eine Adresse darstellte. Vermutlich war auch sein Brief «An die Mieter des Hauses», in dem er sein Kommen in aller Freundlichkeit angekündigt hatte, nicht ausgetragen worden. Die beiden unteren Stockwerke des Hauses waren verbarrikadiert, in den oberen Etagen fehlten teilweise die Fensterscheiben, aber es brannte, bei hellichtem Tag, Licht. Die Hoffnung, das eigentlich unbewohnbare Haus stehe vielleicht wirklich leer, wurde durch die Rap-Musik, die aus irgendeinem der Fensterlöcher schallte, lautstark widerlegt. Ein Blick hinauf zum Dachfirst gab Auskunft über die Identität der Bewohner: Dort flatterte eine schwarze Fahne.

Mit einem Druck gegen die Eingangstür, die einen

Spaltbreit offenstand, gelangte er in den Hausdurchgang, der zu einem Hinterhof mit zwei Seiteneingängen führte. Für eine Sekunde sah er das schmale Gesicht eines Jungen, der ihn mit rätselhaftem Ernst anschaute und gleich wieder verschwand. Der Anblick erzeugte eine Bewegung in ihm, auf die er nicht gefaßt war. Es war ihm, als sei ihm dieses Gesicht vertraut, aus einem anderen Land, aus einem anderen Leben, als habe er darin bei allem Trotz eine Schutzlosigkeit, ja etwas Bittendes gesehen.

Eine unüberschaubare Zahl von Fahrrädern, Mopeds und Motorrädern, die meisten unbrauchbar und ohne Kennzeichen, versperrte den Durchgang. Im Hof türmten sich Kisten, verrostete Kühlschranktüren, zerplatzte und ausgeweidete Matratzen, Kinder- und Einkaufswagen, alles wirr durcheinander, als seien die Sachen einfach aus den Fenstern geworfen worden. Unschlüssig stand er eine Weile zwischen all dem Gerümpel und blickte zu den Fenstern des Hinterhauses hoch. Ein explosionsartiges Geräusch, das sich im gleichen Augenblick in ein Zischen unmittelbar über seiner linken Schulter verwandelte, ließ ihn zusammenzucken. In der Sekunde, da er sich duckte und die zweite Explosion hörte, sah er neben der Anarchistenfahne, riesigen schwarzen Vögeln ähnlich, zwei vermummte, schwarzgekleidete Gestalten auf dem Dachfirst hocken, die ihn mit ausgestreckten Armen zu begrüßen schienen. Erst mit einer Verzögerung erkannte er in den seltsam gefalteten Händen der beiden Männer Pistolen, die auf ihn zielten. Zu überrascht, um seinen Schreck zu empfinden, warf er sich zwischen das Gerümpel in dem dunklen Hausdurchgang und konnte aus dieser Deckung die nun in dichterer Folge einschlagenden Geschosse identifizieren. Sobald sie den Lauf der Waffe verlassen hatten, entzündeten sie einen feurigen Bogen zwischen Dach und Hauseingang, der sich in Sekundenschnelle auflöste; deutlich hörte Eduard das Scheppern der leeren Hülsen, wenn sie von den Wänden abprallten und zu Boden fielen. Kurz spürte er einen Schlag am Hals und gleich darauf ein leichtes Brennen. Als er die Stelle befühlte, hatte er Blut am Finger. Offenbar hatte ihn eine der Patronenhülsen nach dem Abprall von der Wand am Hals gestreift. Nach der Blutmenge zu schließen, hatte sie dort aber nur einen leichten Riß hinterlassen. Das Gelächter auf dem Dach sollte anscheinend signalisieren, daß die derzeitigen Nutzer des Hauses diese Begrüßung des wohl doch erwarteten Eigentümers für einen herzerfrischenden Spaß hielten.

Eduard wußte nicht, wie er dann bis zum Polizeirevier gefunden hatte. Irgend jemand war, als er ihn keuchend nach dem Weg fragte, erschrocken stehengeblieben, hatte ihm die Richtung gewiesen und war ihm sogar ein Stück hinterhergerannt, weil Eduard statt nach links nach rechts abgebogen war.

Das Revier nahm fast die ganze Straßenseite ein; ein Amtsgebäude aus dem letzten Jahrhundert, das damals wahrscheinlich nicht ganz so furchterregend ausgesehen hatte. Bis auf den feudalen Säuleneingang und die Stuckgiebel war es mit grauem Verputz zugekleistert und in jene blanke Kastenform gebracht worden, die in den fünfziger Jahren als die endlich wiederentdeckte Urformel allen Bauens gegolten hatte.

An der Pforte fragte er nach dem Einsatzleiter. Das Wort rief, kaum daß er es ausgesprochen hatte, ein vergessenes Unbehagen in ihm wach. Was wollte er einem Mann mit dieser Berufsbezeichnung eigentlich sagen, überlegte er. Die Wut über den unglaublichen Empfang im eigenen Haus hatte ihn fast wie von selbst von der

Rigaer Straße hierhergeführt. Er war mit Leuchtspurmunition beschossen worden, und es konnte nicht seine
Aufgabe sein, durch einen weiteren Besuch herauszufinden, ob die Bewohner auch über scharfe Munition
verfügten. Der Mann hinter dem runden Guckfenster
starrte irritiert auf Eduards Hand am Hals und wies ihn
in den zweiten Stock.

Das Gebäude wirkte leer und verlassen. Die auf dem
Flurboden aufgeklebten roten Fußabdrücke, die wohl
den Weg weisen sollten, führten nur zu Türen ohne
Klinken. Das Echo von Schritten, das Eduard mehrmals
hinter der Wendung eines Flures zu hören glaubte, ver-
stummte, wenn er stehenblieb. Falls hinter diesen Mauern ein neuer Geist eingezogen war, so gab er sich durch
äußere Zeichen nicht zu erkennen. Das Muster des Lin-
oleumfußbodens äffte Eichenparkett nach.

Je länger er die Treppen auf der Suche nach dem
Zimmer Nr. 215 auf- und abstieg, desto sinnloser er-
schien ihm sein Vorhaben. Ihm war, als habe er sich in
der Zeit verlaufen, als versuche er zehn Jahre vor dem
Fall der Mauer, seinen Anspruch auf ein Mietshaus in
Friedrichshain in einer Dienststelle der Volkspolizei
einzuklagen. Nur auf einem Anschlagbrett entdeckte er
einen kleinen Hinweis darauf, daß das Ende der sozialistischen Epoche nicht ganz unbemerkt geblieben war.
GEWALT HALT! GEMEINSAM FÜR AUSLÄN-
DER! ICH BIN MIGRO UND FINDE, GEWALT
IST MEGA-OUT! Schwer zu entscheiden, ob die ausgestreckte Hand auf dem Zettel schwarz war, weil die
Kopiermaschine die Zeichnung so wiedergab oder weil
die Verfasser sie so gewollt hatten.

In der Vitrine neben dem Anschlagbrett waren goldene und silberne Pokale für Turniersiege in Tischten-
nis und Handball ausgestellt. Es fiel ihm auf, daß sämt-

liche Pokale aus den Jahren nach der Vereinigung stammten. Hatten die neuen Dienstherren früher erworbene Mannschaftspokale der Polizeimannschaft – schließlich erlernt man diese Sportarten nicht über Nacht – etwa deswegen weggesperrt, weil sie das eingeprägte Hammer-und-Zirkelzeichen nicht ertragen konnten?

Im zweiten Stock hörte Eduard endlich Stimmen und entdeckte eine halboffene Tür. Der Beamte, der ihn zum Hereinkommen aufforderte, stand mit dem Rükken zu ihm und drehte sich nicht um, als Eduard eingetreten war. Ein zweiter, sehr viel älterer Beamter sah kurz von seiner Schreibmaschine auf, die er mit dem Mittelfinger der linken und dem Zeigefinger der rechten Hand bediente, war aber nicht willens oder befugt, ihn anzuhören. Mit einer Kopfbewegung verwies er Eduard an den anderen, jüngeren Kollegen, der mit dem Rücken zu ihm vor einem offenen Metallschrank stand. Offenbar war er im Aufbruch und gerade damit beschäftigt, sich einen Haltegurt umzulegen. Eduard sah zu, wie er seine Dienstwaffe aus dem Schrank holte, die Sicherung überprüfte und die Pistole dann auf der falschen Seite, etwas oberhalb der Hüfte, in die Lederschlaufe des Gurtes schob. Offenbar ein Linkshänder. Die Szene war Eduard peinlich. Es kam ihm vor, als habe er eine Frau überrascht, die sich im Büro die Strumpfhose hochzieht; er unterdrückte eine Entschuldigung. Es irritierte ihn, daß der Beamte, der sich offenbar auf einen Einsatz vorbereitete, Zivilkleidung trug. Wer war hier eigentlich verantwortlich, welche Befehlsstrukturen galten hier?

An der Wand hinter dem Kopf des Älteren hingen immer noch die Fotoporträts von Lenin, Dserschinski, Honecker. Der letzte der drei lebte noch, war allerdings aus

Deutschland für immer abgereist, nachdem sein Staat verschwunden war.

Unvermittelt drehte sich der Mann mit dem Haltegurt zu Eduard um und sah ihn an. Er schien es zu genießen, bei einer Handlung beobachtet worden zu sein, die dem Besucher offensichtlich peinlich war, für ihn selbst jedoch gar nichts Intimes hatte.

So knapp wie möglich schilderte Eduard den Vorfall in der Rigaer Straße. Aber während er redete, kam ihm sein Bericht, vielleicht wegen der Blicke, die die beiden Beamten miteinander tauschten, blaß und unglaubwürdig vor. Hörten sie jeden Tag solche Geschichten? Vergeblich suchte er in ihren Mienen nach einem Reflex jenes Schocks, der ihn im Hof des Mietshauses zu Boden geworfen hatte. Ihm schien, daß sie ein Ereignis, das ihm unglaublich, kaum mitteilbar erschien, mit Verständnis, ja mit kaum verhohlenem Beifall zur Kenntnis nahmen. Offenbar fanden sie nichts Ungewöhnliches daran, daß ein Eigentümer vom Dach seines eigenen Hauses aus mit Leuchtspurmunition beschossen worden war.

Ob Eduard eine Anzeige erstatten wolle, fragte der jüngere Beamte, den Eduard aus irgendeinem Grund für einen Westberliner hielt. Eduard schüttelte den Kopf. Zum erstenmal sah ihn der Beamte aufmerksam, ja, mit einer gewissen Neugier an. «Sie haben recht, es sind Kinder», sagte er dann. «Man sollte ihnen nicht einer Ungezogenheit wegen gleich eine Hundertschaft auf den Hals schicken!»

Eduard fühlte sich mißverstanden. Mit wem sprach er, mit Polizisten oder mit Sozialarbeitern, die Pistolen trugen?

«Ich sehe doch», fuhr der Diensthabende fort, «daß Sie ein sensibler Mensch sind, Sie können das verstehen. Die Mieter hier sind es nicht gewohnt, daß sie von Vermietern besucht werden. Versetzen Sie sich doch einmal in die Lage dieser Menschen! Da fährt nun der Eigentümer aus dem Westen mit dem Mercedes vor...»

«Mit der S-Bahn», unterbrach ihn Eduard.

«Das ändert nichts. Die Mieter haben von diesem Eigentümer nie gehört, der Eigentümer weiß nichts von den Mietern, meist hat er überhaupt erst durch einen eingeschriebenen Brief erfahren, daß er Eigentümer ist. Fährt also vor und erklärt den Leuten: Das Haus, in dem ihr seit zwanzig oder vierzig Jahren wohnt, gehört mir. Wir werden sehen, wer von euch bleiben kann. Da kann er noch so nett und sensibel sein, da kocht die Volksseele!»

«Aber ich bin beschossen worden», rief Eduard. «Ich verlange eine Räumung!»

Er war selber von seinem Entschluß überrascht. Er hatte über eine Räumung noch gar nicht nachgedacht. Aber die verblüffende Angepaßtheit des Westbeamten an seine neue Arbeitsumgebung, seine Bereitschaft, sich in die Denkweise seiner östlichen Kollegen einzufühlen und über die Ostberliner «Volksseele» zu fachsimpeln, ärgerten ihn maßlos. In seiner Wut sah Eduard ihn auf dem Dach des Hauses in der Rigaer Straße sitzen und mit den Vermummten Kaffee trinken.

«Sie sollten zuerst das Gespräch suchen. Wenn die Mieter erst einmal Vertrauen zu Ihnen gefaßt haben...», sagte der Jüngere.

«Es sind keine Mieter, es sind Hausbesetzer! Und sie kommen samt und sonders aus dem Westen!»

Der Einwurf schien auch den Älteren an der Schreibmaschine neugierig zu machen. Zum erstenmal hörte er mit seinem stotternden Getippe auf. Allerdings hatte Eduard das Gefühl, daß das plötzliche Interesse nicht der Identität der Täter von der Rigaer Straße galt, sondern ihm, dem Beschwerdeführer.

Woran Eduard das gemerkt habe, wollte der ältere Beamte wissen.

«Die Parolen an den Wänden! Die Schuhe!»

Beide, der Einsatzleiter und der Kollege an der Schreibmaschine, schienen sich über diese Auskunft zu amüsieren.

«Die Schuhe?» fragte der Jüngere. «Welche Marke war es denn?»

«Nike, Adidas …»

«In welchem Jahrhundert leben Sie?» fragte der Ältere. «Meinen Sie, wir sollen ewig VEB Roter Stern tragen?»

Verwirrt schaute Eduard auf die schwarzen Sportschuhe des Jüngeren – Reebock? – und das körperenge, in der Taille abgenähte Hemd mit dem geknöpften Kragen. Woher nahm er eigentlich die Gewißheit, daß der Mann aus dem Westen war? Und was war mit dem Älteren, der etwas sächselte? Er trug die grüne Uniform der West-Polizei, die nun die gesamtdeutsche geworden war. Nein, an ihrer Kleidung waren die Deutschen wohl wirklich nicht mehr zu unterscheiden.

«Finden Sie nicht, daß es allmählich Zeit wäre, Ihre kommunistischen Heiligen von der Wand zu nehmen?» fragte Eduard.

«Mich stören sie nicht», erwiderte der Jüngere gelassen, «und manche Kollegen hier hängen noch daran.»

Hier, in diesem Dienstzimmer, war die Vereinigung jedenfalls gelungen, dachte Eduard wütend. Wahrscheinlich gab es nirgendwo soviel einfühlendes Verständnis für die Anpassungszwänge in einer deutschen Diktatur wie in den Polizeirevieren und den Kasernen der Soldaten. Gleichzeitig konnte er nicht leugnen, daß ihm die beiden mehr und mehr sympathisch wurden. Stellte dieses Duo nicht die deutsche Version jenes legendären schwarz-weißen Sheriff-Paares dar, das man jeden Abend in den Zweiundzwanzig-Uhr-Fernsehfilmen mit Blaulicht durch die amerikanischen Downtowns rasen sah? Und hatten sie nicht, von der Hautfarbe einmal abgesehen, ganz ähnliche Konflikte zu bestehen? Allerdings begnügten sich die amerikanischen Fernseh-Sheriffs nicht damit, einander zu verstehen, sie rempelten sich an, stritten und versöhnten sich, und vor allem: Sie warfen sich in den Dienstwagen und rasten los, wenn ein Bürger vom Dach seines Hauses aus beschossen worden war.

«Also, was schlagen Sie mir vor?» fragte Eduard.

Er erfuhr, daß er vor einer Räumung gesetzliche Vorbedingungen zu erfüllen hatte. Das Haus könne nur kraft einer gerichtlichen Entscheidung geräumt werden und nur dann, wenn es bereits vor der Rückgabe an die Erben besetzt gewesen sei. Aber auch im Fall eines positiven Gerichtsentscheids könne die Räumung nur erfolgen, wenn Eduard einen von ihm beauftragten und bezahlten Bautrupp mitbringe und alle zugänglichen Fenster und Türen des Gebäudes im Anschluß an die Räumung zumauern lasse – eine Maßnahme, die bei einem Objekt dieser Größe um die sechzigtausend Mark koste. «Wenn all diese Voraussetzungen erfüllt sind», sagte der Ältere, «steht nur noch eines zwischen Ihnen und Ihrem Eigentum: Ihr Gewissen.»

«Und wer bezahlt die Müllabfuhr, das Wasser und das Licht, solange ich nicht räumen lasse?» fragte Eduard.

«Der Eigentümer», sagten die beiden gleichzeitig, sahen sich an und lachten.

3 DAS Büro von Jürgen Mattenklott war offenbar seit Wochen nicht aufgeräumt worden. Eduard sah die mächtige Gestalt des Anwalts hinter den auf dem Schreibtisch aufgetürmten Akten und Nachschlagwerken fast verschwinden. Die ganze Zeit, während Eduard erzählte, rollte der Anwalt auf einem seltsamen Sitzmöbel hin und her – einem aufpumpbaren Sitzball, der nach einer neuen Denkschule für Rückengeschädigte angeblich die schonendste Sitzhaltung garantierte. Jedesmal, wenn Mattenklott sich nach vorn beugte, um ein paar Süßigkeiten aus dem Glas auf dem Schreibtisch zu fischen, mußte man Angst haben, daß er das Gleichgewicht verlieren würde.

Eduard kannte Mattenklott aus den Tagen der ersten Sit-ins in der Freien Universität. Die Juristen hatten damals vor allem dadurch von sich reden gemacht, daß sie sich als letzte dazu bequemten, die Talare ihrer Professoren zu lüften. Mattenklott war der erste unter den Verspäteten gewesen und mit seinem Redetalent und den flammend roten Haaren rasch zu einer Berühmtheit geworden, die man nur bei ihrem nom de guerre kannte: Klott. Später hatte Eduard ihn aus den Augen verloren. Für mehrere Jahre war Klott in einer marxistisch-leninistischen Aufbaupartei verschwunden, deren Mitglieder in kultähnlicher Weltvergessenheit lebten; bis spät in die Nacht vervielfältigten sie Flugblätter, verteilten sie morgens um sechs an den Betriebstoren und fühlten sich belohnt, wenn das revolutionäre Subjekt sie wenigstens bis zu einem Papierkorb außer Sichtweite trug. Eduard erinnerte sich an eine zufällige Begegnung mit Klott kurz nach dem Tod Mao Tse-tungs. Die Nachricht von der anderen Seite des Erdballs hatte Klott wie Tausende von jungen Deutschen zu politischen Waisen gemacht und in tiefe Ratlosigkeit gestürzt. Nach Maos Tod war in China der Kampf zweier Linien ausgebrochen, und es blieb lange offen, welche Linie obsiegen werde. Wochenlang gab es keine deutlichen Verlautbarungen und Handlungsanweisungen aus Peking. Eduard hatte Klott gefragt, welcher Linie man den Vorzug geben solle. Er wisse es nicht, hatte Klott in aufrichtiger Verzweiflung geantwortet, er wisse nur, daß die richtige Linie sich durchsetzen werde.

Als er Klott nun, zehn Jahre später, kurz nach der Auflösung der Partei, wiedertraf, hatte er sich in unübersehbarer Weise verändert: Klott hatte sich verdoppelt. Aber er schien nicht die geringste Schwierigkeit mit seinem neuen Volumen zu haben; vorsichtigen Fragen kam er zuvor, indem er ungeniert Auskunft gab. Kraft einer kleinen Erbschaft, die er vor dem Zugriff der Berufsrevolutionäre hatte retten können, sei es ihm vergönnt gewesen, die schreckliche Leere, die das Verschwinden der Partei in sein Leben gerissen hatte, in französische Restaurants zu stopfen. Mehr noch als von Klotts Bereitschaft, sich als Schlemmer zu bekennen, war Eduard von der Art beeindruckt, in der Klott seinen neuen Körper durch die Welt trug. Er schien Freude an seiner Fülle zu haben und bewegte sie mit einem Selbstvertrauen, das seinen Bewegungen etwas Tänzerisches gab. Angesichts der Masse, die er zu manövrieren hatte, wirkten seine Füße gewandt und fast grazil; auch seine Hände erschienen plötzlich zierlich, und die Augen über den lastenden Wangen schienen immer auf der Suche nach neuen, noch unentdeckten Genüssen. Selten hatte Eduard jemand getroffen, der sein Gewicht auf so glückliche Art vermehrt hatte und es so gerne trug. Am Ende war Klott wohl auch das Revolutionspraktikum in der maoistischen Partei zum Segen ausgeschlagen. Denn die Partei hatte ihre Mitglieder ungefähr nach den Prinzipien ausgebeutet, die in den volkseigenen chinesischen Schuhfabriken oder Teppichknüpfereien herrschten. Auf diese Weise hatte sie bei den rebellierenden Bürgersöhnen Tugenden ausgebildet, die in deutschen Elternhäusern nicht mehr vermittelt wurden und dem Gros der Altersgenossen fehlten: Organisationstalent, Disziplin und einen geradezu asiatischen Arbeitseifer – alles Eigenschaften, meinte Klott, die ihm nun als Anwalt zustatten kämen. In der Partei hatte er gelernt, zwölf oder auch vierzehn Stunden am Tag für den Händedruck eines Arbeiters und den anerkennenden Blick des Parteivorsitzenden zu schuften; nun arbeitete er mit dem gleichen Eifer für seine Klienten und die eigene Tasche.

Eduard hatte mehrmals mit ihm telefoniert, seit er den Restitutionsbescheid erhalten hatte, und ihn mit der Abwicklung der Rückübertragung betraut.

«Da ist natürlich eine Dienstaufsichtsbeschwerde fällig», sagte Mattenklott, als Eduard geendet hatte. «Die Beamten hatten die Pflicht, die Personalien der Schützen festzustellen. Auch wenn es nur Leuchtspurmunition war.»

«Und die Betriebskosten für das Haus?»

Klott schob ihm einen kleinen Stoß mit geöffneten Briefen über den Schreibtisch. Für das vergangene und das laufende Jahr hatten die Berliner Elektrizitätswerke für das Haus in der Rigaer Straße eine Rechnung geschickt, die auf die Namen Eduard und Lothar Hoffmann ausgestellt war. Eduard sah auf einen Blick, daß fünf der Kästchen vor dem Komma mit Zahlen ausgefüllt waren, und begnügte sich damit, die ersten beiden Ziffern zu lesen. Es war eine Eins, gefolgt von einer Sechs. Unter der Rechnung lagen weitere Schriftstücke des gleichen Querformats, die von anderen Absendern ausgefertigt worden waren: Berliner Wasserwerke, Berliner Müllabfuhr, Berliner Gaswerke, Schornsteinfeger – wieso Schornsteinfeger, fuhr es Eduard durch den Kopf, er hatte auf dem Hausdach schwarze und bewaffnete Streetfighter gesehen, aber keinen Schornstein –, Berliner Feuerversicherung. Nicht alle Rechnungen waren fünfstellig, aber wenn er nur die Tausenderbeträge addierte, ergab sich eine Summe um die Fünfunddreißigtausend. Zu zahlen innerhalb von vierzehn Tagen nach der Ausstellung.

«Das kann doch nicht dein Ernst sein!» sagte Eduard.

«Keine Sorge, das holen wir alles wieder rein!»

«Wieder rein? Das hieße ja, daß ich erst einmal bezahlen muß?»

Klott holte einen dickleibigen Band aus einem der Bücherstöße, schlug eine Seite auf und zeigte Eduard den Passus: «Gemäß Paragraph 16, Vermögensgesetz, tritt der Berechtigte in alle Rechte und Pflichten ein, die sich aus dem Eigentum am Grundstück ergeben.»

Die Rechtslage, erklärte Klott, war ebenso klar wie verwickelt. Natürlich konnte niemand auf die Dauer von Eduard verlangen, daß er für Rechnungen von Leuten aufkam, die sein Haus besetzt hielten und keine Miete zahlten. Am Ende würde ihm darin jeder Richter recht geben. Aber bis zu diesem guten Ende, erklärte Klott, seien einige Anfangsinvestitionen nötig. Es sei nun einmal üblich, daß die Kosten für Wasser, Müll, Schornsteinreinigung und Hausflurbeleuchtung vom Hausbesitzer bezahlt und dann auf die Mieter umgelegt würden – was in Eduards Fall vorläufig nicht möglich sei, da die Mieter bzw. Hausbesetzer nicht gemeldet seien. Er, Klott, habe sich sachkundig gemacht. Eduards Haus war bereits vor der Wende wegen Baufälligkeit «entmietet» worden. Eine Wohnungsbaugesellschaft, die wohl noch aus DDR-Zeiten stammte, hatte 1990 die Verwaltung übernommen und mit den Hausbesetzern einen Mietvertrag abgeschlossen. Vertragspartner sei zunächst ein Verein namens «Fidele Radler» gewesen, der jedoch nicht mehr existierte. Folglich hätten die Berliner Elektrizitätswerke und die anderen Anspruchsteller vorläufig keinen Adressaten für ihre Rechnungen außer Eduard. Sie stellten sich auf den Standpunkt, daß es nicht ihr Problem sei, wenn ein Hausbesitzer seine Auslagen nicht zurückholen könne. Schließlich verlangten sie nichts weiter als die Gebühr für eine erbrachte Leistung.

«Dann sollen sie sofort aufhören, die Leistung zu erbringen! Den Kerlen Strom, Gas und Wasser abstellen. Sonst klagen wir!» forderte Eduard.

Auf Klotts Gesicht erschien das Lächeln eines Experten, der einen Klienten zuallererst von der Illusion befreien muß, man könne ein Zivilrechtsverfahren mit dem gesunden Menschenverstand bestreiten. Den Wasserwerken und Stromversorgern, sagte er, seien bei solchen Strafmaßnahmen gesetzlich die Hände gebunden. Der Schutz ungeborenen Lebens gelte im Vergleich zu den Ansprüchen von Rechnungsstellern als das höhere Rechtsgut.

«Von welchem ungeborenen Leben redest du?» fragte Eduard.

«Soviel ich weiß, gibt es schwangere Frauen und

Mütter mit Kleinkindern im Haus», erklärte Klott. «Und solange sie dein Haus zu ihrer Unterkunft erkoren haben, müssen die Wasserwerke liefern, und du mußt zahlen!»

«Ich denke nicht daran. Ich lasse räumen!»

«Einverstanden. Aber du hast es gehört: Die Polizei räumt nur, wenn du einen Bautrupp mitbringst. Kostenpunkt rund sechzigtausend Mark.»

«Ich habe nicht fünfunddreißig und erst recht nicht sechzigtausend Mark. Ich verzichte auf die ganze Erbschaft!»

Klott sah Eduard mit einem Blick an, den man vor fünfzehn Jahren solidarisch genannt hätte. Zum Verzicht sei es zu spät, erklärte er, das wisse Eduard, die Frist sei längst verstrichen. Aber Eduard möge sich beruhigen. Er habe vorsorglich gegen alle Rechnungen Widerspruch eingelegt. Im übrigen werde niemand aus Versehen reich, zum Luxus gehörten nun einmal der Vorsatz und die Schulden. Und wenn Eduard erst einmal den Erlös aus dem Verkauf – anderthalb Millionen dürften es schon werden! – auf dem Konto habe, seien die Anfangsschwierigkeiten schnell vergessen.

«Anderthalb Millionen?» fragte Eduard. Er dachte an die ersten Anzeigen, mit denen Klott das Haus in der «Frankfurter Allgemeinen Zeitung» und in der «Zeit» zum Verkauf angeboten hatte: dort war von 3,2 Millionen die Rede gewesen.

Klott hob die Augen zur Decke, als wolle er Eduard darauf vorbereiten, daß sich die Anstrengung am Ende auch für eine Million oder weniger lohnen würde. Die drei Millionen habe man vor dem Scheitern der Olympiabewerbung Berlins durchaus verlangen können, erklärte er. Damals seien die Preise in den Himmel gestiegen, danach ebenso jäh abgestürzt.

«Was kostest du eigentlich die Stunde?» fragte Eduard.

«Das Büro berechnet 350 DM», sagte Klott, «plus Mehrwertsteuer. Aber im Unterschied zur ‹Bewag› hat das Büro Geduld.»

Wohl um Eduard Mut zu machen, erzählte er von seinen beruflichen Erfolgen. Richtiges Geld lasse sich nur mit den Rückübertragungen großer innerstädtischer Firmen-Grundstücke und Immobilien an die ursprünglichen Besitzer verdienen. Das hindere ihn aber keineswegs daran, gleichzeitig seine sozialen Energien auszuagieren. Er habe sich einen Ruf als Anwalt der Entrechteten erworben. Wenn es darum gehe, ehemalige DDR-Bürger aus ruinösen Verträgen herauszuhauen, in die sie von westdeutschen Betrügern und Wucherern hineingeredet worden waren, werde sein Name als erster genannt. Wunderheiler, Abonnementjäger, Versicherungspiraten aller Sparten, erklärte Klott, seien schon Wochen nach dem Mauerfall in Scharen durch die neuen Länder gezogen, um den ahnungslosen Neubürgern, die weder das Groß- noch das Kleingedruckte verstehen konnten, ihre Produkte anzudrehen. Gescheiterte Existenzen aus dem Westen fielen über die «Eingeborenen» im Osten her. Erst vor ein paar Tagen hatte er eine Gruppe von ehemaligen LPG-Bauern, von denen keiner unter siebzig war, aus einem sittenwidrigen Vertrag gelöst. Ein westdeutscher Baulöwe, der sich nicht genierte, seine Zigarre bei den Verhandlungen mit einem Hundertmarkschein anzuzünden, hatte ihnen ein Grundstück in der Nähe Berlins für eine Mark pro Quadratmeter abgekauft, zahlbar sechs Jahre später, bei Beginn der Investitionstätigkeit – wer von ihnen hätte diesen Tag noch erlebt? Einen anderen Klienten hatte er aus dem Klammergriff zweier Autohäuser befreit. Aus DDR-Zeiten daran gewöhnt, daß zwischen der Bestellung und der Lieferung eines Autos mindestens 15 Jahre vergingen, hatte der Mann sowohl bei Ford wie bei BMW einen Kaufvertrag für einen Neuwagen unterschrieben. In der DDR war eine Doppelbestellung kein Risiko gewesen. Wer einen Neuwagen vom Hof der Handelsgenossenschaft fuhr, konnte ihn umgehend zum mehrfachen Preis verkaufen. Der Mann fiel aus allen Wolken, als kaum zwei Wochen später die Vertreter beider Firmen anriefen. Sein Wagen sei abholbereit, sagte der Ford-Verkäufer, er möge nicht vergessen, sechsunddreißigtausend Mark mitzubringen. Das Schmuckstück sei soeben eingetroffen, sagte der BMW-Vertreter, er solle bitte daran denken, die achtunddreißigtausend Mark in bar mitzubringen, Schecks könnten leider nicht angenommen werden.

Eduard überlegte, was es wohl zu bedeuten hatte, daß die Betreuung seines Falles für Klott offenbar unter die Rubrik «soziales Engagement» fiel.

Von Klotts Büro waren es nur ein paar hundert Schritte bis zu Eduards alter Stammkneipe, dem «tent». Die Straßen hatten sich in den Jahren seiner Abwesenheit so stark verändert, daß er versucht war, an den Straßenschildern zu prüfen, ob er sich nicht verlaufen hatte. Ausnahmslos alle Häuser strahlten in neuem Verputz. Der kleine Zeitungsladen an der Ecke war verschwunden und hatte einer Boutique mit Indianerrequisiten aus Mexiko Platz gemacht. Wo früher ein kleiner Lebensmittelladen ein mühsames Auskommen gehabt hatte, war ein Computerstore eingezogen. Um jeden Zentimeter der teuren Gewerbeflächen auszunutzen, hatte der Besitzer im hinteren Teil des Raumes eine zweite Ebene eingezogen. Falls es sich bei den dort Arbeitenden nicht um Kinder oder Liliputaner handelte, konnten sie ihre Schreibtische nur in gebückter Haltung erreichen und den Rücken erst wieder aufrichten, wenn sie ihre Sitzplätze vor den riesigen Monitoren eingenommen hatten. Die Selbstbedienungswäscherei mit den klapprigen Waschautomaten hatte dichtgemacht. Dort herrschte ein Mann im Turban über die Freunde der indischen Küche. Was Westberlin einmal von den westdeutschen Puppenstuben unterschieden hatte – die Schrapnelleinschläge in den bröseligen Fassaden, die fensterlosen, unverputzten Brandmauern aus rotem Ziegelstein, die unbegreiflichen Leerflächen inmitten der Innenstadt, all das Rissige, Unvollständige, Nichtwiederherstellbare – war von geschickten Gesichtschirurgen wegoperiert worden.

Aber der Verjüngungs- oder Erneuerungsschub, der das ganze Viertel erfaßt hatte, schien geradewegs zurück, in die Vergangenheit zu führen. Die Zeichen der Moderne waren überall durch nagelneue Repliken aus Omas Zeiten ersetzt worden. Es war, als sei die Stadt entschlossen, sich in ihre Vorkriegsgestalt zurückzuverwandeln, wie sie in den Fotobänden über die Jahrhundertwende erhalten geblieben war. Anstelle der Fünfziger- und Sechziger-Jahre-Laternen mit ihren glatten, gebogenen Eisenmasten und den Neonröhren standen jetzt gußeiserne klassizistische Remakes aus der wilhelminischen Zeit, korinthisch ziselierte Säulchen mit zahlreichen Schneckenornamenten, die offenbar so aussehen sollten, als seien sie vom Schmied an der Ecke in Handarbeit gefertigt worden. Aus den Glasgehäusen strahlte mattiertes Licht, das freilich nicht von einer Gasflamme erzeugt wurde, sondern von vier kleinen, gasflammenähnlichen Neonkerzen. Sogar die Haken für die Stange des Gasanzünders, die im Zeitalter der automatischen Zündung keinerlei Funktion mehr hatten, waren nachgebildet. Das Apothekenemblem, die Straßenschilder, die Zifferblätter der Normaluhren wirkten durch die neuen altertümlichen Schrift- und Ziffernzeichen um Jahrzehnte gealtert.

In dieser Umgebung nahm sich das «tent» wie ein Fremdkörper aus. Zwar erschien Eduard beim Hineinschauen durch die großen Glasfenster der Wandanstrich etwas gelber, modisch ockerfarbener als früher, aber dieser Eindruck mochte seine Ursache in einer Eigenart seines Erinnerungsvermögens haben: Sein Gedächtnis hielt Zahlen und Zeichen zuverlässiger fest als Bilder. Plötzlich war er unsicher, ob das Lokal bei seinem letzten Besuch gelb oder hellgrün gewesen war.

Jemand winkte ihm von der Bar aus mit beiden Armen zu, als er das Lokal von außen inspizierte. Pinka, die immer schöne, immer leicht gebräunte, immer aufgeräumte Pinka öffnete ihm die Tür und trat ihm mit jenem Lächeln entgegen, das sie für jeden ihrer Stammgäste übrig hatte. Wenn irgend jemand in Berlin, dachte Eduard, dann beherrschte Pinka das amerikanische Pflichtritual, das einen auch noch am Tage des beschlossenen Selbstmordes dazu zwang, auf die Frage «How are you today?» zu antworten: «Wonderful! How about you?»

«So leer heute», sagte Eduard.

Pinka strahlte ihn an: «Nur, weil du so lange weg warst.»

Zwischen den frisch gestrichenen Wänden saßen wenige, ihm unbekannte Gäste, die miteinander nur zu flüstern schienen. Jeder Satz, den er mit Pinka wechselte, war dem Mithören ausgeliefert. Die unhörbare Frequenz der Abwesenheit und des Wartens erfüllte diese Räume. Nur die Hälfte der weiß gedeckten Tische war besetzt, auf den anderen war, wie eine trotzige Erinnerung, das schwarze Plastikdreieck mit der Aufschrift «Reserviert» aufgestellt. Eduard war es, als sei das Magnetfeld dieser Räume, das eine vormals riesige Großfamilie mit ihrem Stoßen, Drängen, Grüßen, Schauen in Spannung gehalten hatte, zusammengebrochen. Im Bewußtsein der Gäste war die Mauer immer fern gewesen – eine Besessenheit der Politiker –, ihre Erwähnung hatte als Fauxpas gegolten. Aber seit ihrem Fall schien die alte Klientel die wärmende Schutzwand verloren zu haben, hinter der sie sich geborgen fühlte.

Pinka registrierte Eduards Blick.

Natürlich leide man ein wenig unter der neuen Völkerwanderung von Charlottenburg zum Prenzlauer Berg. Eigentlich wunderbar, nur gebe es nicht den umgekehrten Trend. Es stelle sich heraus, daß die Ossis, seit sie sich frei bewegen könnten, am liebsten zu Hause sitzen blieben. «Und ich denke gar nicht daran», sagte Pinka, «meine Küche auf Soljanka-Suppen umzustellen, nur weil die Kollegen vom Prenzlauer Berg für die Überläufer von hier überteuerte Penne arrabbiate anbieten. In zwei Jahren, wenn der erste Reiz des Grauen verflogen ist, sind meine Gäste alle wieder hier.»

Es gab noch jemanden, der Eduard begrüßte. Eduard winkte zurück, als er das graue Haar von L. M. und sein berühmtes allwissendes Lächeln erkannte. Wie immer trug er ein schwarzes Jackett über einem frisch gebügelten Hemd, dazu einen violetten Schlips mit einem doppelt gebundenen Knoten, uralte, sorgfältig restaurierte Schuhe. Die ganze Figur umwehte eine Aura von enteignetem Adel, dessen letzte Besitztitel Geschmack und gute Umgangsformen waren.

«Das wurde aber Zeit», sagte L. M., als er Eduard umarmte. «Seit Tagen bist du in der Stadt, ohne dich sehen zu lassen. Aber ich weiß ja, du hast Wichtigeres zu tun. Erbschaftsangelegenheiten!»

Eduard versuchte nicht, sein Erstaunen zu verbergen. L. M. war dafür bekannt, daß er alles wußte. Er konnte sogar von Ereignissen erzählen, die erst am nächsten Tag eintraten. Aber wie hatte er von Eduards Erbschaft erfahren? Wie immer gab L. M. keine Antwort, er lächelte diskret.

«Kann man darauf anstoßen? Was trinkst du?» fragte er.

Unter den Kneipengängern Westberlins war L. M. eine Art Berühmtheit. Ein Gerücht behauptete, es gebe nicht nur einen, sondern mindestens drei L. M.s, denn gleichgültig, wohin man ging, es war unmöglich, ihn nicht anzutreffen. L. M. kam allein und ging allein; in den dazwischen liegenden Stunden vertrauten ihm jeweils ein bis zwei Stammgäste Einzelheiten aus ihrem Intimleben an, die sie nicht einmal ihrem Tagebuch gestanden.

Niemand konnte erklären, warum gerade L. M. zum Beichtvater einer Kneipenpopulation von mehreren tausend Mitgliedern geworden war. Er drängte sich niemandem auf, er stellte keine Fragen, er war einfach da und flößte Vertrauen ein. Auf diese Weise war mit den Jahren eine gewaltige Intim-Datei entstanden, die L. M. mit Sorgfalt und Diskretion verwaltete. Seit langer Zeit war allerdings das Gerücht umgegangen, L. M. arbeite für irgendeinen Geheimdienst jenseits der Mauer, und manche Gäste warteten darauf, daß endlich ein Dossier mit dem Decknamen «Macrochip» oder «Long Memory» auftauchte. Doch im Unterschied zu vielen, die ihn verdächtigt hatten, war L. M.s Ruf unangetastet geblieben;

es wurde kein Fall bekannt, daß er sein Intimwissen je mißbraucht hätte. Bei ihm schien jedes Geheimnis, auch das peinlichste, sicher aufgehoben, weil es sich in einer Unmasse ähnlicher Geheimnisse einreihte.

Schon immer hatte er eine deutliche Neigung zur Melancholie gezeigt. Jetzt aber kam es Eduard so vor, als habe sich diese bis dahin eher latente und charmante Eigenart zu einer Gemütskrankheit verfestigt. Die Jahre, in denen er sich noch bemüht hatte, seinem Schicksal als Single zu entgehen, schienen weit zurückzuliegen. Er erzählte Eduard keine Liebes- und Trennungsgeschichten mehr, statt dessen überschüttete er ihn mit politischen Unheilsnachrichten. Vor einigen Wochen war ein jüdischer Friedhof in Ostberlin mit Hakenkreuzen beschmiert worden; die Mülltonnen im östlichen Teil der Stadt waren vollgestopft mit Büchern von Autoren, für die die Leser noch vor ein paar Jahren in den Buchhandlungen angestanden hatten; Ausländer wurden in der S-Bahn von einheimischen Jugendlichen angegriffen und unter den Augen der Fahrgäste aus dem fahrenden Zug geworfen.

Eduard hatte von einigen dieser Vorfälle gehört, aber ihm schien, als nähme L. M. ausschließlich die fürchterlichen Begleiterscheinungen des beschleunigten Geschichtslaufs wahr. Vielleicht war dies ein Merkmal aller großen Umwälzungen. Sie schleuderten so viel Materie unterschiedlichster Art an die Oberfläche, daß sie jeder Deutung, der euphorischen wie der katastrophalen, Gründe im Überfluß lieferten. Die Jubler hatten ebenso recht wie die Kassandras, und beide wollten nicht wahrhaben, daß sie im Feuerschein der Eruption nur diejenigen Erscheinungen sahen, die ihre Meinungen bestätigten.

In Ostberlin hatte L. M. gehört, daß immer mehr

Polen im Grenzgebiet aus wirtschaftlichen Gründen einen Anschluß an das neue Deutschland wünschten. Als Eduard nachfragte, gab L. M. zu, daß der einzige Gewährsmann der Geschichte der Ostberliner Freund eines polnischen Freundes war, dem sie wiederum von einem alten Mann erzählt worden war. Aber für L. M. hatte die Geschichte die Beweiskraft einer Volksbefragung.

«Es wird nicht lange dauern, bis die Österreicher ihre Liebe zu den Deutschen wiederentdecken!» rief er. «Und warte – Elsaß – hast du das gehört? Daß sie jetzt Deutsch als Erstsprache durchsetzen wollen? Ihr wolltet ja immer, daß die Mauer fällt. Nun lebt mit den Konsequenzen: Nationalismus, Rassenwahn, Stammesgemetzel, alle Greuel aus der Vorzeit kommen wieder. Ihr werdet euch noch nach dem gemütlichen Zeitalter des Kommunismus zurücksehnen!»

«Du meinst, man hätte die Mauer gar nicht öffnen dürfen? Sie einfach stehenlassen sollen?» fragte Eduard.

«Noch mindestens drei Jahre.»

Eduard wußte nicht, was es war – der Schnaps in seinem Kopf, L. M.s apokalyptische Stimmung –, das ganze Gespräch ärgerte und verstörte ihn. Lächerlich, man könne einem Erdbeben nicht befehlen, in bekömmlichen Schüben aufzutreten, entgegnete er erregt. L. M. blickte Eduard an wie einen gefallenen Engel, der nicht merkt, daß er ein Hufeisen am Fuße trägt.

Erst später, als sie über gemeinsame Bekannte sprachen und L. M., nun wieder ganz Experte, zu jedem Namen eine Geschichte aus dem unermeßlichen Speicher seines Langzeitgedächtnisses abrief, wurde Eduard bewußt, daß seine unpassende Heftigkeit gar nicht L. M. gegolten hatte. Plötzlich erinnerte er sich daran, daß auch Jenny die Bilder vom Fall der Mauer mit ganz anderen Augen wahrgenommen hatte als er. Während er beim Anblick der Bier schwenkenden Ostdeutschen, die wie eine von Levi's eingekleidete Armee mit dem V-Zeichen durch die Übergänge in den Westen drängten, Jubel in sich aufsteigen spürte, war Jenny unwillkürlich von ihm weggerückt. Er kannte dieses abwehrende Klimpern mit den Augendeckeln, er glaubte zu sehen, wie sich ihre Nackenhaare sträubten. Sie versuchte, sich mitzufreuen, wollte ihm die Stimmung nicht verderben, aber ihrer Reaktion hatte jede Euphorie gefehlt. Er war sich seines Gefühls so sicher gewesen, daß er Jennys abständiges Betragen fast als eine persönliche Kränkung empfunden hatte. Als Jenny ihm ihren Widerwillen später zu erklären versuchte, waren beide nicht zufrieden mit den Formeln, die sie dafür fand. Laß mich doch, ich freue mich für dich, willst du mir meine Gefühle etwa vorschreiben?

Er hatte L. M.s Äußerungen mit Jennys Ohren angehört und sich die ganze Zeit vorgestellt, wie sehr sie sich bestätigt fühlen würde. Ohnehin bedurfte es keines Überredungskünstlers, um sie davon zu überzeugen, daß sie und die Kinder in San Francisco besser aufgehoben wären als in Großberlin.

4 KANN er nicht wenigstens einen Anflug von Freude in seine Stimme zaubern, dachte Eduard, als er endlich Theo am Telefon erreicht hatte. Ich weiß doch, daß er sich freut!

In den ersten Monaten nach seinem Umzug nach San Francisco hatte er Theo regelmäßig angerufen und war immer wieder erstaunt gewesen, wie rasch er trotz der hallenden, im transatlantischen Leitungstunnel gefangenen Stimmen zu jenem Vertrauenston zurückgefunden hatte, in dem er nur mit Theo reden konnte. Dann aber war, vielleicht weil immer Eduard der Anrufer gewesen war, eine Pause entstanden. Der Pause folgte ein Briefwechsel, und da Eduard sich auch in dieser Kommunikationsart vor allem als Absender, kaum je als Empfänger sah, war die Verbindung schließlich abgerissen. Eduard wußte, daß es sinnlos war, sich deswegen zu beschweren. Was die ihm Nächsten und Liebsten betraf, gehorchte Theo dem Gesetz der Kinder und Katzen: Nur wer täglich gegenwärtig und zu berühren war, zählte. Wer sich entfernte, nahm in Kauf, vergessen zu werden – bis er wieder auftauchte.

In den Tagen nach dem 9. November hatte Eduard lange Selbstgespräche mit Theo geführt; vor allen anderen wollte er seine Stimme zu den Ereignissen hören. Doch Theos Telefon hatte tage- und wochenlang entweder nur das Besetztzeichen oder ein Rufzeichen von sich gegeben, das ohne Antwort blieb, und es blieb Eduard überlassen, sich alle möglichen Gründe für

Theos Unerreichbarkeit auszudenken: Liebes- oder Trennungsgespräche, Reisen, wieder mal ein Umzug. Ein gutes Jahr lang war er ohne jede Nachricht, wohin es Theo seit dem Mauerfall verschlagen hatte.

Durch einen Zufall hatte sich der nachrichtenlose Zustand geändert. Beim Besuch eines Gastvortrags über «Die deutschen Intellektuellen und die Einheit» in der Pigott Hall in Stanford hörte Eduard eine junge Lektorin von einem neu entdeckten Dichter aus der ehemaligen DDR schwärmen, Theodor Warenberg. Auf die Frage, welche Werke dieses Dichters übersetzt seien, erhielt er die Auskunft, Theo habe sich vom fossilen Medium des gedruckten Wortes abgewandt, er schreibe nicht, er diktiere. Seine Gedichte und Kurztexte würden von seinen Fans per E-Mail und Fax an den German Departments der USA verbreitet.

Theos elektronische Botschaften, deren Ausdrucke sich Eduard in den folgenden Tagen besorgte, versetzten ihn in Verwirrung. «Der Sieg des Kapitalismus läutet sein Ende ein, denn man kann nicht etwas erobern, das sich einem an den Hals schmeißt.» Oder: «Das Böse ist die Zukunft» und: «Die Bundesrepublik hat die Versprechen der Nationalsozialisten eingelöst, jeder kann mit dem Volkswagen über die Autobahn rasen, den Müll fegen die rechtlosen Ausländer weg, die Bordelle sind voll mit Frauen aus Asien und Afrika.» Oder: «Der Kommunismus existiert in der Traumzeit und ist nicht abhängig von Sieg und Niederlage.»

Eduard erkannte den Sound sofort, Theos Ehrgeiz, alle Schrecken des Jahrhunderts gleichzeitig hochzustemmen und in einen Satz zu bannen, der sich in Stein hauen ließ. Aber da war ein neuer, ein fremder Ton, der ihn beunruhigte. Er fürchtete, es sei mit Theo, vielleicht mit allen, die den ungeheuren Explosionsblitz aus nächster Nähe und mit ungeschützten Augen gesehen hatten, etwas geschehen, das er nicht begriff und niemals begreifen würde. Plötzlich war er unsicher, ob er sich mit dem Freund noch würde verständigen können. Doch dann redete er sich ein, daß Theo sich jetzt, nach dem Kollaps des Kommunismus, erst recht einen Spaß daraus machte, dem vermeintlichen «Sieger» im historischen Wettbewerb die Todesmelodie vorzuspielen. Theo wollte den triumphierenden Kapitalismus mit poetischen Grabplatten von so ungeheurem Gewicht zudecken, daß möglichst nur seine genialen Nachrufe von ihm übrigblieben.

Die Lektorin, die Theo für die USA entdeckt und eine Doktorarbeit über ihn verfaßt hatte, konnte oder wollte Eduard keine Auskunft über eine funktionierende Telefonnummer oder Fax-Adresse von Theo geben. Immerhin hatte Eduard von ihr erfahren, daß der sperrige, kaum übersetzbare Dichter inzwischen ein heimlicher Star an den German Departments der Westküste geworden war, «der letzte Sprecher der Dritten Welt» – so lautete einer seiner Ruhmestitel.

Gelegentliche Anfälle von Nostalgie hatten Eduard hin und wieder zu den Veranstaltungen des German Department in Stanford geführt. Der Interessenschwerpunkt der amerikanischen Germanistik hatte sich immer deutlicher verlagert. Bereits in den siebziger Jahren hatten Graduate-Studenten und Assistenzprofessoren ein bis dahin unerforschtes Arbeitsgebiet erschlossen: die Literatur des «anderen Deutschland». Die neue Disziplin erwies sich als Traumfall einer immer am Rande der eigenen Überflüssigkeit balancierenden Fakultät: unbetretenes Forschungsterrain, das auf Investitionen wartete. Binnen eines Jahrzehnts hatte sich eine Schar ehrgeiziger Pioniere des neuen Territoriums bemächtigt und mit ihren Projekten Lebensstellungen begründet. Sie wiesen nach, daß die von ihnen entdeckte «andere deutsche Literatur» nicht nur anders, sondern unendlich besser sei als die bisher bemerkte westdeutsche. Vor allem die schreibenden Frauen des anderen Deutschland imponierten den amerikanischen Pionieren; wo im patriarchalischen Westdeutschland gab es Vergleichbares? An den German Departments bildeten sich Zellen von geschworenen Anhängern der DDR-Literatur, die den dazugehörenden Staat Schritt für Schritt in ihre literarische Vorliebe einbezogen und verwandte Departments damit ansteckten. Noch im Sommer vor dem Fall der Mauer hatte Eduard sich einen Vortrag mit dem Titel «Why is the GDR economically so successful?» angehört, dessen Verfasser sich bei seinen Thesen hauptsächlich auf nichtöffentliche Quellen und auf ein Treffen mit dem Geheimdienstchef Markus Wolf berief. Außer im Saarland hatte Honeckers Staat nirgendwo so hartnäckige Verteidiger wie an den Universitäten der Ivy-League. So kam es, daß die Ausläufer jenes Bebens, das in Berlin die Mauer zu Fall brachte, bis an die Küste Kaliforniens drangen und ein paar Dutzend Karrieren sanft erschütterten.

Als Eduard jetzt, kaum zehn Kilometer von ihm entfernt, mit Theo telefonierte, war es, als seien seit ihrem letzten Gespräch nur ein paar Stunden vergangen. Er wußte, er würde Theo wie früher zwischen Whisky-, Wein- und Wasserflaschen, zwischen Zigaretten- und Zigarrenschachteln in einem Wust von Papieren finden, umgeben von bis zur Decke reichenden Bücherwänden, in denen die Bücher kreuz und quer lagen, in einer nur Theo zugänglichen Ordnung. Verrückt verkehrt war eigentlich nur der Standort, von dem aus er mit Theo sprach. Ein leichter Schwindel erfaßte ihn, als er sich klarmachte, daß er und Theo inzwischen die Plätze getauscht hatten. Während Eduard mit einem Wählscheibenapparat aus DDR-Zeiten in einem Ostberliner Plattenbau stand, lief Theo, den er viele Jahre lang nur mit Hilfe eines Visums, das jeweils um Mitternacht ablief, in Ost-Berlin hatte besuchen können, mit einem drahtlosen Telefon in einer riesigen Charlottenburger Wohnung herum.

Eine seltsame, eine unwahrscheinliche Freundschaft, von Anfang an. Ein literaturbegeisterter Physiker aus der DDR hatte ihn vor gut zwanzig Jahren zu einer Lesung in einer Ost-Berliner Wohnung mitgenommen, in der sich Ost- und West-Berliner Schriftsteller gegenseitig ihre Texte vorlasen. Kaum waren Eduard und Theo einander vorgestellt worden, hatten sie sich schon in einen Streit über Eduards Forschungsfeld verstrickt. «Verhaltenssteuernde Gene? Hatten wir diesen Quatsch nicht schon einmal in Deutschland?» fragte Theo. Er hatte von einer seltenen Affenspezies gehört, den Bonobos, die im Unterschied zu anderen Menschenaffen Kriege, Vergewaltigungen, Schlägereien und andere Aggressionsformen nicht kannten. Der Grund für ihr friedliches Betragen sei nach übereinstimmender Forschermeinung der Nahrungsüberfluß in ihrer natürlichen Umgebung. Dieser Umstand erlaube es den Affenfrauen, die Männer auf ihren Wanderungen zu begleiten und sie daran zu hindern, Männergangs zu bilden.

Eduard hatte, eher gelangweilt, widersprochen und sich nur gewundert, mit welcher Neugier Theo sich seine gleich zu Beginn als «reaktionär» verdächtigte Gegenmeinung anhörte: Die Natur, hatte Eduard geflachst, nehme leider keine große Rücksicht auf Lehrmeinungen. Folglich sollte sich ein Wissenschaftler nicht mit der Frage aufhalten, ob seine Erkenntnisse von einem linken oder rechten Zentralkomitee genehmigt und der jeweiligen Denkmode entsprechen würden. Seltsamerweise fänden Linke den Gedanken nicht sonderlich anstößig, daß zum Beispiel beim Verlieben gewisse chemische Substanzen, sogenannte Endorphine, das Gehirn bestürmten und für Wonne- und Hochgefühle sorgten. Dieselben Linken würden jedoch einen Wissenschaftler schon wegen der logischen Vermutung, daß auch bei der Steuerung der Aggression ähnliche chemische Vorgänge eine Rolle spielten, zu einem Wiedergänger von Josef Mengele erklären.

Seit diesem Tag hatten sie sich öfter in Theos Ost-Berliner Kneipe und in seiner Wohnung getroffen. Mit dem akademischen Dauerstreit über das Verhältnis «Nature/Nurture» hatten sie sich nicht mehr aufgehalten. Schon nach der ersten oder zweiten, immer auf nüchternen Magen genossenen Wodkaflasche hatten ihre Gedankenspiele andere Bahnen eingeschlagen. Einen wie großen Anteil bei der Prägung ihrer eigenen Biographien und Ansichten sollte man den beiden politischen Labors namens BRD und DDR zuschreiben? Wie und auch welche Weise hatten diese gegenläufigen «Umwelten» ihre jeweils eigenen Schicksale mitbestimmt – die ersten Eindrücke in der Kindheit, die Schuljahre, die ersten Liebesgeschichten, die ersten politischen Parteinahmen, das jeweilige Verhalten im kurzen Frühling der Anarchie von 1968? Wieviel von solchen Unterschieden war auf den Faktor «Umwelt», wieviel auf die natürliche Verschiedenheit zwischen den Individuen zurückzuführen? Öfter stellten sie sich vor, wie vielleicht ganz anders – oder wie vielleicht ganz gleich – ihr Leben jeweils ausgesehen hätte, wenn der eine im Staat des anderen aufgewachsen wäre. Einmal, kurz vor Mitternacht, hatten sie tatsächlich erwogen, die Kleider und die Identitäten zu tauschen.

«Ich gehe mit deinem Paß rüber und ziehe für, sagen wir, zwei Wochen bei dir und Klara ein. Du bleibst hier, bezahlst einstweilen meine offenen Kneipenrechnungen und läßt es dir mit Pauline gutgehen.» – «Kein Vopo würde deine Nase als meine durchgehen lassen!» – «Dann huste ich ihm was wegen Antisemitismus. Da steht er stramm!» – «Und wer garantiert mir, daß du wiederkommst?» – «Klara, oder etwa nicht? Das Risiko mußt du eingehen. Es wäre doch endlich einmal ein echtes Experiment: Du vertiefst deine mangelhaften Kenntnisse in Sachen ‹realer Sozialismus›, und ich erzähle dir anschließend etwas über die Macht der Gene.»

Eines Tages stand Theo tatsächlich vor Eduards Wohnungstür. Darüber, wie er eigentlich nach West-Berlin gelangt war, ließ er sich kein Wort entlocken. Es müsse Eduard genügen, hatte er gesagt, daß er bis über beide Ohren in eine Verehrerin verliebt sei, die nach einer unvergeßlichen Nacht nach West-Berlin entschwunden war und sich seither nicht mehr hatte blicken lassen. «Und weiter?» hatte Eduard gefragt. – «Nichts weiter. Ich will sie nur besuchen. Ein paar ganze Nächte an die eine halbe dranhängen. Ich hasse abgebrochene Geschichten.»

Theo hatte darauf bestanden, daß es sich um nichts weiter handele als um einen Wochenendausflug. Seiner Frau Pauline hatte er gesagt, daß er zu einer Dichterlesung an die Ostsee müsse.

Er bestritt nicht, daß er einen reichlich ungewöhnlichen Ausflug unternahm. Von Theos Behauptung, er mache einen Wochenendausflug, glaubte Eduard nur so viel, daß Theo noch ein paar Tage brauchen würde, um seiner Flucht den Entschluß zur Flucht folgen zu lassen.

Aber Eduard hatte sich getäuscht. Schon nach drei Tagen drängte Theo energisch auf die Heimreise. Mit seiner West-Geliebten hatte er sich schon nach der ersten ganzen Nacht zerstritten; jetzt sprach er nur noch von Pauline, die er unmöglich länger warten lassen könne. Freimütig gestand er ein, daß er für den Rückweg keinerlei Verabredung getroffen hatte. Eduard war klar, weshalb der gute Geist, der Theo nach West-Berlin geleitet hatte, für einen Rückweg nicht zur Verfügung stand. Wer immer es gewesen war – ein literaturbegeisterter Diplomat, ein professioneller Schleuser –, niemand hätte sich auch nur vorstellen können, daß ein unter hohem Risiko Geschleuster schon nach drei Tagen wieder nach Hause wollte. Die Heimkehr war fast ebenso gefährlich und beschwerlich wie die Flucht in den Westen. Wer freiwillig in die DDR zurückkehrte, war den Grenzbehörden schon deswegen verdächtig, weil sie sich kein unverdächtiges Motiv für eine Rückkehr vorstellen konnten. Ein heimkehrender Sohn in die DDR hatte in den ersten acht Wochen nichts als wochenlange Verhöre in einem Aufnahmelager zu gewärtigen.

Am Ende hatte Eduard es auf sich genommen, Theo im Kofferraum seines Citroën DS zu Pauline zurückzubringen. Man konnte immerhin darauf zählen, daß die Grenzpolizei bei der Einreise in die DDR nicht gerade nach versteckten DDR-Bürgern suchen würde. Furchtbar lange hatte der Zollbeamte Eduards Ohr auf dem Paßfoto mit dem Original verglichen. Erst als er das Dokument endlich zuschlug und es durch das Fahrerfenster reichte, gestattete Eduard es sich, dem krebserzeugenden Röntgenblick des Polizisten auszuweichen.

Seit jenem langen Augenblick des Zitterns am Grenz-übergang, in dem Eduard ständig auf ein Gitanes-Husten aus dem Kofferraum gefaßt war, hatte Theo und ihn etwas verbunden, das stärker war als jeder Streit über Serotonin.

Inzwischen war Theo im Westen gelandet, Eduard im Osten. Unter veränderten Bedingungen, mit vertauschten Perspektiven würden sie ihren Streit fortführen können. In einem Punkt immerhin, soviel war nach dem Telefongespräch entschieden, hatte Theo seine Gewohnheiten geändert. Er hatte nicht die geringste Lust auf Kneipen, schon gar nicht aufs «tent», wollte aber auch nicht «auf einen Sprung» in eine der neueröffneten Bars zum Prenzlauer Berg kommen. «Hast du eigentlich vergessen, wie weit es ist von hier bis zur Schönhauser Allee? Wenn man in Manhattan lebt, fährt man auch nicht nur mal so nach Brooklyn, oder?» Theo wollte nicht ausgehen, sondern besucht werden – ein Wunsch, dachte Eduard, der im Berlin vor dem Mauerfall bei ihm einer Krankmeldung gleichgekommen wäre.

Die Tür zu Theos Wohnung war halb offen, als Eduard die Hinterhaustreppen genommen hatte. Natürlich wartete Theo nicht an der Tür, nein, von solchen Gesten hielt er nichts. Selbst wenn Eduard gerade von einer Expedition zu Theos Lieblingsaffen, den Bonobos, zurückgekehrt wäre, würde Theo ihn auf die gleiche Weise begrüßen wie jetzt: an einem der drei Tische vor einem der acht Manuskripte sitzend, die er mit sicherer Hand der Unvollendbarkeit entgegenschrieb.

Eduard erschrak, als Theo aufstand, um ihn zu begrüßen. Ihm schien, daß der schmale und zarte Mann sich in der Zeit, da er ihn nicht gesehen hatte, auf beunruhigende Weise verjüngt hatte. Schon immer hatte

Theos Aussehen ganz unterschiedliche Wahrnehmungen bei Frauen und Männern ausgelöst. Männer rätselten über das Ausbleiben der natürlichen Gewichtszunahme und beneideten ihn um seine jugendliche Schlankheit. Frauen fanden, daß Theo einen Arzt aufsuchen müsse. Seit Jahren lebte Theo als ein entschlossener Sklave seiner gefährlichen Gewohnheiten im Vorzimmer des Todes und war dabei so unbegreiflich gelassen und gesund geblieben, daß man glauben konnte, der Sensenmann habe ihm aus Respekt für seinen Todesmut eine befristete, von Jahr zu Jahr verlängerte Immunität gegen all die Krankheiten garantiert, die er längst in Theos Organe eingeschleust hatte.

«Man geht also nicht mehr ins ‹tent›?» fragte Eduard.

«‹Man› schon», erwiderte Theo, «ich nicht. ‹Man› verständigt die Polizei, wenn ich auftauche.»

Er erzählte von einer Wette, zu der er, etwa vier Monate nach dem Fall der Mauer, seine Tischnachbarin im «tent» herausgefordert hatte. Mindestens die Hälfte der Gäste, so lautete Theos Wette, werde mitsingen, wenn einer aus der Tischrunde die Nationalhymne anstimme. Die Mehrheit des Tisches wettete gegen Theo, aber niemand fand sich bereit, die zum Test nötige Untat zu begehen. Das Absingen des Deutschlandliedes, und sei es aus Jux, kam in den Augen der Freunde einer Kneipenschändung gleich. Niemand wollte einstimmen, als Theo mit seinen vom Kettenrauchen wie vom Wodkatrinken gleichermaßen zerstörten Stimmbändern die ersten Takte der Haydn-Melodie hervorkrächzte. Schon nach wenigen Tönen verendete sein Gesang in einem Bronchialhusten und blieb ohne jedes Echo. Plötzlich erhob, zum allgemeinen Erstaunen, der türkische Dichter Ismail Özgür die Stimme und nahm mit einem überraschend hellen und sicheren Tenor die Melodie an der Stelle auf, an der Theo sie verhustet hatte. Niemand konnte sich erklären, warum ausgerechnet Özgür sich zum Vorsänger aufwarf – ob er Theos abgebrochenen Text lediglich fortsetzen oder sich zu seinem eben erhaltenen deutschen Paß bekennen wollte. Zwei Gäste auf ihren Barhockern zischten ihn wütend an. Aber Özgür war nun nicht mehr aufzuhalten, er schien sogar bereit zu sein, Schläge in Kauf zu nehmen, und riß mit seinem strahlenden Belcanto immer mehr Gäste mit. Ungläubig, mit allen Zeichen des Entsetzens, vernahmen die Stammkunden die verbotenen Töne. Dann aber fielen einige, zunächst nur zum Spaß und silbenweise, in den Chor ein, der nun immer mehr Volumen gewann. Andere Gäste begannen aus voller Brust zu singen, erhoben sich von den Stühlen, schließlich sprang einer ganz hinten auf den Tisch und nahm Özgür das Dirigieren ab. Bis auf Theo und Özgür hatten alle, die gegen Theo gewettet hatten, in Panik den Raum verlassen, ohne die verlorene Wette bezahlt zu haben.

«Und was hat Pinka gemacht?» fragte Eduard.

«Sie grüßt mich seitdem nicht mehr. Sie leidet sichtbar und standhaft an den neuen Stammgästen, die in ihrer Kneipe heimisch werden – Herren mit Aktenköfferchen, die sich über Skizzen von Immobilien und Ländereien beugen. Übrigens kommen sie erst, seit sich mein Experiment herumgesprochen hat. Du verstehst, daß Pinkas Leiden mir etwas abstrakt vorkommt. Denn die neuen Gäste zahlen viel besser als die alten.»

Eduard holte sich ein Glas Wein und achtete beim Gehen darauf, daß er die vielen Stapel von Manuskriptseiten, die über die Tische, Sitzmöbel und den Fußboden verteilt waren, nicht berührte. «Auf der wievieltausendsten Seite deines Romans bist du inzwischen angelangt?» fragte er.

«Ich schreibe nicht, ich lese», erwiderte Theo. «Ich lese einen Roman über mich, den ein anderer verfaßt hat. Sagen wir: ein Autorenkollektiv.»

Wahllos griff er Blätter aus den Haufen und reichte sie Eduard – Kopien von amtlichen Schriftstücken, die mit den Schrifttypen einer mechanischen Schreibmaschine bedeckt und am oberen Rand mit einem Aktenzeichen versehen waren. Eduard konnte sich kein Bild aus den Sätzen machen, die er las. Sie berichteten von den alltäglichen Verrichtungen einer Person namens Poet. Der oder die Autoren schienen bei der Beschreibung ihres Helden das literarische Programm des nouveau roman zu befolgen. In phantastischer Genauigkeit wurden alle wahrnehmbaren Bewegungen von ‹Poet› festgehalten, ohne daß den Verfassern jemals ein Rückschluß auf das Innenleben des Helden unterlief. «Poet verließ die Wohnung um 21.14, wartete etwa 30 Sekunden, bevor er die Straße überquerte, sah sich zweimal um und öffnete die Tür der Telefonzelle auf der gegenüberliegenden Straßenseite. Er wählte eine siebenstellige Nummer, deren Endziffern 451 waren.»

In dieser Art ging es über Dutzende von Seiten fort. Hin und wieder tauchten, in teils direkter, teils wörtlicher Rede Äußerungen auf, die entweder ‹Poet› oder einem seiner Gesprächspartner zugewiesen wurden. Aber in allen Beschreibungen blieben ‹Poet› und die Nebenpersonen, als wären sie innen hohl, auf ihre sicht- und hörbaren Lebensäußerungen beschränkt. Die wichtigste Regel des peinlich genau befolgten Schreibprogramms schien darin zu bestehen, daß jede Unterscheidung zwischen wichtigen und nebensächlichen Beobachtungen verboten war. Erst beim Wiederlesen einiger Passagen merkte Eduard, daß es dennoch so etwas wie ein heimliches Interesse gab, das den Endlostext belebte: Jede, auch die unscheinbarste Äußerung schien einen Verdacht zu bestätigen, sogar oder gerade die Nichtbewegungen und die Nichtäußerungen von ‹Poet› erschienen den Autoren beachtenswert und wurden festgehalten. «Auffällig ist, daß Poet nie im Wohnbereich in Erscheinung tritt und sich im Haus verschwiegen verhält, was für einen Bewohner dieses Hauses für unnormal gehalten wird.» Offenbar folgte die auf den ersten Blick wahllose Detailgenauigkeit dem Prinzip, daß alle, auch und gerade die unscheinbaren, sich wiederholenden oder zufälligen Aktionen des Helden der Geschichte verborgene und zu entschlüsselnde Hinweise lieferten.

«Es sind drei Jahre meines Lebens in der Version des Staatssicherheitsdienstes», sagte Theo, «festgehalten in zweiunddreißig Aktenordnern à vierhundert Seiten, die zu lesen mich ziemlich genau drei weitere, vermutlich unbeschriebene Jahre meines Lebens kosten würden. Du kennst das Paradox von Louis Borges: Die perfekteste Landkarte wäre eine, die der Landschaft im Maßstab eins zu eins entspricht.»

Er begreife jetzt erst, fuhr er fort, woran der Staatssicherheitsdienst gescheitert sei.

Mehrere hunderttausend Bürger waren auf die Aufgabe eingeschworen worden, das Leben von sechs Millionen Mitbürgern auszuforschen – ungefähr jedes zweiten erwachsenen Einwohners des Landes. Es war ein Unternehmen ohne Beispiel – die gewaltigste Feldstudie in der Geschichte der Menschheit –, und es wurde zu dem einzigen Zweck unternommen, jede, auch die leiseste staatsgefährliche Regung unter den Bürgern aufzuspüren. Dank der paranoischen Ausgangsvermutung der Veranstalter war im Prinzip jede Lebensäußerung verdächtig. So entstand ein Material, das so gewaltig und unübersehbar war wie das Leben selbst. Für das Zusammentragen der Indizien waren so viele Arbeitsstunden nötig, daß für ihre Auswertung kaum noch Kapazitäten übrigblieben. Am Ende wurden in der unendlichen Masse meist belangloser Hinweise selbst die eindeutig belastenden nicht mehr erkannt, so daß die Verdächtigten sich von den Verdächtigern vor allem dadurch unterschieden, daß erstere immerhin ihr eigenes Leben führten, während die Verdächtiger sich im Beobachten des Lebens erschöpften. Die Vergeblichkeit der ungeheuren Anstrengung wurde erst sichtbar, als das System zusammenbrach. Der riesige Spitzelapparat, dazu bestellt und geschult, sogar in den Nichtregungen der Bürger Alarmzeichen zu erkennen, war unfähig gewesen, den Kollaps seines eigenen Auftraggebers – des Staates – und das eigene Ende vorauszusagen.

«Warum liest du diesen Mist überhaupt?» fragte Eduard.

«Weil die meisten Informationen über mich aus der Schreibmaschine meines Bruders stammen. Er hat seit vierzehn Jahren mindestens zweimal pro Woche über mich berichtet, ungefähr so oft, wie er mich besucht hat. Ich erfahre etwas über mich. Was du hier siehst, ist ein Tagebuch, das von meinem besten Feind geschrieben wurde.»

Eduard erinnerte sich vage einer einmaligen Begegnung mit Theos Bruder und seiner Verblüffung über die Ähnlichkeit der beiden. Mit einer noch schnelleren Redeweise, die den Älteren an Witz und Schlagfertigkeit womöglich übertraf und nur dessen Selbstsicherheit vermissen ließ, war der Bruder sogleich zum Mittelpunkt des Gespräches geworden. Irgendein Bekannter der beiden, nicht Theo, hatte Eduard damals erzählt, daß in der Zeitschrift «Sinn und Form» zu einer Zeit, da Theo sich als Saxophonspieler einer längst vergessenen Rockband hervorgetan hatte, ein paar vielbeachtete Gedichte des Jüngeren veröffentlicht worden waren.

«Hast du ihn zur Rede gestellt?»

«Ich fange an, mir Sorgen zu machen. Seit drei Monaten ist er verschwunden.»

«Was war sein Motiv? Geldprobleme?»

Theo sah Eduard an, als wisse der die Antwort.

«Ich denke, es ist ein bißchen komplizierter», sagte er schließlich. «Eine Brudergeschichte: Er hat den Raum besetzt, den ich frei ließ. Als Staatsfeind konnte er nicht mit mir konkurrieren, nur die Rolle des Wächters und Schützers aller Überzeugungen, die ich verletzte, stand ihm offen. Und da er in seinen Berichten über mich den Weg beschrieb, den er vielleicht genommen hätte, wenn ich ihm nicht zuvorgekommen wäre, war er natürlich ein idealer Spitzel.»

«Und du machst ihm gar keine Vorwürfe?»

«Die Neugier ist stärker», erwiderte Theo. «Er führt mir eine Möglichkeit meines Lebens vor, die mir nur durch den Zufall der Geburtsordnung erspart worden ist. In jeder Aufmerksamkeit und Besessenheit von ihm erkenne ich eine Variante eigener Eigenschaften. Wenn ich ihn lese, stelle ich mir vor, wie ich vielleicht geworden wäre, wenn ich mich zum kleinen Bruder gehabt hätte.»

«Soll das etwa heißen, er hätte keine andere Wahl gehabt?»

«Man hat immer die Wahl, ein Schwein oder ein halbwegs anständiger Mensch zu sein», sagte Theo.

«Aber was ist es, das den einen so, den anderen anders wählen läßt?»

Eduard schwieg. Der alte Streit. Sie hatten sich noch kaum berochen, wußten nichts von ihren Liebesgeschichten, nichts von ihren Frauen, nichts von ihrer Arbeit, nichts von den CDs, die sie hörten, und waren schon in den alten Debatten befangen. Es gibt keine Entscheidungsfreiheit. Der Mensch als Produkt seiner Umwelt. Wenn genügend Druck ausgeübt wird, verhalten sich alle Menschen gleich. Eduards Gegenthese, Menschen hätten selbst in Situationen äußerster Gesetzlosigkeit oder Unterdrückung eine Wahl, eine wenn auch noch so kleine Möglichkeit zur Entscheidung, hielt Theo für ein frommes Märchen. «Singen im Walde» sagte er dazu.

Früher hatten sie darüber gerätselt, auf welche Weise das Leben im jeweils anderen Staat ihre Biographien umgeschrieben hätte. Nun zwang der Verrat seines Bruders Theo zu einem Test seiner Theorie, der durch Spielfreude und intellektuelle Neugier nicht mehr zu bewältigen war.

5 ALS Eduard Jenny durch die automatischen Glastüren vom Flughafengate in die Halle treten sah, war es ihm, als seien seit seinem Abflug aus San Francisco Monate vergangen. Er erkannte das dunkle, glatte Haar, dessen Anblick sofort die Ahnung eines Duftes auslöste, die Nase mit den vibrierenden, bis zur Durchsichtigkeit verfeinerten Nasenflügeln, die Augen, die hinter einem Schleier einen unbekannten Planeten zu verbergen schienen. Aus jeder Einzelheit ihres Gesichts und ihres Gangs hätte er begründen können, warum er Jenny schön fand, aber die Wirkung ihrer Schönheit entfaltete sich erst aus dem Abstand – es war etwas wie ein elektrischer Sog, der von ihrer Gestalt ausging, wenn sie in einem halbwegs großen Raum stand oder sich bewegte. Ja, groß und beinahe leer wie diese Flughafenhalle mußte der Raum sein, damit jene Anziehung entstand, die bei ihm und, wie er meinte, bei allen Männern, die Jenny sahen, dieses seltsame Ziehen im Magen auslöste. Jenny schien von ihrer Wirkung nichts zu wissen, oder sie war durch ihre unsichtbaren Bodyguards geschützt. Als er sie zum erstenmal aus der Ferne – in einer Einkaufspassage – wiedergesehen hatte, war ihm, als sähe er zwei große, helle Vögel mit flatternden Flügeln auf ihren Schultern sitzen. Sie breiteten die Flügel aus, um bei Jennys stürmischem Schritt die Balance zu halten. Als sie stehenblieb und ihn mit fremdem Blick ansah, waren sie verschwunden. Jenny konnte sich nicht im mindesten daran erinnern, daß er ihr bei einer Abendgesellschaft einmal vorgestellt worden war.

Jetzt bemerkte er, da er sie auf sich zukommen sah, etwas Fremdes in ihrem Gesicht, einen Ausdruck, eine Falte, die sich unmöglich in den wenigen Tagen seit seinem Abflug herausgebildet haben konnte. Als hätte sich eine heimliche Leidenschaft oder eine Entbehrung bis an die Hautoberfläche durchgearbeitet und in den Augenfalten und Mundwinkeln Geltung verschafft. Wie war es möglich, daß er diese Veränderung so lange übersehen hatte? Offenbar hatte er Jenny die ganze Zeit mit dem gleichen Blick angeschaut, mit dem er morgens das eigene Abbild betrachtete. Das Bild im Spiegel altert ja nicht, das Auge korrigiert die von Tag zu Tag sich unmerklich eingrabenden Linien, indem es ein erinnertes Bild an die Stelle des gerade wahrgenommenen setzt. Das unablässige Wegretouchieren dieser winzigen Zeichnungen entzieht am Ende auch die großen Striche der Wahrnehmung, so daß ein Fünfzigjähriger im Spiegel immer noch den jungen Mann zu sehen glaubt, der er vor zwanzig Jahren gewesen ist.

Jenny begrüßte ihn in der leicht gereizten, beschwipsten Wachheit, die sich nach einem fünfzehnstündigen Flug einstellt, und sie verspürte nicht die geringste Lust, sich zum Schlafen in irgendein Bett zu legen, schon gar nicht auf ein Klappsofa in einem Plattenbau. Sie wollte unbedingt und sofort in eines der Restaurants am Prenzlauer Berg, von denen sie in San Francisco gehört hatte, dort spiele sich neuerdings das Berliner Leben ab.

Eduard erkannte die Gegend am Käthe-Kollwitz-Platz, wo er zum erstenmal vor etwa zehn Jahren gewesen war, nicht wieder. Das ganze Viertel hatte sich in einen

Treffpunkt von Flaneuren und Müßiggängern verwandelt, die man in dieser Hälfte der Stadt zuvor niemals gesehen hatte. Die Trottoirs waren vollgestellt mit neuen großzylindrigen Autos, und die Gäste, die ihnen entstiegen, schienen nicht zu merken, daß sie in der Fremde, in die sie aufgebrochen waren, nur noch ihresgleichen trafen.

In einem der vielen Restaurants fanden sie einen Tisch an der geöffneten Fensterfront. Das Lokal war nach dem Muster eingerichtet, das sich zehn Jahre zuvor in Westberlin durchgesetzt hatte: abgebeizte Türen und Fensterrahmen, weiße Tischdecken mit dem schwarzen Reserviert-Schildchen darauf, eine unverputzte Wand aus rotem Ziegelstein, der zwischen Orange und Ocker spielende Innenanstrich, Hintergrund für das eine Riesenölbild im postfigurativen Stil der Berliner Postwilden.

Ungläubig sah Jenny auf, als die Kellnerin mit leuchtenden, die Gäste gleichsam anspringenden Augen an ihren Tisch trat. Sie schien zu singen, als sie die Spezialitäten des Hauses aufzählte: Agneau carré über Choucroute, Edelfische an Rahmspinat, Steak Mignon mit Lauchknöllchen. Vergeblich suchten Eduard und Jenny sich anschließend auf der Speisekarte zu orientieren. Die legendären Wörter und Wortverbindungen, die auf jeder grünen Mitropa-Speisekarte zu finden gewesen waren – «Brühe naturelle», «Tatar, Eigelb, Butter, Brot», «Zwei Spiegeleier mit Schinkenspeck» – waren verschwunden und mit den Wörtern die Gerichte. Jenny entschied sich aufs Geratewohl für einen Salat «à la Charette» und blickte die Kellnerin unverwandt an, als diese die Bestellung in einer Art Koloratur wiederholte; offenbar hatte sie gerade einen Schnellkurs in Kundenfreundlichkeit absolviert. Jenny schien sich jedoch noch mehr an Eduards Lachen als am Gebaren der Kellnerin zu stören. Ihr fehlten die faulen und stolzen Kellner, die vor dem Mauerfall in den leeren DDR-Restaurants herumgestanden und sich erst nach mehrfachem Anruf durch einen Gast herabgelassen hatten, eine Bestellung aufzunehmen, sagte sie. Und sie ekele sich vor dem quasiethnologischen Interesse, das die Deutschen aus dem Westen plötzlich ihren Landsleuten aus dem Osten entgegenbrachten.

Draußen schob sich unter der niedrig stehenden Herbstsonne ein dichter Strom von Passanten vorbei, die den womöglich letzten sommerlichen Tag des Jahres genießen wollten. Was das Äußere anging, waren die Spaziergänger kaum von einem New Yorker Publikum zu unterscheiden. Zwischen all den Gehlustigen und Schaufreudigen dirigierte eine ältere Frau, die Hand in einer Schlaufe, die ein einspänniges, von drei Riemen gehaltenes Ledergeschirr spannte, ein etwa dreijähriges Mädchen durch die Menge. Die Szene wirkte wie ein Ausschnitt aus einem Schwarzweißfilm über die Nachkriegszeit. Viele der Gäste hatten den seltsamen Auftritt bemerkt; die meisten wirkten amüsiert, zeigten mit Fingern auf die beiden. Eduard sah Jenny bleich werden und legte seine Hand auf ihren Arm. Er fürchtete, sie werde aufspringen und das Kind befreien.

Ein an seiner Hütte festgebundener junger Hund, der freudig bellend auf sie zulief und im Ansprung von der Halskette wie von einer Würgefaust zurückgerissen wurde, konnte Jenny bis ins Mark erschüttern und Reflexe wecken, denen sie blindlings folgte. Der Hund mußte, ebenso wie alle anderen Vierbeiner, Zweibeiner oder Zweiflügler, die in Käfigen und an Ketten darbten, befreit werden. Überlegungen über die Folgen ihrer Befreiungsaktionen stellte Jenny erst an, nachdem sie eingetreten waren. Gleichgültig, in welcher Stadt und in welchem Land Eduard mit Jenny lebte, ihre Wohnung war regelmäßig von tierischen Asylanten bevölkert, die in Jennys Arche rasch entdeckten, daß sie eigentlich biologische Feinde waren und daß die Trennwände, die Jenny zwischen ihnen errichtet hatte, zu leicht gebaut waren. Der Hund biß dem Kaninchen den Hals durch, die Katze erwischte den Vogel im Käfig und den Fisch im Aquarium, sie kratzte dem Hund ein Auge aus, der Hund biß der Katze die Sehne des Hinterlaufs durch – immer wieder mußte Eduard nachts den Tierarzt aus dem Bett klingeln oder schuhkartongroße Gräber ausheben, Trauerreden halten und zusehen, wie seine Kinder Tränen weinten, die sie um ihn nicht vergossen hätten.

Er war froh, als Jenny ihren Blick von dem Kind an der Leine abwandte. Aber er fürchtete, daß sich die Szene bereits in ihrer Seele eingezeichnet hatte – als ein Inbild des Lebens, das sie hier erwartete, falls sie sich zum Umzug entschlösse.

Und plötzlich erinnerte er sich wieder jenes Ausbruchs, mit dem sie ihm – Tage nach dem Ereignis – ihr Unbehagen angesichts der Fernsehbilder über den Mauerfall erklärt hatte. Sie erlebe die Ankunft all dieser lange Unterdrückten, glücklich Befreiten, hatte sie gesagt, als einen Einbruch, als eine Überschwemmung, als eine Inbesitznahme des Westens durch den Osten, die den prekären, inselhaften Kosmopolitismus West-Berlins zerstören werde. Was sich, sicher unter dem Beifall der ahnungslosen West-Berliner, vollziehen werde, sei nichts anderes als die Germanisierung der Stadt. Sie konnte das Triumphgefühl nicht begreifen. Worauf gründe sich denn die Überzeugung, der Westen habe gesiegt? Sei es denn nicht viel wahrscheinlicher, daß das bißchen Westen, das sich in West-Berlin ausstellte, nun

in den Sog des Ostens geraten werde? Ob denn die Ostdeutschen, die sich so willfährig, so viel widerspruchs-
loser als die Polen, Ungarn, Tschechen vierzig Jahre
lang von der «antifaschistischen» Diktatur hatten erziehen lassen und so besonders stolz auf ihr «besseres»
Deutschland waren, über Nacht Demokraten geworden
seien? Wäre es nicht vielmehr unvermeidlich, daß die
alten Gewohnheiten, Ideen und Gefühle unter den
neuen Levi's-Uniformen weiterlebten? Der seit Kinder-
tagen eingehämmerte Haß gegen den Kapitalismus, der
Kadergehorsam gegen Vorgesetzte, der nie eingestandene Antisemitismus, das ererbte, nie aufgebrochene
Mißtrauen gegen Fremde, das trotzige Überlegenheits-
gefühl und der unausgelebte Retterdrang? Und was
eigentlich hätten die behüteten Westdeutschen, die nie
um etwas hatten kämpfen müssen, diesen energiegela-
denen Waisenkindern des Sozialismus entgegenzuset-
zen? Woher überhaupt die Gewißheit, der Kommunismus habe abgedankt? Sein offizieller Abgang von der
Bühne der Geschichte – am Ende sei das vielleicht nur
eine geniale Überlebenslist, das endlich entdeckte Mittel zur massenhaften und erfolgreichen Unterwande-
rung des Westens.

In den Wochen darauf hatten Jennys Ängste sich ver-
flüchtigt. Sie selber suchte, schon weil ihr die Rolle der
Warnerin in der begeisterten amerikanischen Umgebung lästig war, nach Gründen, die ihr Mißtrauen wi-
derlegten. Es leuchtete ihr ein, daß der Fall der Mauer
kein Berliner und kein deutsches, sondern ein univer-
sales Ereignis war. Die Welt freute sich keineswegs
speziell für die Deutschen, sondern für die Eingeschlossenen eines halben Kontinents, die nach sieben-
undzwanzig Jahren endlich hinter ihrer Mauer hervor-
kommen durften. Ein Lump, wer da nicht mittanzte!

Gleichzeitig meinte Eduard zu spüren, daß diese und andere Gegengründe nur die Oberfläche ihres Mißtrauens berührten. Es war, als versuche Jenny, ihre Gefühle zum Schweigen zu bringen, indem sie ihnen nachträglich die Berechtigung aberkannte. Kaum ein Vierteljahr später, als die Montagsdemonstranten mit dem Chor «Wir sind ein Volk!» und DDR-Fahnen, aus denen das Hammer-und-Zirkelzeichen herausgeschnitten war, durch Leipzig zogen, gewannen Jennys Vorahnungen wieder die Oberhand. Nein, sie habe gar nichts gegen die Vereinigung der Deutschen, erst recht nichts gegen die Öffnung der Mauer, das alles treffe es nicht. Aber was dann? Entweder wußte Jenny es nicht so genau, oder sie wollte es so genau, wie sie es wußte, nicht sagen. Die Diskussion darüber ergab ungefähr soviel wie ein Streit über einen Hollywoodfilm, der dem einen Ekelschauer über den Rücken jagt und den anderen zu Tränen rührt. Ungläubig hatte sich Eduard gefragt, was ein welthistorisches Ereignis, dem zweifellos eine fette Überschrift in den Geschichtsbüchern gebührte, in seinem Eheleben zu suchen haben könnte. Schon den Gedanken an eine solche Möglichkeit hätte er bis dahin als politischen Kitsch abgetan.

Jenny sprach, wie Eduard fand, ein besseres und klangvolleres Deutsch als die Mehrzahl seiner Landsleute, aber sie war keine Deutsche. Sie war in einem kleinen, verschlafenen Ort in der Nähe Roms als Kind eines italienischen Vaters und einer deutsch-jüdischen Mutter aufgewachsen. Anfang der sechziger Jahre war die Familie nach Kalifornien ausgewandert. Daß das trotzige Emigrantenkind Jenny dann ausgerechnet ins Land der Täter studieren ging und dort eine Familie gründete, hatte ihre Eltern geschmerzt und endlose Briefdebatten ausgelöst, doch zwischen ihnen selbst hatte die Schuld der Nazigeneration nie, auch nicht beim schlimmsten Streit, zu einem sichtbaren Konflikt geführt. Eduard und Jenny trafen sich in der Meinung, es sei das erste und vornehmste Recht von zwei Liebenden, der Kollektivgeschichte eine lange Nase zu zeigen.

Manchmal, wenn er gewisse Wörter aus dringendem Anlaß rief oder brüllte, sah er Jenny zusammenzucken und lernte es, sie zu vermeiden. Er verbot sich den Ruf «Halt!», selbst wenn eines der Kinder gerade dabei war, bei Rot eine Kreuzung zu überqueren. Andere Imperativ-Formen wie «Stehenbleiben!», «Achtung!», «Schnell, schnell!» strich er ganz aus seinem Wortschatz und ersetzte sie durch «Stop!», «Hey!», «Mach schon!» Wenn andere die fatalen Wörter benutzten, ging er rasch weiter oder wechselte die Straßenseite; er hörte diese Laute mit Jennys Ohren, auch wenn sie selber gar nicht in der Nähe war. Manchmal, wenn ihm eines der verbannten Wörter dennoch unterlief und er den hellen Schreck in Jennys Augen sah, fragte er sich, wie es bloß kam, daß es seinen mörderischen Klang über Jahrzehnte hinweg bewahren konnte.

Erst nach der Geburt des ersten Kindes hatte Jenny ihm gestanden, daß sie während ihrer Schwangerschaft zum erstenmal die ganze Last der Familiengeschichte auf ihrem Bauch gespürt habe. In der Linie der Mutter war der größere Teil der Verwandtschaft von den Nazis abtransportiert und ermordet worden. In der Zeit vor ihrer Niederkunft war Jenny von neuem die Szene vor die Augen getreten, von der sie Eduard zu Beginn ihrer Liebe einmal erzählt, die sie aber danach nie mehr erwähnt hatte: wie die Gestapo ihre Mutter und andere jüdische Hausbewohner im Innenhof des Mietshauses zusammengetrieben hatte. Der blutjunge Offizier hatte einen der Hausbewohner gleich «auf der Flucht» erschossen, die anderen mit Schäferhunden und dem Ruf «Schnell, schnell, schnell!» in einen Lastwagen gehetzt. Durch eine List und einen Flirt mit einem Wachsoldaten war es der Mutter gelungen, aus der Sammelstelle wieder herauszukommen.

Jenny wußte, daß ihre Mutter sich seit langem ein Enkelkind wünschte. Als es sich in ihrem Bauch zu regen begann, hatte sie verzweifelt darüber nachgedacht, wie sie ihrer Mutter die Mitteilung ersparen könnte, daß das Kind auch einen Vater hatte – einen Deutschen. In jenen Tagen hatte sie manchmal die Jungfrau Maria um den Einfall von der unbefleckten Empfängnis beneidet.

Doch nach Ilarias Geburt war es ihr dann rasch gelungen, sie von der Unschuld des neuen Erdenwesens zu überzeugen. Der Umstand, daß das Kind kaum Ähnlichkeiten mit dem Vater aufwies, habe vermutlich zu dieser glücklichen Entwicklung beigetragen, spottete sie. Während der nachfolgenden beiden Schwangerschaften hatten sich die inneren Warn- und Proteststimmen nicht mehr gemeldet; sie wären wohl auch von Ilarias pünktlich alle vier Stunden ertönendem Geschrei übertönt worden. Was immer Eduard und Jenny in den Jahren ständigen Unterschlafs an Auseinandersetzungen zu bestehen hatten, er konnte sich an keine einzige erinnern, die sich durch das Konfliktmodell «Täter- versus Opferkind» – oder andersherum – hätte erklären lassen. Hinweise dieser Art hätten zur Klärung der Frage, wer nachts aufzustehen hatte, wenn eine der Sirenen in den Kinderbetten anging, nicht viel beigetragen.

Und auf einmal sollte diese Regel nicht mehr gelten – und das wegen einer lustlos verlesenen, von den Zuhörern falsch verstandenen Mitteilung, die das Politbüro-Mitglied Schabowski in die Fernsehkameras genuschelt hatte?

Er atmete auf, als die Frau mit dem Kind vorbeigegangen war und sich entfernte.

Seltsamerweise wurde Jenny jetzt erst richtig zornig.

«Was haben die sich so!»

Einige Tische weiter waren zwei Gäste aufgestanden und behinderten sich gegenseitig bei dem Versuch, die Frau mit dem Kind zu knipsen.

«Die ganzen Jahre», fuhr Jenny auf, «haben diese Mercedes-Fahrer am Grenzübergang unaufgefordert den Kofferraum aufgerissen, wenn sie einen Vopo auch nur von weitem sahen. Und jetzt reißen sie die Fotoapparate an die Augen, um rasch noch einen Schnappschuß über die Kindererziehung in der Diktatur einzufangen! So eine Leine ist vielleicht gar nicht so unpraktisch. Schade, daß wir nie auf die Idee gekommen sind. – Komm, ich bin müde, laß uns gehen!»

Zu seiner vorläufigen Behausung ersparte sie ihm jeden Kommentar. Doch als er ihre Blicke die öde dunkelgraue Fassade hinaufgleiten sah, bereute er, daß er nicht wenigstens für die erste Nacht eine Suite in einem Hotel genommen hatte. Auf dem unbequemen Klappsofa schlief sie sofort ein. Mitten in der Nacht drängte sie sich an ihn und berührte ihn; nach ein paar Stunden Schlaf schien sie wieder hellwach zu sein. Eduard war zu benommen, um ihr zu antworten, spürte nur eine undeutliche Erleichterung, daß der Abstand zwischen ihnen, der weniger durch die Tage des Getrenntseins als durch die Wiederbegegnung in Berlin entstanden war, sich ganz ohne Worte aufzulösen schien.

6 ERST am Morgen erinnerte sich Eduard wieder an den Zettel mit der steilen Schrift, den er tags zuvor auf dem Teppichboden hinter der Wohnungstür gefunden hatte. Er entschuldigte sich bei Frau Schmidtbauer; er habe den Zettel verlegt.

«Ein Paket für Sie! Es war nicht ausreichend frankiert», sagte sie.

«Wieviel schulde ich Ihnen?»

«Zwölf Mark achtzig», sagte Frau Schmidtbauer in jenem Ton des Vorwurfs, der sich weder durch Dankesworte noch durch ein Trinkgeld besänftigen läßt.

Eduard war auf eine der sechzehn Büchersendungen gefaßt, die er in San Francisco aufgegeben hatte. Aber das achteckige Ungetüm, das Frau Schmidtbauer aus einem Verschlag zerrte und mit beiden Armen über den Linoleumboden des Hausflurs schleifte, hatte ein anderes Format. Das Paket kam auch nicht aus Übersee, sondern war, nach der Frankierung zu schließen, in Deutschland aufgegeben worden. Außer dem Institut für Molekularbiologie kannte niemand seine vorläufige Adresse in Berlin, der Name Elisabeth Walter links oben auf dem Paketzettel konnte eigentlich nur jemanden von dort bezeichnen.

Als er das Paket hochwuchtete, war es, als rutsche ein schwerer und massiver Gegenstand im Innern gegen seine Brust. Im gleichen Augenblick verbreitete sich ein süßlich-modriger Geruch. Auch Frau Schmidtbauer mußte ihn bemerken, er sah ihre beiden, im Identifizieren von Gerüchen wahrscheinlich viel erfahreneren Nasenflügel beben. Doch offenbar war dieser spezifische, sich rasch ausbreitende Duft nicht in ihrem Geruchsarchiv verzeichnet. In ihren Augen meinte Eduard eine einzige Frage zu lesen: Warum in aller Welt ließ sich dieser Mieter aus dem Westen verderbliche Lebensmittel zuschicken? Traute er den hiesigen Produkten nicht?

Jenny hatte endlich in ihren kalifornischen Mitternachtsschlaf gefunden und ließ sich darin nicht stören, als Eduard auf Zehenspitzen in die Wohnung trat und das Paket auf dem Arbeitstisch absetzte. Im Besteckkasten der kleinen Einbauküche fand er ein Tranchiermesser. Er hatte es schon auf das braune Klebeband aufgesetzt, da ließ ihn eine absurde Vorstellung vor dem Einstich innehalten. Vor seinen Augen erschien das Bild einer verstümmelten Hand. Ein österreichischer Bürgermeister hatte sie vor einiger Zeit in die Fernsehkameras der Welt gehalten. In der Reportage war von Brief- und Paketbomben die Rede gewesen: extremistische Fremdenfeinde in Österreich und Deutschland wollten mit solchen Attentaten die Verteidiger von Ausländern «bestrafen». Zwar fiel Eduard kein Grund ein, warum ein Bombenbauer gerade ihm soviel Aufmerksamkeit und Bastlerfleiß widmen sollte, aber das Bild mit der hochgereckten Hand war stärker. Es mußten wohl der unerklärliche Geruch und der unbekannte Absender sein, die ihn auf solche abwegigen Gedanken brachten.

Seine Hand war vor Angst ruhig wie die eines Chirurgen, als er sich schließlich daranmachte, das Pappding mit dem Tranchiermesser aufzuschlitzen. Durch den Spalt sah er Geschenkpapier, zwei oder drei übereinander gelegte Tannenzweige, ein paar tintenschwarz verfärbte, zusammengeklumpte Salatblätter, die er als Eichenblattsalat erkannte. Als er mit dem Messer weiterbohrte, schoß der widerwärtige Geruch, den er im Hausflur wie aus großer Entfernung wahrgenommen hatte, mit der Wucht einer Explosion ins Zimmer. Rasch riß er die Verpackung auf und erblickte zwischen den Salatblättern etwas Fleischiges. Erst ungläubig, dann mit panischer Gewißheit identifizierte er die grünlich und violett schimmernde Nase mit den großen Löchern als eine Tierschnauze, die sich, nachdem er das Papier vollends auseinandergerissen hatte, zum Rüssel eines Schweinskopfs verlängerte.

Mit einem unterdrückten Schrei öffnete er das Fenster. Nur das Bild des abgeschlagenen Kopfs im Weihnachtspapier hinderte ihn daran, den Namen des Tieres, das da in carne et osse auf dem Boden lag, als Schimpfwort gegen die Häuserwände zu rufen.

Man mußte kein Experte in der Geschichte politischer Symbole sein, um zu erraten, daß der Schweinskopf in der Rigaer Straße verpackt worden war. Seit Jahrhunderten wurde das Schwein als Haßemblem mißbraucht, in der Regel von Leuten, denen dieses Tier an Verstand weit überlegen war. In jüngster Zeit war der Schweinskopf als politische Waffe hauptsächlich von Linken und selbsternannten «Antifa»-Gruppen verwendet worden, die entweder nicht wußten oder sich nicht daran störten, daß die Nazis sich desselben Mittels bedient hatten, um Juden zu diffamieren. Offenbar war Eduard – kraft seines vom Himmel der Vereinigung gefallenen Erbes – in den Augen der Besetzer als ein Vertreter des «Schweinesystems» kenntlich geworden, und die Paketsendung sollte ihm diese Verwandtschaft anzeigen. Blieb nur das Rätsel, wie die Absender in den Besitz seiner Adresse gelangt waren.

Soweit er sich erinnern konnte, hatte er sie bisher nur einmal, nämlich auf dem Polizeirevier in Friedrichshain, angegeben.

Kurz entschlossen nahm er das halb aufgeschnittene Paket vom Boden auf und stürzte, die Nase zur Schulter gedreht, aus der Wohnung. Es war ihm gleichgültig, was Frau Schmidtbauer denken mochte, als er an ihrem Fenster vorbeihastete. Der Gestank und die rosaroten Tröpfchen, die er im Hausflur hinterließ, rechtfertigten jetzt jeden, auch den schlimmsten Verdacht.

Mitten im Laufen kam ihm der Gedanke, statt des direkten Weges zum Mülleimer doch lieber den zum Polizeirevier zu nehmen. Immerhin war das Paket ein Beweisstück. Als er beschossen worden war, hatte er der Polizei nur zwei Phantomgestalten auf dem Hausdach beschreiben können; jetzt hatte er einen abgeschnittenen Kopf auf den Tisch zu legen.

Es gelang ihm nicht, das sperrige Paket in den Kofferraum des Leihwagens zu zwängen, den er sich für Jennys Ankunft besorgt hatte. Er warf es auf den Rücksitz und fuhr mit weit geöffneten Fenstern zum Polizeirevier.

Ohne eine Einladung abzuwarten, stellte er es dort auf den Tresen. Der ihm unbekannte Diensthabende zog mißtrauisch die Luft durch die Nase, schien sich aber nicht recht schlüssig zu sein, ob der Geruch von Eduard oder von dem Paket ausging. Was Eduard mit dem Paket hier wolle, fragte er, er befinde sich hier nicht auf dem Postamt. Eduard schlug die Laschen zurück und sah, wie sich das Gesicht des Diensthabenden verkrampfte. Eduard schüttelte den Kopf. Plötzlich fiel ihm ein, daß der Polizist als Angehöriger eines Berufsstandes, der im Außendienst so oft mit dem Ruf «Schweine» empfangen wurde, das Ganze mißverstehen könnte. Nein, nein, sagte Eduard, er selber, Eduard, sei der Adressat der Haßsendung, er habe den Kopf ausschließlich zum Zweck der Spurensicherung hergebracht. Der Beamte sah ihn wütend an.

«Was ist das?»

«Ein Schweinskopf!»

«Sie nehmen das sofort wieder mit!»

«Aber es gibt sicher Fingerabdrücke! Ich habe einen Anspruch darauf, daß die Absender der Sendung ermittelt werden!»

«Was für einen Anspruch? Die Versendung eines Schweinskopfs ist nicht verboten. Wir leben hier in einer Demokratie! Da kann jeder verschicken, was er will!»

Schriftsätze für eine Dienstaufsichtsbeschwerde türmten sich in Eduards Kopf; er werde wiederkommen, drohte er, mit seinem Rechtsanwalt, er verlange den Namen des Beamten. Der drehte ihm bereits den Rücken zu. Offenbar wiegte er sich in einer Sicherheit, die jahrzehntelang durch Bürgerbeschwerden nicht gestört worden war. Allerdings war nicht auszuschließen, daß er inzwischen das Postrecht kannte – besser jedenfalls als Eduard. Für den Augenblick blieb Eduard nichts anderes übrig, als das Revier mit dem unters Kinn gedrückten Paket wieder zu verlassen.

Er parkte den Wagen zwei Straßen weiter vor einer Bäckerei, an deren abgebeizter Holzfassade in schwungvollen Lettern die Aufschrift «Backfrisch» zu lesen war. Die belegten Brötchen, die Croissants, die Kuchenstücke hinter der Schaufensterscheibe waren wie Schmuckstücke ausgestellt, es fehlte nur das rote Samtkissen darunter. Das ganze Haus leuchtete im frischen, italienisch-ockergelben Putz, der freilich in Augenhöhe mit noch frischeren Graffitis und Parolen bedeckt war:

WESSIS RAUS! FUCK THE LANDLORDS – ASS-HOLES OF THE UNIVERSE!

Das angrenzende Gebäude mit den düsteren Wänden, in die Jahrzehnte des Verfalls riesige Schwären und Löcher gerissen hatten, war dagegen offenbar politisch unverdächtig und deswegen unversehrt geblieben. Mit dem Paket vor der Brust schlich Eduard sich durch den offenen Hofdurchgang, durch seltsame Figuren links und rechts an den Wänden irritiert. Mit grobem Pinsel hatte ein Maler ein ganzes Tierorchester auf die schimmelnden Mauerflächen des Durchgangs gezaubert, einen Trompete blasenden Esel, eine Gans, die Saxophon spielte, ein Schwein am Kontrabaß. Eduard gelangte in einen von nackten Ziegelwänden eingeschlossenen Hof, auf dem zwischen rostigen Badewannen und ausrangierten Türblättern rätselhafte Eisenplastiken standen, die Skeletten ähnlich sahen. Über einem Schuppendach hing ein großes Foto von Breschnew, der mit staatsmännischem Lächeln auf eine liegende Marilyn Monroe blickte. Die Mülltonnen entdeckte Eduard erst nach längerem Suchen; sie standen, wie die Bücher einer Bibliothek nach Sachgruppen geordnet, unter einem frisch gezimmerten Holzdach: «Weißglas», «Grünglas», «Pappe/Papier», «Verpackungen», links daneben die namenlosen dunkelgrauen Container für den großen Rest. Zielsicher ging er auf die Tonne mit der Aufschrift «Verpackungen» zu, öffnete den Deckel und zwängte sein Paket hinein, ohne die gebotene Trennung von Verpackung und Inhalt vorzunehmen. Der Tonnendeckel wollte sich nicht schließen. So kräftig er ihn auch nach unten preßte, die fürchterliche Schweineschnauze schien ihn immer wieder hochzudrücken.

Die neue, noch nicht mit Graffitis zugemalte Telefonzelle vor der Bäckerei kam ihm wie ein lichtes

Raumfahrzeug vor, das für ein paar Tage aus einer anderen Welt gelandet war. Wie wunderbar geräuschlos, fast zuvorkommend sich die Glastür öffnete, wie angenehm und unbegreiflich leicht der Plastikhörer in der Hand lag! Er schob die Telefonkarte in den Schlitz, las zustimmend den Kredit auf dem Display und wählte die Nummer der Auskunft. Nach einem kurzen Dialog teilte ihm eine weiche, überregionale Automatenstimme die Nummer des Hilton Hotels am Gendarmenmarkt mit.

7 JENNY saß auf der Schreibtischplatte und ließ ihre schwarzbestrumpften Beine herunterbaumeln, als Eduard in die Gästewohnung zurückkehrte. Mit einem halben Lächeln sah sie ihn unverwandt an, als erwarte sie etwas von ihm. Das Fenster stand halb offen; im Zimmer nahm er nur den Geruch frischer Malerfarbe wahr, den er in diesem Augenblick als angenehm empfand. Er hatte nie bemerkt, daß am Vormittag die Sonne durch das Fenster schien. Das Licht erfaßte eine Strähne von Jennys Haar, die sich aus den zurückgebundenen Locken gelöst hatte und ihr jetzt, in goldbraunen Fäden schimmernd, wie ein Glitzerband auf der Wange lag. Ihre Haut, die einen Hauch dunkler war, als er sie aus deutschen Breitengraden kannte, wirkte auf der ihm zugewandten Schattenseite des Gesichts noch dunkler, fremder und sprach vom Licht und den Winden eines anderen Erdteils. Als Jenny den Arm nach ihm ausstreckte, rutschte wie versehentlich das Satinhemd etwas hoch. Er sah, daß sie außer den Strümpfen und dem schwarzen Hemd nichts anhatte. Absurd, was er gefürchtet hatte. Jenny dachte nicht an einen Schweinsrüssel, sie hatte andere Bilder und Gerüche im Kopf. Und er hatte ganz vergessen, daß sie ihn in der Zeit, da ihr Liebesleben noch nicht unter die Diktatur von Wickelkindern gefallen war, öfter mit unerwarteten Auftritten überrascht hatte.

Ganz am Anfang ihrer Geschichte, auf dem Nachhauseweg aus einem Kinofilm im Zoopalast, war Jenny plötzlich vor einem Schaufenster stehengeblieben. Links ein Antiquitätenhändler, rechts ein Spezialgeschäft mit Espressomaschinen. Jennys Aufmerksamkeit hatte dem Schaufenster in der Mitte gegolten. Hochhackige Lederstiefel waren darin ausgestellt, deren Schäfte bis zum Oberschenkel reichten, Strumpfhalter in Seide, Gummi, Leder, Höschen mit aufknöpfbaren Aussparungen im Schritt. «Wenn du sie mir kaufst – ich führe dir diese Stiefel vor», sagte Jenny, «sie würden mir stehen, meinst du nicht? Oder stehst du auf Lackunterwäsche?» Ein anderes Mal hatte sie ihm von ihren erotischen Entdeckungsreisen mit einem griechischen Kunsthändler erzählt. Mit einem Verweis auf die quasiökologisch legitimierten Leidenschaften seiner Vorfahren – angeblich alle Schaf- und Ziegenhirten – hatte dieser Naturfreund sie in die Welt der analen Freuden eingeführt. «An wieviel Fingern soll ich mir die Nägel schneiden, an einem oder zweien?» hatte Jenny Eduard gefragt und ihm die Fingernägel ihrer rechten Hand gezeigt. Ungläubig hatte er auf diese gefährlich langen, grellrot lackierten Waffen geblickt und dann in das Mädchengesicht mit den Madonna-Augen. Jennys Frechheit, ihre Entschlossenheit, zum Ziel all seiner Wünsche zu werden, auch der entlegensten, noch zu entdeckenden, hatte ihn damals beeindruckt. Falls es eine Formel für die Chemie seiner Verliebtheit gab, so war es der verrückte Mix von Jennys Eigenarten: unschuldig plus intelligent plus pervers.

Er ging auf sie zu und blieb plötzlich wie vom Schlag getroffen stehen. Unmöglich konnte er sie mit den Händen, die eben noch das Paket gehalten hatten, anfassen. Er kam sich wie ein Schlachter vor, und er war ziemlich sicher, daß er auch wie einer roch. Er sah Jennys Nasenflügel wittern; zum Glück gelang es ihr nicht, den Geruch, der sie sichtlich irritierte, zutreffend zu deuten.

Er war entschlossen, Jenny vorläufig nicht mit den Ereignissen des Vormittags zu behelligen. Das Kind an der Hundeleine, die Unterkunft im Plattenbau, der Schweinskopf im Paket – zuviel für den Anfang. Als werde er plötzlich von einem anderen, dringlicheren Bedürfnis übermannt, machte er einen Schritt rückwärts, Richtung Bad. Aber Jenny wollte ihn nicht gehen lassen. Unser altes Malheur, dachte Eduard. In ihren erotischen Verabredungen blieben sie auf die Sprache der Signale angewiesen wie Frischverliebte, die für Erklärungen und Aufschübe keine Zeichen haben. Sie ergriff seine Hand fest, zog ihn dicht an sich heran, umschlang seine Hüften mit den Beinen und bedeutete ihm mit den Fersen, daß sie zum Klappbett getragen werden wollte. Er fügte sich und wunderte sich über alles, was danach geschah. Jenny, sonst die Prinzessin aus dem Märchen, die ein Legoteil unter einem Dutzend Federkernmatratzen erspüren konnte, störte sich nicht an dem Spalt unter ihrem Rücken. Ihre Nüstern, die wie zum Aufflug bereite Schmetterlingsflügel flatterten, wurden nicht von äußeren Gerüchen, sondern vom Atem ihrer Lust bewegt, und Eduard selber – er vergaß, wo und mit wem er war. Das spröde Bett hob sich, fand auf wunderbare Weise den Weg durch das halboffene Normfenster nach draußen, stand unbegreiflich lange in der bleigeschwängerten Luft zwischen den Plattenbauten, beschrieb eine kühne Schleife in Richtung Brandenburger Tor und setzte mit einem Ruck wieder in der Gästewohnung auf.

Mit einer Stimme, in der nicht eine Spur von Höhenlust oder Flugangst zu hören war, hörte er Jenny sagen:

«Hast du eigentlich den Zettel unter der Tür gesehen? Ich glaube, es gibt ein Paket für dich.» Eduard nahm ihr Gesicht zwischen seine Hände. «Jenny», sagte er. Aber in Jennys Augen war nicht die geringste Bereitschaft zu irgendeiner Antwort oder Erklärung zu entdecken, nur ein ironisches Glitzern. «Du wirst mir jetzt bitte nicht die schlimmste aller Männerfragen stellen!»

Als er, in ein Handtuch gewickelt, aus dem Badezimmer kam, war Jenny ausgehfertig. Wie sie in ihrem schwarzen Hosenanzug vor ihm stand, mit einschüchternd genau gezeichneten Lippen und Augenbrauen, schien sie auf einen Empfang im Schloß Bellevue vorbereitet. Doch sie hatte andere Pläne. Eduard solle ihr, ja, jetzt und sofort, seine Mietsruine zeigen, das zukünftige Familienschloß, in dessen Seitenflügeln alle Kinder und Kindeskinder Wohnung nehmen würden. Und auf dem Dach bauen wir einen dieser Swimmingpools, wie man sie in New York sieht! Nein, sie werde sich keinesfalls «passend» umziehen – «gerade wenn man zu Hausbesetzern geht, darf man sich nicht anpassen!» Er solle sich gefälligst in seinen besten Anzug werfen und einen Schlips umbinden. Nur aus der Überraschung und Überrumpelung könne etwas entstehen.

Es dämmerte, als Eduard Jenny nach Friedrichshain chauffierte. Erst beim Fahren merkte er, daß seine früheren Besuche bei Theo ihm nicht im mindesten bei der Orientierung in Ostberlin halfen. Diesmal kam er aus einer Himmelsrichtung, aus der er noch nie losgefahren war – von Osten kommend suchte er die Mitte. Vor dem Fall der Mauer hatte die sogenannte Hauptstadt für ihn vor allem aus den drei, vier großen Trassen bestanden, die ihn von den Grenzübergängen Heinrich-Heine-Straße, Invalidenstraße, Bornholmer Straße zu den immer gleichen zwei oder drei Adressen führten. Er hatte diese Straßen wie Tunnel durchfahren, ohne nach links und rechts zu schauen, mit den Augen öfter in den Rückspiegel als auf die Straße vor sich blickend, um rechtzeitig den Polizei-Wartburg mit der dunklen Beule auf dem Dach zu entdecken, der nur darauf lauerte, den Westler wegen irgendeiner noch so winzigen Regelwidrigkeit zu überholen und zu stoppen. Und auch jetzt wanderten seine Augen ständig zum Rückspiegel, obwohl die Volkspolizei längst Volkswagen fuhr und dem früheren Erzfeind diente. Die Reflexe und Gefühle änderten sich langsamer als die Städte und Gesellschaftssysteme.

Er orientierte sich am Fernsehturm, der hin und wieder wie eine gewaltige Wegmarke zwischen den Dächern auftauchte. In der kalten, trockenen Luft traten die klobigen Umrisse der Stadt hervor, nur ganz hinten, in der Tiefe des Blickfeldes, wurden die Linien weicher. Im Dunstschleier vor dem Horizont schienen sich die Häuser in langsam dahintreibende Eisberge zu verwandeln. Manchmal trat zwischen ihnen der ungeheure Glutball der Sonne hervor, der auf dem Straßenpflaster zu liegen schien, genau zu Füßen des Fernsehturms. In diesen Augenblicken brach das Licht wie Wasser durch eine geborstene Staumauer durch die Frontscheibe des Wagens und blendete ihn so, daß sich die Stadt vor ihm in aufstiebenden Lichtwolken auflöste und er sekundenlang blind fahren mußte.

Jenny war überrascht, wie nah der Bezirk Friedrichshain zur neuen Stadtmitte lag. Lange bevor sie die Rigaer Straße erreicht hatten, zog ihr Blick Linien vom Fernsehturm über die Dächer der Frankfurter Allee zum Plaza-Hotel und ordnete Eduards Immobilie in eine Umgebungsskizze ein. Mehrere große Kaufhäuser hatten in der Frankfurter Allee neu aufgemacht, die

Trottoirs waren voller Menschen. Beim Einbiegen in die Rigaer Straße erblickte man einen riesigen neuen Supermarkt. Ein Investor – wahrscheinlich auch ein Erbe aus dem Westen – hatte die Fassade seines Mietshauses bis zu den Fenstersimsen des zweiten Stocks mit Marmor verkleidet. Das Erbteil, befand Jenny, noch bevor sie es gesehen hatte, stehe offensichtlich im Fadenkreuz der Erneuerung; es sei von Investitionen eingekreist, nicht von Verfall. «Du mußt die Straße und ihre Umgebung sehen, nicht das Haus allein. Was ein Käufer zuerst wissen will, ist, ob die Leute in den Nachbarhäusern ein- oder ausziehen und was für Leute ein- oder ausziehen. Und warum hast du mir eigentlich nicht erzählt, daß du Verpächter einer Kneipe bist?»

Während er auf der gegenüberliegenden Seite einparkte, begutachtete Jenny das Haus. Sie sei auf alles gefaßt, hatte sie gesagt und verbarg nun tapfer ihre Erschütterung. Auf Eduard dagegen wirkte das Haus etwas zugänglicher als bei seinem ersten Besuch. Einer der hölzernen Rolläden im Erdgeschoß war heraufgezogen, die Tür dahinter stand offen, und die aus Eisenbuchstaben geschmiedete Aufschrift «Kommunikation» über der Tür schien tatsächlich auf eine Bar hinzuweisen. Auf dem Gehsteig stand ein junger Mann in schwarzem Leder, lang und schlank wie ein Basketballspieler, mit einer offenen Bierflasche in der Hand. Er hatte sich das Haar auf Stecknadellänge zurückgestutzt und trug einen Ring im Ohr, in den ein winziges Glitzerding eingefaßt war. Der Blick, mit dem er das Paar in Abendrobe musterte, kam Eduard eher neugierig als feindselig vor. Jenny hakte sich in Eduards Arm ein und steuerte mit ihm geradewegs auf den Ledermann zu. Der betrachtete die beiden, als hätten sie sich aus einer anderen Zivilisation hierher verirrt.

«Hey», sagte Jenny mit einem plötzlich unüberhörbaren amerikanischen Akzent, «das ist die Bar, über die man in San Francisco spricht. Kann man hier ein Bier trinken?»

Der Mann in Leder schaute erst Jenny, dann Eduard an, als hätte sie eine hochkomplizierte Frage gestellt. Eduard hatte das Gefühl, bereits unter dem Stichwort «Feind» eingeordnet worden zu sein. Die glitzernde Frau im Hosenanzug jedoch paßte offenbar in kein Raster und würde vielleicht doch eine andere Antwort als ihr Begleiter verdienen.

«Wait a minute», sagte der Lange, auf einen Zuruf aus der Bar reagierend. Er nahm das Handy, das ihm ein aus der Tür herausgestreckter Arm reichte. Eduard hörte, wie der Lange eine umfangreiche Liste von unterschiedlichsten Aufträgen durch das Handy weitergab, die eine Stimme aus der Bar ihm diktierte – Holz, Bierkästen, Gabeln, CD-ROMs, Kerzen, Porzellankleber. Mit dem letzten Wort hatte der Mann in Leder offenbar Schwierigkeiten. «Porzellanfix, Jeff, what the hell do you need this for?» Aber der Gerufene war mit der Liste der dringend benötigten Dinge noch nicht fertig: zwei Kästen stilles Wasser, dreizehn Hühner vom Ökobauern, eine Packung Windeln. Während der Lange die Aufträge wiederholte, kam der Auftraggeber aus dem Haus. Auf den ersten Blick sah er wie ein jüngerer Bruder des Mannes mit dem Handy aus. Er war ebenfalls schwarz, jedoch nicht in Leder gekleidet, er trug einen Trainingsanzug der Marke Champion und Nike-Schuhe. Er hatte denselben Kurzhaarschnitt und denselben Ring im Ohr, war aber deutlich jünger und auch kleiner als der Ledermann. Die beiden sprachen Englisch miteinander, britisches Englisch. Die Kommunikation zwischen ihnen wurde allerdings durch den Umstand erschwert, daß Jeff britisches Englisch mit badischem Akzent und der Lange Deutsch mit britischem Akzent sprach. Eduard schoß bei ihrem Anblick ein unangenehmer Gedanke durch den Kopf. Für ihn, den Beschossenen, war es unmöglich, die vermummten Gestalten auf dem Dachfirst zu identifizieren. Umgekehrt konnten die beiden Schützen, falls er sie jetzt vor sich hatte, in ihm sehr wohl den Besucher erkennen, den sie mit Leuchtmunition empfangen hatten. Im Unterschied zu ihnen hatte er ja völlig unverdeckt, vom Blitzlichtgewitter der Geschosse gut ausgeleuchtet, im Hausflur gestanden. Hatte nicht einer der beiden ein Fernglas in der Hand gehabt? Wenn ihn irgend etwas vor dem Wiedererkennen schützte, so war es sein italienischer Seidenanzug und der Duft des Eau de toilette, den Jennys Hals verströmte. Was ihre Kleidung anging, waren Berliner Hausbesitzer wahrscheinlich von Berliner Hausbesetzern gar nicht so leicht zu unterscheiden. In Berlin war man stolz darauf, daß man sich aus Mode und Schick nicht viel machte.

«San Francisco, are you sure?» fragte der Lange Jenny und gab das Handy an Jeff zurück. «Wahrscheinlich haben Sie unsere Homepage im Internet gelesen.»

«Oh, Sie haben eine?» gab Jenny zurück. «Nein, nein, ein Kollege vom ‹San Francisco Chronicle› war hier und hat mir Wunderdinge von diesem Haus und seinen Besetzern erzählt.»

«Hast du gehört, Jeff. Leute aus San Francisco!»

«Journalisten», verbesserte ihn Jenny.

«San Francisco», sagte der Lange mit einem Blick auf Jenny, «hat ein wunderbares Licht. Wir hier müssen uns mit der ‹Bewag› begnügen.»

Er stellte sich und seinen jüngeren Freund vor: Sam und Jeff. «I'm from Manchester», erwiderte er auf

Jennys Frage und: «Nice to meet you», als Jenny ihren Vornamen nannte.

Wie es sie von dort in die Rigaer Straße verschlagen habe? «We came by boat», erklärte Sam. Sie hätten mit ihrem Hausboot von der südenglischen Küste aus den Kanal überquert, seien durch all die plötzlich offenen Wasserwege nach Berlin getuckert und hätten in Moabit angelegt. Nicht nur in Manchester, sondern auch in Dublin, Warschau, Riga, Moskau, Lissabon sei die Adresse Rigaer Straße populär – «as a last resort», meinte Jeff.

Ob es auch Ostdeutsche unter den Besetzern gebe, wollte Jenny wissen.

Die beiden sahen einander an und schienen angestrengt nachzudenken.

«Meine Freundin aus Leipzig», sagte Sam, «ist die einzige aus der alten Mannschaft, die hiergeblieben ist.»

Die Leute vom Prenzlauer Berg hätten sich nach und nach verabschiedet, erklärten Sam und Jeff. Das karge Leben ohne Strom und Wasser, die Auseinandersetzungen mit der Polizei, der Kampf Mann gegen Mann gegen die Neonazis, an all das seien die ostdeutschen Kampfgenossen nicht gewöhnt gewesen; am Ende hätten sie sich durch die knallharten Streetfighter aus dem Westen unterdrückt gefühlt.

«Oh, this is an amazing story! Really puzzling!» sagte Jenny entzückt, mit dem Ermunterungslächeln einer professionellen Journalistin. «Kann man sagen, daß hier im Haus, auf der Ebene der Besetzer, so etwas wie eine Vertreibung der Ossis durch die Wessis stattgefunden hat?»

«I think, you got it wrong!» gab Sam, nun leicht vergrätzt, aber immer noch höflich, zurück. – «They didn't like the fighting. That's all.»

Sam und Jeff machten keine Einwände, als Jenny darum bat, die Bar sehen zu dürfen. Man brauchte eine Weile, bis sich die Augen an die violette Beleuchtung gewöhnt hatten. Es war ein zur Kneipe umgerüstetes ehemaliges Wohnzimmer. Ein paar junge Leute, mit Bierflaschen in der Hand, standen herum, einer schob mit einer Besenstange, an deren Ende ein flaches Brett angebracht war, die Flaschen, Flaschenscherben, Zigarettenkippen und Pappbecher der letzten Nacht zusammen. Jede der vier Wände war mit einer anderen Farbe bemalt, an einer hing eine Leinwand, über die ein Videofilm lief. Der Film zeigte Dutzende von Vermummten auf einem Hausdach. Mit Schleudern und anderen Wurfgeschossen verteidigten sie sich gegen eine martialisch ausgerüstete Polizeieinheit, die mit Leitern, Schilden, Knüppeln zum Sturm antrat. Jedesmal, wenn ein Geschoß der Hausbesetzer einen Polizisten traf, war triumphales Gegröle zu hören. Die Bilder mit den Treffern und den dahinsinkenden Polizisten wurden jeweils in slow motion wiederholt; von eigenen Verlusten war in dem Film nichts zu sehen. Aber die Zuschauer schienen gar nicht auf den Film zu achten. Durch zu häufige Wiederholung – vielleicht auch wegen der dürftigen technischen Qualität – war ihnen das Epos ihrer Heldentaten offenbar langweilig geworden. Eduard war sich plötzlich nicht sicher, ob die starken Beifalls- und Lachgeräusche nach den Treffern aus den Kehlen der Umstehenden oder aus den Lautsprechern kamen.

Der Tresen und das Regal mit den Flaschen waren aus aufeinandergetürmten Apfelsinenkisten gezimmert. Hinter der Bar stand eine zierliche dreißigjährige Frau mit kurzen Haaren und einem schmalen, sehr weißen Gesicht. Was der Lange zu ihr sagte, konnte Eduard nicht verstehen, aber die Art, wie er mit ihr sprach, ließ erkennen, daß sie hier die Entscheidungen traf. Das Wort «San Francisco Chronicle» schien ihren anfangs reservierten Blick aufzuhellen. Sie nickte Eduard und Jenny zu und schob zwei Gläser auf den Tresen.

«Our menue is a little special», sagte sie mit einem Lächeln, das nicht neugierig auf Reaktionen war. «Wir bieten immer nur zwei oder drei Getränke an, aber jede Woche andere. Bei der Auswahl lassen wir uns durch die Romane inspirieren, die uns gefallen. Gestern war ‹Das Haus mit den grünen Ameisen› dran, wir haben es mit Curaçao gefeiert. Heute sind wir bei ‹Hundert Jahre Einsamkeit›.»

«Da müssen Sie ja ziemlich viel lesen», sagte Jenny mit einem ansteckenden Auflachen.

«Tun wir. Aber ich gebe zu, es kommt zu Wiederholungen», erwiderte die Frau. Jenny, das sah Eduard, gefiel der Hausbesetzerin.

Eduard folgte mit den Blicken den langen Fingern mit den blaulackierten Fingernägeln, als die Frau hinter dem Tresen ein Glas in eine Untertasse mit Salz preßte und dann mit Tequila vollschenkte. Er fragte sich, ob es diese Hände gewesen waren, die die Salatblätter und die Tannenzweige unter dem Schweinskopf angeordnet hatten. Als sie vom Tresen zurücktrat, die Flaschen in das Regal zurückstellte und sich wieder umdrehte, bemerkte Eduard, daß sie schwanger war.

«Wie lange führen Sie denn diese interessante Bar schon?» fragte Jenny.

«Seit uns die ‹Bewag› zum erstenmal den Strom abstellte und wir uns alle mit Kerzen hier in diesem Raum wiederfanden. In dieser Zeit entstand übrigens unsere Leseleidenschaft. Damals haben wir entdeckt, daß man für Bücher keinen Strom braucht.»

Inzwischen hatte die ‹Bewag› offenbar klein beigegeben, dachte Eduard. Denn an mindestens drei Stellen der Kneipe waren elektrische Heizkörper aufgestellt, die den Raum zu Temperaturen aufheizten, wie sie in Marquez' Macondo herrschen mochten. Vor seinem inneren Auge sah er die Uhr des Stromzählers mit rasender Geschwindigkeit Kilowattstunden zählen, deren Ausdrucke die ‹Bewag› ihm, dem Hausbesitzer, unfehlbar zuschicken würde. In vergleichbarem Tempo mußte auch die Wasseruhr laufen. Denn aus dem verrosteten Hahn sah Eduard unablässig einen fingerdicken Strahl in das Becken schießen. Allein das Geräusch machte ihn verrückt, von den Kosten ganz zu schweigen. Nur mit Mühe widerstand er dem Impuls, sich über den Tresen zu beugen und den sinnlos laufenden Hahn eigenhändig abzudrehen.

Hastig griff er nach seinem Glas, als Jenny und die Frau hinterm Tresen einander zuprosteten. Er bewunderte die tollkühne Art, mit der Jenny drauflosfabulierte. Sie seien Reporter des «San Francisco Chronicle» und hierhergeschickt, um für ein amerikanisches Publikum zu berichten, wie die neue deutsche Hauptstadt mit ihren Minoritäten umgehe. Am Umgang der vereinigten Deutschen mit Ausländern und Minoritäten werde sich zeigen, ob die Welt die Wiedervereinigung aushalten könne.

Sam stand plötzlich neben ihnen und hörte zu.

«Sollen wir sie nicht doch lieber rausschmeißen?» fragte er die Frau leise. Der Satz war offenbar ernst gemeint; mit britischem Akzent gesprochen, klang er jedoch höflich. Die Frau an der Bar schien ihn als ein Angebot zu nehmen, mit dessen Ausführung man sich noch eine Weile Zeit lassen konnte. Der Vorschlag gefiel ihr, aber noch mehr gefiel ihr Jenny. Sie war offensichtlich neugierig auf die Journalisten aus den USA.

Dies war eine Generation von Anarchisten, dachte Eduard, der das Urmißtrauen der 68er gegen die Medien völlig fremd war. Die Medien gehörten wie der Himmel, Marties, McDonald's und Nikeschuhe zur Grundausstattung der vorgefundenen Welt.

Auf die Frage, ob sie sich im Haus ein wenig umsehen könnten, nickte die Frau Sam zu.

Er führte sie durch den Durchgang, in dem Eduard beschossen worden war, in den Hof. Der Müll und das übrige Gerümpel waren unangetastet geblieben, dennoch hatte sich der Charakter des Hofs seltsam verändert. Eine Kunstaura schien die engen Wände zu beleben und selbst die ausrangierten Fernseher und Kühlschränke in Skulpturen zu verwandeln. In der Mitte des Hofs steckte eine Art Speer von ungeheurer Länge, ein gerader und dünner, gut dreißig Meter hoher Holzmast. Der gigantische Speer zerteilte den Raum zwischen den engen Wänden im schrägen Winkel und ragte weit über das Dach in den Himmel. Der Anblick zwang dem Betrachter die Frage auf, aus welcher Vegetation und aus welchem Zeitalter ein solcher, vom Schaft bis zur Spitze fast gleichmäßig dünner Riesenhalm stammen und auf welche Weise er in den Hinterhof in der Rigaer Straße gelangt sein mochte. Es war, als wäre dieser Speer von einer Riesenhand über die Dächer geworfen worden und hätte sich ausgerechnet hier in den Boden gesenkt.

Sam schien nicht geneigt, das Rätsel aufzuklären.

Eduard zählte rasch die Fenster seines Erbteils, soweit sie vom Hof aus zu sehen waren. Die Zahl der Wohnungen ließ sich auf diese Weise nicht überprüfen. Deutlich zu erkennen war jedoch, daß viele Wohnungen, die durch Fensterglas gegen die Witterung nicht geschützt waren, einstweilen unbewohnbar waren. Eine zwei Meter hohe, mit Glasscherben und Draht bewehrte Mauer trennte das Haus vom Nachbarhaus. Im Fall einer Räumung, überlegte Eduard, würde diese Mauer von den Hausbesetzern schwer auf der ganzen Länge zu sichern sein und sich als Einfallstor für die stürmenden Polizeikräfte anbieten. Immerhin konnte man Sturmleitern an diese Mauer stellen.

Plötzlich sah er den Jungen wieder, der ihm beim ersten Besuch aufgefallen war. Er war allein in einem hellerleuchteten leeren Raum und saß auf dem Rahmen eines Billardtischs. Das Fenster war zerbrochen, und Eduard wunderte sich, wie der Junge es mit seinen bloßen Armen in dem offenen Raum aushalten konnte. Mit einem abgebrochenen Queue, dessen Ende an seiner Schulter lag, zielte er auf eine für Eduard nicht sichtbare Kugel, die offenbar schwer zu erreichen war. So weit wie möglich versuchte sich das Kind mit dem Stoßarm über den grünen Filz zu strecken. Eduard sah das über den Tisch geneigte Gesicht des Jungen, die prachtvollen blonden Haare, die in breiten Strähnen in die Stirn fielen und die Augen verdeckten. Er zielte lange und stieß schließlich zu, schien aber die Kugel verfehlt zu haben. Er wiederholte den Stoß, offenbar auch diesmal ohne Erfolg. Es war etwas unendlich Hingebungsvolles, gleichzeitig Ungeschicktes und Vergebliches in seiner Bemühung, und als Eduard ihn so unter dem weißen Licht sitzen sah, erfaßte ihn ein jähes, unerklärliches Gefühl der Rührung.

Er wollte Sam nach dem Jungen fragen. Inzwischen war ein anderer Hausbesetzer aus der Tür des Seitenhauses getreten und, ohne Notiz von ihnen zu nehmen, an Eduard und Jenny vorbei und zu Sam gegangen. Er sprach so leise auf ihn ein, daß der lange Sam sein Gesicht zu dem Mund des anderen neigen mußte. Unvermittelt hob er den rechten Arm in Eduards Richtung, machte mit dem vorgestreckten Zeigefinger eine zielende Bewegung, lachte. Ein längeres Flüstern war zwischen beiden zu hören, dann verschwanden sie in einem Seiteneingang zum Hinterhaus. Eduard wurde immer unruhiger, er war sicher, daß er erkannt worden war. Jetzt erschien es ihm unbegreiflich, mit welchem Leichtsinn er und Jenny sich in das Haus eingeschlichen hatten. Freiwillig und völlig ungeschützt hatten sie sich Leuten ausgeliefert, die in ihnen ihre Todfeinde sahen. Im Prinzip konnten sie mit ihnen machen, was sie wollten: sie in ein Zimmer sperren und verhören, sie festhalten und erpressen. Irgendwo hatte er gelesen, daß auf dem Dachboden eines besetzten Hauses eine vermoderte Leiche gefunden worden war; der Fall war nie aufgeklärt worden.

Jenny schien von seiner Unruhe nichts zu spüren. Er sah sie, bleich und verletzlich, in dem dunklen Hof stehen. Von irgendwoher fiel der Widerschein eines Lichts auf ihre Gestalt. In all dem Müll und dem Verfall sah sie wie eine in dunkles Tuch gehüllte Statue aus, die aus einem Museum entführt worden war – nein, wie eine Geisel, dachte Eduard, eine wunderschöne noch dazu, die er womöglich gleich gegen eine Übermacht von Entführern würde verteidigen müssen.

«Hey, want to see my apartment?» fragte jemand.

Es dauerte eine Weile, bis Eduard Sams Stimme Sams Kopf zuordnen konnte. Er stand im Flur des Hinterhauses und streckte den Kopf aus einem Fenster ohne Glas.

Jenny schien dazu bereit.

«Sorry», rief Eduard. «Wir müssen gehen. Wir haben Karten für die Oper.»

«Going to the Opera? Are you sure? The Opera is so lousy in this city!»

«Anyway», sagte Eduard, nahm Jenny am Arm und schob sie energisch durch den Hof in Richtung Straße. Sie bestand darauf, daß sie sich von der Frau an der Bar verabschiedeten.

«Wir sind tief beeindruckt», sagte Jenny und entschuldigte sich für den abrupten Aufbruch.

«Sie müssen wiederkommen, zu einer unserer Partys.»

«Wann denn?»

«Wir feiern jeden Abend. Aber die größte Party wird in ungefähr vier Wochen sein. Wenn wir unsere Mietverträge feiern.»

«Sie haben Mietverträge?»

«Wir werden sie kriegen», sagte die Frau hinterm Tresen und legte Jenny schwesterlich die Hand auf den Arm.

Eduard stand wie vor den Kopf geschlagen, Jenny jubilierte.

«Was für ein Glück! Von wem denn?»

«Von der Hausbesitzerin. Von wem sonst!»

«Ist das wahr? Dann ist ja plötzlich Schluß mit dem ganzen aufregenden Leben. Sind Sie auch ganz sicher?»

«Wir haben Glück mit unserer Hausbesitzerin», sagte die Hausbesetzerin. «Sie ist eine wunderbare alte Frau. Sie mußte Deutschland Anfang der dreißiger Jahre verlassen. Und ich glaube, sie mag uns.»

Jenny bekam im Auto einen regelrechten Anfall. Sie traue ihm durchaus zu, daß er mit seinem rapide abnehmenden Sehvermögen, dem er aus Eitelkeit immer noch nicht mit der längst nötigen Lesebrille aufhelfe, den Namen oder die Adresse falsch gelesen habe. Sie wolle den Restitutionsbescheid sehen, auf der Stelle!

Eduard hatte Mühe, sie davon zu überzeugen, daß er tatsächlich im Besitz eines vom Kreisgericht Lichtenberg ausgestellten Erbscheins war, den er Buchstabe für Buchstabe studiert hatte. Die Behauptung der Hausbesetzer sei eine clevere Propagandalüge, speziell erfunden für die berühmten Journalisten des «San Francisco Chronicle». Zugeben mußte er, daß er so gut wie nichts über die Geschichte des Hauses wußte. Es war ihm – wie es Millionen anderen, genauso überraschten Erben jetzt geschah – durch eine Art historischer Lotterie zugefallen, deren Gewinner häufig nicht einmal wußten, daß sie an der Lotterie teilnahmen.

«Und du hast wirklich keine Ahnung, auf welche Weise dein Großvater in den Besitz dieser Bruchbude gelangt ist?»

«Nicht die geringste.»

«Also der berühmte Onkel von den Bahamas!» höhnte Jenny.

«Ja, von den Bahamas, warum nicht», erwiderte Eduard. Im übrigen sei er nicht der einzige, der von seinem Glück vollkommen überrascht worden sei. Viele, wenn nicht die meisten neuen Erben seien durch die Wiedervereinigung plötzlich Neffen und Cousinen von Onkeln auf den Bahamas geworden und erbten jetzt Geschäfts- und Wohnhäuser, Fabriken, Grundstücke, Wälder, die sie längst aufgegeben hatten oder von deren Existenz sie nicht einmal wußten.

«Aber du wirst doch wissen, ob dein Großvater ein Nazi war?» rief Jenny.

Eduard erinnerte sich dunkel an Andeutungen der Großmutter und des Vaters über «Dr. Egon Hoffmann», den Lebemann und Schürzenjäger – er wurde immer nur abwehrend mit Titel und dem Nachnamen erwähnt. Jeweils am Sonntagvormittag, während seine

Frau mit den Kindern zur Kirche ging, habe sich der Großvater, so die oral history der Familie, mit der einen oder anderen Geliebten im ehelichen Bett vergnügt. Eines Sonntagvormittags war die Großmutter mit den Kindern vorzeitig aus der Kirche zurückgekehrt und hatte Dr. Hoffmann zwar in Anzugjacke, aber ohne Unterhose angetroffen, die Gespielin lag, ungeschickt getarnt unter der verknäulten Bettdecke, im Ehebett. Die Großmutter hatte die Kinder vom Ort des Verbrechens weggescheucht und mit der von Bachchorälen geschulten Stimme eine für Eduards Vater unvergeßliche Schimpfkoloratur angestimmt. Am selben Tag war sie mitsamt den Kindern zu einer Schwester gezogen. Von diesem Tag an war von Dr. Egon Hoffmann nur noch in Halbsätzen die Rede gewesen: nach Amerika ausgewandert, Hotelerbin geheiratet, Vermögen im Spiel durchgebracht, in der Gosse mit Spielern und Huren verendet. «Ein Widerstandskämpfer war er bestimmt nicht», sagte Eduard. Die Großmutter jedenfalls, soviel sei durch die Andeutungen seines Vaters und durch Fotos bezeugt, habe den Führer angehimmelt. Ein politisch widerspenstiger Dr. Egon Hoffmann, und wäre er nur durch die Verweigerung des Hitlergrußes aufgefallen, wäre von der Familie nach 1945 mit Sicherheit wiederentdeckt und rehabilitiert worden. Die Geschichte eines solchen Vorfahren hätte sich, schon ihrer Nützlichkeit in den Nachkriegsjahren wegen, mit Sicherheit herumgesprochen.

Jenny empörte sich über die Vagheit von Eduards Auskünften. Wie konnte es geschehen, daß ein erwachsener Mann nur mit Mühe den Vornamen seines Großvaters nennen konnte, aber schon über sein Alter, seinen Werdegang, sein Todesjahr nichts als Vermutungen anzubieten hatte? Was wollte er seinen Kindern sagen, wenn die ihn eines Tages nach diesem Vorfahren fragten? Hatte er keine Geschichte zu erzählen, irgend etwas über eine Schnitzerei im Schaft seines Jagdgewehrs oder über die Rauchkringel, die der Großvater geblasen hatte; über seine Schuhe, seine Schrullen und Vergeßlichkeiten – irgend etwas Persönliches, Unverwechselbares, woran ein Kind sich festhalten kann?

Eduard schüttelte den Kopf. Ein halb oder ganz erwachsener Vertreter seiner Generation, sagte er, sei nicht eben darauf versessen gewesen, das Vorleben der Eltern und Großeltern zu erforschen. Er mußte fürchten, auf unangenehme Details zu stoßen, die sich für Gutenachtgeschichten gar nicht eigneten. Die entsprechende Sorgfalt hatte man lieber auf die Vergangenheiten der Nichtverwandten verwendet.

«Mit wem habt ihr abgerechnet», fuhr Jenny auf, «mit einer Altersgruppe? Mit Aliens, die sich nach Deutschland verirrt hatten? Und wie seid ihr selber unter die Deutschen geraten? Als Engelchen, die aus unbehaarten Engelsschößchen und rosa Wölkchen auf dieses Fleckchen Erde gepurzelt sind? Am Ende könnt ihr euren Kindern nicht einmal erzählen, von wem sie den roten Schopf, das Talent für Musik oder die Anlage für Diabetes haben!»

Was war los mit Jenny? Warum regte sie sich so auf? Das alles war doch zigmal erklärt und zwischen ihnen abgehandelt worden. Die «Abrechnung» mit der Generation der Väter, Eduard hatte es längst zugegeben, war keineswegs aus Versehen «strukturell» ausgefallen. Man hatte Plurale gebildet, man scheute den Singular. Man reimte Väter auf Täter, sprach von «der Generation, die für den Nazifaschismus verantwortlich war», aber selten vom eigenen Vater oder Großvater; man fixierte sich auf «die sozialen und psychologischen Voraussetzungen» des Megaverbrechens, interessierte sich nicht für die kleinen Feigheiten, die unerzwungenen Denunziationen und Gemeinheiten der Verwandten, die alle zusammen den Holocaust ermöglicht hatten. Man hatte auch keine Geduld für die kleinen Gesten von Anstand dieser oder jener Tante oder Großmutter, die, wenn sie nur häufig genug gewesen wären, den Völkermord womöglich verhindert hätten. Die strukturelle Analyse hatte neben anderen Verdiensten den Vorteil, daß sie den Anklägern die Recherche der eigenen Familiengeschichte ersparte.

Kraft einer Zauberformel namens «Restitution» war jetzt alles anders geworden. Durch dieses unverhoffte und komplizierte Recht rückte die Geschichte der letzten sechzig Jahre den Nachgeborenen als Familiengeschichte auf den Leib. Die vielleicht nur erfundene Behauptung der Hausbesetzerin in der Bar über die «rechtmäßige Erbin» würde Eduard plötzlich zwingen, sich in allen Einzelheiten mit der Geschichte seines Erbteils zu befassen. Er würde nachzuweisen haben, daß sein Großvater sich die Immobilie «redlich» – was immer das hieß, jedenfalls nicht als Nutznießer eines «verfolgungsbedingten Zwangsverkaufs» – erworben hatte. Die Geschichte wurde neu geschrieben – als Geschichte des Familieneigentums. Und weil die neue Forschungsrichtung nicht so sehr das kollektive Gewissen, sondern das individuelle Vermögen betraf, würden sich ihr Millionen Hobbyforscher anschließen.

Rund um den Gendarmenmarkt hatten sich alle Straßen in Sackgassen verwandelt, Eduard mußte den Platz mehrmals umfahren, bis er durch ein Labyrinth von Rechts- und Links-Abbiegepfeilen zur Auffahrt des Hilton-Hotels fand. Ohne Jennys Fragen zu beantworten, drückte er dem Portier den Zündschlüssel für den

Leihwagen in die Hand und hielt Jenny die Tür zu der Eingangshalle auf. In sächselndem Amerikanisch bestätigte der Mann an der Rezeption Eduards Vorbestellung. Wo er sie denn hinführe, wollte Jenny wissen, als Eduard mit dem Zimmerschlüssel auf den Fahrstuhl zusteuerte, zurück nach Amerika? Verwundert registrierte sie, daß die Eingangshalle mit dem Springbrunnen, den weißen Gipssäulen, dem verglasten Lichthof und den zweiarmigen Treppenläufen in der Tiefe, die nirgendwo hinführten, bis ins Detail einem Hotel entsprach, in dem sie einmal in Arizona übernachtet hatten.

Im Zimmer hinderte sie Eduard, das Licht anzuknipsen, lief zu den Fenstertüren und öffnete die Vorhänge. Der Raum wurde nur durch das gelbe Licht auf dem Platz und die roten Positionslichter auf den Türmen und Kuppeln erhellt. Dicht über ihnen sahen sie eine gleichmäßig helle, an den Rändern scharf abgeschnittene Wolkenwand, die wie ein von hinten erleuchtetes Gebäude aus weißem Stein im Himmel stand; in Blickhöhe vor ihnen die schwärzlichen, steinernen Figuren auf den Front- und Seitengiebeln des Deutschen Doms, hoch darüber der goldene Engel auf der Kuppelspitze, der unter der unmerklich vorbeiziehenden Wolkenwand zu fliegen schien. Die Kuppeltürme mit den vielen Säulen und die scheinbar freistehenden Figuren auf den Giebeln zauberten ein kleines Stück südlicher, barocker Stadtlandschaft in den preußischen Himmel. Nur der Blick aus dem Fenster an der Ostseite erinnerte sie daran, wo sie waren. Vor einer ausgeschachteten Hauswand ließ ein Kran seinen langen Arm durch die Nacht schwingen. Aus der Tiefe des Baulochs war das Rammen und Scharren schwerer Eisenteile zu hören.

An der Fenstertür sah Eduard Jennys Gesicht, von

dessen Linien die Schatten nur das Nasenbein und die Lippenwölbung freigaben. Er zog sie an sich, ein Lichtfleck spielte auf ihrem nackten Oberarm, als sie das Jakkett zu Boden fallen ließ. Die Dunkelheit und das unbekannte Zimmer machten sie einander fremd. Als wäre es zum ersten Mal, zogen seine Hände die Linien von Jennys Körper nach, erst diejenigen, die er sah, dann die anderen, die er nur ertasten konnte. Er flüsterte ihr Liebesworte zu, die er noch nie gesagt hatte.

Dann, als würde die Zeit plötzlich von einer anderen Uhr gezählt, rissen sie einander die Kleider vom Leib. Keine Geduld für ein geordnetes Entkleiden, nur das Nötigste wurde abgeworfen, Jennys Satinhemd und Eduards Socken gehörten nicht dazu. Irgendwie fanden sie sich statt unter dem Baldachin des Hochzeitsbetts auf dem Teppichboden vor dem Bett. Doch mitten im Liebesspiel war es ihm, als höre er eine Warnung, die ihn zögern ließ. Es ging nicht um ihn, um sein Begehren, sondern um das unsichtbare Schräubchen, das Jennys Lustmaschine vor der Zeit zum Stehen brachte. Jenny schien nicht im mindesten daran interessiert zu sein, daß er an sich hielt, und sie war geschickt darin, ihn bis zu dem Punkt zu erhitzen, da ein Mann alle Absichten vergißt. Sein Innehalten und Verzögern, Jennys Drängen bauten sich zu einem seltsamen Zweikampf auf. Bildete er sich nur ein, daß sie unter seinen Küssen den Kopf zur Seite drehte? Daß sie, wachsam wie ein Tier, stillhielt, wenn er sie streichelte, ihn heftig an sich zog, als wolle sie ihn an der Fortsetzung seines undienlichen Treibens hindern? War es möglich, daß seine eigene Frau, die Mutter seiner drei Kinder, von seinen Zärtlichkeiten – plötzlich glaubte er die Herkunft des Ausdrucks zu verstehen – unangenehm berührt war?

Der Verdacht veränderte die Regeln des sexuellen

Spiels. Sich seiner Lust zu überlassen hieß, klein beigeben, das Spiel verlieren.

Laß es doch geschehen, sagte er, wollte er sagen, laß dich fallen, ich liebe dich doch, was muß ich noch tun, damit du mich erhörst? Vorher einen Drachen töten, dir auf Knien meine Minne beichten, auf das Balkongeländer steigen und mit meinem Absprung drohen? Für was oder wen bewahrst du dich auf?

Und irgendwann schien es ihm wirklich, als flöge ihr Atem im gleichen Rhythmus mit dem seinen, als höre er ein zartes Seufzen und einen Wohllaut, der aus tieferen Tiefen kam. Er ergab sich und bereute es gleich wieder. Denn als er, satt und besänftigt, mit ruhiger Hand über Jennys Körper strich, fühlte er, daß ihre Haut vollkommen trocken war, wie nach einem vom Sonnenschirm beschützten Mittagsschlaf am Strand.

Mitten in der Nacht wachte er auf und suchte sich im Dunkeln zu vergewissern. Kein Zweifel, da lag eine ausgewachsene und fehlerlose Frau, eine Prinzessin mit einem trotzigen und hinreißenden Kindskopf auf dem langen Hals. Es war seine Frau, sie hatte ihm drei Kinder geboren. Aber sie gehörte ihm nicht, hatte ihm vielleicht noch nie gehört, und er würde sie verlieren, wenn es ihm nicht gelang, ihr Geheimnis zu erraten.

8 BIS auf einen kurzen Antrittsbesuch beim Leiter der Abteilung hatte sich Eduard noch nicht im Institut für Molekularbiologie in Buch sehen lassen. Er würde noch herausfinden müssen, welcher Weg dorthin eine halbwegs berechenbare Ankunft versprach. Die holprigen Hauptstraßen der Vorstädte, die er zu durchqueren hatte, waren alle paar hundert Meter von Baustellen unterbrochen und entsprechend verstaut. Sein Versuch, sie zu umfahren, endete entweder in Sackgassen oder im freien Feld. Offenbar blieb ihm nichts anderes übrig, als die letzte Strecke zum Institut im Schrittempo zurückzulegen, und es sprach nichts dafür, daß sich dieser Zustand in absehbarer Zeit ändern würde. Denn die meisten Baustellen, die er passierte, hatten mit der Verbesserung der Straße selbst noch gar nichts zu tun; die Techniker und Arbeiter waren vorerst mit all den anderen Verbindungen beschäftigt, die neben und unter den Straßen zu verlegen waren. Überall mußten Gas-, Wasser- und Abwasserleitungen, Telefon- und Stromkabel instand gesetzt oder neu installiert werden. In Berlin war zur Zeit alles auf den Kopf gestellt: Das Zentrum war einstweilen eine Wüste und sah aus wie Umland, die Randzonen der Stadt dagegen waren überfüllt wie in anderen Städten nur die Zentren.

Die nähere Umgebung des Instituts machte den Eindruck einer ehemaligen Gartenkolonie, die mit kargen Mitteln und großer Beharrlichkeit zu einem Ensemble fester Häuser ausgebaut worden war. Die spitzgiebligen, meist zweistöckigen Einfamilienhäuser, deren jedes von einem kleinen, penibel eingezäunten Garten umgeben war, erinnerten Eduard an die armen Vorstädte Amerikas. Zwar waren die Häuser, die er hier sah, aus Stein statt aus Holz, sie ließen sich auch nicht auf Räder stellen und wegziehen. Aber die Einförmigkeit und Übersichtlichkeit der Siedlung, ihre fast vorsätzliche Kahlheit, die Rechtwinkligkeit der Straßen und Grundstücke – all das kam ihm bekannt vor. Aber es gab noch weitere, seltsame Übereinstimmungen. Hatten die DDR-Planer etwa auch die Numerierung der Straßen, die minutenlange Wartezeit an den Ampeln bei Rot, den Zwang zum Rechtsabbiegen und Wenden, wenn man von einer Hauptstraße nach links abbiegen wollte, vom imperialistischen Feind in Übersee abgeschaut? Und ebenso die zentrale Einweisung des Gastes durch den Oberkellner im Restaurant, den anspruchslosen Speisezettel, die obligate Salatbeilage auf dem Teller? Sollte eine nie eingestandene Liebe zu der Weltmacht jenseits des Atlantiks die Gestalter des anderen Deutschland inspiriert haben? Eine solche Anziehung hätte durchaus eine innere Logik, überlegte Eduard. Denn ähnlich wie die amerikanischen Einwanderer waren die Gründer der DDR von der Idee eines radikalen Neuanfangs beseelt gewesen. Die überkommene Kultur, so wollten es die Revolutionäre, hatte sich den Grundsätzen der Vernunft zu beugen, die Geschichte begann eigentlich erst mit ihnen. Ganz unvermeidlich, so stellte es sich Eduard auf einmal dar, war der junge sozialistische Staat in mancher Hinsicht eine Kopie des armen Amerika gewesen, eine Mini-USA. Der tragische Irrtum dieser Nachahmung schien ihm darin zu bestehen, daß die deutschen Anfänger die schamlose Inkonsequenz des amerikanischen Vorbilds überlesen hatten. Das Ideal der Gleichheit war in der DDR nicht gemildert worden durch die Anerkennung des menschlichen Egoismus und seiner Hervorbringungen. Deswegen sah man nirgends über diesen bekennerischen Hütten die glitzernde Gegenkulisse der Downtowns aufsteigen, in denen die Reichen und Mächtigen ihre Delirien austoben; nirgends die schimmernden Fassaden, die romanisch, gotisch, barock, arabisch gestalteten Dächer und Türme der himmelhohen Wohnburgen, zu denen dort auch die Ärmsten aufblikken, die im Schatten der Autobahnzubringer und in den Eingängen der Untergrundbahnen leben.

Rund um das Institut, im innersten Kreis der Erneuerung, war ein kleines Viertel brandneuer, erst zum Teil bezogener Wohnhäuser entstanden. Eduard vermutete einige jener Kollegen aus dem Westen unter den Bauherren, die sich am Institut Lebensstellungen hatten verschaffen können. Manche Häuser sahen mit ihren überhängenden Dachtraufen und breiten Balkonen aus wie Berghotels, andere erinnerten an Ferienhäuser auf Ibiza oder Mykonos, wieder andere prunkten mit Erkerchen und Türmchen und gaben sich postmodern. Zwischen den Einfamilienhäusern aus der DDR-Zeit wirkten die neuen Bauten wie exotische, in ein zu kaltes Klima versetzte Pflanzen. Die einzige Idee, der die Architekten und Planer der siegreichen Zivilisation folgten, schien das Prinzip des botanischen Gartens zu sein, der Ehrgeiz, eine möglichst große Artenvielfalt vorzuführen. Vielleicht war der Salto ins Grelle, Runde, Bunte nötig, um sich von der Diktatur des sandgrauen Rechtecks zu befreien. Als er jedoch neben einer Schweizer Skihütte eine Villa im mexikanischen Adobe-Stil entdeckte, wünschte sich Eduard, die Häuser wären wie die Pflanzen mit Sensoren ausgestattet, die ihnen das Gedeihen in einem ungeeigneten Klima verboten und sie verdorren und zerfallen ließen.

Die Schranke vor dem Pförtnerhäuschen des Instituts hob sich erst, nachdem der Pförtner das Foto im Hausausweis sorgfältig mit Eduards Gesicht verglichen hatte. Der Weg führte durch einen gepflegten, von hohen Bäumen bewachsenen Park, in dem von jeder Baumart – Buche, Birke, Eiche, Eibe, Linde – jeweils eine besonders seltene Spezies vertreten zu sein schien. Die Häuser zwischen den Büschen und Bäumen zeigten die unverkennbare Kastenform mit dem üblichen pickelartigen bräunlichen Verputz. Im Schatten einer Weißtanne entdeckte Eduard die Bronzefigur, deren Abbild er bereits auf dem Deckblatt der institutseigenen Zeitschrift mit Verblüffung gesehen hatte. Das Kunstwerk mit dem Titel «L'homme», so hatte er gelesen, war dem Center von einem westdeutschen Schwesterninstitut als Leihgabe überlassen worden. Offenbar machten sich die Kollegen aus dem Westen nicht nur über die berufliche, sondern auch über die ästhetische Fortbildung der Partner im Osten Gedanken. Der nackte Bronzemann hielt beide Arme weit ausgestreckt, als wolle er die Welt umarmen, stand aber dabei so unsicher und verquer auf den Beinen, daß der Anblick bei längerem Hinschauen einen sympathetischen Gliederkrampf auslösen mußte.

Eduard parkte das Auto vor dem «Weißen Haus», das seinen Namen vermutlich der vor kurzem abgeschlossenen Arbeit einer Malerkolonne verdankte, jedoch nur von außen fertig war. Im Inneren stieß man gegen Leitern, Eimer, Materialkisten und Handwerker, die beharrlich darauf warteten, daß man als erster «Entschuldigung» sagte. Er verlief sich mehrmals, ehe er Professor Rürups Zimmer fand. Der nickte ihm zu wie einem guten Bekannten, den man gerne öfter sähe. Eduard hatte sich mit ihm bisher nur über einige administrative Angelegenheiten verständigt und noch kaum ein persönliches Wort gewechselt. Er war nicht sicher, wie er mit dem schlanken, asketisch wirkenden Mann zurechtkommen würde, er verstand die Signalsprache noch nicht. Der Professor hatte ihn auf amerikanische Art gleich mit dem Vornamen angesprochen, aber Eduard wußte nicht, ob er diese Vertraulichkeit erwidern solle, möglicherweise war sie hier nur ein Vorrecht des Vorgesetzten. Auch irritierte es ihn, daß der Professor mit so leiser Stimme sprach. Verzichtete er absichtlich auf alle Autoritätsrituale, oder war er nur zu schüchtern, sie einzufordern? Selbst über Rürups Alter geriet Eduard in Zweifel. Nur der von tausend feinen Fältchen zerfurchte Hals und die langen, verdickten Ohrläppchen bestätigten das Geburtsdatum, auf das Eduard in einer bibliographischen Fußnote gestoßen war; die Gesichtshaut, die flinken jungen Augen, die Bewegungen schienen dagegen zu einer anderen Person zu gehören.

Eduard war von der Geräumigkeit der Zimmer und der Arbeitsplätze im Labor überrascht. In Stanford hatte man sich an viel engeren Arbeitstischen, nicht selten in zwei- oder dreigeteilten Zimmern ohne Fenster bewegen müssen. Auch die Sauberkeit des Labors imponierte ihm. Aus den Blicken mancher Laboranten und Kollegen jedoch, die Rürup auf ihrem Rundgang kurz vorstellte – die offizielle Begrüßung war für ein paar Tage später geplant –, sprach eine etwas zu entschlossene Freundlichkeit. Ohnehin glaubte er in den Augenwinkeln des Professors eine Art Lachbereitschaft zu erkennen. Rürup schien nur darauf zu warten, daß der technisch verwöhnte Neuling aus dem berühmten Medical Center seinen Spott über die Ausstattung des

Berliner Instituts ausgießen würde. Aber Eduard war vom Standard der Labors positiv überrascht. Wenn die deutsche Genforschung den USA wirklich um fünf bis zehn Jahre hinterherhinkte, so lag es jedenfalls nicht am Mangel von entsprechenden Geräten. Vielleicht gab es zu wenig Leute, die mit ihnen umzugehen wußten. Im übrigen spürte er nicht die geringste Neigung, sich durch irgendein Fachurteil gleich als Guru für Maschinen und Computer zu profilieren. Selbst im Computerparadies Kalifornien entfielen dreißig bis vierzig Prozent der Arbeitszeit darauf, Störungen in der Kommunikation zwischen Mensch und Computer zu beseitigen. In Eduards neuer, postkommunistischer Arbeitsumgebung würde man diesen Schätzwert deutlich höher ansetzen müssen.

Nach dem Rundgang lud ihn Rürup, der ständig bemüht schien, Brücken zwischen Eduards alter und neuer Arbeitsumgebung zu bauen, zu einem «Coffeebreak» in die Mensa ein. Der hallende Raum war fast leer, nur an einigen Tischen an der verschatteten Fensterfront sah Eduard ein paar Leute vor beigefarbenen Tabletts mit Tassen und leergegessenen Tellern sitzen. Bildete er sich nur ein, daß die Stimmen leiser wurden, als er mit Professor Rürup den Gang entlangging? Sie nahmen an einem Tisch im hinteren Teil Platz, «in gleich großem Abstand von den Küchengeräuschen wie vom Tageslicht», wie Rürup bissig anmerkte.

Beiläufig erkundigte er sich, ob Eduard zufällig einmal Riggs Bank in Washington, D. C., betreten habe. Offenbar war er stolz auf seine «erste Westreise nach genau einunddreißig Jahren» und ließ sich durch Eduards Kopfschütteln nicht unterbrechen. In jeder Filiale von Riggs Bank, fuhr er fort, seien der Leiter und vielleicht noch sein Stellvertreter Weiße. Falls dem Kunden das

Privileg zuteil wurde, von einem der beiden begrüßt zu werden, würde er die Begegnung nie wieder vergessen. Die Direktoren strahlten so viel überschwengliche Zuvorkommenheit aus, daß er sich gefragt habe, ob er mit einem Hollywoodstar verwechselt werde. Als er sich jedoch in die Schlange vor den Bankschaltern stellte, habe er begriffen, daß er die Schwelle zu einer anderen Welt übertreten hatte, zu einer Kundenhölle mit Teppichboden.

Die Angestellten hinter den Bankschaltern waren durchweg Schwarze, erzählte er, meist Frauen, darunter Schönheiten, die nach Art afrikanischer Prinzessinnen gekleidet waren und die Tastaturen ihrer Computer mit schweren, glitzernden Ringen an den Fingern bedienten. Wenn man von ihnen endlich herangewinkt wurde, waren sie immer noch mit Telefonieren beschäftigt, in kurzweilige, möglicherweise amoureuse Gespräche vertieft. Hatte man ihren Blick endlich gefunden, fragten sie einen derart rüde, ja mit offener Verachtung nach seinen Wünschen, daß man immer wieder versucht sei, sich dafür zu entschuldigen, daß man überhaupt gekommen war. Das merkwürdigste an dem Vorgang war für Rürup das geduldige, fast unterwürfige Betragen der Kunden, zumindest der weißen unter ihnen, gewesen. Sie hätten sich verhalten, als verdienten sie die Mißhandlung; er habe nie gehört, daß sich jemand beklagte. Die amerikanischen Kollegen, die er darüber befragte, hätten seine Beobachtungen entweder bestritten oder als politisch bedenklich empfunden. Sie seien fast einverstanden gewesen, als «Nachkommen der Sklavenhalter» von den Nachkommen der Sklaven auf diese Weise bestraft zu werden. «Ein bißchen so wie in Riggs Bank müssen Sie sich das hier vorstellen», schloß er seine Erzählung. «Zwar sind alle Gesichter hinter den Schaltern weiß, aber es gibt andere Erkennungszeichen.»

Die Akademie der Wissenschaften hatte bis 1991 rund zwanzigtausend Wissenschaftler beschäftigt. Zum Ende des Jahres 1991 war sie dichtgemacht und in kleine Einheiten aufgeteilt worden. Alle wissenschaftlichen Mitarbeiter hatten Entlassungsbriefe erhalten; nur ein paar hundert von denjenigen, die sich neu beworben und vor den Augen des Wissenschaftsrats Gnade gefunden hatten, waren, in der Regel mit Zeitverträgen, wieder eingestellt worden.

Das Ergebnis dieses Umbaus sei nicht überraschend, erläuterte Rürup. Die meisten Spitzenpositionen waren westdeutschen Bewerbern zugefallen, nicht selten solchen, die es auf der anderen Seite der Mauer nie zu einer Berufung gebracht hatten; die Mitarbeiter aus der ehemaligen DDR dagegen fanden sich im wissenschaftlichen Mittelbau wieder, in der Verwaltung, im Betriebsrat, in der Haustechnik, in der Sicherung und der Küche. Über die Weisheit und die Gerechtigkeit dieser Lösung wolle er jetzt nicht rechten, aber man könne darüber streiten, ob es eine gute Idee gewesen sei, die hocherwünschten Kollegen aus dem Westen ausgerechnet in der bankrott gegangenen DDR mit Lebensstellungen zu versorgen. «Was soll man von einer Rettungsmannschaft halten, die selber bis auf den letzten Platz die Boote besetzt, in die sie die Schiffbrüchigen ziehen will? Sie dürfen sich nicht wundern, wenn Sie hier in viele unzufriedene Gesichter blicken.»

Namentlich die Leute im Mittelbau seien übel gelaunt und schlecht bezahlt. «Die sitzen jetzt alle in Abendkursen und lernen Englisch», sagte Rürup und ließ ein sekundenlanges Lächeln der Schadenfreude sehen.

Eduard wurde nicht schlau aus ihm. War er nicht selber der lebendige Gegenbeweis zu der Behauptung, die Westdeutschen hätten alle leitenden Stellungen besetzt? Doch Rürup schien einstweilen nichts daran zu liegen, den Widerspruch aufzuklären.

Eduard wurde von laut hallenden Schritten in seinem Rücken abgelenkt. Es waren nicht irgendwelche Schrittgeräusche, die Eduard und die meisten Umsitzenden außer Rürup die Köpfe wenden ließen, es war das herausfordernde, fast schmerzhafte Tacken zweier Plateauschuhe. Die Frau schien sich an der allgemeinen Aufmerksamkeit nicht zu stören. Ohne nach links und rechts zu schauen, ging sie an der Fensterfront entlang und nahm den Weg zum Buffet. Sie trug ein Kostüm aus einem leichten, fließenden Stoff, der jede ihrer Bewegungen in ein flirrendes Wellenspiel übersetzte. Bei jedem Schritt hob sich eine Locke ihres schwarzen Haares, das in der Bewegung rötlich aufleuchtete. Die Sonne hatte ein Loch in den grauen Herbsthimmel geschnitten und warf Lichtfluten durch die breite Fensterfront. Die kahle Mensa war auf einmal von Tausenden winziger Staubkörnchen erfüllt, die in einer wirbelnden Bewegung aufwärts stiegen, als wäre das Licht flüssig geworden. Eine Ahnung von Frühling und Unruhe erfüllte den Raum. Eduard sah den Widerschein der Sonne im Gesicht der Frau, es war ihm, als würde das kahle Restaurant für einen Augenblick vom Leuchten in diesem Gesicht erwärmt, als lockerten sich die Gäste, er eingeschlossen, ein wenig in ihren Stühlen. Bildete er sich nur ein, daß sie ihn bemerkte? Sie schaute ihm im Vorbeigehen mit neugieriger Unbefangenheit in die Augen, wahrscheinlich nur deswegen, weil er der einzige war, der den Blick nicht gleich wieder abgewendet hatte. Rürup hatte Eduards Reaktion bemerkt, gestattete sich aber keine Anspielung darauf. Er nahm das Gespräch wieder auf und beantwortete die Frage, die Eduard nicht gewagt hatte zu stellen.

«Was mich angeht, ich verdanke meinen Job einer Art Krampf im Handgelenk.» Er war in den letzten Jahren vor dem Fall der Mauer, einer winzigen Unbotmäßigkeit wegen, Schritt für Schritt aus dem Forschungsbetrieb der Akademie ausgeschlossen worden. 1982, drei Tage vor der geplanten Abreise zu einem Biologenkongreß in Amsterdam, für die er zu seiner Überraschung eine Reiseerlaubnis erhalten hatte, war der Kaderleiter in sein Büro getreten und hatte ihm einen vorformulierten Text auf den Tisch gelegt, den er zu unterschreiben bat. Von jetzt an sollte Rürup über jeden nicht vorher beantragten und genehmigten Kontakt mit Personen aus dem westlichen Ausland, gleichgültig, ob es sich um berufliche oder private Begegnungen handelte, ohne weitere Aufforderung Bericht erstatten. Eine Formalie, hatte der Kaderleiter mit einem kollegialen Zwinkern versichert, die ausnahmslos jeder ins westliche Ausland reisende Wissenschaftler zu erfüllen habe. In der Praxis sei sie ungefähr so wirksam wie das landesweit geltende Verbot, westliche Fernsehsendungen anzuschauen.

Rürup legte Wert auf die Feststellung, daß er kein Held sei. Tatsächlich habe er den Kugelschreiber bereits in der Hand gehalten, um seinen Krakel zu machen, der ihm diese und alle zukünftigen Reisen sichern und über seine weitere Karriere entscheiden würde. Irgendein Trotz, eine Blockierung im Hirn, eine plötzliche Steifheit, eine Sperre im Handgelenk habe ihn gehindert, den schon erhobenen Kugelschreiber auf die angekreuzte Zeile zu setzen. Während der Kaderleiter und er verblüfft auf die leere Zeile starrten, die sich einfach nicht füllen wollte, habe er begriffen, daß Lebensentscheidungen dieser Art ohne lange Überlegung getroffen werden. Ihm sei klar gewesen, daß sich weit wichtigere Leute als er, international berühmte, auch von ihm bewunderte Kollegen, diesen Moment der Schwäche erlaubt hatten. Was bildete er sich ein? Wer war er, daß er etwas verweigerte, was alle taten? Wenn er wenigstens ein uneheliches Kind oder eine italienische Geliebte im Westen zu verbergen gehabt hätte, er hätte sich und seinen Trotz verstanden.

Die Folgen seiner kleinen Verweigerung übertrafen alle seine Befürchtungen. Daß er nicht reisen und nicht Abteilungsleiter würde werden können, hatte er als einen annehmbaren Preis einkalkuliert. Er war nicht darauf gefaßt, daß ihm darüber hinaus alle seine Seminare und Vorlesungen gestrichen, der Zugang zum Labor und zu den Geräten versperrt, schließlich sogar das Betreten der Akademie verboten wurde. Zwar bekam er weiterhin sein Gehalt; als Gegenleistung wurde jedoch von ihm erwartet, daß er zu Hause blieb. In den letzten Jahren vor dem Fall der Mauer hatte er mit seinem Hauscomputer Schach gespielt und deprimiert festgestellt, daß er, selber ein Anfänger in dieser Disziplin, immer gegen sein uraltes Gerät gewonnen hatte.

«Sie sehen», fuhr er mit einem ironischen Lächeln fort, «große wissenschaftliche Entdeckungen oder Veröffentlichungen können es nicht gewesen sein, denen ich meinen plötzlichen Karrieresprung verdanke.» Er fühle sich ein wenig in die Lage jener Deutschen versetzt, die vor einem halben Jahrhundert von der Roten Armee zu Bürgermeistern, Richtern, Betriebs- und Schuldirektoren ernannt worden waren. Ihr einziger Befähigungsnachweis war in der Regel die Tatsache gewesen, daß sie nicht mit den Nazis kollaboriert oder sogar Widerstand gegen sie geleistet hatten. Aber waren sie nicht viel zu wenige? Und waren sie ihren Aufgaben gewachsen? Leider verstehe er immer noch genug von seinem Fach, um zu erkennen, daß die Begabten unter den Kollegen, die sich mit der Macht arrangiert und den Zugang zu den internationalen Kongressen und Informationen offengehalten hätten, ihm heute deutlich überlegen seien. Mit einem gewissen Recht seien sie und nicht er inzwischen auf Lebensstellungen an amerikanischen und japanischen Universitäten berufen worden.

«Ein faszinierendes Problem», sagte Professor Rürup und betrachtete neugierig die hellbraunen Altersflekken auf seiner Hand, die die Kaffeetasse hielt. «Manchmal frage ich mich sogar, ob die Empörung gegen Kriecherei und Opportunismus nicht auf einen Mangel an Begabung hinweist. Würden ein Mozart, ein Einstein, ein Marx die Rebellion wählen, wenn sie dafür mit ihrem Verstummen bezahlen müßten? Würden sie nicht jeden Kompromiß, der ihnen erlaubte, ihr Genie zu betätigen, dem Nichtstun und dem Absturz in die Mittelmäßigkeit vorziehen? Wenn der Preis des moralischen Anstands die Isolation ist, die Untätigkeit, am Ende die ordensgeschmückte Dummheit – was spricht dann noch für ihn?»

Er war bei den letzten Worten noch leiser geworden und begrüßte jemanden in Eduards Rücken. Ein junger Mann mit schütteren blonden Haaren blieb kurz vor ihnen stehen und setzte sich dann, ohne die Einladung des Professors abzuwarten, an ihren Tisch. Rürup stellte Dr. Santner als *den* aufsteigenden Star aus der Medizinischen Genetik vor, als einen der wenigen aus der alten Akademie der Wissenschaften, die vor dem Wissenschaftsrat bestanden hatten.

Dr. Santner musterte Eduard mit hellwachen Augen. Er hatte eine schnelle, die Silben verschleifende Art zu sprechen, die Eduard veranlaßte, sich beim Zuhören unwillkürlich etwas vorzubeugen. Eduard fragte sich sofort, wie Santner wohl vor seiner ersten Westreise auf das Ansinnen des Kaderleiters reagiert hatte, und wußte die Antwort. Um so mehr befremdete ihn der offenbar nur gespielte Respekt, den der Jüngere für Professor Rürup übrig hatte. Santner mußte sichtlich an sich halten, den Institutsleiter nicht bei jedem zweiten Satz zu unterbrechen. Warum ging Rürup, der in Eduards Augen Bewunderung, ja Ehrerbietung verdiente, so nachsichtig mit ihm um?

Es zeigte sich, daß Dr. Santner Eduards Arbeiten über «verhaltensändernde Gene» genau gelesen hatte. Er hatte auch gehört, daß Eduard vor kurzem an einem Kongreß über «Biologische Grundlagen der Gewalt» in Maryland teilgenommen hatte. Eduard war das insistierende Interesse unangenehm. Bereits die Fragestellung des Kongresses hatte in den USA heftige Reaktionen und in der deutschen Presse sogleich Vergleiche mit der Rassenlehre der Nazis ausgelöst. Tatsächlich glaubte er in Santners Frage einen sprungbereiten Argwohn zu spüren, ganz so, als habe der andere es darauf abgesehen, gleich in der ersten halben Stunde die Schwächen seines wissenschaftlichen Ethos aufzudecken.

Aber Santner wollte auf etwas anderes hinaus. Er überraschte Eduard durch die Mitteilung, die DDR-Forschung habe hochgeheim seit vielen Jahren Aggressionsforschung betrieben, und zwar mit den Peptid- und Steroidhormonen. Die Zielgruppe für diese Forschungen seien Sportler gewesen, deren Disziplinen ein besonderes, schubartiges Aggressionsverhalten verlangten: Hochspringer, Fechter, Boxer. Er könne nicht sagen, wie viele Weltrekorde sich solchen Hormongaben verdankten, aber es gebe zu denken, daß der von westdeutschen Kollegen beherrschte Wissenschaftsrat gerade diese Forschungen besonders hoch bewertet habe. Ein Kollege von ihm habe sich nach dem Fall der Mauer mit den plötzlich herrenlos gewordenen Erkenntnissen nach Österreich abgesetzt und dort Millionen für Lizenzgebühren eingestrichen.

Übrigens seien die DDR-Forscher mit ihren Experimenten in ein interessantes philosophisches Dilemma geraten. Nach der offiziellen Lehre durfte es genetische Grundlagen der menschlichen Aggression gar nicht geben; Gewalttaten galten als Erscheinungen der menschenfeindlichen kapitalistischen Umwelt, für die in der DDR die Bedingungen entfallen waren. Da jedoch in der DDR Verbrechen aller Art begangen wurden und man sie andererseits auf keinen Fall aus der Umgebung erklären durfte, standen die Hüter der reinen Lehre vor einer peinlichen Wahl. Sie mußten die Gewalttaten entweder als Überreste der kapitalistischen Kultur definieren oder sie radikal biologisch, aus der Natur des Menschen ableiten. Allem Anschein nach hätten die Aggressionsforscher sich am Ende der letzteren Hypothese ergeben.

Professor Rürup schaute Eduard gespannt an, als sei er ihm eine Entgegnung auf Santners Problemskizze schuldig. Aber Eduard hatte nicht die geringste Lust, ihn zu beruhigen. Santner hatte versucht, ihn, den Kollegen aus Kalifornien, mit wenigen Worten zu entzaubern. Er hatte zu verstehen gegeben, daß die Forschungen des kalifornischen Kollegen über verhaltensändernde Gene hier ein alter Hut seien. Gleichzeitig hatte er Eduards Projekt mit einem geschickten Griff in die Tradition der Stasi-Forschungen gestellt.

Aber das alles bewegte ihn jetzt nicht. Was ihn irritierte, war die Vorstellung, er habe genau diesen Tag schon einmal erlebt, sogar viele Tage wie diesen. Seine

Anwesenheit erschien ihm unwirklich wie ein Tagtraum, der sich in einem Moment innerer Abwesenheit einstellt. Er wußte keine Antwort auf die Frage, warum er hierhergekommen war, ihm war, als habe er sich ohne erkennbare Not an diesen Ort verbannt und riskiere einen Verlust, der sich noch nicht benennen ließ. In merkwürdiger Verlangsamung kehrte das Bild von der Frau zurück, wie sie an ihm vorbeigegangen war. Er war für den Augengruß der Unbekannten dankbar. Aus irgendeinem Grund erkannte er darin das Willkommenszeichen, auf das er seit seiner Ankunft gewartet hatte.

9 AM selben Abend stellte er Jenny beim Abendessen im Restaurant des Hilton die Frage, die ihn seit seiner Abreise aus Amerika beunruhigte. Jenny nahm einen Schluck aus ihrem Glas Rotwein, sah ihn mit einem hinreißenden Lächeln an – ihre Zähne waren so weiß und regelmäßig, daß Bekannte in Amerika sie manchmal fragten, bei welchem Zahnkosmetiker sie arbeiten lasse – und sagte im Tonfall eines nicht sonderlich interessierten Talkshow-Stars, der an indiskrete Fragen gewöhnt ist: «Ja, beziehungsweise nein. Es war wirklich sehr schön, aber das, was du meinst, ist natürlich nicht passiert, und es passiert bei mir sowieso höchst selten. Mach dich bitte nicht lächerlich. Tu nicht so, als hätten wir darüber noch nie gesprochen.»

«Selten oder nie?»

«Du willst genau wissen, wie oft? Wie oft in all den Jahren? Um wessen Glück geht es dir eigentlich, um meines oder deines?»

Ihre Ironie machte ihn wahnsinnig. Sie tat, als bringe er sie in die Rolle einer Buchhalterin, die in ihren Erinnerungen nachschlagen muß, wie oft sie das Soll des Eheglücks erfüllt hatte. Es fehlte nur, daß sie ihre Finger beim Nachzählen zu Hilfe nahm. Soweit sie sich erinnern könne, sagte Jenny, habe sie in den Jahren nach und zwischen ihren Niederkünften nur ein paarmal jenen Punkt erreicht, um den plötzlich all seine Gedanken kreisten. Und obwohl er nicht den geringsten

Grund zu Komplexen habe – «damit du es weißt: du bist der beste Liebhaber, den ich hatte!» –, sie werde sich und ihm dieses Erlebnis wohl auch in Zukunft nur im Ausnahmefall bescheren können. So ganz und restlos – was das heiße, fragte Eduard sofort und erntete nichts als ein mitfühlendes Lächeln – habe sie «es» oder «ihn» eigentlich nur ein einziges Mal in ihrem Leben genossen. In einer extremen, gefährlichen, ganz und gar irrealen Situation, die sie ihm nicht beschreiben werde, da sie schlicht und einfach nicht wiederholbar sei.

Im Innern von Eduards Kopf war es eigenartig hell und aufgeräumt, aber der saubergefugte Terrakottaboden unter seinen Füßen öffnete sich bis zur Erdmitte. «Niemand», sagte Eduard, «fragt nach dem Namen dieses Meisters. Aber würdest du, einer immerhin zwölfjährigen Ehe zuliebe, so gut sein und erklären, warum das Werk dieses guten Mannes unwiederholbar sein soll?»

In Jennys Augen sah er ein Aufblitzen, sie lachte wie über einen gelungenen Kinderstreich.

«Ich weiß nicht, es war eben verrückt, extrem und sehr romantisch. Stell dir ein Paar in der Eigernordwand vor, und der Mann eröffnet seiner bis dahin unberührten Begleiterin im Angesicht des Abgrunds, daß er sie jetzt und für immer auf diesem Felsvorsprung haben oder sich auf der Stelle in die Tiefe stürzen müsse.» – «War es in der Eigernordwand?» fragte Eduard. Jenny lachte hell auf und biß sich gleich danach auf die Unterlippe, als wolle sie Eduard nicht zuviel zumuten. «Du erwartest doch kein Rezept von mir», sagte sie, «ich spreche mit einem Menschen, der Sinn für Metaphern hat. Du weißt oder solltest wissen, daß Frauen Prinzessinnen sind. Auch wenn sie über dich promovieren, sie wollen immer noch, daß du dein Leben riskierst, um sie zu erobern.»

Ob er ihr etwa nicht alle wünschenswerten Erklärungen gemacht habe, fragte Eduard. Jenny schien angestrengt nachzudenken. «Ich glaube, das ist ziemlich lange her», sagte sie schließlich.

«Und was schlägst du vor?» fragte Eduard.

«Nichts», sagte Jenny. «Das Schlimmste auf diesem Gebiet sind gute Absichten. Wahrscheinlich habe ich wirklich eine Macke, einen echten Spleen, absurde Ansprüche und Erwartungen, an denen selbst ein Lanzelot verzweifeln würde.»

«Könntest du, bitte, etwas deutlicher werden?»

«Vergiß es ganz einfach!»

Er sah den Tropfen Rotwein, der auf einem ihrer Schneidezähne leuchtete, bevor sie ihn mit der Zungenspitze erfaßte. Sie lächelte ihn an, als ließe sich so eine versöhnlichere Version ihrer Antwort herstellen.

In der Betäubung nach Jennys Geständnis hatte Eduard keinen brauchbaren Gedanken fassen können. Sie hatten rasch das Thema gewechselt und, in der Altersfolge, die Erfolge und Unarten der drei Kinder durchgenommen. Ein abendfüllendes Thema, das trotz aller Übereinstimmung in Erziehungsfragen den gewohnten Effekt auf die Eltern hatte: das spurlose Verschwinden jeglicher erotischen Spannung. Hin und wieder, im Weghören, hatte Eduard sich die Freiheit genommen, empört im Archiv seiner früheren sexuellen Erfolge zu blättern. Aber sein inneres Aufstöhnen in Zorn und Selbstmitleid – «wieso passiert es mir, ausgerechnet mir?» – hatte nicht den geringsten Hinweis auf eine Strategie erbracht.

In der Nacht war er neben Jenny aufgewacht. Ein

Blick auf die Uhr sagte ihm, daß er die ersten drei Stunden eines Schockschlafs hinter sich hatte und wahrscheinlich nicht vor Morgengrauen wieder einnicken würde. Er hatte reichlich Zeit zum Nachdenken. Als er sich die einzelnen Phasen seines Ehelebens ins Gedächtnis rief, machte er eine überraschende Entdeckung. Das wichtigste Hindernis für ein ungebremstes Eheglück war, so fand er, der Umstand, daß sie Eltern waren. Erst ein oder zwei Jahre vor seiner Abreise aus Kalifornien hatten sie jenes Zwischenplateau erreicht, das im Elternkalender mit dem Ausruf «Das Kind schläft durch!» verzeichnet wird. Loris, der bis zu diesem Zeitpunkt alle paar Stunden aus einem seiner zierlichen Alpträume aufgewacht war, schlief endlich mit einem Händchen, das er sorgfältig unter die Backe legte, so selig, wie die zweifellos von Kinderlosen erfundene Redensart es Kindern zuschreibt. Wenn man für die beiden Töchter jeweils drei durchschrieene Jahre rechnete und für das Schlafwunder Loris zwei, hatten sie als Eltern insgesamt acht Jahre Unterschlaf hinter sich. Den größeren Teil dieser Zeit hatte Eduard zwar mit einem Klopfzeichen auf Jennys Rücken überstanden – «Hörst du es nicht? Katharina, nein, ich glaube Loris ist wach geworden!» –, aber das Gleichgewicht stellte sich auf geheimnisvolle Weise wieder her. Eduard, dessen nächtlicher Bewegungsaufwand sich meist auf das Tippen mit dem Zeigefinger beschränkte, konnte nach dieser erschöpfenden Tätigkeit nicht wieder einschlafen, während Jenny, nachdem sie mit schlafwandlerischer Sicherheit, meist ohne Licht zu machen, ins Kinderzimmer gefunden und das Geplärr durch Milch, Schnuller, Flasche oder Zureden abgestellt hatte, binnen Sekunden in ihren Schlaf zurückfand. Nach Stunden des Wachliegens kam Eduard zu dem

Schluß, daß eine Schlafunterbrechung im Vergleich zu stundenlanger Schlaflosigkeit die geringere Last war. Vereinbarungen über wechselnde Zuständigkeiten je nach Wochentag, etwa nach dem Schlüssel drei zu vier oder zwei zu fünf, bewährten sich immer nur für kurze Zeit und brachten kaum Erleichterung. Denn auch wenn Eduard durch eine vorherige Nachtwache das Recht auf einen Achtstundenschlaf erworben hatte und dieses Privileg in einem kleinen, weitab gelegenen Schrankzimmer neben der Küche wahrnahm, wachte er ungerufen nach vier Stunden auf und nickte erst gegen sechs, kurz vor dem Weckzeichen, wieder ein.

Der Schlafentzug zog eine andere Mangelerscheinung nach sich, die Eduard nach einer Weile als etwas Natürliches erschienen war; selbst sein Protest dagegen wurde durch vorzeitiges Einschlafen beendet. Ihr erotisches Leben beschränkte sich mehr und mehr auf erschöpftes Nebeneinanderliegen. Diese Folge des Kinderreichtums hatte Eduard einigermaßen unvorbereitet getroffen. Weder in den «After-hour»-Talkshows, in denen ein Sexprofessor, Seite an Seite mit einem rüpelhaften Streetfighter, präparierte Gäste alle Abarten ihres Sexlebens beichten ließ, noch in den zahllosen Sexkomödien oder in der internationalen Romanliteratur hatten die Eltern kleiner Kinder eine Stimme. Das öffentlich verhandelte Liebesleben des Westens wurde von Kinderlosen aller Altersjahrgänge bestritten. Zwar hörte Eduard gelegentlich von Eltern, die sich unbesorgt um etwaige drei- oder fünfjährige Zeugen gegenseitig an Messingbetten fesselten, Angelhaken in Reizzonen steckten oder sich mit Peitschen und Gummizubehör vergnügten. Eigene Erkundigungen ergaben jedoch ein ganz anderes Bild. Junge Eltern litten, soweit sich ihre erotischen Bedürfnisse

t im Stillen und Wickeln erfüllten, an einer Lust-
keit, wie sie bisher nur bei Drogenabhängigen
gestellt und untersucht worden war. Offenbar gab
es eine nie benannte Voraussetzung für sexuelle
Interessen jedweder Richtung: Ausgeschlafensein.
«Kinder», sagte Jenny mit ihrem Hang zur Bosheit,
«erziehen ihre Eltern früher oder später zu Katholiken.
Spätestens nach der Geburt erkennen die Erzeuger,
daß der Sinn des Geschlechtslebens wahrscheinlich
doch die Zeugung war. Sie sind einfach zu erschöpft,
um die Kirchenlehre zu widerlegen. Und es ist immerhin ein Trost, zu glauben, daß dies Gottes Wille war.»

Alles Quatsch, dachte Eduard, nichts als Ausreden.
Plötzlich fiel ihm ein, was ihn an Jennys Auskunft am
meisten verblüfft hatte: daß sie ihm nicht neu gewesen
war. Tatsächlich hatte er die gewisse Störung von Anfang an bemerkt, ihr aber weiter keine Bedeutung zuge-
messen. Später hatte er, im fugenlosen Streß der Vorge-
burtsmonate und Nachgeburtsjahre, die Lösung des
Problems immer wieder vertagt, wobei ihm der gewöhnliche sexuelle Größenwahn der Männer zu Hilfe kam.
Es erschien ihm einfach undenkbar, daß eine Frau, der
er gefiel und die das Privileg genoß, von ihm geliebt zu
werden, mit ihm nicht glücklich werden könne. Dabei
wußte er doch, daß Männer sich auf keinem Gebiet so
tragisch irren können wie auf dem ihrer sexuellen
Erfolge und Fähigkeiten. Er kannte genügend Exem-
plare der Gattung – kluge, sonst durchaus zurechnungs-
fähige –, die jeden Meineid schworen, wenn es darum
ging, ihre Leistungen in dieser Disziplin ins Licht zu
rücken. Impotente prahlten mit den Maßen ihrer eri-
gierten Glieder, mit Präcox Geschlagene erzählten
schamlos von stundenlangen Liebesspielen, und die
Nichtbehinderten, statt sich im stillen ihrer Gaben zu

freuen, unterschieden sich nur dadurch, daß sie die ersteren im Lügen noch überboten. Glaubte man den Auskünften in den Männerumkleidekabinen, so gab es bei diesem Wettbewerb nur Olympiasieger, keine zweiten und dritten Plätze. Und ein paarmal hatte Jenny angedeutet, sie habe das «hohe Ziel», an dem ihm so viel liege, erreicht. Ob er das etwa nicht bemerkt habe? Er war nur zu bereit gewesen, ihr zu glauben.

Wahrscheinlich gab es kaum einen besseren Kandidaten für einen anhaltenden sexuellen Betrug und Selbstbetrug als einen von sich selbst überzeugten und verliebten Mann. Der Verdacht, dieselben Zärtlichkeiten, die ihn erregten, könnten bei Jenny Langeweile, gar Befremden und Widerwillen auslösen, schien der Logik der Lust zu widersprechen. Eine Wachsamkeit dieser Art war um so schwieriger zu entwickeln, wenn man von derjenigen, der allein sie zu gelten hatte, unentwegt zum Gegenteil ermuntert wurde. Jenny schnitt Eduards Fragen rigoros ab; der Orgasmus einer Frau beginne im Kopf, nicht im Unterleib, seine besorgten, quasiärztlichen Erkundigungen würden nur einen unheilvollen Druck erzeugen, und mit technischem Virtuosentum sei bei ihr nichts, sogar minus nichts zu erreichen. Er tue besser daran, sich auf sich und seine Lust zu konzentrieren. Diesem Ratschlag war er mit so großer Treue gefolgt, daß er fast nichts von Jennys Wünschen und Begierden wußte.

Auch jetzt hatte er nichts als Andeutungen gehört. Was war eigentlich so verrückt, gefährlich und vor allem unwiederholbar an jener glückbringenden Situation gewesen, die sie ihm nicht beschreiben wollte? Jennys Scheu und seine Angst, in die Rolle des Nachahmers zu geraten, hatten es verboten, auf den Einzelheiten zu bestehen. In seiner Phantasie nahmen die Szenerien und

Orte, an denen sie sich mit dem unbekannten Liebhaber vergessen hatte, immer phantastischere Gestalt an. Mal sah er Jenny, wie sie es mit einem unbekannten Meister in schwindelnder Höhe auf einem steil abstürzenden Felsriff trieb, mal entdeckte er die beiden unter den Altartüchern einer nächtlichen stillen Kirche, mal sah er ihre Silhouetten im Mondschein auf der Terrasse eines Mayatempels, von dem Jenny ihm mit einem sonderbar abwesenden Lächeln, so glaubte er sich jetzt zu erinnern, erzählt hatte. Oder brauchte sie einen erfolgreichen Bankraub als Vorspiel, einen endlosen Treppenaufstieg im mexikanischen Glockenturm? Es war nicht die Eifersucht, die ihm solche Bilder vor die Augen stellte. Wenn er Jenny und sich erlösen wollte, mußte er wie ein Detektiv jeder Spur nachgehen. Und die erste Spur, die Eduard zu verfolgen beschloß, war Jennys Hinweis auf die extremen und gefährlichen Umstände ihres Glückserlebnisses. Er wußte, es gab noch eine andere Hypothese, die Vermutung nämlich, daß er ganz einfach der falsche Mann für Jenny war. Eduard entschied sich, diese Spur vorläufig zu ignorieren, da sie geradewegs zum Ende aller Jenny-Rätsel und -Geschichten führen würde.

Eine Geschichte von Theo fiel ihm ein, es war eigentlich ein Märchen, aber ein Märchen in einer von Theo energisch verknappten und verdrehten Version. Eduard konnte sich nicht mehr erinnern, wann Theo es ihm eigentlich erzählt hatte, vor seiner Hinflucht zu der West-Berliner Geliebten oder nach seiner Rückflucht in den Osten. Es begann wie alle deutschen Märchen: Ein junger Mann, Johannes, zieht mit einem schmalen Geldbeutel in die weite Welt hinaus, um sein Glück zu machen. Zufällig wird er Zeuge, wie zwei Männer einen Toten aus seinem Sarg kippen, um den Sarg verkaufen zu können. Angeblich ist der Verstorbene ihnen eine Summe Geldes schuldig geblieben. Der gute Johannes überläßt den bösen Gläubigern darauf seinen Geldbeutel, um dem unbekannten Toten die Totenruhe zu erkaufen. Natürlich ahnt er nicht, was jeder Kenner deutscher Märchen weiß: Die gute Tat wird belohnt werden. Der brave Johannes kann von nun an auf einen unsichtbaren Freund zählen, wie ihn sich jeder wünscht und keiner hat, einen «Reisekameraden». Er braucht diesen guten Geist bald mehr als jeder andere, denn er hat es sich in den Kopf gesetzt, die Hand einer kapriziösen und hochkomplizierten Prinzessin zu gewinnen. Kein Zufall, daß sie noch zu haben ist: Sie hat bisher jedem ihrer Freier den Kopf abschlagen lassen, da nicht einer von ihnen klug genug war, ihre vertrackten Quizfragen zutreffend zu beantworten. Dabei war sie durchaus fair und hatte jeden dieser Unglücklichen rechtzeitig gewarnt, ja, ihn durch ihren Skulpturenpark geführt, wo er die Köpfe seiner kunstvoll auf Marmorsockeln aufgepfählten Vorgänger bewundern und in Goldschrift die Todesursache lesen konnte: «Falsch geraten».

Doch Johannes mit dem beneidenswerten, unsichtbaren Freund ist nicht abzuschrecken. Wenn die verhexte Prinzessin nachts ihre Flügel anlegt und zu ihrem Troll in eine ferne Höhle fliegt, folgt Johannes' Freund ihr durch die Luft, peitscht mit Haselnußzweigen ihren nackten Rücken und erlauscht alle Rätsel, die sie mit ihrem Quizmaster austüftelt.

Man kann sich die Wut der Prinzessin vorstellen, als ausgerechnet Johannes, bei weitem nicht der klügste und schönste unter ihren Freiern, dreimal richtig rät und das Recht erwirbt, ihr bis dahin unberührtes Schlafgemach zu betreten. Sie, die Verwöhnte und Umschwärmte, in ihrem Garten von den besten Köpfen des Landes umgeben, soll diesem Bauernsohn zu Willen sein?

Der einzige Grund, weshalb er die Geschichte überhaupt erzähle, hatte Theo gesagt, sei ihr merkwürdiger Schluß. Der gute Johannes erfährt und begreift, dank der Einflüsterungen seines unsichtbaren Freundes, daß ihm die eigentliche Prüfung noch bevorsteht: Er muß seine Frau erobern, nachdem sie längst ihm gehört. Der Reisekamerad händigt Johannes dazu drei Schwanenfedern und ein Fläschchen mit drei Tropfen aus und trägt ihm auf, vor dem Hochzeitsbett ein geräumiges, mit Wasser gefülltes Holzfaß aufstellen zu lassen, in das die Braut zuvor hineinsteigen müsse – die Erfindung einer einsehbaren Erklärung bleibe ausnahmsweise ihm überlassen. Sobald die Prinzessin geruhe, einen ihrer anbetungswürdigen Zehen in das Naß zu setzen, solle er ihr einen kräftigen Schubs geben, sie am Hals packen und sie, ohne sich im mindesten um ihr Prusten und Schreien zu kümmern, untertunken. Dann solle er sie aus dem Bottich ziehen, Luft holen lassen und ihren Kopf sofort wieder unter Wasser drücken. Erst wenn er die Prozedur dreimal vollzogen und dabei jedesmal eine der drei Federn und einen der drei Tropfen aus dem Fläschchen beigegeben habe, werde seine Braut wirklich ihm gehören.

Und so geschah es. Als Johannes seine Prinzessin zum ersten Mal in den Bottich stieß, schimpfte sie wie eine Bäuerin und zappelte derart in seinen Händen, daß er sie kaum festhalten konnte. Als er sie hochholte, hielt er einen großen schwarzen Schwan mit funkelnden Augen in den Händen. Nach dem zweiten Untertauchen war der Schwan vollkommen weiß geworden bis auf einen schwarzen Ring um den Hals. Erst beim dritten Mal, als Johannes den zappelnden Vogel auf den Boden des Bottichs stieß und dort festhielt, bis das Kratzen und Flügelschlagen schwächer wurde, geschah das Wunder. Johannes zog einen makellos weißen Schwan hervor, der sich vor seinen Augen in die Prinzessin verwandelte. Mit Tränen in den herrlichen Augen dankte sie ihm dafür, daß er sie von ihrer Verzauberung erlöst habe, und Johannes dankte Gott.

Bitter erinnerte sich Eduard des Schlußkommentars von Theo: Das Märchen sage leider nichts darüber aus, wie lange es die glücklich erlöste Prinzessin mit ihrem Erlöser ausgehalten habe, denn der gute Johannes sei über all seinen Heldentaten natürlich kein bißchen klüger und findiger geworden.

10 NACHDEM Eduard sich zwei Tage lang vergeblich bemüht hatte, Klott ans Telefon zu kriegen, stürmte er dessen Büro. Ob Klott den Restitutionsbescheid sorgfältig genug geprüft habe, fragte er mit deutlichem Vorwurf in der Stimme; ob er wisse und Eduard verschwiegen habe, daß es andere Ansprüche auf sein Erbe gebe. Lothar und er würden in ein Haus, das ihnen womöglich durch die Vertreibung der rechtmäßigen jüdischen Besitzer zugefallen sei, keinen Fuß setzen.

«Dein Gewissen in Ehren, du bist übrigens nicht der einzige, der eines hat», erwiderte Klott knapp und fragte dann nach dem Anlaß von Eduards Aufregung.

Der Erblasser Dr. Egon Hoffmann, dozierte Klott, nachdem Eduard von seinem Besuch im besetzten Haus erzählt hatte, habe das Gebäude in der Rigaer Straße bereits im November 1933 erworben und sei als Nachfolger einer Frau Edita Schlandt im Grundbuch eingetragen. Ein «verfolgungsbedingter Vermögensverlust bzw. Zwangsverkauf» werde vom Gesetzgeber für Veräußerungen, die vor dem 15. September 1935 abgeschlossen wurden, nicht angenommen, sofern ein damals handelsüblicher Verkaufspreis erzielt und nachweislich überwiesen worden sei. Es wäre allerdings höchst nützlich, einen entsprechenden Beleg beizubringen.

«Wie denn? Wo soll ich den suchen?» fragte Eduard aufgebracht.

«In den Papieren deines Vaters oder seines Steuerberaters.»

«Da gibt es nichts. Die Verbindung zwischen meinem Großvater und der Familie war schon Jahre vor 1933 völlig abgerissen.»

«Dann müssen wir eben diese Edita Schlandt ausfindig machen», sagte Klott und sprach, als wohne die Genannte um die Ecke, einen Suchauftrag mit den Daten aus der Grundbucheintragung in sein Diktiergerät.

Vielleicht um eine absurde Erbschaftsgeschichte durch eine noch absurdere erträglich zu machen, erzählte Klott von einer eigenen Erfahrung. Vor etwa zwei Jahren hatte ihn sein Bruder Fred aus Duisburg angerufen. Pünktlich am Tag nach dem Vereinigungsvertrag war Fred, der Ältere von beiden, plötzlich von Kindheitserinnerungen an ein Holzhaus an der Ostsee heimgesucht worden. Durch die Grenzziehungen nach dem Zweiten Weltkrieg war das Haus an die Westgrenze zum heutigen Polen geraten. Klott kannte es nur von einem Schwarzweißfoto, aber auch er konnte sich, nach einer verhörähnlichen Befragung durch seinen Bruder, an eine verstorbene Tante erinnern, in deren alterswirren Erzählungen mit großer Beständigkeit zwei Worte wiederkehrten: «grüner Punkt» und «unser ganzer Familienschatz». Merkwürdig war, daß die Eltern, solange sie lebten, diesen Schatz nie erwähnt hatten. Klotts Bruder war sich jedoch sicher, daß er den Schatz zusammen mit der Tante kurz vor der Flucht der Familie auf dem Grundstück an der Ostsee vergraben hatte. Die beiden Brüder meldeten ihren Anspruch auf Haus und Grundstück an und machten sich, mit einer Bestätigung des Amtes für offene Vermögensfragen und nagelneuen Spaten ausgestattet, auf den Weg.

Da der eine aus Duisburg, der andere aus Berlin anreiste, traf es sich, daß jeder im eigenen Mercedes vor dem verfallenen Bungalow an der polnischen Grenze vorfuhr. An den Anblick von zwei Herren um die Fünfzig, die fast zur gleichen Zeit, jeder mit einem Spaten in der Hand, aus einer schimmernden Limousine stiegen, war man damals, in den ersten Monaten nach der Vereinigung, noch nicht gewöhnt. Ein Nachbar stand wie versteinert in der Tür seiner Datscha und betrachtete sie mit Blicken, wie sie die aztekischen Einwohner auf Cortez und seine Krieger geworfen haben mochten, als sie in Yucatán aus ihren Schiffen stiegen.

Nach Klotts Erinnerung hatte sich in den vierzig Jahren an dem Haus nicht viel verändert, allerdings war alles unendlich kleiner und mickriger als in seiner Vorstellung. Das Grundstück, das in seinem Gedächtnis als ein riesiges, für drei Strandhotels geeignetes Gelände verzeichnet war, schrumpfte beim schrittweisen Ausmessen auf knapp dreißig Meter. Das Haus selber hatte auch nicht, wie er sich zu erinnern meinte, zwei Stockwerke, sondern entpuppte sich als ebenerdiger Bungalow. Sein Bruder Fred konnte sich mit dem brutalen Gegensatz zwischen Erinnerung und Augenschein nicht abfinden. Er meldete Zweifel an, ob sie überhaupt vor dem richtigen Grundstück stünden. Vergeblich suchte er nach dem Baumast, an dem die Schaukel gehangen hatte, nach der Holzveranda, von der er vor einem halben Jahrhundert gefallen war. Haus und Garten waren größer gewesen, die Bäume kleiner; der Gartenzaun habe aus Holz und nicht aus Zementziegeln bestanden. Fred konnte es nicht fassen, daß aus der kleinen Buche, an die er sich erinnerte, der himmelhohe Baum geworden war, zu dessen Wipfel die Brüder jetzt ungläubig aufschauten. Klott war damals zu klein gewesen, um jetzt verwirrt zu sein; ihm hätte man eigentlich genausogut ein Schloß wie einen Geräteschuppen als Vaterhaus andrehen können.

Die beiden Brüder verloren keine Zeit mit einer weiteren Besichtigung des Hauses und machten sich an die Arbeit. Der sandige Boden war ideal zum Graben. Schon nach einer knappen Stunde standen sie in einem tiefen Loch vor einem stattlichen Sandberg. Allerdings zeigte sich, daß Freds Frühgedächtnis so weich war wie der Boden, in dem er mit seinem Bruder grub. Vor den ersten Schaufelstichen hatte sich der Ältere noch über den Standort des vergrabenen Schatzes zweifelsfrei geäußert. «Da, wo der grüne Punkt ist: an der vorderen Ecke der rechten Außenwand!» An der angegebenen Stelle war aber kein grüner Punkt zu finden. Klott leuchtete zunächst die Erklärung seines Bruders ein; ein grüner Punkt konnte vierzig Jahre Sonne, Regen und Sturm schwerlich unbeschadet überstehen. Je länger er jedoch in der Mittagssonne Sand schaufelte, je gewaltiger der Berg des Aushubs anwuchs, desto unsicherer wurde er. Als sie auf Grundwasser stießen, schlug Fred sich an den Kopf und erinnerte sich plötzlich, daß der Schatz an der anderen, der linken Außenwand vergraben worden war. Als Kind habe er – wegen des fatalen deutschen Merksatzes «Links ist da, wo der Daumen rechts ist» – die beiden Richtungen verwechselt.

Aber auch die neue Ortsangabe führte zu nichts als Grundwasser. Als die Gruben so breit und tief geworden waren, daß sie Platz für ein Familiengrab geboten hätten, wollte Klott wissen, wie groß die Schatztruhe eigentlich gewesen sei. Unter seinen bohrenden Fragen wurde der Abstand zwischen Freds Händen, die die Länge der vorgestellten Truhe maßen, immer kürzer – aus der Truhe wurde eine Kiste, aus der Kiste ein Koffer, aus dem Koffer ein Köfferchen. Da der Boden weich war und das Suchfieber nicht nachließ, gruben die Brüder weiter. Bis zum späten Nachmittag hatten sie einen

Graben rund um das Haus gelegt und sich dabei so tief und dicht an der Wand entlanggewühlt, daß der Bungalow plötzlich nach vorn kippte. In ihrem Ehrgeiz, keinen Zentimeter des Geländes unaufgedeckt zu lassen, hatten sie das Haus an der Vorderseite untergraben. Während sich Klott mit seinem massigen Gewicht dagegen stemmte, suchte sein dünner Bruder lächerlich kleine Steine auf dem Grundstück zusammen, um sie in den aufgerissenen Abgrund vor dem Haus zu stopfen. Bei diesen Notmaßnahmen wurden sie durch Wurfgeschosse gestört. Ungläubig sah Klott, der mit dem Haus auf den Schultern nicht ausweichen konnte, ein Stück Kohle gegen seine Brust prallen und danach auf den Boden plumpsen. Hinter dem Zaun standen fünf, sechs Männer im Rentneralter, die sich gegenseitig Eierkohlen weiterreichten und den Kohlen ihre Wutschreie hinterherschickten: «Ja, so seid ihr aus dem Westen, alles rausreißen, alles mitnehmen, so seid ihr!»

Gegen Abend waren die Brüder, nicht direkt am Haus, sondern in der Nähe der großen Buche, endlich auf etwas Hartes gestoßen. Es war ein mittelgroßer schwarzer Reisekoffer, so leicht, daß man ihn als Handgepäck auf einen Transatlantikflug hätte mitnehmen können. Als sie die Verschlüsse aufgebrochen hatten, fanden sie nicht die Münzsammlung des Großvaters, nicht den Familienschmuck der adligen Vorfahrin mütterlicherseits, nicht das 24teilige Meißner Porzellanservice, das die Tante so vermißte, nicht die legendäre Geige aus dem achtzehnten Jahrhundert, auf der Paganini einmal gespielt hatte. Was sie fanden, war die tadellos gefaltete Majorsuniform des Vaters mit den Orden aus dem Ersten Weltkrieg und seinen Helm, lose in den Taschen etwas Munition, und dazu einen lückenlosen Satz Tafelsilber, dessen Eigentümerin man an dem grünen Punkt erkannte, mit dem jedes Stück markiert war.

Als er wieder im Auto saß, machte Eduard sich klar, daß er seit seiner Rückkehr nach Berlin gleich zwei Probleme hatte. Er hatte ein Erbe angetreten, das ihn finanziell zu ruinieren drohte und von dem nicht einmal sicher war, ob es ihm zustand, und er führte eine Ehe, die zwar mit drei Kindern gesegnet war, aber dennoch der letzten Zustimmung der Natur entbehrte. Was diese Entbehrung für Jenny bedeutete, wußte nur sie. Was ihn selbst betraf, gab er sich keinen Illusionen hin. Mit jeder Nacht, die Jenny unerlöst neben ihm verbrachte, würde sein Mannesstolz ein bißchen mehr zerbröseln, bis am Ende nichts als ein unsicheres Lächeln davon übrig wäre.

Die Erbschaftsangelegenheit ließ sich einstweilen an Klott delegieren. Was die Frage seines Eheglücks anging, gab es wohl nur einen, der ihn vertreten konnte: ihn selbst. Und einen «Reisekameraden» namens Theo.

11 ALS er den Freund in der Ruinenlandschaft seiner Materialien und Entwürfe herumstapfen sah, war es Eduard, als habe Theo in seiner Wette mit dem Tod inzwischen eine weitere Runde verloren. Die Legenden über seine Unverwundbarkeit dienten nur zur Selbstberuhigung derer, die sie sich erzählten. Aber dann fiel ihm auf, daß sich Theo, ohne je anzustoßen, mit fast tänzerischer Sicherheit zwischen all diesen Papierstößen bewegte. Womöglich folgten sie einer Anordnung, die nur er selbst kannte, markierten Stationen einer Suche, die im Kreis verlief. Begann hier nicht einer, im trotzigen Alleingang und nur dem Faden der eigenen Geschichte folgend, mit dem Erinnern und Ausmisten, während man sich draußen in der Stadt beeilte, Glas- und Marmorpaläste auf die Ruinen der Vergangenheit zu stellen? Ergriff Theo vielleicht nur geistesgegenwärtiger und unerschrockener als die anderen eine Chance, die alle sonst verpaßten?

«Falls es dich interessiert, wie die Geschichte mit meinem Bruder weitergeht …», sagte Theo, griff zielsicher nach einem Hefter auf dem Boden und blätterte darin. Aus der einen oder anderen Seite las er eine Stelle, schüttelte den Kopf, blätterte weiter, las wieder ein paar Sätze, kommentierte sie, schlug die ganze Akte zu, dann wieder auf. Man spürte, diese Geschichte hielt seine Phantasie gefangen, sie faszinierte ihn ebenso, wie sie ihn verletzte.

Aus den Akten ergab sich, daß Theos Bruder, der

zwei Jahre nach Theo als «negativ-feindliches Element» in den Westen abgeschoben worden war, bereits damals im Dienst der Stasi gestanden hatte. Er war überhaupt nur unter der Bedingung, daß er seinen großen Bruder bespitzeln würde, aus der DDR «entlassen» worden. Aber warum hatte er sich, nachdem er einmal im Westen und dem direkten Zugriff der Stasi also entzogen war, mit so entsetzlicher Pünktlichkeit an seinen Auftrag gehalten? Welche Energie hatte seinen Drang zum Aushorchen und Berichten über eine so lange Zeit in Gang gehalten? Vierzehn Jahre lang hatte er den Auftrag mit einer Hingabe und Detailgenauigkeit erfüllt, die das Lebenswerk von Anaïs Nin in den Schatten stellten. Offenbar hatte sich sogar sein Führungsoffizier über die Ergiebigkeit der Quelle gewundert. Es sei falsch, schrieb der Vorgesetzte in einer Beurteilung, bei der Motivierung des IM «Eckehardt» lediglich dessen Eifersucht auf das Talent von «Poet» zu aktualisieren. Der Genannte habe höhere und idealistischere Gründe zur Mitarbeit: «Der IM sieht Poet durchaus zutreffend als ein ideologisch unsicheres Element, als Klassenverräter. Ihn selber plagen aber, wie aus Berichten anderer IM über den IM Eckehardt hervorgeht, ähnliche Zweifel an der Legitimität und dem Erfolg der sozialistischen Staatsmacht wie Poet, nur daß er sie sich nicht eingesteht. Seine eigenen Zweifel hält er sich vom Leibe, indem er sie bei dem gehaßten Bruder aufspürt, aus dessen Defätismus und korruptem Charakter ableitet und sie uns mitteilt.»

Theo nahm ein anderes Blatt zur Hand, las es vor.

«Veranstaltung in der Akademie der Künste. Poet wie immer schlecht vorbereitet, halb besoffen. Im obligaten kragenlosen Hemd unter schwarzer Jacke, mit Händen zu greifen: der Brecht-Komplex. Offensichtlich und auch für das Publikum erkennbar hatte er das Buch des Autors, das er dort vorstellen wollte, nicht gelesen. Redet die ganze Zeit mit leiser Stimme – auch dies ein Trick, den er Bert Brecht und Bob Dylan abgeschaut hat: angeblich zwingt, wer leise redet oder schweigt, sein Publikum zum besonders aufmerksamen Zuhören. So entsteht bei Poet eine Art Brustton der stockend vorgebrachten dissidentischen Überzeugung, er zittert quasi vor dem eigenen Mut zur Tabuverletzung. Er las ein Gedicht von Ernesto Cardenal vor (mittelmäßiger nicaraguanischer Dichter, derzeit Kulturminister), in dem von der Schönheit der leeren Regale in den Geschäften die Rede war. Die leeren Regale in Nicaragua, wiederholte Poet so leise, daß alle es verstehen und in sich aufsaugen konnten, seien die Hoffnungen. (Die vollen Regale in der DDR, so der angebotene Rückschluß, sind die Enttäuschungen.) Der weißhaarige Dichter saß unbewegten Gesichts wie in Stein gehauen, Poet war seine Stimme. Das Publikum war von dem schwachen Agitprop-Gedicht offensichtlich angetan, bis auf einen Schreihals, der nach den verhafteten Schriftstellern in Nicaragua fragte. Poet verlangte mit kaum hörbarer, dennoch deutlicher Stimme den Hinauswurf des Intervenienten.»

«Hast du tatsächlich jemanden wegen dieses Zwischenrufs hinauswerfen lassen?» fragte Eduard.

Theo sah ihn forschend an. «Siehst du, wie es wirkt, das Stasigift? Nicht einmal die Freunde sind immun dagegen. Hier, es kommt noch besser.»

Er griff nach einem anderen Blatt und las.

«Wir sprachen erst über sein neues Theaterstück, aus dem er mir einige Szenen vorlas, Gedächtnisprotokoll liegt bei. Poet ist weit überschätzt und wird wohl nie ein wirklich großer Autor werden. Seine Ambivalenz –

zu deutsch: seine Unentschiedenheit – hält er für eine poetische Stärke. Die ideologische Mixtur, die er sich aus seiner Verachtung unseres Arbeiter-und-Bauern-staates und seinem Haß auf den Kapitalismus zusam-mengedichtet hat, verdient Beachtung. Ich schätze es so ein, daß er im Herzen immer noch ein Kommunist ist und den real existierenden Sozialismus für eine Ver-wässerung hält. Er sprach von den Schönheiten der Langsamkeit und entwickelte die folgende Theorie: Die einzige Chance des sozialistischen Gegenentwurfs habe darin bestanden, es gerade *nicht* mit dem Kapi-talismus aufnehmen zu wollen. Es sei von Anfang an verkehrt gewesen, ein auf Schnelligkeit, raschen Ver-schleiß und Konsum spezialisiertes System auf dem eigenen Felde schlagen zu wollen. (Wie die meisten seiner Kollegen versteht Poet nicht das mindeste von Wirtschaft, er interessiert sich nicht einmal dafür.) Keine Idee ist absurd genug, um nicht von Poet im Brustton des Zauderns ausprobiert zu werden. Neuer-dings äußert er wilde Theorien über die USA. Er glaubt, daß dort die Wiedergeburt des Kommunismus stattfinden wird.»

Eduard wurde es immer unbehaglicher. Die Neugier, ja Unersättlichkeit, mit der Theo nach den Berichten seines Bruders griff, verstörte ihn.

«Warum setzt du dich dem aus, warum stellst du ihn nicht zur Rede, verpaßt ihm eine Tracht Prügel, wie er es verdient?»

«Aus den Berichten meines Bruders erfahre ich etwas über mich und über ihn, was ich immer wußte, aber nie so kalt und so genau. Ein Schriftsteller, der sich nicht selbst das Ärgste zutraut, sich nicht für die schlimmst-mögliche Version seiner Persönlichkeit interessiert, hat den Beruf verfehlt. Das Schreiben kommt vor dem Urteilen. Unter allen Erkenntnisverfahren leistet das Urteilen am wenigsten.»

«Und wenn er der beste Ghostwriter deines reichen Innenlebens wäre», fuhr Eduard auf, «er hat es aufgezeichnet, um dich zu denunzieren!»

«Ich wüßte nicht, daß er mir geschadet hätte», erwiderte Theo knapp.

Eduard schwieg. Aus den Lautsprecherboxen hörte er einen der glitzernden Läufe, die Piazzola mit der rechten Hand seinem Bandoneon entlockt, und diese Klänge erinnerten ihn plötzlich an andere Klänge und Klangfarben, die er früher in der Stadt gehört hatte. The Doors, Eric Clapton, Leonard Cohen … es waren immer Abgesänge, betörende Legati zwischen kahlen, hohen Wänden. Der Zauber einer melancholischen Abwärtsbewegung ging von diesen Klängen aus, das Versprechen eines Fallens ohne Ende. Das Freiheitsgefühl, das sich in dieser Stadt mitgeteilt hatte, war meist nur das Gefühl des freien Falls gewesen, und ohne daß er einzelne Ereignisse benennen mußte, wußte er wieder, was ihn damals, in den achtziger Jahren, fortgetrieben hatte. Ein feiner Flor von Mißbehagen, Mißmut, Mißtrauen hatte wie ein Zauber über der Stadt gelegen, der alle unbedachten Bewegungen lähmte und nur die Kraft zu zynischen Witzen übrigließ. Wer irgend etwas oder irgend jemanden lobte, hatte sich schon verraten; als klug und überlegen wies sich derjenige aus, der den versteckten Fehler sah, der Hintangehaltenes und Verdrängtes aufdeckte. Eine irgendwie betörende, ansteckende Kraftlosigkeit hatte das Leben in der Stadt bestimmt, eine trotzige Abwesenheit von Mut – zu der es fast schon wieder Mut brauchte –, eine selbstverordnete, hybride Feigheit. Eine riesige, akademisch gebildete Minderheit lebte unter dem Schatten einer vage empfundenen

Niederlage, wie eine Basketballmannschaft, über die man in der Sportsprache sagt: no morale! – Moral gebrochen. War es immer noch so? Mit Staunen hatte er gehört, daß die Intellektuellen Berlins darin wetteiferten, sich selber aller möglichen Untaten (die sie nie begangen hatten und – hoffentlich – im Ernstfall nie begehen würden) für fähig zu halten, um diejenigen, die über die Untaten der kommunistischen Diktatur Urteile fällten, der Anmaßung zu überführen. Eine Gesellschaft, die mit den Naziverbrechen nie wirklich abgerechnet hatte, so hieß es, habe nicht das Recht, sich zum Richter aufzuwerfen. Verrückte Logik: also folgte aus dem (behaupteten) totalen moralischen Versagen im ersten Fall die Verpflichtung zu immer weiterem Versagen? War es Theos Stärke oder Schwäche, daß er das Gefühl der Empörung und der Verletztheit nicht zuließ? Wer sich selbst und anderen das Schlimmste zutraute, konnte jedenfalls nicht enttäuscht werden – also war es eine Stärke. Wer das Risiko der Enttäuschung scheute, indem er sich Hoffnungen (oder Illusionen) verbot, für wen oder was sollte der etwas wagen? Also war es eine Schwäche.

Immer noch sah er Theo zwischen den Papierstößen hin und her laufen, traumwandlerisch sicher wie ein Pferd, das über ein Schlachtfeld geht, ohne auch nur einen der herumliegenden Toten und Verwundeten zu berühren.

«Es ist gut, sich hin und wieder mit den Augen seines besten Feindes zu betrachten. Hier, ein Text über mich … und dich», sagte er plötzlich und las dann vor: «Ich traf ihn gestern mit R., seiner dreiundfünfzigsten letzten Liebe. Wer sieht, wie Poet mit Frauen umgeht, fragt sich, ob er je etwas über Frauen wußte. Es ist erstaunlich, was sich kluge und schöne Frauen von einem Manne bieten lassen, den sie für ein Genie halten …»

Theo gab ihm das Blatt zum Weiterlesen in die Hand.

«Er kann es weder glauben noch akzeptieren, daß ihn jemand liebt, und bestraft unausweichlich jeden, der es tut. Die Liebe der ganzen Welt würde nicht ausreichen, ihn zu erlösen. Er wittert Berechnung, Verrat, Täuschung, wo nichts als ein verzweifeltes Verlangen nach Erwiderung der Liebe ist.»

Theo blickte Eduard an, als suche er in seinen Augen nach einem Zeichen des Wiedererkennens, vielleicht auch des Erschreckens.

Eduard legte das Blatt ungeduldig aus der Hand. Er fühlte sich zu rasch zu einem «wir» versammelt. Im Vergleich zu Theo, der an seiner Liebesunersättlichkeit verhungerte, erschien ihm seine eigene Not kleiner und präziser. Er war gekommen, weil er niemandem einen unerschrockeneren Umgang damit zutraute als Theo. Aber die rechten Worte wollten sich nicht gleich einstellen. Vergeblich kämpfte er gegen das Gefühl der Peinlichkeit oder Lächerlichkeit, das jeden vorgestellten Satz sogleich rot anstrich und zur Korrektur an ihn zurückgab. ‹Jenny und ich – irgendwas klappt nicht zwischen uns› – eine Einladung zu der Nachfrage: Ja, was denn? Also lieber gleich: ‹Sie kommt nicht› – Stichwort für ein Mißverständnis: Wieso, wart ihr denn verabredet?

Doch Theo verstand sofort und versuchte nicht, seine Überraschung zu verbergen. «Ich habe sie immer für einen Vulkan gehalten», sagte er.

«Wenn sie einer ist, dann ein schlafender Vulkan», erwiderte Eduard.

Im selben Augenblick bereute er seine Offenheit. Er glaubte in Theos Blick einen Anflug von Mitleid, wenn nicht gar von Belustigung zu erkennen. Oder war diese Wahrnehmung nur die Projektion eines gekränkten

Selbstbewußtseins? Das Gespräch, das er mit Theo führte, gehörte nicht zu jenen Gesprächen über Frauen, wie Männer sie sonst untereinander führten. Männer erzählen sich von ihren Liebesabenteuern und -erfolgen, und wenn sie über Liebesunfälle sprechen, dann sind sie eben die Helden dieser Unfälle, sie kommen nicht als Verursacher in Betracht. Eduard mochte noch so unschuldig sein an dem Malheur, der Verdacht der Tölpelhaftigkeit blieb an ihm haften. Das Peinliche an seinem Unglück war, daß es nicht zur Identifikation einlud. Er konnte ungefähr auf die Teilnahme zählen, die jemand auslöst, wenn er die Tasse an den Mund führt und feststellt, daß er sich beim Süßen des Kaffees aus dem Salzfaß bedient hat. Tonnen von Aufklärungsliteratur hatten nichts daran geändert, daß gewisse Zuständigkeiten in der Phantasie der Geschlechter unerbittlich festgeschrieben waren: Man gibt der Frau die Schuld, wenn kein Nachwuchs kommt, dem Mann, wenn der Orgasmus bei ihr ausbleibt.

«Was ist eigentlich so schlimm daran», fragte Theo. «Wer von euch beiden hat das Thema aufgebracht? Und wer leidet in deinen Augen mehr unter dem Problem, Jenny oder du?»

Theos Frage verblüffte Eduard. Möglich war ja tatsächlich, daß Jenny gar nicht so genau wußte, was sie entbehrte. Aber wenn ihr nichts dringend fehlte, was fehlte ihm dann?

«Worum geht es dir, um eine förmliche, gejuchzte Anerkennung deiner Männlichkeit, um einen Ritterschlag auf der Bettkante, um eine Art Bundesverdienstkreuz für vorbildliche sexuelle Leistungen? Oder um Jennys Glück?»

«Ich habe früher noch nie mit diesem Problem zu tun gehabt und keinen Grund zu Komplexen», fuhr Eduard auf und merkte, daß dieser Satz sich während des Aussprechens in eine Notlüge zu verwandeln schien. Er gehorchte jener vertrackten Logik, nach der jedes Dementi unweigerlich das Gerücht verstärkt, das es bestreitet.

Theo lächelte nachsichtig. «Jeder von uns ist ein Weltmeister, das ist bekannt. Und deswegen leicht zu täuschen. Man sollte nie schwören auf den Orgasmus einer Frau, man würde allzuleicht des Meineids überführt.»

«Ach, das sind doch Märchen, an die du selbst nicht glaubst. Jeder halbwegs erfahrene und aufmerksame Mann weiß ganz genau, wenn es passiert. Er läßt sich nicht so einfach täuschen.»

«Täuschung nennst du das? Wir reden von einer hohen Kunst, die in Jahrhunderttausenden erlernt wurde. Entschuldige, wenn ich dich auf die Erkenntnisse einiger deiner Kollegen, der Soziobiologen, aufmerksam mache. Soviel ich weiß, herrscht Einigkeit darüber, daß der weibliche Orgasmus in der Geschichte der Evolution keine prominente Rolle spielt. Für die Reproduktion der Art ist er nicht nötig, aus der Sicht der Wissenschaft handelt es sich um eine schöne Nebensache, ein Ornament der Evolution. Anders als die Männer, die ihrer Aufgabe nur gerecht werden können, wenn sie die höchste Stufe der Lust erklimmen – und aus ihrer lieben Not gleich ein Pflichtprogramm auch für die Frauen machen –, können Frauen auch ohne solche Spitzenleistungen den Auftrag der Natur erfüllen. Es handelt sich durchaus um ein Stück Freiheit, das uns nicht gegeben ist. Ich behaupte nicht, daß Frauen die Einlösung dieser Möglichkeit weniger wichtig wäre. Aber das zwanghafte Abfordern dieses ‹Liebesbeweises› ist wohl vor allem das Produkt einer Männerangst.

Affenhäuptlinge und Löwenkönige scheren sich nicht um das Glück ihrer Gespielinnen, wenn sie Liebe machen.»

Es ärgerte Eduard, daß Theo ihn auf seinem ureigenen Gebiet belehren wollte und ihm ausgerechnet jetzt mit der Wissenschaft kam.

«Sicher hast du schon einmal gehört», erwiderte er, jetzt ganz Professor, «daß sich Beobachtungen aus dem Tierleben nicht ohne weiteres auf das menschliche Paarungsverhalten übertragen lassen. Haben deine Soziobiologen eine Erklärung dafür, warum die Natur darauf verfallen ist, dieses angeblich überflüssige ‹Ornament› trotzdem zu erfinden?»

Theo hob den Finger wie ein Schüler, der die Antwort auf eine komplizierte Frage weiß. Die Sache fing an, ihm Spaß zu machen.

«Es gibt interessante Vermutungen darüber», sagte er. «Allerdings müssen wir noch einen Augenblick bei den Affen bleiben, bei den Schimpansen. Die Männchen haben bekanntlich nichts anderes im Kopf, als ihre eigenen Gene so oft und weit wie möglich zu verbreiten. Gleichzeitig fürchten sie nichts so sehr wie ähnliche, promiskuitive Neigungen des Weibchens – also die Vermischung. Eifersucht ist ursprünglich eine Abwehrmaßnahme gegen fremde Gene. Der weibliche Orgasmus – beziehungsweise seine Vorspiegelung – ist der biologische Beweis der Treue, ein Versprechen darauf, daß sich kein anderer in die biologische Kette mischt. Umgekehrt ist das Ausbleiben ein Alarmsignal für den Mann, daß er keinerlei Gewähr dafür hat, daß er der Vater seiner Nachkommen ist.»

Eduard war über Theos Vortrag immer ungeduldiger geworden. «Worauf willst du eigentlich hinaus? Daß ich mich nicht weiter kümmern soll um – das ‹Ornament›?»

«Ganz im Gegenteil. Ich will dir nur klarmachen, daß es dir vor allem um dich geht, nicht um die angebliche oder wirkliche Not von Jenny. Du willst dir nicht zugeben, wie sehr ihre Entbehrung dir selber zusetzt. Es ist ja gar nicht wahr, was du behauptest. In Wirklichkeit birst du vor Komplexen, du bist ein Wrack. Du bist unsicher, ob du Frauen überhaupt noch glücklich machen kannst, ob du es je gekonnt hast – und vielleicht hast du Ärmster es ja tatsächlich längst verlernt. Du hast Angst, daß dich deine Kinder nicht mehr respektieren, weil sie merken, daß du bei deiner Frau als Mann abgeschrieben bist. Du ergreifst mit Sicherheit im Bett nie die Initiative, weil du dich nicht begehrt fühlst und dich auf keinen Fall aufdrängen willst. Du bist überzeugt, daß all deine schöpferischen Kräfte an der Kältewand dieser Entbehrung erstarren. Vor allem aber hast du Angst, daß Jenny insgeheim nach einem Retter Ausschau hält. Warte nicht einen Tag länger. Es geht um dein Leben.»

«Danke für den guten Rat!»

«Was weißt du über Jenny», fragte Theo. «Hast du sie einmal gefragt, was ihr verwegenster und heimlichster Wunsch ist? Ich kann überhaupt nur noch mit einer Frau schlafen, wenn ich zuvor ihre Phantasie entzündet habe, und ich erspare es ihr nicht, sie mit meinen Vorlieben bekannt zu machen. Auf Wahrheit kommt es dabei nicht an, das Lügen bringt mich eher auf Gedanken. Im übrigen gibt es auf diesem Gebiet keine Wahrheit. Liebe ist eine Inszenierung, die zuerst im Kopf stattfindet, und wenn die Aufführung einmal schiefgeht, dann war sie wenigstens unterhaltend. Der Fundus sexueller Passionen, Spezialitäten und Marotten ist unerschöpflich; die meisten Menschen sinken allerdings ins Grab, ohne ihre ureigenen entdeckt zu haben.»

Eduard erzählte von Jennys Andeutungen über ihr Ausnahmeerlebnis und von den Bildern, die sie bei ihm ausgelöst hatten. Aus den Bausteinen «gefährlich» und «unwahrscheinlich» entwickelte Theo mit großer Spielfreude sofort eine ganze Serie von Szenarios, Einwände ließ er nicht gelten. Eduard wurde plötzlich von einer überwältigenden Müdigkeit ergriffen. Einsilbig, fast unwirsch verabschiedete er sich. Im Treppenhaus kämpfte er gegen das Gefühl, Theo habe längst den Schlüssel zu dem Rätsel gefunden, nach dem er selbst noch immer suchte.

12 ER erwachte von einem dröhnenden Geräusch über seinem Kopf. Doch als er die Augen aufmachte, wurde das Motorengeräusch so laut, daß er versuchte, in seinen Traum zurückzuflüchten. Er hatte Jenny mit abgewandtem Gesicht auf dem Klappsofa sitzen sehen, ihre Blicke schienen die Bewegungen ihrer rechten Hand in seinem Schoß zu verfolgen, aber von der Seite sah er, daß ihre Augen fest geschlossen waren. Während sie zu ihm sprach, sah er das Blut aus ihrem Gesicht weichen, auch ihre Lippen wurden immer heller, als würde sich Frost darauf bilden. Sie brauche ganz andere Dinge, um zu ihrem Glück zu kommen, als er glaube, flüsterte sie, als er sich in seinen verwegensten Phantasien ausmalen könne. Ja, was denn? rief er, da sie, offenbar von Scham überwältigt, die Lippen wieder schloß. Honig, wisperte sie, echten Bienenhonig, außerdem reichlich frischen Thymian und Salbei und noch etwas. Nun sag doch! brüllte er, denn das Motorengeräusch wurde immer lauter. Einen Helikopter, sagte sie plötzlich klar und verständlich, ja einen Helikopter. Aber ein Helikopter ist natürlich viel zu teuer! Doch während sie das sagte, hatte er Jenny kopfunter, mit einem Fuß in einer Seilschlinge hängend, vor dem Fenster vorbeischweben sehen. Sie winkte ihm zu, lachte übermütig und grätschte das freie Bein weit ab, wie um ihm zu zeigen, wie wohl es ihr erging, und verschwand.

Eduard schreckte hoch, lief an die Fenstertür und schloß sie mit einem Knall. Das Geräusch der rotierenden Hubschrauberflügel über ihm war so stark, daß er sich die Zeigefinger in beide Ohren stopfte und besorgt zur Decke schaute. Einen Augenblick lang schien ihm, als stehe die Maschine direkt über ihm in der Luft und werde auf dem Hoteldach landen oder darauf niederstürzen. Aber sosehr er auch den Kopf verbog, die Lärmquelle selbst blieb unsichtbar. Er sah nicht einmal einen Schatten, als sich das Luftungetüm, nach dem Geräusch zu urteilen, wieder hob und in Richtung Fernsehturm entfernte.

Er erschrak, als er auf den Wecker schaute. Es war kurz vor elf. Erst als er schon halb angezogen war, fiel ihm ein, daß er endlich einmal nichts zu tun und zu erledigen hatte. Die einzige Pflicht an diesem Samstagmittag war der Besuch eines festlichen Empfangs auf der «größten Baustelle Europas», wie es etwas prahlerisch auf der Einladungskarte hieß. Weil Jenny einen Termin für ein Vorstellungsgespräch mit dem Leiter des Personalbüros hatte, war sie früher aufgebrochen. Neben der Einladungskarte hatte sie ihm eine Wegeskizze auf dem Tisch hinterlassen, die er für überflüssig hielt. Der Potsdamer Platz gehörte nicht zu den Adressen, die er auf dem Stadtplan suchen mußte.

Er parkte den Wagen auf dem Brachland vor dem Bauzaun, der ein schier endloses Areal einschloß, aber nirgendwo einen Eingang hatte. In einiger Entfernung sah Eduard hinter den verzinkten Gittern Baufahrzeuge durch eine Öffnung fahren; im Näherkommen entdeckte er, daß sie geradewegs in eine Baugrube von ungeheurer Tiefe und Breite führte, die Platz für eine Untertage-Stadt zu bieten schien. Von dem Bauvorhaben selbst waren nur die Werkzeuge zu sehen, mit deren Hilfe es errichtet werden sollte, Haufen von Röhren, Eisenträgern, Stahlwinden, Armiereisen, Raupenfahrzeugen und Containern. In und an der Grube standen Dutzende von Kränen, die höchsten, die er je gesehen hatte. Nur wenn man mit dem Auge den schwenkenden Riesenarmen dieser Kräne folgte, ließen sich die gewaltigen Umrisse des Vorhabens erraten. Die Stadt, so schien es, baute sich am Ende des Jahrtausends ihre Pyramiden.

Er wunderte sich über die geringe Zahl der Arbeiter, die die Riesenaufgabe ausführten, über die wüstenhafte Stille und Bewegungsarmut hinter dem Bauzaun. Im Führerhaus des höchsten Krans, der sich fast geräuschlos in seinem Eisenbecken drehte, erkannte er, wohl achtzig Meter über der Erde, den Kopf des Kranführers. Aus für ihn unbegreiflichen Gründen war er, wenn Eduard recht sah, mit einem Schutzhelm bedeckt. Der Anblick des winzigen Kopfs, der die Bewegungen des gewaltigen Eisentiers dirigierte, erinnerte ihn an die lächerlich kleinen Gehirnschalen am Ende der Dinosaurierskelette, die er mit den Kindern im Natural History Museum von New York gesehen hatte. Mit den Augen folgte er den Sprossen der Eisenleiter an dem langen schlanken Kranturm, die der Kranführer jeden Morgen hinaufklettern mußte, um seinen Arbeitsplatz zu erreichen, und er fragte sich, was der Mann wohl tat, wenn er sein Wasser lassen mußte. Der Weg nach unten jedenfalls war zu mühselig und zu teuer. Die einzigen Wesen, die ihn dort oben aus der Nähe sehen konnten, waren die schwarzen Vögel, die wie Geschosse zwischen den Eisensauriern hin und her rasten.

Weit hinten in dem wüsten, aufgerissenen Gelände entdeckte Eduard ein altes Haus. Zwischen den unsichtbaren Linien der neuen Pyramiden, deren Umrisse die Ausleger der Kräne in den Himmel zeichneten, wirkte das brave, durchschnittliche Gebäude aus der

Jahrhundertwende mit dem Notdach und dem verrückten runden Aussichtstürmchen an der Frontseite wie ein Findling aus einem anderen Erdzeitalter. Aus der Ferne hatte man den Eindruck, das Haus sei mit einer starken Eisenwehr gegen einen bevorstehenden Barbarenansturm gesichert worden. Es schien auf Stelzen in einem See zu stehen – bis zu den Fenstern des ersten Stockwerks hinauf war es rundherum mit einem doppelreihigen Gerüst aus Stahlstangen gesichert. Von Jenny wußte Eduard, daß es sich um sehr teure Stelzen handelte. Denn was man sah, war nur der oberste Teil eines stählernen Pfahlbaus, der achtzehn Meter tief in den Grund reichte. Das Gerüst hatte die Aufgabe, das Haus während der Ausschachtungen ringsum gegen das andrängende Grundwasser zu sichern und vor dem Absinken oder Davonschwimmen zu bewahren. Die Kosten dieser Sicherungsmaßnahme entsprachen denen für einen mittleren Wolkenkratzer. Eine verrückte, irgendwie rührende Bemühung, dachte Eduard, wohl nur aus der Einzigartigkeit des ganzen Unternehmens zu erklären. Selten oder nie hatte eine Metropole vor der Aufgabe gestanden, in ihrer Mitte eine neue Stadt zu errichten. Das Weinhaus Huth war nicht gerade die Akropolis, aber das einzige Gebäude weit und breit, das den Krieg überstanden hatte. So hatten die Stadtväter es unter Denkmalschutz gestellt und dem Bauherrn abverlangt, das Haus, koste es, was es wolle, zu erhalten. Es kostete 80 Millionen Mark.

Die Aussicht, das Gebäude entlang dem Bauzaun umlaufen zu müssen, um auf irgendeinen Durchlaß zu stoßen, lud eher zum Umkehren ein. Eduard folgte einer Gruppe festlich gekleideter Gäste, die sich teils rufend, teils in der Gestensprache mit den Bauarbeitern oder Lastwagenfahrern hinter dem Zaun zu verständigen suchten. Die Bauarbeiter deuteten auf die Stelle unter ihren Helmen, wo ihre Ohren zu vermuten waren, nahmen aber die Helme nicht ab. Vor ihm blieb eine Frau mit einem breitkrempigen Strohhut stehen; eingehakt in den Arm ihres elegant gekleideten Begleiters, nahm sie ihren Mantel hoch und betrachtete ihr linkes Bein. Auf der nackten Wade waren, wie zwei Leberflecke, zwei schwarze Schlammspritzer zu erkennen. Als die Frau sie mit dem Finger abgestreift hatte und den Kopf zurückwarf, trafen sich ihre und Eduards Augen und ihr empörter Blick löste sich in ein Lächeln auf. Er nickte grundlos – wie zustimmend – und folgte, den Blick auf die schöne, gleich wieder befleckte Wade geheftet, der ganzen Gruppe weiter. Irgendwo entdeckte jemand ein Loch im Zaun. Ein Mann im Smoking hielt den Draht hoch, Eduard ging als letzter durch die Lücke. Mit hochgerafften Mänteln und Abendkleidern stapfte die Gesellschaft in ihren Lack- und Stöckelschuhen in den Spuren von Lastwagen und Raupenfahrzeugen zum Bauherrenfest im Weinhaus Huth.

Er entdeckte Jenny im Gespräch mit einem dunkelhaarigen Mann, der nicht zu merken schien, daß sie ihm nicht zuhörte: Wenn Jenny zu oft nickte, hörte sie nicht zu. Sie hatte Eduard bemerkt und bedeutete dem jungen Mann mit einem Fingerzeig, daß sie ihn jetzt stehenlassen müsse. Das dunkle Kleid brachte ihre nackten, von der kalifornischen Sonne gebräunten Schultern und Arme zum Leuchten. Als Eduard sie zwischen den Gästen hindurchgehen sah, glaubte er zu spüren, daß sie überall im Raum starke Wünsche auslöste. Es war, als wolle Jennys Körper – ganz unbekümmert um die Aufträge, die ihm ihre Schamgefühle erteilten – seine ganze Pracht ausstellen und sich mit jeder Pore den Jahren des Verfalls entgegenstellen. Es war der Körper einer Frau, der die Spuren des Alterns noch nicht zeigte, aber ahnte, und vielleicht deswegen um so verführerischer wirkte. Frauen betrachten sich selber mit ungleich strengeren Augen als Männer. Erbarmungslos registrieren sie die kaum sichtbaren Zeichen auf der Haut, mit denen sich das Schicksal des allmählichen Ausscheidens vom Markt der Blicke und des Begehrens ankündigt, und lassen sich durch noch so überschwengliche Komplimente nicht von ihren Beobachtungen abbringen.

Sobald sie sich zu Eduard hindurchgearbeitet hatte, nahm sie seinen Arm und schob sich mit ihm zu einem großgewachsenen, schnauzbärtigen Mann im hellen Leinenanzug, den sie ihm als Leiter der Personalabteilung vorstellte. Neben ihm, einen Kopf kleiner, stand der Star der Festlichkeiten: der Architekt des neuen Stadtteils. Eduard war überrascht von der Unscheinbarkeit des Italieners. Warum in aller Welt hatte er sich den Urheber eines so gewaltigen Projekts als groß, schwerleibig und weißhaarig vorgestellt? Der Schöpfer der neuen Pyramiden war in Eduards Alter und mit einem Pepitajackett, kariertem Wollhemd und brauner Kordhose betont beiläufig gekleidet, als wolle er demonstrieren, daß sich ein Genie am besten durch bescheidenes Auftreten auszeichnet. Mit diskreter Neugier blickt er Eduard an, als Jenny ihn bekannt machte.

Der Personalchef lud sie beide ein, ihn im Fahrstuhl auf das Dach des Hauses zu begleiten. Aus Jennys abwehrenden, gleichzeitig fröhlichen Blicken zu schließen, war das Gespräch mit ihm günstig verlaufen. Eher zufällig hatte sie sich von San Francisco aus auf eine Anzeige in der «Frankfurter Allgemeinen Zeitung» gemeldet. Die Firma Debis am Potsdamer Platz suchte eine Pressesprecherin. Durch ihre bisherige Tätigkeit war

Jenny auf einen solchen Job nicht besonders vorbereitet. Sie arbeitete zwar in San Francisco in einem Büro für «urban development and environment planning», hatte sich aber bisher nicht mit der öffentlichen Darstellung der dort erarbeiteten Projekte abgegeben. Zu ihrer Überraschung war sie dennoch aufgefordert worden, sich in Berlin vorzustellen – vielleicht, weil sie neben Deutsch und Englisch auch noch Italienisch und Französisch sprach, vielleicht auch, weil ihre Bewerbung frecher und leichtsinniger ausgefallen sein mochte als die der anderen.

Ein guter Teil der Festgesellschaft war bereits vor ihnen auf dem asphaltgedeckten Dach angelangt, das nur durch eine improvisierte Seilabsperrung gesichert war. Die meisten hatten Sektgläser in der Hand, einige versuchten, zu den New-Orleans-Klängen einer Musikgruppe zu tanzen, die sich mit ihren Instrumenten zwischen den beiden Schornsteinen aufgestellt hatte. Eduard entdeckte die Frau mit den bemerkenswerten Waden wieder und vermißte die Schlammspritzer. Sie schien schon leicht beschwipst zu sein und tanzte mit ihrem Begleiter gefährlich nah am Dachrand entlang. Mit der einen Hand hielt sie ihren Hut fest, während sie mit der anderen das Schlipsende ihres Begleiters abzuwehren suchte, das ihr ins Gesicht wehte. Jetzt erst merkte Eduard, daß ein überraschend warmer, böiger Wind über das Dach fegte. Das Haus hatte nur sechs Stockwerke, aber in der näheren und weiteren Umgebung gab es nichts, was gleich hoch war und den Wind hätte brechen können. Er war nicht sicher, ob die Frau ihm zuwinkte oder jemandem, der hinter ihm stand. In dem Augenblick, da sie ihre Hand wieder an die Hutkrempe legen wollte, nahm ihr der Wind den Strohhut vom Kopf und wirbelte ihn in einer weiten, großzügigen

Pirouette in die Luft. Für einen Augenblick schien es, als würde der Hut in einer tanzenden Spiralbewegung auf der gegenüberliegenden Seite des Daches wieder landen. Ein Teil der Gesellschaft, Entzückensrufe ausstoßend, lief hinüber, jemand erklomm sogar den Schornstein, um den Abstand zu dem fliegenden Ding zu verkürzen. Dicht vor den Händen des Häschers gewann der Hut noch einmal an Höhe, um dann unter den «Ahs» und «Ohs» aller in die Tiefe zu segeln. Plötzlich sprach- und tonlos, verfolgte die Gesellschaft den Fall des Hutes; die New-Orleans-Gruppe, durch die allgemeine Aufregung irritiert, hatte zu spielen aufgehört. Die Besitzerin des entflogenen Hutes beugte sich so weit über das Seil, daß ihr Begleiter ihr in einer heftigen Bewegung um die Taille griff. Aber auch Eduard mußte sich sekundenlang gegen den Schwindel wehren, der entsteht, wenn etwas, was einem gerade noch gehörte, aus großer Höhe in die Tiefe fällt und stellvertretend den Sturz des eigenen Körpers vorführt.

Nachdem er wie im Spiel mehrere Landungsorte umkreist hatte, landete der Hut endlich auf dem Baggersee zu Füßen des Weinhauses Huth. Eine Weile lag das gelbe Ding mit der großen Krempe unbewegt auf dem brackigen Wasser. Nicht weit von ihm versenkte gerade ein schwimmender Lastkran einen Eisenträger. Plötzlich schien dort unten etwas Unerhörtes vor sich zu gehen, das zunächst nur einige Gäste bemerkten und den Umstehenden zu beschreiben suchten. Wie von einer unsichtbaren Hand bewegt, schwamm der Hut in gemächlicher, dennoch zielsicherer Fahrt auf den Lastkahn zu. Als er den Bordrand des schwimmenden Krans erreicht hatte, hob sich, nun auch mit bloßem Auge zu erkennen, ein schwarzer Arm aus dem Wasser, den Hut in der Hand. Dem Arm folgten Schultern und Oberkörper eines Tauchers, der auf einer unsichtbaren Leiter Stufe für Stufe aus dem Wasser emporstieg. Als er schließlich in ganzer Größe auf dem Deck stand, grüßte er mit dem Hut in der Hand die Gesellschaft auf dem Dach, die ihm mit artigem Beifall dankte.

Mit seinem leichten französischen Akzent erklärte der Personalchef das Wunder. Der Taucher, sagte er, gehöre zu einer ganzen Mannschaft von Unterwasserarbeitern, die auf dem Grund des Sees die Fundamente für einen hundert Meter hohen Büroturm errichteten. Wahrscheinlich war einer von ihnen just in dem Augenblick, da der Hut geflogen kam, zu seiner Pause aufgetaucht. Vielleicht habe ihm aber auch der Kapitän, der den Lastkran auf dem Wasser führte, per Funk den Befehl zur Bergung des Hutes erteilt.

Als wolle sie gleich in die Rolle einer künftigen Pressesprecherin springen, erkundigte Jenny sich, wieso man eigentlich Taucher für das Ausgießen der Fundamente brauche. Sie habe ganz recht, erwiderte der Personalchef, ebensolche Fragen werde eine Pressesprecherin den Journalisten und Besuchern beantworten müssen. Das Bauen auf dem Potsdamer Platz sei ein Abenteuer von homerischem Zuschnitt, und es seien die Details, die zählten. Die gewaltigen Dimensionen stellten den Architekten vor ganz neue Aufgaben. Die Baugrube sei so groß und tief, daß man von der sonst üblichen Technik des Abpumpens von eindringendem Grundwasser habe abgehen müssen. Bei einem ständigen Zufluß von Grundwasser in das Bauloch könnte den Bäumen im Tiergarten der Dursttod drohen. Und wenn auch nur ein halbes Dutzend Bäume einginge, fügte der Franzose mit einem Lächeln hinzu, das Jenny offenbar köstlich, Eduard dagegen aufdringlich fand, drohe in Deutschland bekanntlich die Revolution. Deswegen habe man sich entschließen müssen, unter Wasser zu bauen. Auf dem schlammigen Seegrund könnten die Taucher jedoch nur fünfzig Zentimeter weit sehen, sie müßten also, um die Eisenträger und den Betonfluß präzis zu lenken, per Funk mit den Kollegen über Wasser kommunizieren. Wobei ein Sonderproblem der babylonische Sprachwirrwarr sei, der auf der Baustelle herrsche. Da ein Taucher in siebzehn Meter Tiefe nicht einmal das Gewicht eines Kindes habe, verliere er bei jeder Schwingung der Eisenträger den Halt. Er müsse von einem oder mehreren Kollegen, die ihrerseits, mit Bleischuhen beschwert, Halt aneinander suchten, festgehalten werden, um das Trägerende an der richtigen Stelle in den Grubenboden einzuführen. Erst wenn das Betonbecken fertig und fest verankert sei, könne man damit beginnen, das Wasser abzupumpen. Dann komme der Augenblick der Wahrheit: Wenn das Bekken irgendwo einen Riß habe, werde unaufhaltsam Grundwasser einfließen, und dann … Er fuhr sich mit einer eleganten Geste des Zeigefingers über den Adamsapfel.

Das Weitere konnte Eduard nicht mehr verstehen. Eduards Anwesenheit ignorierend, sprach der Personal leiter plötzlich französisch, und Jenny schien nicht daran interessiert zu sein, Eduard durch eine Übersetzung auf dem laufenden zu halten, zumal die New-Orleans-Kapelle wieder eingesetzt hatte. Eduard ließ die beiden stehen und gab sich dem Anblick hin, der sich dem Betrachter von hier oben bot.

Er hatte den Potsdamer Platz bisher immer nur aus der Fußgänger- oder aber aus der Flugzeugperspektive gesehen, noch nie aus einer so moderaten Höhe. Damals hatte die Mauer noch gestanden, und er erinnerte sich eigentlich nur an den hölzernen Aussichtsturm an der Westseite, von dem aus die Touristen mit ihren Ferngläsern gebannt über das Ödland starrten, ihrerseits von den Grenzsoldaten in den Wachtürmen auf der Ostseite beobachtet. Geblieben war ihm das Bild von Ferngläsern, die ineinander starrten.

Jetzt war die Grenzanlage bis auf einen kurzen Abschnitt direkt zu Füßen des Weinhauses Huth abgeräumt. Eduard fiel ein, daß die verschwundene Mauer mit allem Zubehör auf dem Schutt einer früheren Ruinenlandschaft errichtet worden war. Er erinnerte sich an Nachkriegsbilder, auf denen noch die Gerippe der großen Bauten zu sehen gewesen waren, die den Platz einst markiert hatten – Ruinen eines Platzes, auf dem einmal die erste Ampel Europas eingerichtet worden war, um den überwältigenden Verkehr zu steuern. Auf dem planierten Staub dieser Ruinen war die Mauer errichtet worden, die nun ihrerseits Gerippe, Bruchstück, Bausand geworden war.

Aber auch im bebauten Umfeld dieser ungeheuren Leere entdeckte er nur hin und wieder Zeichen, die auf ein jahrhundertealtes städtisches Leben deuteten. Aus der Höhe der Dachterrasse wirkte die Stadt, als seien die meisten ihrer Bauten von einem Hubschrauber abgeworfen worden. Vom Gropiusbau blickte er über namenlose Flachdächer zum Handelszentrum, im Dunst dahinter erschienen, wie Zitate aus einer anderen Stadt, die beiden Dome des Gendarmenmarkts, der festungsartige, von Wilhelm II. verpatzte Berliner Dom, dann kam lange wieder nichts bis auf den Fernsehturm und die klobigen Kanten der Charité, schließlich der düstere Reichstag. Was ihn verstörte, war nicht die Häßlichkeit, sondern die Abwesenheit eines Stadtbildes. Der weitaus stärkste Eindruck, der sich aus dieser Höhe mitteilte, waren die riesigen Lücken zwischen mehr oder minder geglückten Unikaten. Das Vorhaben, auf dieser Tafel, in der so viele Inschriften der Geschichte ausgelöscht worden waren, in fünf Jahren eine neue Mitte einzuzeichnen, erschien ihm plötzlich ganz und gar vermessen.

Von weitem sah er den Personalleiter, Jennys Arm führend und korrigierend, mit raumgreifenden Bewegungen das Brachland deuten. Mit der Präzision eines Dirigenten ohne Stab schien er mit seinen Händen einzelne Gebäudegruppen der noch unsichtbaren Stadtlandschaft aufzurufen. Jenny hatte den Schimmer einer betörten Frau in den Augen, nachdem sich der Franzose verabschiedet hatte. Für Eduard hatte er nur ein anerkennendes Nicken übrig gehabt, das offenbar als Kompliment für den Begleiter einer solchen Frau gemeint war.

Mit den letzten Gästen stiegen sie durch die Dachluke zurück. Jenny wollte nicht auf den Fahrstuhl warten, sondern die Treppe nehmen. Das Treppenhaus mit den Mosaikfriesen an den Marmorwänden und den meterhohen, reich verzierten Bronzetüren ließ noch etwas von der vergangenen Pracht ahnen. Die Steinintarsien der Portaleinfassungen allerdings – Jenny demonstrierte es Eduard, indem sie seine Finger darüber fühlte – waren gemalt. Vom vierten Stock an, das hatte der Personalleiter ihr erzählt, war dem reichen Weinhändler Huth das Geld ausgegangen. Aber Jenny wußte noch mehr. Sie flüsterte etwas von einem Lusthäuschen oder einem Lustturm und hielt Eduard an der Hand zurück. Erst als sich die letzten Gäste in den Treppenkehren unter ihnen verlaufen hatten, stieß sie mit dem Fuß eine halboffene Tür auf und zog ihn in den Raum dahinter. Sie befanden sich zwei Treppen unter dem Dach, auf dem sie eben noch hin und her gelaufen waren. Das Dachgeschoß, das aus zahlreichen Sprossenfenstern Licht erhielt, war nicht unterteilt und hatte wohl dem letzten Mieter oder Eigentümer als Atelier gedient. Es war Eduard unheimlich, in dem absurden Haus über dem Grundwassersee, dessen Dach eben noch der Ort einer öffentlichen Begehung gewesen war, mit Jenny allein zu sein. Wahrscheinlich wurde eben der Bauzaun hinter den letzten Gästen verschlossen. Aber solche Vorstellungen schienen Jenny nicht im mindesten zu beklemmen. Suchend ging sie an den Fenstern entlang und warf sich unvermittelt gegen eine Tür, die ins Freie führte. Die Tür gab nach, Jenny war verschwunden. Erst ihr Rufen erlöste ihn aus einer panischen Vision. Hinter der Tür gelangte er über drei Treppen in einen Turm aus hellem Stein; eine verwitterte, von Herbst- und Winterstürmen abgebeizte Gartenbank stand darin. Auf ihr saß Jenny.

Genau in diesem Türmchen habe sie einmal sitzen wollen, sagte sie mit einem Jubel in den Augen; ein derart exponierter und leicht zerstörbarer Ort, der erst die alliierten Bombardements und danach die Abrißwut der deutschen Architekten unversehrt überstanden habe, könne nur ein Glücksort sein. Mit den Ellbogen auf einen Brüstungsstein gestützt, schaute sie über die Stadtmitte in Richtung Brandenburger Tor.

Der Erkerturm war umstellt von den Eisengerüsten himmelhoher Kräne, an deren Auslegern sich, von unsichtbaren Kranführern gelenkt, unbegreiflich lange Drahtseile bewegten. Unter all den Arbeitern und Technikern, die in zentral gelenkten, elektronisch überwachten Bewegungen für die neue Hauptstadt schufteten, waren sie beide die einzigen, die an diesem Ort nichts verloren hatten – überflüssig wie die schwarzen Vögel, die rastlos zwischen den Eisentieren hin und her sausten und sich manchmal von der Spitze eines Kranturms mit angelegten Flügeln wie Steine fallen ließen.

Jenny war aufgestanden. Als er sie in dem leichten Kleid an der harten Brüstung lehnen sah, vernahm er wie von weit her den Befehl des Ortes. Eine Sekunde lang erschien sie erschrocken, als er ihr Kleid hob, doch er spürte, daß ihr seine Liebkosungen gefielen, daß ihr Körper – trotz oder wegen des lauen Windes, der durch die fünf Öffnungen des Türmchens drang – die Einfälle seiner Zunge lobte. Mit einem entschlossenen Schwung hob Jenny ihren nackten Hintern auf den schraffierten Kalkstein der Brüstung, legte sich darauf und beschrieb mit den Beinen das Victory-Zeichen. Wer außer der grünschimmelnden Rosselenkerin auf dem Brandenburger Tor sollte sie hier sehen? Und war die Ungewißheit, ob es Zeugen gab, nicht sogar Teil der Veranstaltung? Der Brüstungsstein war, wie Eduard fand, zwar über Erwarten breit, aber nicht breit genug. Energisch schob sich die rücklings liegende Jenny mit den Ellbogen weiter hinaus, bis sie Hals und Kopf ins Freie recken konnte, und zog Eduard an sich. Was Jenny, mit dem Blick zu den Kränen und zum Himmel, sah, konnte Eduard, der auf den Grundwassersee und die spitze Eisenwehr blickte, nur erraten. Um so deutlicher fügten sich ihm die Silben jener Lustformel zusammen, die sie hierhergeführt hatte. Lustturm, Turmlust, Luststurm, Lusthöhe, Höhenlust, Lustgefahr, Gefahrenlust. Egal, nach welcher Richtung er die Silben drehte, sie ergaben endlich einen Sinn. Und er spürte, daß Jenny dabei war, sich zu vergessen – unter den Augen von himmelhoch sitzenden Kranführern, hin und her rasenden schwarzen Vögeln, rund um sie auferstehenden Gebäudegeistern und einer frisch aufgeputzten Bronzewalküre, die mit ihren vier Pferden jetzt auf sie zufuhr und bereit war, sie mitzunehmen. Plötzlich aber lief ein Zucken durch ihren Körper, auf das Eduard mit panischem, noch dazu sinnlosem Festhalten reagierte, da er sie ja gar nicht halten, nur vereint mit ihr abstürzen konnte. Brüsk schob sie ihn von sich weg, richtete sich auf und zog das Höschen hoch.

«Hörst du es nicht?»

«Du meinst das feine, dünne Bohrgeräusch da unten?»

«Das ist nicht irgendein Bohrgeräusch, das ist eine Kernbohrung. Und das hörst du nicht? Es ist bekanntlich das einzige Geräusch auf dem Bau, das auch die Lebenslänglichen des Gewerbes unwillkürlich nach ihren Eingeweiden greifen läßt. Sie wird übrigens mit einem Diamantbohrer durchgeführt.»

Sie mußten über einen Bauzaun klettern, um auf die Straße zu gelangen.

«Was ist schon wieder schiefgegangen?» fragte er, als sie im Auto saßen.

«Was willst du», sagte Jenny, «es war doch wunderschön. Wenn sie nur nicht mit dieser Kernbohrung angefangen hätten ...»

Eduard erzählte ihr von seinem Traum mit dem Helikopter. Sie fragte, ob sie in Zukunft mit weiteren solchen Experimenten rechnen müsse.

«Es gibt noch andere Möglichkeiten», erwiderte Eduard kühl. «Ich habe mir zum Beispiel überlegt, ob ich den Führer von einem dieser Riesenkräne nach dem Schlüssel fragen soll. Diese Kabinen, die von unten so klein aussehen, sollen innen riesig sein, richtige Dreizimmerwohnungen.»

Jenny lachte. «Ich glaube, du hast eine ziemlich mechanische Vorstellung vom Orgasmus einer Frau. Du stellst dir vor, daß es nur darauf ankommt, irgendwelche Hebel zu bedienen.»

«*Du* hast doch den Spleen mit der Höhe! Behaupte nicht, dort oben im Türmchen sei nichts passiert!»

«Etwas hat gefehlt», meinte Jenny.

«Und was?»

«Vielleicht der Thymian!»

ZWEITES BUCH

1 DER Abschied von Jenny auf dem Tegeler Flughafen fiel merkwürdig beiläufig aus.

Wie fast jeder Großbau der Stadt war auch die Abflughalle des kaum zwanzig Jahre alten Flughafens im Umbau – der Fußboden aufgerissen, die Gänge durch Stellwände verschmälert, die Passagiere wurden durch Lautsprecheransagen von einem Gate zum anderen dirigiert. In dem Gedränge wurden Eduard und Jenny von nervösen Passagieren angerempelt, zur Seite geschoben oder von Gepäckwagen in die Fersen gestoßen. Die Niemandszeit zwischen dem Einchecken und dem letzten Aufruf füllte sich wie von selbst mit jenen vergessenen kleinen Aufträgen, die einem immer erst eine halbe Stunde vor Abflug einfallen. Die Bankvollmacht unterschreiben, die Zeugnisse der Kinder schicken, die Anmeldung bei der J.-F.-Kennedy-Schule erneuern – der administrative Aufwand einer Familie, fand Jenny, stehe dem einer Großbaustelle kaum nach. Den Vortag hatte Eduard damit verbracht, Geschenke für die Kinder zu besorgen – ein Kinderbuch für Loris, dessen Lektüre die Bedingung sein sollte für die Öffnung des beigepackten Kriegsspiels, Platinohrringe und ein türkisfarbenes Samtkleid für Katharina, die Kassette einer deutschen Filmkomödie und einen von Boris Becker signierten Tennisschläger für die Älteste. Fachkundig hatte Jenny sich durch das Angebot gewühlt, die unerreichte Kunst deutscher Hersteller bei der Anfertigung von Plüschtieren gelobt, sich lustig gemacht über den Spleen, den

Kleinen nicht nur Möbel, sondern auch Küchengeräte in ‹ökologisch unbedenklichen› Materialien in die Spielküche zu stellen. «Schau mal», rief sie und hielt einen Spielzeuggasherd hoch, «aus Holz! Wird das Modell demnächst bei Siemens in Serie gehen?» Mehrmals hatte sie versucht, Eduards Eifer beim Einkauf zu dämpfen. «Laß doch, alle diese Sachen gibt es drüben auch, für die Hälfte!» – «Aber nicht auf deutsch», hatte er entgegnet. – «Hast du etwa Angst, daß sie ihre Muttersprache verlernen?» – «Ihre Vatersprache!» Und da Jenny ihn überrascht und mit einer gewissen Rührung ansah, hatte er hinzugefügt: «Außerdem begreifen sie nicht, daß die Geschenke von mir sind, wenn ich dir nur das Geld dafür gebe und du sie kaufst.» – «Aber wir sehen dich doch bald», sagte Jenny, «oder?»

Sicher sehen wir uns bald, aber wo – hier oder dort? hatte er fragen wollen. Jenny hatte ihn mit ihrer Frage bei einer Angst ertappt, die er sich jetzt eingestand. Ein nie bedachtes Szenario stand ihm vor Augen. Daß Jenny gleich nach ihrem Vorstellungsgespräch nach San Francisco zurückkehren und dort mindestens bis zum Ende des Schuljahres bleiben mußte, war ausgemacht. Den neuen Job am Potsdamer Platz würde sie, falls sie ihn bekam, erst im Sommer antreten können. Wie aber, wenn ihre Bewerbung abgelehnt wurde? Würde sie dann nicht neu überlegen, was sie eigentlich in Berlin verloren hatte? Angewiesen und zurückgeworfen auf einen Mann, an dem sie nur den Vater ihrer Kinder vermißte? Wieso nicht gleich mit den Kindern in San Francisco bleiben, wo sich – nach ihren Worten – inzwischen alle mehr als irgendwo sonst auf der Welt zu Hause fühlten? Oder war der Gedanke, eine Frau, die er nicht glücklich machte, könne ihn eigentlich nicht lieben, nur eine Wahnidee seiner gekränkten Männlichkeit?

In den Tagen vor ihrer Rückreise hatte sie Eduard mit immer neuen Bemerkungen irritiert. Ihre Meinungen über Berlin änderten sich stündlich. Mal gefiel ihr der unfertige Zustand der Stadt, ihre ‹Baustellengotik›, der ironische Lokalpatriotismus der Taxifahrer. «Vor Gott», hatte einer ihr gesagt, «ist eigentlich jeder Mensch ein Berliner.» Dann wieder war es, als würde sie, Wahrnehmung für Wahrnehmung, Gründe gegen ihre Rückkehr zusammentragen. Was es eigentlich mit der schrecklichen Vorliebe seiner Bekannten für schwarze Kleidung auf sich habe, fragte sie. Ganz gleich, wohin man gehe, in ein Konzert, in ein Theaterstück, auf ein Fest, in eine Kneipe, man fühle sich immer unter Trauergästen und suche unbewußt nach dem versteckten Toten. Dann wieder war ihr aufgefallen, daß die deutschen Fernsehfilme, durch die sie sich zappte, überwiegend in Innenräumen spielten, in steif eingerichteten, grell ausgeleuchteten Zimmern, die kein Geheimnis hätten; auch die Gesichter der Schauspieler würden von den erbarmungslosen Beleuchtern entzaubert. Ein grelles, irgendwie pornographisches Licht beherrsche alle Bilder. «Pornographisch, wie meinst du das?» fragte Eduard. «Pornographie ist eine Frage des Lichtes», hatte Jenny ohne Zögern erklärt. «Nicht ein nackter Frauenhintern ist pornographisch, sondern das grelle Licht, das jeden Pickel darauf sichtbar macht. Woher diese Angst vor der Undeutlichkeit, vor dem Halbsichtbaren, vor dem nur Angedeuteten und zu Ahnenden?»

Auch die Tonspur befremdete sie: die Schauspieler würden jeden Satz fein säuberlich, wie auf einer Bühne zu Ende bringen, so gut wie nie ließen sie es ankommen auf ein Über- und Durcheinandersprechen; alle Geräusche, ob nun das Rascheln einer Serviette, das Hochstreifen eines Jackenärmels, das Tapptapp von

Schritten, wirkten wie mit dem Messer ausgeschnitten, seien übergenau und überdeutlich eingespielt, als gebe es nicht die wunderbare Fähigkeit des Ohres, Geräusche nach ihrer Annehmlichkeit und Wichtigkeit zu filtern ... In Eduards Ohren klang alles, als werde ein ganzes Land auf seine Fähigkeit geprüft, Jenny zu beglücken.

Und er? Was würde er eigentlich machen, wenn sie in San Francisco bliebe, ihn vor die Wahl stellte, Berlin oder ich und die Kinder? Ein Single-Dasein im dereinst ausgebauten Dachgeschoß des vermaledeiten Miethauses in der Rigaer Straße führen?

Kurz vor dem Aufruf der Maschine bat Jenny ihn, einen Augenblick zu warten. Auf dem Weg zur Toilette blieb ihr Absatz zwischen den ungefugten Bodenplatten hängen, sie knickte um und verlor den Halt. Ein junger Mann, der sie eben überholen wollte, bewahrte sie durch einen Griff um den Ellbogen vor dem endgültigen Sturz. Etwas zu lange, fand Eduard, blieb der junge Mann stehen, als Jenny sich wieder aufrichtete – vollkommen perplex schien er die Unbekannte zu betrachten, die sich wie die Tänzerin aus der Überraschungskiste vor seinen Augen auseinanderfaltete und ihre Glieder ordnete. Ein Augenblick des Verharrens, Sicherkennens entstand zwischen den beiden. Jenny dankte dem unbekannten Kavalier mit ihrem Lächeln, und der junge Mann stand eine Weile reglos da und sah ihr nach, als sei er soeben jener Frau begegnet, die man nur einmal im Leben trifft.

Als der Flug aufgerufen wurde, drückte Eduard sie fest an sich und hielt sie lange in den Armen. Jenny öffnete die Lippen und suchte seine Zunge, als wolle sie ihm ausgerechnet jetzt eine Bereitschaft erweisen, die er im Schlafzimmer vermißte. Er ärgerte sich über seine

Willfährigkeit. Und plötzlich, unter den Püffen der Passagiere und den Ansagen der Lautsprecher, glaubte er den Reaktionsmechanismus zu erkennen, dem er folgte wie ein dummes Tier. War es nicht so, daß Jenny ihn im Zustand ständiger Bereitschaft und ewigen Werbens festhielt? In der Habtachthaltung des Begehrenden, rund um die Uhr bereit, sich endlich zu bewähren, seine Aufgabe zu erfüllen? War ihre Unerreichbarkeit nicht einfach ein genialer Trick, ihn in Atem zu halten? Womöglich wäre sein Interesse längst erlahmt, wenn es gesättigt worden wäre.

Sanft schob er sie von sich weg. Jenny reihte sich unter die Wartenden vor der Zollstelle ein und wendete ihm noch einmal kurz das Gesicht zu, als sie vom Zollbeamten Ausweis und Bordkarte zurückerhielt. Danach sah er nur noch die Silhouette ihres Rückens durch die getönte Glaswand, sah, wie sie sich vorbeugte, um den Inhalt ihrer Handtasche vorzuführen. Er glaubte, die Umrisse ihres grüßenden Arms zu erkennen, winkte auf gut Glück zurück. Der Gedanke, daß auch sie ihn jetzt nur noch als Schatten, sozusagen in der Möglichkeitsform wahrnähme, verstörte ihn.

Er ließ sich vom Taxi am Savignyplatz absetzen und setzte sich im Mantel in ein Café. Einige weiße Plastiktische standen auf der Straßenterrasse, als seien sie dort vergessen worden. An den Tischen saßen Gäste, wie er sie in den Jahren der Teilung in München oder Frankfurt, nie aber in Berlin gesehen hatte: dunkel gekleidete Damen und Herren, die, jeder für sich, mit einer Zeitung oder einem Computerausdruck in der Hand vor einer Mineralwasserflasche saßen und kalorienarme Vorspeisen verzehrten. Vorboten einer fremden Lebensweise, die in die Stadt eingesickert waren und damit begonnen hatten, die Einheimischen mit der Kultur der

177

Terminnot, des Nichtrauchens und des alkoholfreien Arbeitens bekannt zu machen.

Die Giebel und die Firste der hellroten oder auberginefarbenen Ziegeldächer standen scharf und überdeutlich in den Himmel, dessen Blau so hell war, daß es sich von einer blassen Wolkendecke kaum unterscheiden ließ. Die Luft war warm und klar wie an einem strahlend schönen ersten Frühlingstag, doch auf Eduards Händen und Gesicht erregte sie einen melancholischen Schauer. Seine Haut schien zu wissen, daß die Wärme nicht mehr zunehmen würde und sich unaufhaltsam verflüchtigte. An einer Fassade leuchtete in glühenden gelb-roten Farben Laub, das das Haus wie ein Wasserfall vom Dach bis zur Eingangstür verhüllte. Die meisten Straßenbäume zeigten sich bereits im dunklen Rindenpanzer, die kahlen Äste stachen wie Antennen in den Himmel und würden von nun an nur noch Kältebotschaften auffangen. Es erschien ihm widersinnig, daß die Pflanzen sich ausgerechnet durch Nacktheit auf die kalte Jahreszeit vorbereiteten; er glaubte plötzlich zu spüren, wie anders sich die Sinne und die Leidenschaften unter einer steil einfallenden, zuverlässigen Sonne entwickelten. Mit einer Anwandlung von Wehmut dachte er an das starke, sichere Blau des kalifornischen Himmels zurück, an das robuste Grün, an die weiten Horizonte und das helle Licht. Die hiesige Vegetation war schon im Frühjahr vom Schicksal des Abblätterns gezeichnet. Wenn sich ihre Triebe ans Licht gewagt und zu Blättern entfaltet hatten, blieben ihnen drei, vier Monate Zeit; dann feierten sie ihre kurze Existenz in einem farbigen Feuerwerk, rollten sich zusammen und wurden Straßenmüll.

2 AUCH der S-Bahnhof Alexanderplatz war mit Plastikplanen verhängt und mit Baugerüsten zugestellt. Die Wegweiser, die den Ausgang zeigten, führten über staubige Treppen an Bretterwänden vorbei und änderten so oft die Richtung, daß Eduard sich, als er endlich ins Freie trat, wie ein Kind im Blindenspiel fühlte, das den ersten Schritt mit unverbundenen Augen macht. Vergeblich versuchte er, sich am Fernsehturm zu orientieren. Er wußte nicht mehr, ob der Fernsehturm westlich oder östlich vom S-Bahnhof stand; doch auch wenn er es gewußt hätte – er hätte es durchaus für möglich gehalten, daß man auch ihn inzwischen umgestellt hatte.

In den Straßen, durch die er lief, waren viele Haustüren noch mit dem alten Durchsteckschloß ausgerüstet, das jedem Besucher, ob Freund oder Feind, nach 20 Uhr den Eintritt verwehrt. Die Namen an den meisten Klingelschildchen waren mit der Hand geschrieben, manche durchgestrichen; kaum irgendwo eine Sprechanlage. Die Trottoirs und die Straßenränder waren mit Autos vollgestellt, deren Karosserien von ein und demselben Designer gezeichnet zu sein schienen und trotz der prallen Farben wie Produkte eines einzigen, weltbeherrschenden Herstellers aussahen – Fordbmvwmercoyota. Wie waren die vielen neuen Autos so rasch vor die alten Haustüren geraten? Und wo waren die einheimischen Fahrzeuge geblieben, die Millionen Trabis und Wartburgs? Waren sie alle von ihren Besitzern über Nacht verstoßen und zu Schrott erklärt worden? Wenn man sie alle auf einer Stelle zusammenschöbe, den Kfz-Bestand eines 17-Millionen-Volkes, wie hoch wäre der Schrottberg? Würde er nicht die beiden nach dem Krieg aufgetürmten Trümmerberge am Teufelssee weit überragen und in der flachen Landschaft die Illusion eines Mittelgebirges erzeugen?

Eduard kam die Geschichte eines amerikanischen Kollegen in den Sinn, der gleich nach der Maueröffnung mit einem Humboldt-Stipendium nach Berlin gekommen war und sich in den Kopf gesetzt hatte, all seine Wege in einem Trabi zurückzulegen. Sechs Monate lang war er in dem Oldie mit der unverkennbaren Duftmarke durch Berlin gefahren und darüber zum Feldforscher geworden. Das Liliputanerauto mit der Plastikkarosserie erwies sich als ein Blitzfänger, der die emotionalen Spannungen und Gewitter in der Stadt unfehlbar auf sich zog. Er hatte sich daran gewöhnen müssen, von überholenden Autofahrern im Ostteil der Stadt mit dem kommunistischen Gruß, im Westteil mit gerecktem Mittelfinger gegrüßt zu werden. Einmal hatte eine Mutter seine Fahrertür aufgerissen, ihn genötigt, aus dem Auto zu steigen und seine Nase an den Auspuff zu halten – sie wollte ihm die Abgase vorführen, die er ihrem Sprößling im Kinderwagen zumutete. Es half nichts, daß er amerikanisch sprach. Der Trabi wies ihn offenbar als fundamentalistischen Ossi aus und machte jeden Akzent vergessen. In wenigen Wochen hatte er einen vollständigen Überblick über den Fundus an Schimpfwörtern, Flüchen, Drohungen gewonnen, aus dem sich die Einwohner der Stadt bedienten.

Irgendwann verlor er den Spaß an seinem Experiment. Als er sich bereits bei der Überlegung ertappte, all diese Spontanäußerungen im Berliner Straßenverkehr alphabetisch zu ordnen und in eine «Liste der Freundlichkeiten» einzutragen, beschloß er, sich einen Ortswechsel zu gönnen, und war mit dem Trabi nach Paris gefahren. Auf den Champs-Élyseés hatte er ein Erlebnis, das ihn für alle in den letzten Monaten erlittene Unbill entschädigte: Er hatte seinen Trabi gerade geparkt, als ein junges Paar in Abendkleidung davor stehenblieb. Der Mann hatte erst ihn, dann den Trabi angesehen und dann, beide Arme mit einer enthusiastischen Bewegung in das festliche Licht hebend, als wolle er die Laternen als Zeugen einladen, gerufen: «Quelle élégance!»

Als Eduard die Rosa-Luxemburg-Straße hinaufging, sah er die Volksbühne wie eine mächtige Festung am Ende der Straße liegen; man hatte den Eindruck, die Straße laufe direkt auf die halbrunde, mit sechs klobigen Säulen geschmückte Eingangshalle zu und lasse außer dem Gang ins Theater keinen Ausweg offen. Eine Stadtansicht wie diese hätte er eher in Rom oder Paris erwartet als in Berlin. Zwischen engen Straßen öffnete sich überraschend ein elegant geschnittener dreieckiger Platz, der Raum für den gewaltigen, die ganze Längsseite des Dreiecks einnehmenden Theaterbau bot. Mit dem imposanten, säulengeschmückten Eingang, dem runden, an ein Gaswerk gemahnenden Aufsatz darüber und dem kastenförmigen Oberbau sah das Theater aus, als hätte der Architekt den Entwurf für eine Müllverbrennungsanlage mit dem für einen germanischen Tempel versöhnen wollen. Ganz oben auf dem flachen Dach leuchtete wie eine Wegemarke für verirrte Engel und Flugzeuge in übermannsgroßen Neonbuchstaben das Wort «OST». Darunter war an der fensterlosen Wand eine riesige Banderole befestigt. In schwarzen Lettern auf rotem Grund war auf ihr zu lesen: Theo Warenberg: «Das war's!» Links und rechts flatterten über den Seitenflügeln der Eingangshalle, vom Wind oder einem Ventilator kräftig bewegt, zwei Anarchisten-Fahnen. Einen Augenblick lang fragte sich Eduard, ob er nicht vor dem Hauptquartier jener mitgliederstarken Szene stand, die sein ererbtes Mietshaus zum Zwischenlager erkoren hatte.

Auch das Publikum, das er durch die Türen in den Kassenraum strömen sah, ließ ihn an die Rigaer Straße denken. Es waren durchweg junge Leute in dunklen Sachen, viele von ihnen martialisch aufgemacht, mit kunstvoll lackierten und verklebten, an Nagelbretter erinnernden Frisuren. Nicht wenige trugen Draht- und Eisenrequisiten in den Ohrläppchen oder Nasenflügeln, was, Eduard konnte es nicht leugnen, einigen Frauen besonders gut stand und die Vorstellung weckte, sie trügen entsprechenden Zierat auch am Bauchnabel oder an den Schamlippen. Er drehte rasch den Kopf zur Seite, als er inmitten einer Gruppe die Barfrau aus seinem Haus zu erkennen meinte.

Theo konnte er nirgends entdecken. Nur mit Mühe hatte er ihn dazu überreden können, die Premiere seines neuen Stücks zu besuchen. Theo zeigte sich nicht gern auf Premieren, am wenigsten auf den eigenen. Nur dem «Touristen aus Stanford» zuliebe hatte er seine Ehrenkarten abgerufen. Endlich, im Schatten der Ü-Wagen hinter der Eisenabsperrung zum Hof, fand er ihn. Als er den Freund mit der Zigarette im Mund da stehen sah, war ihm, als trage der schmale, zur Tänzerfigur abgemagerte Körper die zehntausend Tonnen des Theaterbaus auf den Schultern.

Sie nahmen den Weg durch den Bühneneingang. Eduard wunderte sich, daß niemand den Autor erkannte, als sie sich zu ihren Plätzen begaben. Vielleicht lag es daran, daß sich auch Theo an die Grundfarbe gehalten hatte, die den Zuschauerraum beherrschte: Er trug ein schwarzes Jackett über einem schwarzen T-Shirt. Im übrigen wußte Eduard, daß Theo nur ein einziges, zehn Jahre altes Foto von sich zirkulieren ließ. Vielleicht war es aber auch anders; vielleicht erkannten ihn alle und erwiesen ihm die Ehre, indem sie so taten, als sei er einer von ihnen.

Als der Vorhang aufging, blickte man auf eine nahezu leere Bühne. Im Hintergrund ein Tisch mit einer schwarzen Lampe, dazu drei, vier Stühle, vorn rechts ein Haufen zerschnittener Eisenteile; in der Bühnenmitte eine quadratische Öffnung im Boden, wie man sie manchmal vor Läden auf dem Trotton entdeckt, wenn aus einem Zulieferwagen Kisten ausgeladen und in den Keller gehievt werden. Die Schauspieler, die über die Seitengänge des Zuschauerraums auf die Bühne traten, schienen dieses Loch nicht zu bemerken und verblüfften die Zuschauer durch ihre Kunst, es wie versehentlich zu umgehen. Es waren immer nur zwei oder drei Personen gleichzeitig auf der Bühne. Lose aneinandergereiht wurden Momentaufnahmen gezeigt, Szenen des Umbruchs nach dem Untergang der DDR. Ein Rentner umschleicht mit einer Videokamera ein mit Kreide auf den Boden gezeichnetes Quadrat. Darin sitzt ein anderer Rentner, der eine kümmerliche Topfpflanze begießt. Drei Holzstreben und ein Grill deuten einen Schrebergarten an. Die beiden alten Männer bemerken einander zunächst nicht, der eine beobachtet, filmt, mißt, der andere harkt und gießt. Es kommt zu einem wortarmen Dialog. Der eine gibt sich als Besitzer des Quadrats aus, in dem der andere sitzt, und will es zurückhaben. Der mit der Gießkanne entgegnet, daß das Quadrat leer gewesen sei, als er sich darin niederließ, daß er sich seit vierzig Jahren nicht daraus fortbewegt und alles, was dazugehört, den Zaun, den Garten, das Häuschen, mit eigenen Händen geschaffen habe. Das könne er alles mitnehmen, wenn er gehe, sagt der Besitzer des Quadrats, aber gehen müsse er. Denn er, dem es ursprünglich gehörte, sei Flüchtling. Nach vierzig Jahren ist man kein Flüchtling mehr, widerspricht der andere. Es kommt zu einem Zweikampf, in dessen Verlauf sich die beiden alten Männer gegenseitig die Kleider vom Leib reißen und sich mit ihren Zahnprothesen ineinander verbeißen.

Auf der anderen Bühnenseite entwickelte sich unterdessen eine andere Szene. Ein General der Volksarmee zerschneidet mit einer Eisenschere Stück für Stück einen Panzer. In seinem Monolog setzt er sein Riesenspielzeug und sein Leben in der verschwundenen Volksarmee in Gedanken wieder zusammen. Er malt sich aus, welche Schicksale die geliebten Laufketten, das Kanonenrohr, das Führerhaus, erleiden werden, in welch entwürdigter Gestalt er ihnen wiederbegegnen wird: als Besteck, als Handwerkszeug, als Armiereisen. Panzer sind umweltfreundliche Produkte, sie lassen sich fast zu hundert Prozent in der Produktion wiederverwenden, sagt er und beginnt während seines Monologs, sich selber zu zerschneiden.

In der Bühnenmitte treffen zwei Frauen aufeinander. Aus Satzfetzen und ihrem Körperspiel wird deutlich, daß sie Mutter und Tochter sind und einander noch nie gesehen haben. Die Mutter war bei der Flucht aus der DDR gefaßt und zu Gefängnis verurteilt worden, der Staat hatte ihr das Kind weggenommen und parteitreuen Eltern zur Adoption gegeben. Nach langer Suche ist die Mutter endlich auf die Spur der Tochter gestoßen. Es kommt zu der ersehnten Begegnung, doch es stellt sich heraus, daß sie einander nichts zu sagen haben. Die Tochter steht der Mutter, die ihr Kind und den «besseren» deutschen Staat verraten hat, mit Zweifeln und Ablehnung gegenüber. Die Mutter wiederum kann die Vorwürfe und parteifrommen Reden der Tochter nicht ertragen.

Erst allmählich merkte man als Zuschauer, daß es immer dieselben vier oder fünf Schauspieler und Schauspielerinnen waren, die die Szenen spielten und dabei die Rollen tauschten; wer eben noch den Westler gespielt hatte, mußte in der nächsten Szene in die Haut seines Widerparts schlüpfen und umgekehrt. Die Szenen und der sie antreibende Streit kamen nie zu einem Ende. Kaum hatte man für jemanden Partei ergriffen, wurde die Szene in einer leicht veränderten Konstellation wiederaufgeführt. Der alte Mann aus dem Osten kam als junger Stasi-Mann wieder auf die Bühne, um zu bekennen, daß er sich das Grundstück des Nachbarn durch eine Denunziation ergaunert habe. In der nächsten Variation mußte sein Opfer, der Mann aus dem Westen, Antwort auf die Frage geben, auf welche Weise sein Vater das Grundstück während der Nazizeit erworben habe ...

Theo schien sich für das Geschehen im Zuschauerraum stärker zu interessieren als für das auf der Bühne. Öfter drehte er sich um, wenn hinter ihnen Beifallklatschen oder auch Gelächter zu hören war, und schaute prüfend in die Gesichter. Auch Eduards Aufmerksamkeit wurde mehr und mehr vom Reiz- und Reflexspiel zwischen Schauspielern und Publikum abgelenkt.

Der Haß zwischen den bis eben noch getrennten Deutschen, den Theos Texte sichtbar machten, wurde im Verlauf des Abends von den Schauspielern mit immer größerer Hemmungslosigkeit ausagiert. Keine Gelegenheit war zu schlecht, um einen Hintern zu entblößen, Kot oder Urin zu lassen, einander mit Blut oder Schleim zu besudeln oder auf andere Weise zu erniedrigen. Ein Mann masturbierte in eine Kartoffelsuppe, in einer Ecke schiß eine Sechzigjährige auf ein Tuch mit dem aufgedruckten deutschen Adler, eine andere Frau wurde von ihrem Nazi-Bräutigam am Gummiband der Strumpfhose hochgehalten und mußte sich in dieser Stellung dessen Liebeserklärung anhören, Frauen im Dirndl legten sich auf den Boden, machten die Beine breit und juchzten Männern mit Hakenkreuzen zu, die sie, mit der Unterhose in den Kniekehlen, rammelten. Feinde wurden symbolisch geköpft oder verstümmelt, Embryonen aus Unterleibern gezogen und über die Bühne geschleudert; aus den Lautsprechern dröhnte deutsches Stammtischlachen. Das Publikum hatte zuerst ratlos, wie erschlagen dagesessen, schien aber dann, nachdem der Moment zum Protest verpaßt war, dem Toben und Kotzen auf der Bühne mit zunehmender Faszination zu folgen. Vielleicht, weil sie sich ihres Schrecks oder Ekels schämten, begannen einige während einer Folterszene zu klatschen, andere verstärkten die Verdauungsorgien auf der Bühne durch entsprechende Geräusche, wieder andere lachten hysterisch auf, als eine Frau mit einer Kettensäge auf den Penis eines Mannes losging. Nach einer Weile hatte Eduard das sichere Gefühl, daß die Veranstaltung ebendas war, was sie anzuprangern vorgab: eine Einübung in die Barbarei, eine Feier deutscher Widerwärtigkeiten. Gleichzeitig faßte ihn eine Art Erbarmen mit den Zuschauern, er wunderte sich über ihren Mangel an Stolz oder Selbstliebe. Wo jedes andere Publikum der Welt einfach aufgestanden und hinausgegangen wäre, schien für dieses der Theatergenuß erst zu beginnen; es fühlte sich erst richtig wohl, wenn es von der Bühne herab beschimpft, bespuckt, besudelt und beschissen wurde – ganz so, als leide das Leben draußen an einem Überfluß an Schönheit.

Theo lag in seinem Sitz wie ein schlafendes Kind. Er hatte den Kopf zwischen die Schultern gezogen, so daß Eduard nur das Ohr und den steilen Nasenrücken sah. Es war unmöglich, zu erkennen, ob ihn die Veranstaltung entsetzte oder amüsierte, ob er sie überhaupt verfolgte. Plötzlich richtete er sich auf, stieß Eduard mit dem Ellbogen in die Seite und bedeutete ihm, daß er gehen wolle.

Aber Theos Gründe für den Aufbruch waren andere als Eduards; er fand einfach, es sei Zeit für einen Drink. Vielleicht wurde sein Interesse an der Premiere auch durch die Gewißheit herabgesetzt, daß sein Stück in den nächsten Tagen an vier weiteren Bühnen aufgeführt werden sollte. Mit halbem Interesse hörte er sich Eduards Eindrücke von der Aufführung an, als habe er selber nichts von den Abscheulichkeiten bemerkt. Eduards Einwand, man habe unter dem Vorwand einer Darstellung von Gewaltritualen in Wahrheit ihrer Einübung beigewohnt, schien Theos Neugier zu reizen.

«Falls du recht hast – wäre das so schlimm?» fragte er. «Vergiß Schillers moralische Anstalt. Vielleicht ist das Theater inzwischen der letzte Ort geworden, in dem sich – einigermaßen ungestört und am Ende harmlos – all die teutonischen Blut- und Allmachtsphantasien austoben müssen, die in der Wirklichkeit keinen Platz mehr haben.»

Leise, als wolle er die Worte beim Sprechen ausprobieren, und dennoch mit großer Sicherheit redete Theo weiter. Die Kunst komme aus der Tradition des Rausches, und der Versuch einer Gesellschaft, den Rausch zu unterdrücken, führe nur dazu, daß die unterdrückten

Energien aus irgendeinem Gully wieder hervorschössen. Gerade hier, in diesem Teil des Landes, sei das Publikum jahrzehntelang im Stand von Kolonisierten festgehalten, der Rausch, überhaupt alle kreativen und emanzipatorischen Energien in den Untergrund gedrängt und dort verbogen und verformt worden, deswegen könnten sie auch nur aus dem Gully wieder an die Oberfläche kommen. Ganz ohne Gewalt, wie alle es gern hätten, werde die Ablösung von der Diktatur nicht abgehen. Er und mehr noch der Regisseur hätten nichts anderes getan, als den Gullydeckel ein wenig anzuheben.

Eduard widersprach. Woher eigentlich die Gewißheit der Künstler – er gebrauchte das Wort mit einer gewissen distanzierenden Hebung der Stimme –, daß die Vorführung von barbarischen Gewaltszenen der Eindämmung und Abfuhr der entsprechenden Energien diene? Diese, als «Ventil-Theorie» bekannte Hypothese sei durch die Aggressionsforschung längst widerlegt worden. «Ich kann dir x Untersuchungen nennen, die beweisen, daß das ‹Exorzieren› von Gewalt – dein vornehmes Wort dafür – genau den gegenteiligen Effekt hat und das Gewaltpotential verstärkt. Eine gut gezeigte Vergewaltigung reizt eher zur Nachahmung als zur Ächtung. Jede gelungene Bilderfolge über eine bisher unerhörte Schweinerei, ob dokumentiert, ob nur erfunden, erweitert das Archiv der Möglichkeiten und funktioniert am Ende als Werbeaktion. Der Grund dafür ist, daß es offenbar keine genetisch eingebaute Instanz gibt, die solche Regungen verwirft und verbietet. Das Wort ‹Verrohung› führt in die Irre. Es unterstellt, die Fähigkeit zur rohen Gewalt sei eine nachträgliche, durch ungünstige Verhältnisse erworbene Fähigkeit des Menschen. Diese Fähigkeit ist aber wahrscheinlich nichts Sekundäres, sie ist ebenso Teil der menschlichen Natur wie seine Fähigkeit zur Liebe.»

Theo schien sich nicht im mindesten widerlegt oder auch nur provoziert zu fühlen. «Kannst du dir vorstellen, daß eine Gesellschaft sich derart hastig und verlogen zivilisiert hat, daß sie gar nicht mehr weiß, wozu sie fähig ist und war? Daß ein Schriftsteller sich herausgefordert fühlen könnte, sich und die vielen guten Menschen, die ihn umgeben – all diese gewaltfreien Mütter und Väter mit ihren ungezogenen Kinderchen –, daran zu erinnern, daß sie unter anderem auch Bestien sind?»

Als sie aus der Kneipe traten, war es wie früher. Das dämmernde Morgenlicht fiel auf zwei Männer, die in einer ausgestorbenen Straße nach zwei Taxis Ausschau hielten, um dann in zwei entgegengesetzte Himmelsrichtungen davonzufahren. Nur daß Eduard diesmal Theos alte Richtung nahm und Theo die, die Eduard früher eingeschlagen hatte.

3 ES war kalt geworden. Unter dem südlichen Himmel Kaliforniens hatte Eduard die Starre des Winterhimmels von Berlin beinahe schon vergessen. Die zementgraue, geschlossene Wolkendecke verstärkte das Grau der Fassaden. Die nackten Äste und Baumstämme schienen von einem farblosen Lack überzogen, der ihnen jede Leuchtkraft nahm. Die Blätter auf den Gehwegen und in den Rinnsteinen verloren ihre Biegsamkeit und zerfielen bei einer flüchtigen Berührung mit dem Fuß zu bröslig farbiger Asche. Eduard gewöhnte sich den schon vergessenen Reflex wieder an, mit der tastenden Schuhspitze zu prüfen, ob es sich bei dem Haufen vergilbter Blätter, auf den er gleich treten würde, wirklich nur um Blattmüll handelte. Jedes gelbe oder braune Blatt auf dem Boden stand im Verdacht, als Tarnung oder Verpackung für die Kotrollen zu dienen, die die hunderttausend Hunde der Stadt täglich auf den Straßen hinterließen. Schon am Morgen sah man sie stehen, Mitglieder einer kampfstarken Berliner Minderheit: Männer und Frauen jeden Alters, die die Pressungen ihrer hündischen Lieblinge verfolgten und anschließend Färbung und Dichte der Hervorbringung sachkundig beurteilten.

Beinahe sichtbar stieg eine feuchte Kälte vom Boden auf, kroch durch Ärmel- und Hosenbeinöffnungen und in die Seelen der Passanten. Die bloßen Gesichter über den verpackten Körpern erschienen Eduard unangenehm weiß und bloßgestellt, wie die Schamteile an einem Nacktbadestrand. Es war eine Ungunst der Evolution, daß es ausgerechnet die Weißhäutigen in die Kältezonen verschlagen hatte; den paar Dunkelhäutigen, denen er begegnete, stand die Kälte viel besser. Aus ihren Gesichtern leuchteten ein Optimismus und eine Schönheit, die man im Sommer leicht übersah. Von einem Tag auf den anderen war Eduard in jener Berliner Jahreszeit angelangt, in der der Abend schon am Morgen beginnt und jeder nach einem Blick aus dem Fenster nach einer Ausrede sucht, die es ihm erlauben würde, die Decke noch einmal über den Kopf zu ziehen.

Am Wochenende sah sich Eduard Wohnungen in den drei Stadtvierteln an, die Jenny – «schon wegen der Schulen» – bevorzugte und als vergleichsweise sichere Bastionen gegen die Sturmflut aus dem Osten ansah. Hundertsechzig bis zweihundert Quadratmeter hatte Jenny sich gewünscht, vorzugsweise Südseite. «Warum nicht zur Abwechslung einmal eine ausgebaute Dachwohnung mit Terrasse? Von oben gesehen ist Berlin eine ganz andere Stadt!»

Solche Wohnungen zu finden war einfacher als die Verständigung mit ihren Vermietern. Öfter kam Eduard der Verdacht, daß er es gar nicht mit Vermietern, sondern mit Sektenführern zu tun hatte. Schon an der Türschwelle nötigten sie ihn, die Schuhe auszuziehen und in bereitstehende Pantoffeln zu schlüpfen. Dann glitten sie mit ihm über italienischen Terrakotta oder Marmorfliesen, zeigten ihm wohnzimmergroße Bäder mit runden oder ovalen Badewannen, demonstrierten, wie man die Codes für die elektronische Einbruchsicherung, die Beleuchtung und die elektrische Hebevorrichtung am Panoramafenster eingab, führten ihn auf die ein oder zwei Terrassen mit den automatisch bewässerten Palmen und Oleanderbüschen, nickten, wenn er fragte, ob jene Quadratmeter, die wegen der Schrägwände eigentlich nur für Kleinkinder und Liliputaner benutzbar waren, voll auf die Mietfläche angerechnet wurden, und nannten schließlich einen Mietpreis, der nur geringfügig unter Eduards Nettogehalt lag. Der Staub vom Fall der Mauer mußte die Immobilienhändler und Hausbesitzer in eine Art Kokainrausch versetzt haben. Sie bauten Wohnungen und Büros für Phantasiekunden: für Scheichs, westdeutsche und amerikanische Einkommensmillionäre, russische Neureiche, italienische Grafen, britische Investmentbanker, und schienen keinen Augenblick darüber nachzudenken, warum diese Leute plötzlich in Heerscharen nach Berlin kommen sollten.

Unter den Angeboten war eine Dachwohnung im ärmeren Teil Charlottenburgs, jenseits der Kantstraße, deren Preis in einem annehmbaren Verhältnis zu ihrem Zustand stand. Die Zimmer mit den abgeschrägten Wänden waren viel zu klein und eng geraten, um so großzügiger war die Terrasse ausgefallen. Sie reichte über den Seitenflügel bis zum Hinterhaus. Der unüberdachte Teil der Wohnung erschien Eduard so verführerisch, daß er auf dem Weg zurück zum Auto sogleich damit begann, in Gedanken einen neuen Grundriß der Innenräume zu zeichnen. Sekunden nachdem er an der Ampelkreuzung angefahren war, wurde er durch einen gebrüllten Laut in seinem Rücken aus seinen Überlegungen gerissen. Erschrocken trat er auf die Bremse. Er vergewisserte sich, daß die Ampel Grün zeigte. Da er sein Abbiegemanöver nach rechts durch die Vollbremsung abgebrochen hatte, blockierte das schrägstehende Auto jetzt die Kreuzung. Jemand klopfte mit dem Fingerknöchel hart gegen das Fenster der Beifahrertür. Als er es heruntergekurbelt hatte, füllte sich der

Fensterausschnitt mit dem Gesicht eines behelmten Radfahrers, dessen Mund sich im gleichen Augenblick in einen schreienden Rachen verwandelte – Eduard konnte zwischen den Zähnen über die Zungenwurzel bis hinunter zum Zäpfchen sehen: «… keenen Führerschein? Beim Abbiegen nach hinten schauen, Arschloch!» Bevor er noch etwas entgegnen konnte, flog ihm ein handtellergroßer runder Gegenstand entgegen und plumpste, nachdem er seine Fliehkraft an seiner Nase verbraucht hatte, kraftlos auf seinen Schoß. Ungläubig blickte er auf das Wurfgeschoß: ein angebissenes, mit Salami belegtes Brötchen. Hellwach vor Wut und Ekel riß er die Fahrertür auf, sah aber nur noch den dunklen Gummirücken und die strammen nackten, wie Kolben auf und nieder stoßenden Waden des Fahrradzombis. Die ganze aus Muskeln, Sehnen und Leichtmetall zusammengefügte Kampfmaschine entfernte sich im Autotempo.

Als Eduard den Wagen wieder anließ, um die Verfolgung aufzunehmen, wurde er von einem dunkelroten Tropfen auf der Knopfleiste seines Hemdes abgelenkt, der sich auf rätselhafte Weise zu erneuern schien. Kaum war er vom Hemdenstoff aufgesogen, bildete sich fast an derselben Stelle ein neuer runder Fleck. Erst als er sich mit der Hand ins Gesicht fuhr, wurde ihm die Ursache des Tropfwunders klar: Nasenbluten. Fluchend lenkte er den Wagen zu einem Spielplatz in der Nähe, den er aus früheren Jahren kannte. Auf der Bank, auf die er sich rücklings legte, hatte er öfter mit anderen Eltern gesessen, als die Kinder noch im Babyalter gewesen waren. Noch nie war er jedoch am frühen Morgen hier gewesen, und erst recht nicht zu dieser Jahreszeit. Die Stille, die Kälte, die Nässe, die ihn umgaben, alles war ihm widerwärtig. Er stellte sich den Anblick vor, den er bot, und hoffte, daß niemand ihn sah, geschweige denn erkannte. Während an den Ketten der Kinderschaukeln, auf den metallenen Rutschen, in den Maschen des grünen Drahtzauns noch die Tropfen des letzten Regens hingen, lag Eduard mit blutbeflecktem Hemd auf der Elternbank und blickte schniefend in den Himmel.

Die Stadt war offenbar verrückt geworden, die Zeitungen brachten fast täglich Berichte über Gewalttaten aus nichtigem Anlaß. Ein Vater, der gerade sein Kind auf dem Kindersitz festschnallt, braucht dafür nach dem Urteil eines auf den Parkplatz wartenden PKW-Fahrers zu lang und wird durch Faustschläge ins Gesicht zur Eile angehalten. Ein anderer Verkehrsteilnehmer fühlt sich durch den hinter ihm fahrenden Fahrer wegen zu häufigen Wechselns der Fahrspur zu Unrecht ermahnt. An der Ampel steigt er mit einer Axt in der Hand aus und zertrümmert das Dach des gegnerischen Fahrzeugs. Wieder ein anderer findet, daß der Autofahrer vor ihm übertrieben lange Rücksicht auf einen Fußgänger an der Straßenkreuzung nimmt, und verleiht dieser Meinung Ausdruck, indem er ihm beim Überholen durch das offene Fenster Reizgas ins Gesicht sprüht.

Für derartige Feindseligkeiten war die Stadt seit jeher berühmt gewesen; es schien Eduard jedoch, daß sie deutlich zugenommen hatten. Nach der ersten, romantischen Begegnung am Brandenburger Tor erlebten die Einwohner der Stadt ihre weiteren Ost-West-Berührungen nicht mehr als Fußgänger, sondern hauptsächlich als Verkehrsteilnehmer, sozusagen in der Arbeitskleidung der Karosserie. Ein tausendfacher Erziehungsprozeß hatte eingesetzt, der in der Sprache der Zeichen und der Fäuste ausgetragen wurde.

Eine neue und zuwenig beachtete Gruppe im täglichen Nahkampf stellten die Radfahrer dar. Sie waren besonders zu fürchten, weil sie sich für die besseren, nämlich ökologisch legitimierten Verkehrsteilnehmer hielten. Mit Helm und gefährlich gutem Gewissen rasten sie auf Stahlgestellen, die kaum billiger als Kleinautos waren, im Rennfahrertempo über die neuen Fahrradwege, ließen Hunde, Kinder und Alte springen und erteilten im Vorbeifahren gebrüllten Verkehrsunterricht.

Früher hatte Eduard es für ein Privileg gehalten, die Verkehrsbarbaren der Stadt durch vorsätzlich gute Laune zu enrwaffnen. Er hatte ihnen anerkennend zugewinkt, manchmal beide Arme gehoben, sie allenfalls durch Beifallklatschen oder Bravorufe kritisiert. Nun spürte er, daß er dem Sog zur Verrohung nicht länger widerstand. In Zukunft würde er Gebrüll mit Gegengebrüll und geworfene Brötchen mit Schraubenschlüsseln vergelten.

Ein leichter Wind bewegte die Spitzen der kahlen Äste und schob das rissige Stück Himmelblau über ihm mit riesigen, dunklen Wolkenballen zu. Die Stille auf dem Platz rief Geräusche aus einer anderen Zeit wach, fast aus einem anderen Leben; plötzlich hörte er das Knirschen und Quietschen der Eisenrollen auf dem Drahtseil, das wie ein Miniseilbahnzug schräg über den Platz gespannt war. Immer wieder hatte Loris den Holzturm erklettert, von dem er den Holzbügel mit dem rollenden Seil ergreifen konnte, den Vater angerufen, um seiner Teilnahme sicher zu sein, sich mit beiden Armen an das Seil gehängt und mit den Füßen abgestoßen. Die Erinnerung an den kleinen, federleichten Körper, an die Angstlosigkeit des Kindes schmerzte Eduard. Ein paar Wochen unbesonnenen Haltens an den Drive-in-Stellen von MacDonald's hatten ausgereicht, den Körper des Jungen vollständig zu verändern. Er war schwer, schwermütig und unsicher geworden. Kurz vor seiner Abreise hatte er Eduard gefragt, was er, Loris, eigentlich wirklich gut könne. Und als Eduard ihm seine Talente aufzählte, hatte der Junge immer nur den Kopf geschüttelt und behauptet, jeder andere in seiner Klasse sei in jeder der von Eduard genannten Disziplinen besser als er. Er war völlig unbeirrbar in der Überzeugung geblieben, daß er überhaupt nichts könne. Eduard nahm sich vor, um ein Uhr nachts mitteleuropäischer Zeit Jenny und die Kinder anzurufen und ihnen von der Wohnung vorzuschwärmen. Und er wußte jetzt schon, welche Vorstellung er in Loris' Phantasie entzünden mußte, um ihn zum Verbündeten gegen Jennys Zweifel an Berlin zu gewinnen. «Die Terrasse ist so groß, daß man ein richtiges Schwimmbecken darauf stellen kann.» Übertreibungen, fand er, waren gerechtfertigt, wenn sie der Familienzusammenführung dienten.

4 NACH ein paar Wochen des Einwohnens in Charlottenburg mußte Eduard Dr. Santner recht geben. Es gab nur ein Mittel, um den Dauerstau auf dem Berliner Ring oder in der Berliner Stadtmitte zu vermeiden, die Anschaffung von zwei Fahrrädern. Mit dem ersten fuhr Eduard zum Einsteigebahnhof in Charlottenburg, mit dem anderen vom Aussteigebahnhof in Buch zum Institut und zurück.

Der Weg zum Institut führte ihn durch eine kleine Altstadt, in der die Reste der Wohnwürfel aus der ersten Generation des Plattenbaus gemeinsam mit den Resten einer barocken Schloßkultur vor sich hin verfielen. Das Schloß hatten die Herren der Arbeiter- und Bauernmacht 1963 gesprengt und nur die politisch unverdächtigen Scheunen und Viehställe stehenlassen. Einige dieser zweihundert Jahre alten Gebäude wurden jetzt aufwendig instand gesetzt; in dieser plötzlich glänzenden Nachbarschaft nahmen sich die DDR-Bauten wie Baracken einer Invasionsarmee aus. Unweit vom Wissenschaftscenter hatte ein großer, schloßähnlicher Bau den Sturm der sozialistischen Erneuerer überlebt – ein Verwaltungsgebäude aus dem 18. Jahrhundert, in dem jetzt eine Abteilung der Klinik Buch untergebracht war. Bei einer seiner Fahrradtouren war Eduard abgestiegen und lange, wie in Meditation versunken, vor der Vorhalle stehengeblieben. Er brauchte Zeit, um zu begreifen, was er sah. Die DDR-Architekten hatten dem Barockgebäude eine Art Eingangshalle angefügt – einen schmalen Kastenbau, dessen Dachkanten unvermittelt, als hätten die Zeichner nach so vielen Rechtecken plötzlich nach einer Variation gesucht, mit unbegreiflichen, entenhaften Aufschwüngen in den Himmel zeigten. Die Wände waren aus verschmutztem Glas, das in blaugestrichene Eisenrahmen eingefaßt war. Der Anbau sah viel baufälliger aus als das Hauptgebäude. Eduard stellte sich vor, wie die Herren der Genehmigungskommission zum erstenmal auf die unsägliche Skizze geschaut haben mochten, mißtrauisch gegen die fipsigen Dachaufschwünge, dann aber, zufrieden, daß an dem Werk wenigstens keine Spur von bürgerlicher Kultur zu entdecken war, befanden, daß es gut war. Statt die barocken Villen oder auch das Schloß der fürstlichen Vorgänger zu nutzen, hatten die neuen Herren es vorgezogen, sich in schmucklose Wohnkartons ins nahe Wandlitz zurückzuziehen.

Rürup hatte Eduard erzählt, wie die Fernsehkameras in den Monaten nach dem Fall der Mauer zum erstenmal diese Intimzone der sozialistischen Staatsmacht ausgeleuchtet hatten. Fassungslos war das fernsehende Volk mit den Kameras von Haus zu Haus, von Zimmer zu Zimmer, vom Badezimmer in die Küche, vom Gasherd bis zum Kühlschrank mitgegangen. Das Schlimmste an dem Rundgang war wohl die Erkenntnis, daß die geheimnisumwitterten und bewachten Tempel der Nomenklatura nichts Geheimnisvolles bargen. Die Allgewaltigen der DDR waren mit den Genüssen zufrieden gewesen, die sich der nächstbeste Fleischermeister im Westen gönnte. Das äußerste an Luxus, das die Kameras entdeckten, waren hier und da eine Fußbodenheizung, ein beheizter Swimmingpool und eine Sammlung von Pornofilmen gewesen. Natürlich gab es die pflichtschuldige Volkserregung über die

Ausstattung der Badezimmer, über vergoldete Türklinken und das Sortiment von Whiskyflaschen. Doch der wirkliche Grund der Empörung und des Entsetzens war wohl die Enttäuschung über die Schäbigkeit dieses Luxus, über den Mangel an Phantasie, Raffinesse und Geschmack der sozialistischen Priesterschaft.

Eines der zuwenig benannten Verbrechen der untergegangenen DDR, meinte Rürup, sei die Vergewaltigung des Schönheitssinns gewesen. Das Politbüro hatte sich sogar für das Design von Autos zuständig erklärt und Millionen Autofahrer vier Jahrzehnte lang dazu gezwungen, wie Kurzsichtige mit vorgerecktem Oberkörper am Lenkrad zu sitzen. Das äußerste an Verspieltheit, das die Planer zugelassen hatten, war eines Tages unter der Kampfparole «Berlin diagonal» ins Werk gesetzt worden. Auf Geheiß des Politbüros war eine dreifache Diagonale auf sämtliche Transportmittel der DDR-Hauptstadt – auf Busse, S-Bahn-Waggons und Schiffe – aufgetragen worden. Am Ende hatte der Gipfel der Gestaltungsfreiheit darin bestanden, die Bauarbeiter selber unter den vorrätigen Fertigplatten für den Plattenbau diejenigen aussuchen zu lassen, die ihnen am besten gefielen. Da hatten sie dann die Wahl gehabt zwischen den Ornamenten «Hand», «Schnecke», «Labyrinth» oder «einfach glatt».

Manchmal stieg Eduard auch schon eine Station früher aus und nahm den längeren Weg durch das Neubaugebiet. Er war jedesmal verblüfft, wie rasch das Viertel wuchs. Im Wochen-, im Tagesrhythmus entstanden neue Straßen und Plätze. Das tatsächliche Tempo der Erneuerung wurde durch eine Art Selektionsmechanismus seiner Wahrnehmung noch beschleunigt. Eduard nahm die neuen Gebäude immer erst zur Kenntnis, wenn sie schließlich frisch und vollständig vor ihm standen; die Phasen des Ausschachtens, der Errichtung der Fundamente, des Rohbaus und des Richtfestes grenzte er aus seinem Blickfeld aus.

Das ganze atemlose Unternehmen schien sich ganz von selbst zu vollenden. Das Tempo und die Organisation des Aufbaus ließen auf ein Kraftzentrum von enormer Kapazität schließen. Der Regisseur, der das alles koordinierte, war nicht zu sehen. Die komplizierte Maschinerie der Kräne, der Walzen, der Baufahrzeuge bewegte sich wie von einer inneren Feder angetrieben; den Schlüssel des Uhrwerks hatte jemand weggeworfen. Es kam Eduard vor, als errichte ein fremdes, nicht befragbares Wesen mit rätselhaften Absichten diese Siedlungen – für eine zukünftige, noch nicht gelandete Population.

Bei den Einheimischen schien die rasche Veränderung ihres Umfelds eine Art Wahrnehmungssperre hervorzurufen. Wie im Traum, als folgten sie den nicht mehr sichtbaren Wegemarken der Erinnerung, liefen sie durch die begehbaren Abschnitte zwischen den Bauzäunen hindurch, in dicken Jacken, mit zugezogenen Reißverschlüssen, die Frauen bei den Männern eingehakt, die Kinder an der Hand der Mütter. Die vielen Fenster an den lichten, farbenfrohen Häusern, zu denen Vorhänge nicht paßten, mußten ihnen als Wahrzeichen einer anderen Kultur erscheinen, die das Bedürfnis, sich vor den Blicken von Nachbarn und Passanten zu schützen, nicht kannte.

Eduard war sich nie sicher, von welcher Seite aus er das Weiße Haus betreten sollte, der Eingang wurde alle paar Wochen verlegt. Außen stapfte man durch aufgerissenes, schlammiges Erdreich zu irgendeinem neuen Bretterübergang, der einen alten oder neuen Graben vor dem Haus überbrückte. Innen irrte man unter offenen Leitungen, über improvisierte Umführungen und Treppen zu den Labors und fragte sich anschließend vergeblich, auf welchem Weg man diesmal angelangt war.

Bisher hatte er die Zeit im Institut mit Nebenarbeiten totgeschlagen, die Rürup oder Santner für die Zeit der Wohnungssuche und der Eingewöhnung mit einer entschuldigenden Floskel an ihn weitergaben. Eine Tierschützergruppe verlangte eine Stellungnahme, ob eine Tübinger Kollegin die ethischen Grundsätze der Wissenschaft verletze, weil sie mit Taufliegen experimentierte; sie hatte wegen der «Folterung von Taufliegen» sogar schon Morddrohungen erhalten. Eine andere Initiative plagte sich mit einer Charta für Tierrechte und verlangte ein Gutachten zu der Frage, ob sie lediglich für Säugetiere oder für alle Wirbeltiere gelten müsse. Eduard machte sich zum Spaß für die These stark, im Prinzip hätten auch Bakterien und Viren, Aidsviren eingeschlossen, Anspruch darauf, in die Gemeinschaft der schutzwürdigen Arten aufgenommen zu werden. Es sei moralisch nicht vertretbar, solche Viren auszurotten, nur weil sie, was schließlich nicht ihr böser Wille war, Tausende von einer ihnen durchaus gleichgültigen Spezies namens «Mensch» umbrachten. Zuletzt hatte er ein Gutachten verfaßt, das «alternative Förster» aus der Umgegend des Wissenschaftscenters erbeten hatten. Sie verlangten Auskunft zu der Frage, ob und in welchem Ausmaß fremdländische Baum- und Buscharten wie Zypressen, Pinien und Oleander den einheimischen Pflanzenbestand gefährden könnten. Dr. Santner sparte nicht mit Spott darüber, daß Eduard als Orakel für verstörte Bürger diente; ohnehin lasse ihm wohl die Sorge um das komplizierte Erbe vorerst kaum Zeit für sein Projekt über verhaltenssteuernde Gene.

Als Eduard seinen Computer endlich eingerichtet und die Daten aus dem Labor in Stanford auf der Festplatte gespeichert hatte, verhinderte ein gewöhnlicher Diebstahl die Weiterarbeit. In der Zeit zwischen 3 Uhr 30 und 6 Uhr 30 morgens – das ergaben die Ermittlungen der Kriminalpolizei – war ein Kleinlastwagen vor dem Weißen Haus vorgefahren. Ein Diebesteam in unbekannter Stärke war, offenbar mit einem Nachschlüssel, in die Räume eingedrungen, hatte sechzehn der neuen Computer – darunter den, an dem Eduard arbeitete – sachkundig abmontiert und war mit unbekanntem Ziel davongefahren. So etwas, sagten alle, könne im Prinzip überall passieren. Einzigartig, nirgendwo auf der Welt wiederholbar, fand Eduard, war jedoch das Nachspiel. Die Untersuchung der Frage, wie der Diebeswagen ungehindert den Sperrbalken vor der Pforte hatte passieren können, deckte eine Lücke im Dienstplan des Wachpersonals auf. Vor Jahrzehnten hatte die Betriebsgewerkschaftsleitung das Recht erstritten, den Wachdienst in den frühen Morgenstunden einzustellen. Für diese Änderung hatte damals durchaus der Realitätssinn gesprochen. In Tausenden von durchwachten Nachtstunden hatte außer Füchsen, Igeln und Ratten niemand die Sperre des Instituts passiert. Wie aber, wenn sich die Umstände änderten? Wenn nach dem Fall der Mauer elektronisch gebildete Einbrecher aus den Umländern Berlins die Gelegenheit ergriffen, die plötzlich offene Schatzinsel zu stürmen?

Eduard hatte vergessen, daß Dienstpläne in Deutschland, wenn sie einmal beschlossen sind, allen Umwälzungen der Geschichte standhalten. Die Versammlungen der Wissenschaftler waren plötzlich von kampferfahrenen Betriebsräten und Vertrauensmännern beherrscht, die mit Streik drohten, sollte die fortschrittliche Regelung aus dem Jahre 73 verändert werden. Das Ergebnis der Verhandlungen war, daß die Forschungsmittel des Instituts für den Kauf der gestohlenen Computer aufgewendet werden mußten. Der Dienstplan des Wachpersonals wurde nicht angetastet.

Schließlich hatte Santner, dessen Labor vom Diebstahl nicht betroffen war, eine Idee, wie man Eduards «sträflich unterforderte Kompetenz» bis zum Eintreffen der neuen Computer besser nutzen könnte. Da das Wissen über «verhaltenssteuernde Gene» in Deutschland noch in den Kinderschuhen stecke, solle man ein öffentliches Hearing zu diesem Thema veranstalten. Speziell Eduards Forschungen über das Serotonin-Amin, das angeblich das Aggressionsverhalten mitbestimme, eigneten sich für grundsätzliche Fragestellungen. Ein denkbarer Titelvorschlag sei: «Gene und Verbrechen» oder, weniger provozierend und als Frage formuliert: «Gibt es biologische Grundlagen der Gewalt?» Wer sei besser als Eduard in der Lage, ein solches Kolloquium thematisch und personell vorzubereiten? Schließlich überblicke er als einziger den aktuellen Stand der amerikanischen Debatte und verfüge über die nötigen Kontakte. Eine derartige Konferenz, gut organisiert und für eine breite Öffentlichkeit konzipiert, wäre ein Novum für Deutschland und würde dem Institut mehr Aufmerksamkeit einbringen als hundert Fachartikel in der Hauszeitschrift.

Eduard war empört. Er witterte in Santners Vorstoß den Versuch, ihn zum Anstifter eines Streits zu machen, der in Deutschland auch bei Wissenschaftlern hauptsächlich ideologische Reflexe auslösen würde.

Er danke Dr. Santner für sein Vertrauen, entgegnete er. Falls der Kollege in eine öffentliche Debatte um die genetischen Grundlagen des Aggressionsverhaltens einzusteigen wünsche, so könne er, Eduard, nur sagen: Bitte, nach Ihnen, Dr. Santner! Schon der vorgeschlagene Titel der Konferenz werde einen Sturm der Entrüstung auslösen. In Deutschland würde eine solche Veranstaltung nicht zuletzt als eine wissenschaftliche Verschwörung gegen die Ausländer verstanden und von gewissen Gruppen auch entsprechend instrumentalisiert werden – von anderen Mißverständnissen ganz zu schweigen. Er schlage vor, auf der entgegengesetzten Seite der Skala anzufangen. Wie wäre es mit einer Konferenz zum Thema «Liebe und Gene» oder «Chemische Voraussetzungen der Liebe». Die Versammlung fühlte sich von Eduard auf den Arm genommen. Man verstand seine Einwände als Zeichen einer gewissen überseeischen Arroganz. Die Humangenetik in Deutschland sei viel weiter, als man in den amerikanischen Instituten wissen wolle. Jemand schlug eine listige Kompromißformulierung zu Santners Thema vor: «Verbrechen – und der Mythos genetischer Faktoren».

Eduard vergaß seinen Ärger, als er auf dem Anrufbeantworter seines Büros die Stimmen aller drei Kinder vorfand. Ilaria hatte ein Problem in Mathematik und bedauerte, daß der Vater sie nicht wie früher für die Klassenarbeit trainieren und ihr ein A garantieren konnte. Katharina war offenbar genötigt worden, ihm einen Gruß auf Band zu sprechen, sie wünschte ihm nur gute Nacht – «... ich meine guten Morgen! Wie spät ist es eigentlich bei dir? Ist ja auch egal.» Als er Loris hörte, bedauerte er, daß die beiden Älteren so rasch dem magischen Alter entwachsen waren. Die Erwachsenenvernunft hatte sich bereits wie eine große ordnende Hand auf ihre Gehirne gelegt und verlangte ihnen die strenge Unterscheidung zwischen Phantasie und Wirklichkeit ab, während Loris sich noch ungehindert zwischen beiden Welten bewegte. Seine Stimme hörte sich an, als habe er im Halbschlaf in den Hörer gesprochen. Ein unendlich großes Zutrauen und eine Nähe lagen in dieser Stimme, auch eine Not, die Eduard nicht zu bezeichnen wußte. Bei dem Gedanken, daß er Loris mit seiner Unsicherheit und seinen Selbstzweifeln allein ließ, zog sich sein Herz zusammen.

5 EDUARD hätte sich nie vorstellen können, daß ihn Zinsrechnungen und Rückzahlungsraten jemals länger als fünf Minuten beschäftigen könnten. Nun hatte eine fünfstellige Zahl begonnen, zuerst seinen Kopf und dann auch seine Gefühle zu besetzen: 37 500. Zu dieser Summe addierten sich die bisher entstandenen Betriebskosten des besetzten Hauses in der Rigaer Straße: Wasser, Müll, Strom, Feuerversicherung, Schornsteinfeger, Grunderwerbssteuer. Die Zahl war sogar schon in einem von Eduards Träumen aufgetaucht – auf einer Rechnung für ein Dinner mit einer Unbekannten, die ihm unerschüttert zusah, wie er in seinem Portemonnaie nach den Scheinen suchte. Sie hatte eine vage Ähnlichkeit mit der Frau in der Cafeteria des Instituts, die ihm inzwischen zwei- oder dreimal wieder begegnet war, ohne daß sie ein Wort miteinander gewechselt hätten. Im Traum hatte er den absurden Betrag anstandslos per Scheck bezahlt und nur moniert, daß die Mehrwertsteuer auf der Rechnung nicht ausgewiesen war.

Diesmal empfing Klott ihn mit der Neuigkeit, daß er mit seinen Nachforschungen über die Vorbesitzerin des Hauses in der Rigaer Straße ein Stück vorangekommen sei. Sie sei bis Oktober 1933 unter der im Grundbuch eingetragenen Adresse gemeldet gewesen. Es handele sich um eine Villa in Berlin-Grunewald, die im Besitz einer Familie Marwitz gewesen sei. Falls Frau Schlandt noch lebe, werde er sie ausfindig machen. Es bestehe kein Grund zur Besorgnis. Eduard sei im Besitz eines rechtsgültigen Restitutionsbescheids, der von niemand angefochten worden sei.

Klotts Versuche, die Wasser- und Stromwerke zur Einstellung ihrer Leistungen zu bewegen, hatten nur zu behördlichen Kreisbewegungen geführt. Das Wasser könne nicht abgestellt werden, behaupteten die Wasserwerke, weil dadurch die Leitungen bakteriologisch verunreinigt werden und verkalken könnten. Eine gegebenenfalls erforderliche Reinigung der Leitungen sei teurer als die laufenden Betriebskosten. Außerdem wohne eine Schwangere im Haus, deren Anspruch auf fließendes Wasser das höhere Rechtsgut darstelle. Im übrigen sei es immer der Grundeigentümer, der gegenüber den Wasserwerken hafte. Selbstverständlich bleibe es ihm unbenommen, seine Ansprüche auf dem Rechtswege bei Dritten geltend zu machen.

Klott zog, als er die Rechtslage erläuterte, an seinen Fingern, daß die Gelenke krachten. Er hatte es mit den Wasserwerken. Zuletzt hatte er sie aufgefordert, die Rechnungen künftig an den Polizeipräsidenten zu schicken; schließlich habe der bisher alle Aufforderungen, das Haus zu räumen, ignoriert und sei für den quasilegalen Wasserraub in der Rigaer Straße verantwortlich. Durchaus ernsthaft schrieben die Wasserwerke zurück, sie sähen sich leider nicht in der Lage, den Polizeipräsidenten mit der Wasserrechnung für das Haus in der Rigaer Straße zu belasten, da er das Wasser nicht verbraucht habe.

Klott erklärte Eduard die ungewohnte Zurückhaltung des Regierenden gegenüber den Hausbesetzern. Ausgerechnet dessen sozialdemokratischer Vorgänger hatte – drei Wochen vor seiner Wiederwahl – gemeint, besondere Härte demonstrieren zu müssen, und zwölf Häuser in der unmittelbaren Nachbarschaft der Rigaer

Straße räumen lassen. Es war zu einem Häuserkampf gekommen, wie man ihn bisher nur aus Nordirland kannte. Meter für Meter, Stockwerk für Stockwerk hatte die Polizei sich ins Innere der Häuser bis zu den Speichern und Dächern durcharbeiten müssen. Die Bilder waren um die Welt gegangen. Die Härte des Polizeieinsatzes hatte zum Austritt der Grünen aus der damals regierenden Koalition geführt. Der sozialdemokratische Bürgermeister hatte zurücktreten müssen, sein konservativer Herausforderer die Geschäfte übernommen. «Er ist eigentlich durch die Hausbesetzer an die Macht gekommen», erklärte Klott, «und hofiert einstweilen die unfreiwilligen Wahlhelfer von damals. Auf keinen Fall möchte er das Schicksal seines Vorgängers erleiden.»

Einzig bei der Stromrechnung hatte Mattenklott eine vorläufige Regelung erreicht. Auf eigene Faust war er eines Morgens in die Rigaer Straße gegangen, hatte mit seinen dicken Fingern in die Briefkastenschlitze gegriffen und aus den verrosteten Kästen einige Briefe herausgefischt. Die Namen der Adressaten hatte er der ‹Bewag› mitgeteilt. Die Gesellschaft hatte sich vorbehaltlich einer Haftungsübernahme durch den Hausbesitzer bereit erklärt, die Stromrechnungen künftig an die Nutzer auszustellen. Klott zuckte die mächtigen Schultern, als Eduard ihn fragte, was geschehen werde, wenn die Rechnungen, wie vorauszusehen war, als unzustellbar zurückgingen.

Neben den 37 500 DM Betriebskosten, teilte Klott wie nebenbei mit, fordere eine weitere fünfstellige Zahl Eduards Aufmerksamkeit und Bonität: 71 238 DM. Es handele sich um eine Hypothek, die aus Krediten der Staatsbank der DDR stammte und nach deren plötzlichem Verschwinden umgeschuldet worden war. Klott nahm sich die nötige Zeit, um Eduard auch diese

Summe zu erklären. Die Mieten in der DDR waren vom Staat so niedrig gehalten worden, daß mit den Einnahmen nicht einmal die laufenden Kosten für die Instandhaltung zu bestreiten waren. Die Reparaturen von Dachschäden, Wasserrohrbrüchen, einsturzgefährdeten Balkons und Treppen ließen sich nur durch Kredite der Staatsbank finanzieren. Diese lukrativen Schulden gingen nach der Vereinigung an die Westbanken und von diesen auf die Alteigentümer über. «Aber so ist es immer», schloß Klott, «wer ein Erbe antritt, muß sich erst einmal bis über den Hals verschulden.»

Eduard blieb offenbar nichts anderes übrig, als die erforderlichen Kredite erst einmal allein aufzunehmen. Sein Bruder und Miterbe hatte ihm in einem wirren Fax mitgeteilt, daß er im Geländewagen zu einer Reise ins Innere Australiens aufgebrochen und vorläufig nicht erreichbar sei. Der Brief hatte mit dem guten Rat geschlossen, Eduard solle mit dem Verkaufsangebot auf keinen Fall unter die Schmerzgrenze von vier Millionen gehen und die Hälfte des Erlöses sofort in die Aktien eines australischen Goldschürfunternehmens investieren, dessen sensationelle Kursentwicklung er vertraulich beifüge.

Klott versuchte Eduard zu trösten, indem er vom Mut des kleinen Betriebsgründers faselte. Am Anfang jedes Gewinns, dozierte er, stehe nun einmal die Investition und das Risiko. Es werde Eduard bestimmt nicht schwerfallen, mit dem Vertrag des Instituts in der Tasche bei seiner Hausbank das nötige Kleingeld zu besorgen. «Und mein Erbschein, zählt der etwa nichts?» fragte Eduard. Er solle das Haus in der Rigaer Straße erst einmal aus dem Spiel lassen, riet Klott. Es würde seine Kreditwürdigkeit nicht gerade erhöhen, wenn die Bank herausfände, daß sein Haus besetzt sei. Die Berliner Banken glaubten nicht mehr so recht an die Durchsetzbarkeit des Eigentumsprinzip in der Stadt.

Übrigens habe er eine gute Nachricht, fuhr Klott fort. Ein ehemaliger Klient aus Berlin-Spandau interessiere sich für das Haus, «nicht unbedingt ein Mann, um dessen Gesellschaft du dich normalerweise reißen würdest, aber dafür zahlungskräftig. Ein Küchenverkäufer. So etwas bringt deine neue Rolle als Hausbesitzer nun einmal mit sich. Du kommst mit Mitgliedern der Gesellschaft in Berührung, von denen du bisher nicht einmal geahnt hast, daß du Gottes schöne Erde mit ihnen teilst.»

Als Eduard auf die Straße trat, wurde er durch ein Wetterereignis von seinen Berechnungen erlöst. Er bemerkte sofort, daß etwas Unerwartetes geschehen war, er wußte nur nicht, was. Alle Bewegungen auf der Straße, die er sonst ihrer Gleichartigkeit wegen gar nicht registrierte, erschienen plötzlich verlangsamt, künstlich, wie inszeniert. Die Fußgänger auf den Trottoirs, die Fahrradfahrer, die Autos auf der Fahrbahn bewegten sich, als würden sie über ihre Bewegung nachdenken oder sie neu einüben. Der Anblick war so verblüffend, daß Eduard den Grund für die Veränderung erst begriff, als er von der Treppenstufe vor der Haustür auf die Straße trat. Er rutschte sofort aus und schlidderte, vom Schwung des Sturzes angetrieben, auf allen vieren langsam und unaufhaltsam auf ein älteres Ehepaar zu, das ihm mit winzigen Schritten entgegenkam und nun aus Sorge, in seinen Sturz verwickelt zu werden, mit ebenso winzigen Schritten nach rechts auswich. «Man darf eben keine großen Schritte machen», sagte der Mann freundlich und lächelte, als wolle er sich für die Nachträglichkeit seines Ratschlags entschuldigen.

Ein dünner, kaum wahrnehmbarer Nieselregen hatte

die ganze Stadt mit einem unsichtbaren Lack aus Eis überzogen. Das Eis setzte eine Offenheit und Lachbereitschaft frei, die man in den passierbaren Zeiten der Stadt vermißte. Wie bei einem Film von Mr. Bean warteten alle, Kinder wie Erwachsene, darauf, daß etwas Komisches passierte. An der Straßenecke sah Eduard einen Pudel mit zuviel Schwung um die Ecke biegen und hilflos, mit nach vorn gestemmten Pfötchen, über das Trottoir auf die Fahrbahn schliddern. Der junge Mann, auf dessen Pfiff der Pudel gehört hatte, schalt das dumme Tier, brach dann in Lachen aus, griff dabei haltsuchend nach der Laterne neben sich, rutschte an dem glatten Mast ab, blickte seinem Pudel für einen Augenblick aus gleicher Höhe in die Augen und knallte, kaum hatte er sich wieder aufgerappelt, gleich wieder hin. Eine Frau an einem Krückstock winkte ihm mit der freien Hand zu, es war, als fordere sie Applaus für ihr Stehvermögen. Überhaupt fiel Eduard auf, wie viele Alte sich ins Freie wagten. Das Trottoir und die Geschäfte waren von lauter fröhlichen Rentnern bevölkert. Sie schienen es zu genießen, daß der Eisregen plötzlich jedem in der Stadt ein Bewegungstempo vorschrieb, in dem sie sich seit Jahren übten.

Jenny hatte sich in ihrem letzten Fax-Brief darüber beschwert, daß Loris ihr beinahe täglich mit dem Swimmingpool auf der Dachterrasse in den Ohren liege; über eigene Absichten, die Dachwohnung womöglich rascher als geplant zu beziehen, ließ sie kein Wort verlauten. Eduard hatte ihr auch nichts dergleichen vorgeschlagen. Die Bewegungsfreiheit von Eltern mit halbwüchsigen Kindern war durch Beginn und Ende eines Schuljahres ein für allemal geregelt. Nebensachen wie der Antritt eines Erbes, eines neuen Jobs oder gar

Bemühungen um das eheliche Glück waren im Dienstplan nicht vorgesehen. Was letzteres betraf, so war der Abstand zwischen ihm und Jenny womöglich sogar hilfreich. In der Enge des Zusammenlebens war Eduard Jenny keinen Zentimeter näher gekommen; vielleicht zeigte der Ozean, der nun zwischen ihnen lag, die richtige Entfernung an. Ihr Glück hing von der Landung auf einem winzigen Küstenvorsprung ab, der auf keiner Seekarte verzeichnet war und dessen Entdeckung womöglich ebenso viele Irrfahrten erforderte wie eine Expedition zur Insel Atlantis.

Gleich nach ihrer Abreise hatte er ihr per E-Mail einen Vorschlag gemacht. «Da wir für eine Weile ohnehin gehindert sind, unsere ‹Liebesunfälle› fortzusetzen – was liegt näher, als uns brieflich über die Gründe zu verständigen? Ich habe irgendwo gehört, daß die Erfolgsgeschichte des Homo sapiens sich unter anderem durch seine Fähigkeit erklärt, seinen Wünschen, übrigens auch seinen Ekelgefühlen, sprachlichen Ausdruck zu verleihen. Es ist doch nur eine Legende, daß sich die Liebenden der Welt über solche Dinge nur durch Blicke und Zeichen verständigen. Da meine/Deine Einfälle (im Turm) bei Dir am Ende eher Nachdenklichkeit als Begeisterung auslösen – wie wäre es, wenn wir uns jetzt aus sicherer Entfernung offenbaren?»

Dazu fand er in Jennys Antwort ein paar Sätze, die ihn erst ärgerten und später, da sie durch Ärger nicht zum Schweigen zu bringen waren, höhere Stufen seines Alarmsystems aktivierten. «Ich verspreche mir nicht allzuviel davon», schrieb Jenny, «wenn Du Deine erotischen Einfälle vorher schriftlich einreichst. Es hat mich jedenfalls gerührt, daß Du da oben in dem Türmchen nahezu detailgetreu ein Szenario nachstellen wolltest, das einmal ganz zufällig und sozusagen aus

Versehen erfolgreich war. Vielleicht ist das ein ‹typisch männlicher› Gedanke, was mich ja gar nicht stört; vielleicht gefällt er mir eben wegen seiner Geradlinigkeit. Also nur weiter, ich lasse mich auch in Zukunft gern überraschen. Um uns zukünftige Enttäuschungen zu ersparen: weißt Du, der berühmte O., um den sich plötzlich alles zu drehen scheint – wie nennen wir eigentlich einen gelungenen Beischlaf ohne O.? Einen Minus-O.? –, also der O. beginnt bei mir und bei den meisten Frauen nicht in der Möse, sondern im Kopf, und dieser Kopf-O. wird gar nicht durch sexuelle Vorstellungen eingeleitet, auch nicht durch hübsche Zugaben wie einen außergewöhnlichen Ort, die ja manchmal durchaus hilfreich sind. Das Gefühl von Höhe und Gefahr dort oben in der Kuppel über dem Potsdamer Platz kannst Du genausogut im Parterre haben, in einem Juniorbett, vorausgesetzt, Du weißt die entsprechende Phantasie zu entzünden. Viel wichtiger als der Ort ist die Vorbereitung. Wenn Du eine Frau am Abend verführen willst, mußt Du am Morgen damit anfangen, sie zu verwöhnen und zu umwerben. Bitte sei nicht beleidigt, aber ich sage Dir das alles, weil Du Dich offenbar auf die Idee fixiert hast, daß irgend etwas bei mir verhakt ist und Du nur mit genügend Fingerspitzengefühl vorgehen mußt, um das richtige Schräubchen an der Maschine zu finden.» (Während des Lesens schoß ihm eine seltsame Frage durch den Kopf: Was hatte es zu bedeuten, daß er eine weibliche Fähigkeit, die andere Kulturen mit dem Ritual der Klitorisbeschneidung gewalttätig beseitigten, herbeizwingen wollte?) «Es gibt aber kein richtiges Schräubchen, jedenfalls keines, das sich anfassen läßt. Vielleicht bin ich ja überhaupt für diese Sache verloren. Und da Du mich nach meinen sexuellen Phantasien fragst: Ehrlich gesagt, ich habe zur Zeit keine, und ich vermisse sie auch nicht.»

Jenny, wie er sie kannte und liebte. Unverzagt und jederzeit bereit, sich mit allen anzulegen, mit der Übermacht der Sexualgurus und Therapeuten, die die Diktatur des «befriedigenden Sexuallebens» in ihren Talkshows tagtäglich erneuerten, ebenso wie mit Eduard. Eine Frau, die bekannte, sie habe gar keine sexuellen Phantasien und entbehre sie auch nicht, machte ihnen allen einen Strich durch die Rechnung. Er bewunderte Jennys Mut. Von der Rolle, die Jennys Mut ihm übrigließ, war er weniger begeistert. Der Brief enthielt zwei gegensätzliche Botschaften. Zuerst: schieb nicht alles auf mich, es gibt eine Chance, aber nur, wenn du dich änderst. Dann: alles Fragen und Herumwerkeln ist vergeblich, deine Liebe zeigst du gerade damit, daß du mich nimmst, wie ich bin. Es gab aber noch eine dritte Botschaft. Wollte Jenny ihm sagen, er sei bei dem riskanten Liebesakt im Lusttürmchen des Weinhauses Huth nicht etwa ihren Wünschen gefolgt, sondern seinen eigenen höchst merkwürdigen Begierden?

Eduard hatte sich immer vorgestellt, eine Art Bündnis mit Jenny eingehen zu können. Die Vorstellung von einem solchen Pakt war lange entstanden, bevor er sie kennengelernt hatte, als Abwehrstrategie eines jungen Mannes gegen das gewöhnliche Schicksal, das die Paare in der überblickbaren Umgebung erlitten. Er war davon überzeugt, daß die Ehen an der mangelnden Neugier der Eheleute aufeinander, eigentlich an ihrer Feigheit zugrunde gingen. Kaum war das kurze, bengalische Feuer der ersten Verliebtheit abgebrannt, fanden sich die Ernüchterten mit dem Aggregatzustand des Feuers – dem des Verrauchens – ab und boten sich für den langen Rest der Zeit nur noch exotische und teure Qualen an: makrobiotische Nahrung, Rückenübungen und Gesundheitsschuhe, Initiationen durch indische und indianische Gurus, die entweder aus Kalifornien kamen oder dorthin wollten, Yoga, Taichi und Nia-Übungen. Doch nun war klar, daß Jenny von einem solchen Pakt nichts wissen wollte. Sie verschob Eduards Interesse auf das Vorfeld der Liebe, auf die Kunst der Werbung, der Courtoisie, der «romance», wie die Amerikaner sagten. Das Vorbild für die Rolle, die sie ihm anbot, war der mittelalterliche Minnesänger, der auf seinem Pferd durch die Welt streift, die Bösen in den Staub wirft, den Guten die Hand reicht, immer neue Minnelieder an die unerreichbare Dame seines Herzens entwirft, und wenn er ihr seine Ergüsse nach dem siegreich bestandenen Turnier endlich überreicht hat, beglückt weiterzieht, nachdem sie ihn mit einem unvergeßlichen Blick aus ihren sanft schimmernden Augen belohnt hat.

Er betrachtete sie auf dem Foto von einer zurückliegenden Ferienreise, das sie mitgeschickt hatte. Jenny gegen eine Schiffsreling gelehnt, mit den widerspenstigen, nach hinten zusammengebundenen Haaren, die im Wind flatterten, vor erstarrten blauschwarzen Wogen, die zum Horizont hin flacher wurden und unmerklich mit dem blasseren Himmelsblau ineinanderflossen; Knie und Unterschenkel dünn, fast zerbrechlich wie die eines Schulmädchens, die kräftigen Oberschenkel schienen zu einer anderen Frau zu gehören; der Oberkörper dann wieder schmal, die Vorgabe der Fesseln aufnehmend; das Gesicht über dem langen, freien Hals, das Gesicht mit den edlen Schatten, nach denen die Kamera jedes Modefotografen sucht, das Lächeln der Abenteurerin, vielleicht etwas zu siegreich, jedenfalls unbekümmert, probiert es doch, mir kann keiner. «Mir kann keiner» – das wurde ihm jetzt ein anderer

Text. Jenny war unerschrocken, fast draufgängerisch, die erste, die einem sturen Autofahrer den Weg vertrat, sich im Supermarkt über rüpelhafte Bedienung beschwerte, unter Frauen eine geborene Führerin, die freilich manchmal Verwunderung auslöste durch die Radikalität ihrer Vorschläge. Eduards Freunde verstörte sie immer wieder durch ihre Ausbrüche gegen den Oppositionskonsens, die dann entweder zu zäher, uneingestandener Feindschaft oder zu nachträglichen Komplimenten unter Männern führten. Sie hörten sich an, als gratuliere man ihm zu dem Wagnis, seine Nächte mit einer Brunhilde zu teilen. Unausgesprochen blieb der Nachsatz, man habe ihn noch nie für einen Siegfried gehalten.

6 DR. Santner hatte ihn im Vorbeigehen an eine schriftliche Einladung zum Wochenende erinnert. Es war Eduard ein Rätsel, warum Santner auf sein Kommen so großen Wert legte. Ein Locksatz hatte ihn irgendwie neugierig gemacht: «Sie werden besonders kluge Leute kennenlernen, die nicht im mindesten zusammenpassen!» Aus Santners Einladung sprach eine gewisse Großzügigkeit, die Eduard überraschte, und dazu, warum nicht, Kampflust.

Die Wohnung lag im Parterre einer Pankower Wohnanlage aus den zwanziger Jahren. Hier hatte sich, wie Santner bei seiner Wegbeschreibung mit einem streitbaren Lächeln anmerkte, die «intellektuelle Elite der DDR» angesiedelt.

In den großen, ineinandergehenden Räumen waren mehrere Tische aufgestellt; die Wohnung wirkte wie ein kleines Restaurant. Die Gäste standen oder saßen in Gruppen, mit Sektgläsern in der Hand, einige hielten die Küche besetzt, andere hatten sich trotz der Kälte auf dem Balkon versammelt. Eduard erkannte ein paar Kollegen aus seiner Abteilung, doch den meisten der hier Anwesenden war er nie begegnet. Ob Rürup zu erwarten sei, fragte er, als Santner ihn an einen der Tische führte und ihn vorstellte. Santner schüttelte den Kopf, als würde ihn Rürups Abwesenheit besonders schmerzen. Ein junger Mann mit hellwachen Augen in einem fülligen Kindergesicht verwickelte Eduard, kaum hatte Santner ihn als «unseren deutschen Star aus San Francisco» angepriesen, in ein Gespräch. «Da sind wir ja fast Schicksalsgefährten», meinte er. «Mein Name ist Füllgraf. Genau wie Sie bin ich erst vor ein paar Wochen aus dem Ausland eingetroffen – aus Frankfurt. Du lieber Himmel, dieses Berlin ist wirklich ein Gewächshaus mit einem einzigartigen Klima. Ein Reizklima, würde ich sagen. Man weiß nicht, ob man zu den Pflanzen gehört, die hier überleben können. Kommen Sie!»

Eduard fühlte sich von der vertraulichen Art, mit der Füllgraf ihn am Arm ergriff und sich als Fremdenführer anbot, sogleich angezogen.

«Was Sie mit dem bloßen Auge erfassen, täuscht. Sie sehen Gruppen von locker sitzenden oder stehenden Gästen, die sich äußerlich kaum unterscheiden und sich nach Lust und Laune in diesen Räumen hin und her bewegen. Wenn Sie etwas länger hinschauen, werden Sie bemerken, daß es Bewegungen nur innerhalb jeder Gruppe gibt – der eine geht, um sein Glas aufzufüllen, ein anderer tritt herzu – es gibt keinen Austausch. Diese kleinen, quasselfreudigen Zentren kommunizieren nur untereinander, nicht nach außen. Aber hüten Sie sich vor raschen Zuordnungen. Die Trennungslinien laufen längst nicht mehr nach dem übersichtlichen Ost-West-Schema.»

Er zeigte auffällig-unauffällig auf zwei Tische im gleichen Raum, die, leicht versetzt aufgestellt, kaum drei Schritte voneinander entfernt standen.

«Ein faszinierender Anblick», flüsterte er Eduard zu, «hier haben Sie, schräg hintereinander stehend oder sitzend, zwei starke Intellektuellen-Mannschaften aus der DDR, und beide sind stolz darauf, daß sie nicht mitgespielt haben. Beide bekennen sich übrigens nach wie vor zum Sozialismus. Gut, jedes der beiden Teams wird inzwischen von westdeutschen Trainern, Ärzten, Fans betreut, aber das ist nicht so wichtig. Wichtig ist, daß jeder Spieler an dem einen Tisch jeden Spieler an dem anderen Tisch kennt – aus Dutzenden von Heimspielen in der ehemaligen DDR. Beim Vornamen, die Vornamen der Ehefrauen und Geliebten eingeschlossen. Aber sie reden nicht miteinander, sie werden für die nächsten Jahre nicht miteinander reden. Wessis – Ossis, das ist langweilig. Die eigentliche Trennungslinie verläuft zwischen denjenigen Ossis, die dageblieben sind und für ihr Nichtmitspielen von der Partei mit Preisen überschüttet wurden, und den anderen, die dafür ins Gefängnis kamen oder aus dem Land getrieben wurden und dafür vom Westen mit Preisen überschüttet wurden.»

«Und mit wem halten Sie es?» fragte Eduard.

«Ehrlich gesagt, kann ich mir meine sehr deutliche Meinung gar nicht leisten. Meine Zeitung gehört einem westdeutschen Konzern, verkaufen muß ich sie hier – an die, die dageblieben sind. Und wissen wir beide eigentlich genau, an welchem Tisch wir heute sitzen würden, wenn wir im Ostflügel des deutschen Hauses aufgewachsen wären?» Füllgraf zog ihn näher zu einem der Tische, an dem ein Greis mit dünnem weißem Langhaar das Wort führte.

Eduard gelang es nicht gleich, aus den Sätzen einen Zusammenhang herzustellen. Was er hörte, klang wie ein Nachruf auf eine geliebte, vorzeitig aus dem Leben gerissene Person, deren Name jedermann bekannt war. Es mußte sich um eine außergewöhnliche Persönlichkeit handeln, eine schwierige, hochbegabte Frau – eine Künstlerin? –, an deren manchmal grausamen und zikkigen Anfällen auch die Verehrer litten, aber nichts ändern konnten. Anscheinend hatte die Betrauerte einen schrecklichen Fehler: Ihre Rechthaberei, ihre Unbelehrbarkeit, ihre Arroganz gegenüber dem Leben waren kaum auszuhalten gewesen. Sie schien derart von der Unfehlbarkeit ihrer Ideen überzeugt, daß sie alle Warnungen in den Wind geschlagen hatte. Offenbar hatte sie sich nicht vorstellen können, von Geburt an von Feinden umgeben zu sein, die auf der Welt nichts anderes zu tun hatten, als ihr den Garaus zu machen. Schließlich hatten die Feinde die Überhand gewonnen und rissen nun in einem Plünderungszug ohne Beispiel alles an sich, was sie hinterlassen hatte – Seen und Häuser, die geistigen Liegenschaften, die Seele jener wunderbaren, schwierigen und geheimnisvollen Frau namens DDR.

Eine junge Zuhörerin widersprach. Immerhin habe dieser Raubzug, den sie nicht bestreite, den Hinterbliebenen das eine oder andere gebracht. Telefonhäuschen und Telefonanschlüsse, Strom- und Gasleitungen, Straßen … Auch die Luft sei besser geworden. Der Braunkohlengeruch im Winter, man vermisse ihn schon manchmal.

«Der Ausbau der Infrastruktur ist ein Unternehmen wie die Kolonisierung Indiens durch die Briten», donnerte der Alte sie an. «Die Investitionen in ‹die neuen Länder› – mit demselben Wort haben die spanischen Eroberer ihre Kolonien in Amerika bezeichnet – sind einzig und allein der westdeutschen Industrie zugute gekommen! Früher wurden um den Zugang zu neuen Märkten immerhin noch Kriege geführt. Westdeutschland kam mit einer einzigen Waffe aus: mit einem Abwicklungsunternehmen namens Treuhand.»

«Wenn das Kapital sich dazu entschließt», ergänzte ein anderer («ein C 3-Professor aus Frankfurt», flüsterte Füllgraf Eduard ins Ohr), der sich offenbar berufen fühlte, die Klage des Vorredners wissenschaftlich zu untermauern, «in Ostdeutschland Supermärkte, Werkhallen und Kraftwerke auf die Wiese zu setzen, verlangt es selbstverständlich die nötigen Infrastrukturen. Die Autobahnen, die Telefonnetze, die Eisenbahnen müssen funktionieren. Aber diese Investitionen dienen den Verwertungsbedürfnissen der Konzerne, keineswegs einem sogenannten Aufbau Ost. Die westdeutsche Nahrungs- und Genußmittelindustrie konnte im ersten Jahr nach der Währungsunion ein Wachstum um 20 Prozent melden, die ostdeutsche sank auf mehr als die Hälfte. Westdeutsche Brauereien führten Nachtschichten ein, während im Osten Meisterbräu Halle sein Bier in die Saale kippen mußte.»

Der Alte mit dem Schlohhaar hatte bei diesen Worten grimmig genickt. Aber gleichzeitig schien es ihm lästig zu sein, seine Visionen durch jemanden unterstützt zu sehen, der weder durch seine Wortgewalt noch durch seine Biographie dazu autorisiert war. Mit einem gewaltigen Räuspern fiel er ihm ins Wort.

«Es wird nicht gutgehen. Die Arbeitslosen werden sich nicht ewig mit Sozialhilfe abspeisen lassen. Jugoslawien ist nicht so weit, wie die Herren meinen: Wir werden Bürgerkrieg erleben, Chaos, faschistische Aufmärsche. Marx hatte recht: Der weltweite Sieg des Kapitalismus, den wir jetzt erleben, ist der Auftakt zu seinem Ende.»

«Und was kommt danach?» fragte die junge Frau mit hörbarer Erschütterung in der Stimme. Der Alte winkte ab. Diese Frage werde erst zwei, drei Generationen später beantwortet werden, von jungen, vorurteilslosen Gehirnen, die durch das Gerede vom Scheitern des Sozialismus nicht verblödet seien.

«Aber sollten wir sie nicht warnen?» beharrte die Fragerin. «Denn der Sozialismus – jedenfalls der, den wir erlebt haben – ist doch wirklich gescheitert?»

Der Alte schien nicht ihr, sondern einer unsichtbaren Gemeinde zu antworten.

«Der Schrecken ist die erste Aufkunft des Neuen. Kinderkrankheiten wie Scharlach, Röteln, Pocken müssen ausbrechen, damit der Organismus immun dagegen wird. Es hat Jahrhunderte gedauert, bis sich die bürgerliche Revolution von den Relikten der alten Gesellschaft, von Religionskriegen, Sklaverei und Kolonialismus befreit hat. Es wird ebenso lange Zeit brauchen, bis der Sozialismus erwachsen wird.»

«Ist das nicht phantastisch», flüsterte Füllgraf und zog Eduard weiter. «Die Aussicht auf eine neue Versuchsreihe in Sachen Sozialismus schreckt offenbar niemanden. Schon deswegen nicht, weil sie erst in zwei oder drei Generationen wieder auf dem Plan der Geschichte steht und man es einstweilen nur mit den angenehmeren Abscheulichkeiten des Kapitalismus zu tun hat. An Freiwilligen aus dem Westen wird es nicht fehlen. Ohnehin haben sie die Segnungen des Sozialismus nur vom Zugfenster aus gesehen, als Bilder einer rasch vorbeiziehenden Landschaft. Was ich nicht begreife: daß niemand die Frage nach der wirtschaftlichen Verfassung eines neuen, ‹erwachsenen› Sozialismus stellt. Da haben eine Menge intelligenter Leute ihren Verstand und ihre Biographie auf eine Utopie verwettet, deren wichtigstes Unterscheidungsmerkmal von anderen Utopien eine ökonomische These war. Nur durch die Abschaffung des Privateigentums an den Produktionsmitteln gelange man zu einer gerechten Gesellschaft – glaubten sie. Aber nun wollen sie gar nicht wissen, woran ihre Utopie eigentlich gescheitert ist. Sie verstehen nichts von Ökonomie, haben sich nie für solche Dinge interessiert und sind sogar stolz darauf. Ihre Diagnose über die Todesursache steht fest, ohne daß sie den Leichnam auch nur von weitem besichtigt haben. Das Experiment ist nicht an sich selbst gescheitert, es ist von feindlichen Kräften sabotiert und zu Fall gebracht worden. Machen wir uns keine Illusionen: diesen Gerechten geht es nicht um das Wohl der Menschheit, sondern um die Rechtfertigung ihrer Biographie. Sie würden die Menschheit lieber in ein neues Experiment mit katastrophalem Ausgang führen, als zuzugeben, daß sie sich geirrt haben.»

Eduard hatte nur mit halbem Ohr zugehört. «Der Schrecken ist die erste Aufkunft des Neuen» – war das nicht ein Satz von Theo? «Sie kennen Theo Warenberg?» sagte Füllgraf überrascht auf Eduards Frage. «Sie werden ihn hier vergeblich suchen. Er geht nicht auf solche Gesellschaften. Er begnügt sich mit geistiger Anwesenheit! – Hier sind wir übrigens unter uns, den Wessis», sagte Füllgraf, als sie in die Küche traten. «Oder, falls Ihnen das lieber ist: unter denen!»

In der Küche wurde die Preisfrage diskutiert, wie man erwachsenen Menschen ohne Kränkung sagt, daß fast alles, was sie in ihrem bisherigen Leben gelernt und getan haben, wertlos ist. In großen Unternehmen bereite man schließlich Manager in Schulungskursen auf solche heiklen Aufgaben vor. Das Großunternehmen Westdeutschland dagegen habe seine Agenten völlig unberaten, mit ihrer ganzen, schon zu Hause unerträglichen Arroganz und Besserwisserei auf die Ostdeutschen losgelassen. «Es geht doch gar nicht um Vertrauen, es geht um Eigentum», fuhr einer auf. «Die Wiedervereinigung ist zu einem Mittel der Bereicherung verkommen. Die Eigentumsverhältnisse werden um fünfundsechzig Jahre zurückgerollt, ein einmaliger Vorgang in der Geschichte!» Plötzlich war Santner da und wandte sich an Eduard: «Sind Sie nicht selbst ein Experte in dieser

Frage? Wie ist das eigentlich, wenn einem aus dem blauen Himmel der Vereinigung ein Haus zufällt, von dem man gar nichts wußte? Und plötzlich muß man, weil der Anspruch bestritten wird, die ganze Familiengeschichte um und um krempeln und herausfinden, wie der Opa eigentlich zu dem Haus gekommen ist?»

Eduard hatte keine Zeit zu überlegen, wie Santner zu seinen Informationen gelangt war. So kurz und effektreich, wie er konnte, erzählte er vom Schicksal eines praktisch Ausgewanderten, der durch einen Brief vom Steuerberater seines verstorbenen Vaters plötzlich erfährt, daß er von seinem unbekannten Großvater ein Mietshaus in Friedrichshain geerbt hat, dort eine besetzte Ruine vorfindet und von deren Bewohnern mit Schüssen empfangen wird.

Füllgraf war begeistert. Ebendies sei das Geschenk des historischen Moments. Was gegenwärtig stattfinde, sei die Wiederaneignung der Geschichte durch die Individuen. Durch den quasinatürlichen Abort des Sozialismus sehe sich auf einmal eine ganze Generation genötigt, vom luxurierenden Abstandhalten, von der pseudokritischen Äquidistanz zu den konkurrierenden Systemen Abschied zu nehmen und sich zu bekennen. «Was übrigbleibt, ist eine verblüffend einfache Weisheit», sagte Füllgraf. «Es hat sich dasjenige System als das überlegene erwiesen, das das Prinzip des Irrtums und der ständigen Korrekturbedürftigkeit menschlichen Planens anerkennt. Eine Gesellschaft, in der die Wahrheit nicht gesagt und veröffentlicht werden kann, wird sich daneben nicht behaupten.» Beim Abschied bat er Eduard, sich an einem der nächsten Tage für ein Interview zur Verfügung zu stellen.

7 ALS er in das Charlottenburger Dachgeschoß eingezogen war, mußte sich Eduard eingestehen, daß ihm
etwas fehlte. Er hatte sich in der absurden Gästewohnung des Instituts gar nicht so unwohl gefühlt, wie er
überall erzählte. In der wildfremden, unaufhörlich um-
gepflügten Umgebung des Berliner Ostens hatte er sich
als eine Art Pionier gesehen. In Charlottenburg kannte
er sich aus und fühlte sich auf eine falsche und irrefüh-
rende Weise heimisch.

Manchmal, wenn er an den erleuchteten Fenstern
früherer Stammkneipen vorbeiging, blieb er stehen,
fand aber keinen rechten Grund, hineinzugehen. Die
alten Reviere und Erkennungszeichen hatten ihre
Macht verloren, die Klüngel waren zerfallen oder im
Streit auseinandergelaufen. Unwillkürlich suchte er an
den Tischen und Barhockern hinter den Frontscheiben
nach einem bekannten Gesicht, drehte aber den Kopf
zur Seite, sobald er jemanden erkannte. Er wußte nicht
genau, was er damit vermeiden wollte; deutlich war nur
das Bedürfnis nach einem Inkognito. So endeten seine
abendlichen Rundgänge in Kneipen, die er früher gar
nicht bemerkt hatte, auch wenn er täglich an ihnen vorbeigegangen war, Eckkneipen, deren Beleuchtung und
Innenausstattung sich seit Jahrzehnten nicht verändert
hatten. Das Licht fiel immer noch aus den breiten, mit
Stoff bespannten Lampenschirmen oder Baulampen
auf den Tresen, unter der Decke hing immer noch das
Fischernetz, es fehlte nicht das handgemalte Bild von

der Zigeunerin mit dem tiefen Dekolleté neben den zwei Spielautomaten an der Wand, und weiter hinten, im Nebenraum, stand der Billardtisch. Plötzlich gefiel ihm die erstaunliche Beharrlichkeit dieser Institution. Inmitten eines Sturms der Erneuerung widerstanden Tausende von Berliner Eckkneipen in beiden Teilen der Stadt jedem Anflug von Veränderung. Was ihre Ausstattung und ihr Publikum anging, folgten diese Kneipen dem Naturgesetz der endlosen Wiederholung. Denn wie die Tapeten, die Gläser, die Schnapssorten schienen auch die Gäste die gleichen zu sein wie vor zwanzig oder dreißig Jahren. Wenn ein Barhocker für längere Zeit leer blieb, wurde er von einem jüngeren Stammgast besetzt und für Jahrzehnte festgehalten. In den Eckkneipen herrschte ewige Nachkriegszeit – in seltsamer Umkehrung. Denn hier fehlten nicht die Männer, sondern die Frauen; die Männer waren immer in der Überzahl, und aller Blicke konzentrierten sich auf die eine anwesende Frau hinterm Tresen. Wahrscheinlich seit Jahrzehnten saßen dieselben halb bis unmäßig besoffenen Männer vor derselben Barfrau, schüttelten Würfel aus Lederbechern und lachten über dieselben Witze. Sie alle entwickelten Falten, Bäuche, Glatzen, brachten alle möglichen Sorten von Pilzen und Krankheiten mit, aber die Frisur, die Bluse und die Stimme der Barfrau, die die ganze heimatlose Armee zusammen- und auf Distanz hielt und unbeirrbar die Gekippten auf den Bierdeckeln vermerkte, bekamen sie nie über. Eduard blieb zwar ein Fremder unter ihnen, doch immerhin wurden die Runden, die er ausgab, nicht zurückgewiesen.

Im übrigen machte ihm das Single-Dasein in der leeren Wohnung zu seiner Überraschung kaum zu schaffen. Sicher, eine gewisse fast vergessene Aufmerksamkeit meldete sich zurück und verlangte Raum. Die Augen entgegenkommender Frauen sendeten plötzlich wieder Signale aus, die Wölbungen unter den Mänteln, die Fußknöchel hatten Stimmen und redeten ihn an, eine halbe Kopfdrehung, das Wippen eines Rocksaums über einer bestrumpften Wade störte alte Wünsche auf. Das war lästig, aber er wußte damit umzugehen, schließlich war er nicht mehr zwanzig. Und im Winter war das Dasein eines Strohwitwers leichter zu ertragen. Allenfalls vermißte er manchmal, wenn er abends durch den Institutspark radelte, eine der gläsernen Folterhallen, die man in den USA auf jedem Campus gegen solche Anwandlungen errichtet hatte. Wenn er in Stanford vom Labor zum Parkplatz ging, kam er immer am «Gym» vorbei. Hinter den Glaswänden sah er Hunderte von Halbnackten beiderlei Geschlechts, jeder einzelne, ganz und gar unirritiert von der Ansprache der anderen Körper, auf den Digitalanzeiger im Cockpit seiner Maschine starrend. Bis zur Erschöpfung traten sie auf der Stelle, hetzten auf festgeschraubten Fahrrädern steile Berge hinauf, rangen mit schweißnassen Armen und Beinen skurrile Maschinengegner nieder, forderten Nacken-, Rücken- und Gesäßmuskeln heraus, stählten ihre Knie. Jeder schien, unter den anderen mit sich allein, darum bemüht, das Eichenblatt auf dem Rücken abzuschütteln und die verräterische Lücke im Körperpanzer zu schließen. Jetzt wünschte er sich manchmal, vor einem solchen Cockpit zu sitzen und sich zu plagen.

Unruhig machten Eduard die Träume; sie begannen sich mit unangemeldeten Begegnungen zu bevölkern. Frauen, die er nicht kannte oder denen er flüchtig begegnet war, verwirrten ihn mit Berührungen und Offerten. In einem dieser Träume war er dem Jungen mit dem Billardstock begegnet. Zutraulich hatte der ihn durch das besetzte Haus geführt. Eduard fühlte sich gefoppt; er zweifelte an der Adresse, als er das Haus von innen sah. Plötzlich begriff er, aus welchem Grund die Besetzer bisher jede Besichtigung verhindert hatten. Die schäbige Fassade war nichts als eine Tarnung. Innen war alles anders, als man nach der Außenansicht vermuten konnte. Die Räume waren tapeziert und mit neuen Parkettböden ausgestattet, die Leitungen unter Putz gelegt, der Stuck an den Decken war liebevoll rosa, grün und blau ausgemalt worden; er sah Marmorbäder und Siemens-Küchen. Hinter einer halboffenen Tür erkannte er die Frau aus der Bar. Sie stand im Bademantel, mit dem Rücken zu ihm, vor einem barock geschwungenen Spiegel. Ohne sich nach ihm umzudrehen, lud sie ihn mit einer gelangweilten Geste ein, näher zu treten. Zögernd folgte er der Aufforderung; in dem Augenblick, da er über die Schwelle trat, drehte sie sich halb zu ihm um, und in der Bewegung sprang ihre nackte Brust aus dem Mantel. Mit kaltem Blick sah sie ihn an, als warte sie auf die Wirkung dieses Anblicks, auf eine angemessene Reaktion.

Merkwürdig, daß Jenny nicht unter den nächtlichen Besucherinnen war. Offenbar hatte der Regisseur seiner Traumstücke ihr den Zugang zur Bühne verboten. Aber warum? Das Gesetz der Abnutzung des erotischen Interesses in der Ehe traf auf Eduard nicht zu. Das Seltsame war ja, daß seine Lust auf Jenny, vielleicht weil sie sich nie ganz erfüllte, auch nie erloschen war. In seinem Fall mußte ein ganz anderer Mechanismus wirken. Sie eignet sich nicht für unsere Veranstaltungen, sie ist einfach zu kompliziert! antwortete der gedachte Regisseur seiner nächtlichen Dramolette, unser Publikum ist auf Unterhaltung aus, auf einfache Plots, prompte Genüsse! Mit herkulischen Aufgaben geben wir uns nicht ab, damit treibt man nur die Abonnenten aus dem Haus.

Die Antwort des Populisten tröstete ihn jedoch nicht. Bedeutete die stillschweigende Verbannung Jennys aus seinen Träumen nicht, daß er heimlich, hinter seinem eigenen Rücken, dabei war, den Rückzug anzutreten? Erst leise, dann immer deutlicher meldete sich Widerspruch – Jennys Stimme oder seine? Eigentlich bist du immer nur beleidigt. Denkst immer nur an die Kränkungen, die ich dir zufüge, als hätte ich es darauf abgesehen. Gibst mir die Schuld an etwas, das mir ebenso widerfährt wie dir. Suchst nach abschaffbaren Ursachen, Gründen, selbstverständlich alles im Namen meines Glücks. Warum geht es nicht in deinen Kopf, daß *du* etwas vermißt, nicht ich. Wer liebt, fordert nicht, er läßt. Und wenn es denn um dich und deine tief erschütterte Männlichkeit geht, laß mich damit in Ruh. Verschaff dir andere Beweise.

Aus solchen Besänftigungen riß ihn ein E-Mail-Brief aus San Francisco. «Hey Daddy. sorry I didn't write you for ages. Aber leider sitzt mein liebster Bruder stendig am Computer! War Games, hate it! It's really fun here but today Jenny kinda grounded me for 2 days because I came home at 6 o'clock. Somehow she found that very late. Gut wir haben heute in deutsch ein Digdat geschrieben, but I don't think that I messed it up. Pretty easy. Right now Jenny is on a Elternabend and I'm listenning to the old Boyz 2 men cd really loud. I love their cd. That's why I bought it. Well, I guess I stop now. I can't wait to see ya. I hope Jenny will be more normal again. Sie schimpft die ganze Zeit wie ein Rorspaz. We have all noticed, not only me, that she is acting very nervous in the moment. We figured that she probably just really misses you. So bye for now! Love Katharina.»

Daß seine Tochter ihm nur noch in englisch-deutschem Welsch schrieb, war ein Thema für später. Aber was sie ihm da zwischen Diktat und CD mitteilte, war das nicht ein Notruf? Das kleine Verkehrsunglück zwischen Jenny und ihm, mit dem er sich gerade abfinden wollte, ließ sich ja gar nicht eingrenzen auf die vier Quadratmeter eines Ehebetts. Es verursachte Auffahrunfälle, kleinere und größere Blechschäden in der weiteren Umgebung. War es nicht ganz logisch, daß Jenny ihre Enttäuschung im Schlafzimmer außerhalb dieser Wände ausagierte? Und hegte sie nicht doch, allen Versicherungen zum Trotz, einen uneingestandenen Groll gegen ihn?

Als läge sie nur ein paar Stunden zurück, stand ihm auf einmal wieder jene Szene vor Augen, die vermeintlich längst vergeben und vergessen war. Die Szene einer öffentlichen Herabsetzung und Demütigung. Auf einer Abendgesellschaft war Jenny, sozusagen aus dem Stand, erst gegen ein paar andere Männer losgegangen und dann gegen ihn. Später hatte sie erklärt, sie sei durch Übermüdung und zwei nüchtern genossene Gläser Rotwein außer Kontrolle geraten. Tatsächlich war der Anlaß des Amoklaufs so nebensächlich, daß er nur wegen seiner Folgen Halt im Gedächtnis gefunden hatte.

Der aufmerksame Gastgeber, dem Jennys Schweigen an der hauptsächlich von männlichen Gästen besetzten Tafel aufgefallen war, hatte sie nach ihrem Namen gefragt. «Ist doch nicht wichtig, man hört sowieso nur Männerstimmen», hatte sie erwidert. «Ab wieviel Stimmen sind Männerstimmen denn erträglich», hatte der alte Herr galant dagegengesetzt und damit ein flüchtiges Lächeln auf Jennys zornrotem Gesicht erzeugt. «Ich weiß nicht, ich glaube, die ganze Unterhaltung geht mich sowieso nichts an», hatte Jenny versetzt, und dann: «Was war noch der Titel der Habilitationsschrift, die der Herr links von Ihnen verfaßt hat: Muttersprache und Mördersprache in Deutschland oder so ähnlich?»

Der Angesprochene, ein Assistent des Gastgebers, korrigierte: «Die Wechselwirkung zwischen Mutter- und Mördersprache in der deutschen Nachkriegs- lyrik.» – «Und mit so einer Idee kann man Professor werden?» – «Assistenzprofessor», gab der junge Mann zurück, um dann, offenbar in der Annahme, Jenny wolle nur den Horizont seines Humors auf die Probe stellen, fortzufahren: «Sie hätten mich damit sicher durchfallen lassen, Frau Hoffmann?»

Ab hier war irgend etwas mit Jenny durchgegangen. «Nennen Sie mich nicht Hoffmann. Mein Mann hat mich wieder einmal nicht vorgestellt. Ich heiße Jenny Valenti. Das einzige, was ich mit Herrn Hoffmann ge- meinsam habe, ist die Tatsache, daß er der Vater meiner Kinder ist. Genauer gesagt, der Erzeuger und Ernährer. Am Ende sind wir alle, verheiratet oder geschieden, al- leinerziehende Mütter.» Na warte, sagte Eduard nicht, dachte es aber um so lauter, wenn sie so kriminell daher- redet, wird sie es eben fühlen müssen, was es bedeutet, eine alleinerziehende Mutter zu sein! «Sie sollten sich einmal damit befassen, wie die Vatersprache in die Mör- dersprache umschlägt, sobald Kinder da sind.»

Bis dahin hatten nur die Nächstsitzenden das Ver- gnügen gehabt. Aber falls Jenny durch die Stille im Raum einen Augenblick irritiert gewesen sein sollte, so hatte sie sich doch nicht abhalten lassen, mit den Pein- lichkeiten fortzufahren. Ganz im Gegenteil, das zuneh- mende Interesse hatte ihren Redefluß noch gesteigert.

«Ich habe Sie und Eduard eigentlich immer für das ideale Paar gehalten», sagte der Assistenzprofessor spielbereit und biß sich auf die Unterlippe. – «Ideal schon, wenn Sie es für ein Glück halten, Ihre Nächte hauptsächlich mit Ohropax zu verbringen. Es mag ja vom gnädigen Schöpfer so gedacht gewesen sein, daß Männer und Frauen Spaß aneinander haben. Er vergaß nur anzusagen, wie oft eigentlich im Jahr!»

Das offiziell zur Schau gestellte Befremden der Gesellschaft wich zusehends einer kaum gezügelten Neugier. Eine schöne, außer Rand und Band geratene Frau, was konnte es Aufregenderes geben! Eduard bestellte ein Taxi für sich und eines für Jenny. Sie stieg bei ihm ein.

Genau wegen dieser hochinteressanten Mitteilungen, hatte Eduard sie angezischt, während er sich mit seiner Schlaghand am Fenstergriff des Taxis festkrallte, sei dieser ganze Abend selbstverständlich veranstaltet worden. Genau wegen dieser Geständnisse seien die Gäste überhaupt gekommen. Dies und nichts anderes hätten sie unbedingt und dringend von Jenny hören wollen! So dringend, daß die ganze Gesellschaft sich jetzt und für den Rest des Abends wahrscheinlich mit der Frage beschäftige, was Jennys Ausbruch eigentlich zu bedeuten habe und was der auf so unvergeßliche Weise vorgestellte Erzeuger namens Eduard seiner Frau wohl unter vier Augen dazu sagen werde.

Er hatte ihr in derselben Nacht geraten, das nächste Flugzeug zu nehmen und zu einer ihrer vier Valenti-Schwestern, zu einem ihrer fünf Valenti-Onkel nach Italien zu fliegen. Jenny stimmte zu, sie akzeptierte die Verbannung. Aber sie verstand nicht, was passiert war. Ihr Angriff, ihre Wut – vergiß diese albernen Erzeuger-Sätze! Leicht gesagt, ich weiß – habe keine Sekunde lang ihm gegolten. Sie habe die eingebildete Männerrunde aufstören, nicht ihn, Eduard, sondern den Muttermörder-Linguisten habe sie lächerlich machen wollen. Aber es sei ihr wie einem Kind gegangen, das einen Witz erzählen will, alle nötigen Überleitungssätze vor der Pointe vergißt und dann ratlos in die Gesichter der Erwachsenen starrt, die überhaupt nicht lachen wollen. «Aber gut, nein schlecht: was passiert ist, ist passiert. Ich darf eben keinen Rotwein trinken.» Sie nahm das Telefonbuch und suchte die Nummer von Alitalia.

Unter Jennys Zerknirschung zerschmolz seine Wut. In der auf frischer Tat ertappten und reuigen Männermörderin sah er nun wieder die Waise Jenny, das zarte, wilde Straßenkind, wie ein Äffchen in den Bäumen sitzend. Der Vater abgehauen, die Mutter kaum zu Hause, o kinderfreundliches Italien! Eduard, der Ritter, war gefordert. Und er entschied sich, im Namen eines Wissens, das er allein besaß, die öffentliche Schmach zu ertragen und Jenny zu verzeihen.

Jetzt, nach dem Notruf seiner Tochter, fühlte er sich – eigentlich zum zweitenmal – als Idiot. Er hätte Jenny eben damals doch in ein Flugzeug setzen sollen. Hatte sie ihm nicht selbst gesagt, sie hasse Männer, die ihr ihren Stolz opferten? «Wenn ein Mann sich klein macht, wenn er mir nicht Paroli bietet, setzt bei mir ein fürchterlicher Mechanismus ein. Dann muß ich ihn immer kleiner und kleiner machen, so klein, bis er gar nicht mehr zu sehen ist!» Er hatte dieses Geständnis nie auf sich bezogen. Vielleicht, weil Jenny ihm im gleichen Atemzug versichert hatte, sie habe ihn, neben anderen Vorzügen, deswegen zum Vater ihrer Kinder erkoren, weil sie so etwas mit ihm nie machen könne. Aber inzwischen mußte er sich fragen, ob er nicht, ohne es zu merken, um ein paar Größen geschrumpft war und viel zu große Sachen trug. Jennys selbstbewußte Unlust, die zu ertragen sie von ihm verlangte, zehrte nicht nur an ihm, sie suchte seine Kinder heim. Es klang wie ein trauriger Witz: Schon aus seiner Verantwortung als Vater war er verpflichtet, Jenny zu erlösen.

Jenny stellte sich nicht mit Worten dar. Die gesprochene Sprache war ihr, einer vielleicht seit Jahrtausenden eingeschriebenen Weisung ihrer italienischen Ahnen folgend, zuallererst ein Mittel der Verhüllung, des Spiels, der Provokation und der Irreführung – «warum, um Gottes willen, nimmt man hier immer alles eins zu eins, was ich sage?» Solange sie in Deutschland waren, schien sie es, oft zu Eduards Entsetzen, darauf anzulegen, mit ihren Sätzen die Alarmglocken ihrer Gesprächspartner in Bewegung zu setzen. Fast immer fehlte ihren Sprüchen die rettende, vor dem falschen Beifall schützende Einleitungsfloskel. Vergeblich hatte Eduard ihr klarzumachen versucht, daß man gewisse Begriffe, die sie arglos benutzte, nicht ohne Anführungszeichen aussprechen konnte: Reizwörter wie «Heldentum» oder «Stolz», Halbsätze wie «das Leben für eine Sache einsetzen». Jenny hatte es nicht gelernt, Anführungszeichen mitzusprechen, und eignete sich auch die in den USA hilfreiche, mit dem Zeige- und Mittelfinger in die Luft geschriebene Geste nicht an. Sie erzeugte höfliches Schweigen mit ihrer Ansicht, sie wolle ihre Kinder nicht in einer feigen, von willfähriger Zerknirschung und Todesbildern geprägten Kultur aufwachsen lassen. Sie habe etwas dagegen, daß bereits die Fünfjährigen im Kinderladen für den Umweltschutz indoktriniert und die Zehnjährigen mit den Bildern von Auschwitz konfrontiert würden. Kinder, übrigens auch Erwachsene, hätten ein Recht auf Vorbilder, ein Recht auf Helden.

Eduard erkannte Jenny besser an ihren stummen Interventionen als an ihren verbalen An- und Ausfällen.

Einmal, kurz vor seiner Abreise aus Amerika, hatten die Kinder aus dem Hinterhof ein Vogelnest mit vier Küken und einer wundgebissenen Vogelmutter in die Wohnung geschleppt. Nachdem die Mutter ihren Verletzungen erlegen war, hatte Jenny deren Rolle übernommen. Eduard sah sie jeden Morgen in der Küche sitzen und in die vier offenen, kaum zum Piepsen fähigen verwaisten Kükenschnäbel einen von ihr vorbereiteten Brei träufeln. Eduard und die Kinder waren während der Zeit der Notspeisung abgemeldet. Eine Zeitlang schien es, als hätten die Küken Jenny als Ersatzmutter angenommen. Auch Eduard und den Kindern war plötzlich Jennys Ähnlichkeit mit den Vögeln aufgefallen. Wendete sie nicht wie eine Vogelmutter ihren langen Hals hin und her, stieß sie nicht, während sie die Schnäbel dirigierte, selber Vogellaute aus? Jennys Hingabe an die Vogelwaisen erzählte von einer Identifikation, die man nicht wählen kann.

In einem Buch über «Sexual desire disorders» stieß er auf ein paar Sätze, die sich wie ein an ihn adressiertes Einschreiben lasen. «Being raped means that I now will not allow myself to be relaxed enough to let loose, to let go. I have to be in control at all times and will make every effort to separate myself from a situation where I don't feel that I have some control ... I am a control freak in my relationship.» Benahm sich Jenny nicht exakt wie die Patientin, die hier sprach? Wie eine Vergewaltigte?

Das Bild von Jenny, der Abenteurerin, erzählte nicht alles. Sicher, sie war mutig, manchmal tollkühn, bereit, ihr Leben für ihre Kinder und wohl auch für eine Überzeugung aufs Spiel zu setzen. Fünfzehn Jahre früher wäre sie womöglich eine Kandidatin für ein Terroristenkommando gewesen, gesetzt den Fall, die Gruppe wäre nicht von einem Baader geführt worden, sondern von einer Frau. Aber verbarg sie unter dem Heldenpanzer womöglich eine Verletzung, die sie niemandem eingestand, auch sich selbst nicht, weil sie sie für unheilbar hielt? Wenn es um die möglichen Gründe für ihre Unlust ging, war die todesmutige Jenny plötzlich empfindlich wie ein Tautropfen in der Sonne. Was sie nicht alles vorbrachte, um ihre Unlust als eine lediglich momentane, vorübergehende Unpäßlichkeit darzustellen! Kopfschmerzen, zu müde, Unterleibsschmerzen, die Kinder müssen jederzeit aus der Schule kommen, ich dachte, du wolltest nicht... Dabei besteht doch, liebste Jenny, das Problem mit all diesen achtbaren Verhinderungsgründen darin, daß sie ausnahmslos alle Eltern heimsuchen. Wenn sie die Wirkung hätten, die du ihnen zuschreibst, dann gäbe es auf der Welt nur unlustige Frauen.

Je mehr Situationen ihm sein Gedächtnis als Beweismaterial zureichte, desto sicherer wurde er: Jennys Betragen deckte sich Punkt für Punkt mit dem Profil einer Vergewaltigten, eines «survivors», wie es in dem Sachbuch in widerwärtiger Terminologie hieß. Nur, wo war das dazugehörige Trauma? Gab es da eine Geschichte, die sie vor Eduard – und sich selbst – geheimhielt? Lebte seine Jenny also wie die Prinzessin in Theos Märchen unter dem Bann einer feindlichen Macht, eines Trolls, der ihren Willen irgendwann einmal, vielleicht als sie noch ein Kind war, mit Gewalt gebrochen hatte und dem sie, ohne es zu wissen, immer noch gehorchte, auch wenn sie in Eduards Armen lag? Und in die Trollhöhle flog sie zurück, nachts, wenn Eduard schlief, notfalls durch geschlossene Fensterscheiben, um sich bei ihrem Guru mit neuen Kopf-ab-Rätseln gegen Eduard auszurüsten.

Er schrieb Jenny einen Brief, in dem er sie bat, «schon um der Kinder willen» das Versteckspiel zu beenden, zusammen mit ihm den Bann des Trolls zu brechen und einen Ausweg aus der Höhle zu suchen. «Und was mich angeht», schrieb er, «bilde Dir bitte nicht ein, daß meine Liebe zu Dir mich schon dazu bringen wird, mich an den gegenwärtigen Zustand zu gewöhnen. Damit Du es weißt: Noch mit achtzig werde ich lieber aus dem Rollstuhl springen, als den Rest meiner Jahre mit einer Frau zu verbringen, die sich mir immer nur entzieht.»

Die wichtigsten Seiten aus dem Aufsatz über «Sexual desire disorders» fotokopierte er und legte ihn bei. Was er wegließ, war die folgende Stelle: «The survivor may confuse the partner with the perpatrator. In fact, therapists may often find themselves with partners who share similar characteristics with the perpetrator, especially when the latter was a parental figure.»

8 IM Haupthaus, dem ältesten Gebäude des Instituts, hatte Eduard eine unterirdische Imbißstube ausfindig gemacht, in die er ging, auch wenn er gar nicht hungrig war. Unter uralten Gas-, Elektro- und Wasserleitungen, unter denen man den Kopf einziehen mußte, lief man durch immer wieder abzweigende, neonbeleuchtete Kellergänge, vorbei an ausrangierten Schreibtischen, Stühlen, Stehlampen, Computern, und war jedesmal überrascht, wenn man den weißgestrichenen Eingang sah. Man orderte am Tresen, direkt vor der Küche, in der auf offenem Feuer Omelettes, Grillwürstchen, Suppen und deutsche Hamburger zubereitet wurden, oder man griff sich aus der gekühlten Glasvitrine eines der abgepackten Eier-Salami- oder Roastbeef-Brötchen, die Salatvariationen lagen im Kühlschrank nebenan. Dann stellte man sich, dicht an dicht, vor der Kasse an, zahlte den Spottpreis und setzte sich in eine der rechteckigen, unbequemen Holzkabinen in den Nebenräumen. Durch die vergitterten Souterrainfenster fiel halbes, vom Neonlicht überstrahltes Tageslicht.

Es waren nicht die guten Preise und noch weniger die Auswahl auf der Speisekarte, was ihn herzog. Hier unten herrschte eine andere Sprache, ein anderer Rhythmus als in der Oberwelt. Man war unter Leuten, die nicht dazu gezwungen waren, ihre Launen und Begierden irgendeinem höheren Zweck zuliebe auf das Wochenende zu verschieben. Körperliche Berührungen wurden nicht vermieden, man suchte sie. ‹Peinlich›? Ein Wort aus der Oberwelt. Man verständigte sich durch Witze, Sprüche, Anzüglichkeiten. Die Sprache diente nicht der Mitteilung, die Wörter funktionierten als Signale, als Erkennungsmerkmale für irgendeine Zugehörigkeit. Die Gespräche lebten von den Nebengeräuschen: vom Lachen oder Schimpfen über eine Frechheit, die nur von den Eingeweihten verstanden wurde, vom Schubsen, Drängeln und der geheuchelten Entschuldigung, von erwünschten und von unerwünschten Annäherungen.

Die Imbißstube im Keller, das war die Powerstation des Instituts. Das Reich der Hausingenieure, Hauselektriker, Hausklempner, Sekretärinnen, Putzfrauen, Wachleute. Es war aber auch die letzte Bastion der Einheimischen. Die Mehrzahl der meist männlichen Doktoren und Professoren, die oben in den weiß getünchten Zimmern saßen, stammte aus dem Westen. Hier unten waren die Einheimischen in der Überzahl, und sie versahen jene Dienste, die den Betrieb in Gang hielten und die versehen werden mußten, egal, ob die da oben ein Forschungsinstitut, einen Geheimdienst oder eine Irrenanstalt betrieben. Das Institut verfügte über eine hausinterne Kfz-Abteilung, über eine eigene Maurer- und Elektrikerkolonne, über eine eigene Feuerwehr und über eigene Spezialisten für Hard- und Software-Probleme. Die Hauselektrik mußte gewartet, die Gas- und Wasserleitungen, die täglich und an immer neuen Stellen brachen oder leckten, mußten repariert, die Sicherungsanlagen, die teuren elektronischen Geräte kontrolliert werden. Womöglich dienten all die teuren Wissenschaftler nur als Vorwand für das eigentliche Ziel aller Tätigkeiten, die Aufrechterhaltung des Betriebes.

Einmal hatte Eduard am späten Nachmittag allein in der Bibliothek gesessen, um sich auf einen Vortrag am gleichen Abend vorzubereiten. Während er las, kamen zwei Männer in ihren Hausuniformen herein und begannen, die Stühle für seine Abendveranstaltung zurechtzurücken. Sie dachten gar nicht daran, ihre Stimmen zu senken, es kam ihnen auch nicht in den Sinn, daß ihre Männergespräche einen einsamen Leser stören könnten. Wenn einer in der Bibliothek störte, dann war es Eduard, der Benutzer. Es gab ungefähr hundertfünfzig freie Stühle in dem Raum, aber seiner, der besetzte, war der erste, der in die Reihe gestellt werden mußte. Er setzte sich auf andere Stühle und wurde immer wieder freundlich, aber unerbittlich, genötigt, aufzustehen und sich woanders hinzusetzen. Damals war ihm zum erstenmal der Verdacht gekommen, daß er und die anderen Wissenschaftler hier nur Nebenrollen spielten; die Hauptpersonen waren die Leute, die die Stühle rückten.

Eduard war nicht der einzige Wissenschaftler, der den Abstieg zum Kellerimbiß fand. Immer öfter traf er auf Kollegen aus den oberen Etagen, die hier unten ihre Jacken und den angestrengten Fernblick ablegten und sich gegenseitig ansahen, als würden sie einander zum erstenmal bemerken.

Obwohl er den Weg kannte, ihn nach so vielen Besuchen hätte kennen müssen, verirrte er sich immer wieder in dem Kellerlabyrinth. Er blieb dann stehen, schaute durch den Gangtunnel vor- und rückwärts und wartete auf jemanden, der ihm den Weg weisen könnte. An einem Freitagnachmittag mußte er so lange warten, daß ihm unwohl wurde. Hatte der Imbiß etwa schon geschlossen? Er hastete den langen Gang zurück, den er eben durchlaufen hatte. Von irgendwoher hörte er ein hohes, seltsam präzises Klick-Klack von Schritten, die schwer zu lokalisieren waren. In ihrem Echo irrte er durch die Gänge und sah sich plötzlich einer Frau folgen, die sich nun von ihm verfolgt fühlen mußte. Von ihren Absätzen wurde sie bestürzend hoch gegen die Tunneldecke erhoben. Sie drehte sich nicht um, aber er meinte, sie an der Rückenhaltung und ihrem ausgreifenden Gang zu erkennen. Er war der Unbekannten, deren Blick ihn am ersten Tag in der Cafeteria so berührt hatte, inzwischen zwei- oder dreimal in der Oberwelt wieder begegnet, doch das gegenseitige Schauen und Erstaunen hatte sich nicht wieder eingestellt. Hier unten, im Kellerlabyrinth, war es anders. Das Klick Klack ihrer Schritte in dem engen Gang, die gestaute Hitze, das Rauschen der Röhren über seinem Kopf schienen die Zeit zwischen damals und jetzt außer Kraft zu setzen. Eduard erschrak, als die Unbekannte unvermittelt stehenblieb; die Vorstellung, sie habe ihren Verfolger im Rücken gespürt, wolle ihn passieren lassen oder zur Rede stellen, peinigte ihn. Aber sie war gar nicht seinetwegen stehengeblieben. Mit einem eher belustigten als ärgerlichen Ausdruck blickte sie zu den Röhren über ihrem Kopf und fuhr sich mit der Hand über die Haare, schüttelte sie und warf sie wieder in die Höhe, als hätte ihr ein ganzer Vogelschwarm auf den Kopf geschissen. Einige Fäden und Metallteilchen, die wie Silbersternchen schimmerten, hatten sich in ihren schwarzen Locken verfangen. Mit dem Kopf mußte sie eines der flauschigen Fadenbündel gestreift haben, die wie Tropfsteine aus dem aufgeplatzten Isoliermantel einer Rohrleitung von der Decke hingen. Eduard war dicht vor ihr stehengeblieben, doch sie schien ihn nicht wiederzuerkennen. Als sie den Kopf wieder hob und ihre Locken in den Nacken warf, streifte eine Strähne seine Wange, im gleichen Augenblick traf ihn ihr Blick.

«Alles in Ordnung auf meinem Kopf?» fragte sie.

«Ja.»

«Warum sagen Sie ja, wenn Sie nein meinen?»

«Soll ich Ihnen etwa das ganze Zeug aus dem Haar fusseln?»

Sie lachte, fuhr sich mit dem Handrücken über die gepolsterten Schultern und drehte sich um. Eduard sah nun die ganze Gestalt verwirrend nah vor sich, die kräftigen, schwarzbestrumpften Beine, den knappen Rock, der über einem deutlich ausgestellten Hinterteil spannte, den langen Rücken unter dem fließenden Jakkett. Sie hob die Haare aus dem Nacken und gab ihm Hals und Kragen zur Begutachtung frei. Er entdeckte ein paar helle Fussel auf dem Jackenkragen und schnippte sie mit einer raschen Bewegung weg. Auf keinen Fall wollte er sie aus einem so zufälligen Grund berühren. «Danke», sagte sie, «aber warum entschuldigen Sie sich?» – «Ich habe mich doch gar nicht entschuldigt», sagte Eduard.

Sie hatte sich wieder umgedreht und blickte ihn nun prüfend an. Er konnte nichts daran ändern, daß seine Blicke zu ihren Brüsten wanderten, die ihn unter der Jacke wie zwei versteckte Augen ansahen. Er war sicher, daß sie seinen Blick bemerkte. Ihr violetter Mund stand ein wenig offen, als habe sie einen Nachsatz auf den Lippen oder als warte sie auf seinen. Dicht über seinem Kopf hörte er das Wasser rauschen, er hörte, roch das Gas, das durch das schmalere Rohr daneben kroch, er spürte die Erregungen in den vielen Kabeln, den Fluß all der unterirdisch verlegten und verwalteten Energien, die von einem Punkt zum anderen schossen, wenn irgendwo ein Hahn aufgedreht oder ein Ventil geöffnet wurde. Der ganze ungefüge Hauskörper über ihnen schien zu atmen und zu vibrieren. «Nur ein paar Fussel. Davon abgesehen, sehen Sie bezaubernd aus.

Wenn wir nicht so tief im Keller wären, würde ich sagen, der Himmel hat Sie mir über den Weg geschickt.» Sie lächelte nicht. Ein seltsamer Ernst war in ihrem Blick, sie war überrascht, aber nicht erschreckt. «Ich glaube, Sie wollten noch etwas sagen.» Sie drehte den Kopf leicht zur Seite, als höre sie etwas, einen fremden Schritt, der ihm nur noch wenige Sekunden Zeit lassen würde. Er war verblüfft von ihrer Geistes- oder Sinnesgegenwart. Sie wies ihn nicht ab, wich ihm nicht aus, wollte nur mehr von ihm hören, bevor sie eine Entscheidung traf.

«Sie gefallen mir», sagte Eduard, «haben mir von Anfang an gefallen, und ich weiß, ich bin der Mann, von dem Sie sich gefallen lassen würden, was Ihnen selbst gefällt.»

«Sie sind ja ziemlich entschlossen», sagte sie nach einer Pause, «sind Sie sicher, daß Sie mich nicht mit der Feuerwehr verwechseln?»

Doch ihr Blick war nicht ironisch, sekundenschnell schien sie aus den verfügbaren Daten – Stimme, Körperausdruck, Kleidung, Hände, Augen – ein Profil dieses Anwärters zusammenzusetzen. Irgendwie beneidete er die Frauen um ihr Erkennungsverfahren. Während die Intuition eines Mannes allenfalls dazu ausreichte, sich die erste Nacht im Bett vorzustellen, konnte eine Frau mit einer Geschwindigkeit, die kein Computer je erreichen würde, mit einem Kandidaten ganze Jahre im Geist durchspielen. Fiel er im Langzeittest durch, kam er nicht einmal als Liebhaber für eine Nacht in Frage.

«Wir können uns einmal zum Abendessen treffen», sagte sie schließlich.

Enttäuscht bemerkte Eduard, daß der Weg, auf dem er ihr gefolgt war, aus dem Kellerlabyrinth hinausführte.

Kurz bevor er das Büro abschloß, schaltete er den Computer noch einmal ein. In seinem elektronischen Briefkasten fand er ein energisches Fax von Jenny. «Es tut mir leid», schrieb sie, «aber ich kann nicht Deiner Theorie zuliebe eine Vergewaltigung oder sonst irgendein Kindheitstrauma aus dem Ärmel zaubern, nur damit wir endlich eine handliche, alles erklärende Ursache haben, an der wir uns dann brav abarbeiten können. Überhaupt tust Du so, als widerfahre Dir ein ganz einmaliges, unerträgliches Malheur. Mach doch den Versuch und sprich einmal mit dem einen oder anderen Geschlechtsgenossen darüber. Du wirst Dich wundern, wie viele Leidensgenossen sich Dir zu erkennen geben, vorausgesetzt, sie sind ehrlich. Nach den Gesprächen mit meinen Freundinnen zu urteilen, müßte es etwa jeder zweite sein. Männer verheimlichen so etwas gern und bilden sich ein, daß sie es aus Rücksicht auf ihre Frauen tun. Ich glaube eher, daß sie nur Rücksicht auf sich selber nehmen. Ein Mann, der seine Frau nicht befriedigt, gilt eben unter Männern als ein untüchtiges Exemplar der Gattung. Deswegen ist jeder Mann geneigt, ein Feigenblatt vor diesen Makel seines Ehelebens zu halten, und begründet seine Heimlichtuerei mit der Diskretion, die er seiner Frau schulde. In Wirklichkeit hat er nur Angst, vor seinen Freunden als Versager dazustehen.

Bei dieser Gelegenheit möchte ich Dein Interesse einmal auf die Spiegelgeschichte zu unserem Malheur lenken. Stell Dir doch einmal spaßeshalber unsere Konstellation mit vertauschten Rollen vor. Allein in den USA, habe ich gelesen, schätzt man die Zahl der Männer, die gar keine oder ungenügende Erektionen zustande bringen, auf zwanzig Millionen. Wie gehen wohl die Frauen mit der ‹erective dysfunction› ihrer Partner um? Es müssen ja ungefähr gleich viele sein. Haben sie, da es in diesem Fall ja nicht nur um vorenthaltene Freuden, sondern auch um die Zeugungsfähigkeit geht, nicht viel bessere Gründe als Du, sich zu beklagen? Wie viele Dramen, Ausflüchte, Lügen, wie viele rührende, verzweifelte und tragikomische ‹letzte Versuche› spielen sich da rund um den Erdball ab, von denen man seltsamerweise gar nichts hört? Im Vergleich zu den Millionen mit impotenten Männern geschlagenen Frauen kannst Du eigentlich nur von Glück sagen. – Was Deinen ‹Reisekameraden› angeht, so habe ich ihn im Verdacht, daß er von Frauen nichts versteht. Das einzige, was er kapiert hat, ist der Wunsch der Frauen, ein Kavalier, der sie erobern will, möge etwas wagen, notfalls sogar das Leben. Ansonsten ist er ein gräßlicher deutscher Stoffel. Mit seinen hinterwäldlerischen Rezepten zur Erlösung der Prinzessin kann er vielleicht den armen Johannes beeindrucken, aber nicht eine einzige Frau auf der Welt. Er glaubt ja tatsächlich, daß man Johannes' Frau zu ihrem Glück zwingen könne – mit Peitschen, Griff um den Hals, Untertunken. Ist es Dir nie in den Sinn gekommen, daß dieses fleischlose Gespenst mit seinen tölpelhaften Ratschlägen nur seine Macht über Johannes behalten will?

Vielleicht liebt die Prinzessin ihren Johannes ja wirklich, schon seit der Hochzeitsnacht, aber der Idiot glaubt es ihr einfach nicht. So tut sie ihm denn den Gefallen und spielt ihm einen Orgasmus vor. Nach all den Foltern, die der Reisekamerad verordnet hat, will sie endlich Ruhe haben. Wenn Du schon nach einem Guru Ausschau hältst, wie wäre es mit einer Reisekameradin? Die versteht im Zweifelsfalle mehr von dem Problem.»

9 EIN paar Tage lang war Eduard nach jener Begegnung im Kellergang nicht mehr in die Imbißstube gegangen und hatte sich verboten, nach der Unbekannten zu fragen. Plötzlich stand sie vor ihm. Sie hatte wohl kurz an die Tür geklopft, die er nach amerikanischer Art offenließ, wenn er im Büro arbeitete. Offenbar gefiel es ihr, sich und andere durch scharfe Wechsel ihres Erscheinungsbildes zu überraschen. Diesmal schien sie es auf Unscheinbarkeit abgesehen zu haben. Sie trug dunkle Cordhosen, flache Schuhe, einen weitmaschigen kragenlosen Baumwollpullover, keine Spur von Lippenstift oder Make-up, nur die kaum wahrnehmbare Nachzeichnung des Augenbrauenbogens verriet eine kundige Hand. Nicht zu verstecken und nicht zu bändigen ihre in der eigenen Schwärze phosphoreszierenden Locken.

«Was machen Sie heute abend?» fragte sie.

«Bis jetzt nichts. Haben Sie einen Vorschlag?»

«Ich bin neugierig auf ein brandneues italienisches Restaurant in Neu-Karow. Fragen Sie nicht, wie gut man dort ißt, der ganze Stadtteil ist erst drei Monate alt.»

«Und ausgerechnet dort wollen Sie essen?»

«Ich habe Lust auf entlegene Orte», sagte sie, «und ich dachte, Sie auch.»

Eduard verschwieg, daß er an diesem Abend mit einem überbeschäftigten amerikanischen Kollegen verabredet war, der unbedingt am Abend vor seiner Rückreise – «yes, why not by night?» – noch rasch die Überreste der Mauer besichtigen wollte. Er erfand einen Absagegrund. Er habe eben erst erfahren, hinterließ er im Hotel des Kollegen, daß die Stadtväter in ihrer unendlichen Weisheit auch noch das letzte interessante Stück der Mauer hätten abreißen lassen. Dem Hörensagen nach werde sie in Las Vegas maßstabgetreu nachgebaut, wo er sie ihm bei einer sich bietenden Gelegenheit gern erläutern werde.

Da er an den Verkehr während der Stoßzeiten gewöhnt war, kam er eine halbe Stunde zu früh. Was immer die Unbekannte mit ihrem Vorschlag beabsichtigte, das «Palmetto» war der denkbar seltsamste Ort für eine erste Begegnung. Ungläubig starrte Eduard auf den blau leuchtenden Schriftzug, dessen beide T in ein ungeschickt geformtes, grün-gelbes Palmenemblem ausliefen – es war der einzige Lichtpunkt in einer offenbar noch kaum bezogenen brandneuen Häuserreihe. Von drinnen hörte er die gedämpften Laute einer neapolitanischen Melodie. In der Nacht unter dem endlich offenen, sternklaren Himmel wirkte das Viertel wie eine Versuchsstadt, die im Weltraum stationiert worden war. Die meisten Fenster waren dunkel, wahrscheinlich noch nie geöffnet worden.

Er hatte keine Lust, im Restaurant zu warten; suchend blickte er sich um, blies seinen weißen Atem in die Nacht. Wenn er nicht einfrieren wollte, mußte er sich bewegen. Die Straße endete auf der einen Seite im freien Feld, auf der anderen in einer Einkaufspassage nach amerikanischem Muster. Die Bodenplatten der Trottoirs lagen noch unverfugt nebeneinander, in den Lücken zwischen den Platten sah man die Reste des darunter liegenden Ackers – vor einem Jahr wahrscheinlich das einzige, was hier zu sehen gewesen war. Die

Bäume waren offensichtlich erst vor kurzem auf Lastwagen herbeigebracht und eingepflanzt worden. Sie steckten in einer Ummantelung, die sie gegen rammende Autos und Baufahrzeuge, vielleicht auch gegen die Winterkälte schützen sollte. Durch Haltepflöcke wurden sie vor dem Umfallen bewahrt.

Die Anlage war nicht häßlich; es war, als wollten die Architekten das Äußerste an Vielfalt vorführen, was industriell hergestellte Fertigstädte bieten können. Freilich sah man schon auf den zweiten Blick, daß der Wechsel der Farben, der Fensterformen, der eckigen oder runden Hausabschlüsse einem unerbittlichen, bis ins kleinste vorgeschriebenen Muster folgte. Regelmäßig waren die Haustüren hellbraun, die Fassaden dottergelb oder grün gehalten, in jedem Haus waren die Wohnungen des ersten Stocks mit einem Balkon, im zweiten mit einem Erker ausgestattet, jeweils das zweite Fenster im ersten Stock hatte einen Rundbogen, die beiden Fenster links und rechts waren rechteckig, jeweils das Mittelstück jedes Hauses trat gegen die Straße hervor, die Seitenstücke zurück. Im Vergleich zu den Vorstädten der fünfziger und sechziger Jahre wirkte diese Variante hier spielerisch. Aber der Eindruck von größerer Lebendigkeit und Individualität war nur das Ergebnis einer avancierteren Technologie, die es erlaubte, die Illusion der Anarchie am Band zu reproduzieren.

In der Nähe hörte er Stimmen. Drei Jungen umstanden eine nagelneue marmorverkleidete städtische Toilette und lasen sich auf berlinerisch die Bedienungsvorschriften vor. Das Betreten der Toilette kostete eine Mark, auf einer Tafel waren in vier Sprachen die Schritte beschrieben, die man zu lesen, zu verstehen und auszuführen hatte, bevor man den Klodeckel hochheben durfte. «Los, du gehst da jetzt rein.» – «Ich muß aber gar nicht.» – «Egal, rein mit dir.» – «Ich will nicht.» – «Haste Angst?» – «Einer hat da drinnen mal eine halbe Nacht verbracht, schwör ick, iss nich wieder rausgekommen.» – «Weil es soviel Spaß gemacht hat. Eh, die Brille in dem Ding ist geheizt, echt, selbst 's Arschabwischen iss automatisch. Erst kommt so 'n Duschstrahl aus der Schüssel, dann wird dir der Arsch durch 'nen Fön getrocknet.»

«Hey, ham Se mal 'ne Mark für mich?»

Eduard konnte das Gesicht hinter den abgedunkelten Scheiben des schnell fahrenden Alpha Romeo nicht richtig erkennen, auf gut Glück winkte er hinterher. Sie bremste, kam im Rückwärtsgang ebenso rasant auf ihn zu und öffnete die Beifahrertür. «Sie sind ja ganz durchgefroren!» – «Das hier ist der absurdeste Ort, an dem ich mit einer Frau je verabredet war. Wir hätten uns ebensogut am Nordpol treffen können.» – «Gute Idee für das nächste Mal. Aber was stört Sie so? Ein Ort, der keine Vergangenheit hat und keine Gegenwart, nur Zukunft! Vielleicht genau das Richtige für Sie und mich. Und außerdem – mich langweilen die stilvollen Restaurants, in denen der Kellner und das Ambiente für die Stimmung sorgen. Hier bin ich ganz auf Sie angewiesen.» – «Fangen Ihre Bekanntschaften immer mit einem Härtetest an? Wie heißen Sie überhaupt?» – «Marina.»

Bis zur Höhe des Türsturzes erinnerte Marinas Kneipe an ein Fischerrestaurant in Rimini, von dort an aufwärts an eine Skihütte in den Karpaten. Der schnurrbärtige Kellner blickte Eduard ratlos an, als er auf italienisch nach einem Tisch fragte. Das gebrochene Deutsch wiederum, in dem er antwortete, wußte Eduard keinem Land, das er kannte, zuzuordnen. Spaghetti al dente durfte er hier nicht erwarten.

Marina machte keinen Versuch, ihm den seltsamen Ort zu erläutern, sie jedenfalls war von ihm entzückt. Sie ließ sich von dem Kellner den Mantel abnehmen und in dem kaum besetzten Restaurant an den Tisch am Fenster führen. Was ihr Outfit betraf, so hatte sie das Programm schon wieder geändert. Sie feierte sich. Über schwarzen Strümpfen trug sie einen erstaunlich kurzen Samtrock, ein enganliegendes Latexoberteil, darüber eine in den Schultern ausgestellte Jacke aus einem schillernden Fasergemisch. Marina, ein Glitzerwesen. Er folgte einer Frau an den Tisch, die weiß und sich nicht darüber beklagt, daß jeder hinter ihr hergehende Mann über dem Spiel der fließenden Stoffe mit ihren Hüften sekundenlang den Verstand verliert. Er war entschlossen, den starken Reiz, den sie vom ersten Augenblick an auf ihn ausgeübt hatte, nicht durch halbherzige Annäherungen zu ruinieren. Wahrscheinlich hatte sie absichtlich einen Treffpunkt ausgesucht, der von jedem erreichbaren Bett eine halbe Autostunde entfernt war.

«War das ein russischer Akzent?» fragte er, während sie die Speisekarte studierte. – «Keine Ahnung! Warum fragen Sie?» – «Ich dachte, Sie hätten Russisch gelernt?» – «Wie kommen Sie darauf? Wahrscheinlich können Sie besser Russisch als ich.»

Damit hatte sich das unergiebige Thema eigentlich erledigt, aber irgend etwas schien sie zu stören, und so kam sie darauf zurück.

«Sie halten mich für jemanden, der hier aufgewachsen und zur Schule gegangen ist?» – «Wäre das eine Beleidigung?» – «Überhaupt nicht. Aber was bringt Sie auf die Idee?» – «Sind Sie denn hier aufgewachsen?»

Sie sah ihn an, als beantworte sich die Frage von selbst. Oder als lege sie Wert darauf, sie offenzulassen.

«Ist das wichtig? Vielleicht doch. Sie verbinden etwas Bestimmtes mit einer Frau aus dem Osten, etwas, das eine Westfrau nicht hat?» – «Was sollte das sein?» – «Daß sie irgendwie weiblicher, direkter, weniger zickig, leichter zu handhaben ist? Was ein Westmann eben mit dem Osten so alles verbindet. Daß die Kamele hier langsamer laufen, der Rauch anders zum Himmel steigt, der Wecker später oder gar nicht klingelt, die Kinder artiger sind, die Frauen höhere Schuhabsätze tragen...» – «Das einzige, was ich weiß, ist, daß Sie gern hohe Absätze tragen.» – «Da wissen Sie ja schon etwas!»

Er hatte sich bisher kein Bild gemacht, aber durch ihr Nachfragen wurde ihm klar, daß er sie in der Tat für eine Frau aus dem Osten gehalten hatte. Er hätte nicht sagen können, warum. Oder besser, er hätte es sagen können und sich wahrscheinlich blamiert. Vor allem wußte er nicht, was der größere Fauxpas war: eine Westfrau für eine Ostfrau zu halten oder umgekehrt. Er war jetzt auf der Hut. Bloß keine Bemerkung über den etwas zu warmen Rosé. Er trank hastig, in großen Schlukken, und wußte auf einmal nicht mehr, ob er ihn köstlich fand, nur weil er sich verbot, entsetzt zu sein.

«Sie erinnern mich an eine Frau, die ich um eine Sekunde verpaßt habe», sagte er. «Und zwar für immer.» – «Passiert Ihnen so was öfter?» – «Es lag nicht an mir, sondern an einem allzu geistesgegenwärtigen Freund. Er war schneller.» – «Ich habe nicht den Eindruck, daß Sie langsam sind. Aber erzählen Sie!»

Die Geschichte war ihm auf einem Biologen-Kongreß in Kanada passiert. Sie hatten fast eine ganze Woche in Klausur verbracht, in einem Hotel im tiefsten Wald. In diesen Tagen hatte er sich mit einem Kollegen aus Peru angefreundet, Manuel, der ihm durch sein genialisches und zerrissenes Wesen aufgefallen war: Seine

Stimmung änderte sich fast stündlich; mal wartete er auf den Nobelpreis, mal auf den endgültigen Absturz in den Wahnsinn, und immer hielt er diese Launen durch einen hinreißenden Witz in Balance.

Die abschließende Sitzung war in Montreal, ein Bus brachte sie dorthin. Beim Einsteigen fiel beiden gleichzeitig eine Frau auf, deren Anblick sie nach den Klausurtagen im Wald kaum ertragen konnten. Es war ihnen unbegreiflich, was ein so prachtvolles Wesen an diesen entlegenen Ort verschlagen hatte. Eduard hatte sofort bemerkt, daß der Platz neben ihr frei blieb, und wollte sich gerade dort hinsetzen, als die Tasche des hinter ihm stehenden Manuel an seiner Schulter vorbeiflog und auf dem Platz neben der Dame landete, bevor dieser sich selbst, gleichsam erschöpft, auf den so gestohlenen Platz fallen ließ, als sei er seit Wochen für ihn reserviert gewesen. Eduard war nichts anderes übriggeblieben, als mit einem Sitz auf der anderen Fensterseite vorliebzunehmen. Kaum hatte sich der Bus in Bewegung gesetzt, hatte der sonst so wirre Manuel seinen Platzvorteil entschlossen wahrgenommen, und es war ihm schon nach wenigen Minuten gelungen, die abweisend blickende Unbekannte zum Lachen zu bringen. Es war ein zuerst tastendes, dann immer rückhaltloseres Lachen, das, je länger es anhielt, eine unwiderstehliche Neugier auf den Anlaß weckte.

Das Wort «Lachen» treffe den Vorgang nicht, erklärte Eduard. Was Manuel bei seiner eben noch wildfremden Nachbarin freisetzte, sei ein Lachsturm gewesen, eine Lachkatastrophe, eine Lachverheerung, die zuerst das Gesicht aus der Fassung gebracht, nach und nach den ganzen Körper erfaßt und durch immer neue Lachstöße erschüttert habe. Erst hätten nur ihre Schultern und Brüste gelacht, dann das Becken; die Zehenspitzen hätten sich haltsuchend gegen den Boden gestemmt, während sie gleichzeitig mit immer neuen Taschentüchern der Lachtränenbäche Herr zu werden versucht habe, die ihr, schwarz von Wimperntusche, über die Wangen rannen. Schließlich sei nichts mehr an seinem Platz gewesen: die Locken der nach hinten gesteckten Frisur seien ihr über die Augen gefallen, der Lippenstift habe die Zähne gerötet, Gesicht und Hände hätten ausgesehen, als sei die ganze Gestalt einem Kohlenhaufen entstiegen. Am Ende der kaum einstündigen Fahrt sei die strenge Schöne vollkommen verwandelt gewesen. Mit glühendem Gesicht, immer noch nach Atem ringend, habe sie sich von Manuel verabschiedet, ihn stürmisch umarmt und ihm einen Zettel in die Hand gedrückt.

Auch mit Manuel war nach der Fahrt eine Verwandlung vorgegangen. In tiefstem Ernst hatte er Eduard mitgeteilt, er habe soeben die wichtigste Bekanntschaft seines Lebens gemacht und eine Entscheidung getroffen. Er werde noch heute in die 200-Quadratmeter-Eigentumswohnung der Unbekannten ziehen und dort sein weiteres Leben verbringen. Er werde nicht nach Hause zurückkehren, weder Perus Präsident noch Perus Topterrorist werden, sondern ein grausames Telegramm an Frau und Kinder abschicken, die ihn morgen am Flughafen erwarteten. Es gebe Augenblicke, die über das ganze Leben entscheiden. Die meisten Menschen verpaßten diesen Augenblick, nicht etwa, weil er ihnen nicht begegne, sondern weil ihnen die Entschlußkraft fehle.

Marina sah ihn an, als sei er ihr einen entscheidenden Teil der Geschichte schuldig geblieben. «Und was ist aus dem tapferen Paar geworden?»

«Ich habe nie wieder von den beiden gehört. Glauben Sie, daß es so etwas gibt: man begegnet sich, schaut sich in die Augen und das ganze Leben ändert sich?»

«Ich möchte viel lieber wissen, womit Ihr Freund seine Dame derart zum Lachen gebracht hat», sagte Marina und blickte ihn erwartungsvoll an. Ihr violett geschminkter Mund stand ein wenig offen, lachbereit. Plötzlich hatte Eduard das Gefühl, daß der ganze weitere Verlauf des Abends davon abhing, ob er sie hervorzaubern könnte, die unwiderstehliche Lachgeschichte. Er dachte nach, er suchte, er hatte sich selbst eine Falle gestellt.

«Tut mir leid», sagte er schließlich, «ich muß passen. Außerdem würde das Moment der Überraschung fehlen. Ich könnte Sie jetzt nur enttäuschen.»

«Lieber nicht», sagte sie einfach.

Aber seltsam: die entstehende Pause war gar nicht peinlich. Marina sah ihn immer noch mit lachbereiten Augen an, schien aber nicht enttäuscht zu sein, daß Eduard ihr nicht den geringsten Anlaß zum Lachen bot. Im Gegenteil, der plötzliche, katastrophale Abfall der Spannung machte sie eher neugierig. «Wissen Sie was? Falls Ihr Freund diese Frau seines Lebens überhaupt wiedergetroffen hat, hat er sie genauso verlegen angesehen wie Sie jetzt mich.» – «Warum glauben Sie das?» – «Also gut, spekulieren wir, denken wir uns die Geschichte ein Stück weiter. Nehmen wir an, Manuel hätte seine durch und durch geschüttelte Dame abends wiedergesehen, in einer Bar.» – «In ihrem 200-Quadratmeter-Apartment», unterbrach sie Eduard. – «Unwahrscheinlich, aber meinetwegen. Erst einmal: wie, rein äußerlich, sähen die beiden aus? In welcher Verfassung würden sie einander gegenübertreten? Sie hätte sich inzwischen beruhigt, geduscht, umgezogen, das Make-up wiederhergestellt. Und er?» – «Er hätte immer noch den albernen Lederbeutel aus Peru über der Schulter und bis zum Abend fünf Tequila getrunken.» – «Das würde sie hinnehmen. Aber wie weiter? Mit einer neuen Lachnummer könnte er sie nicht begeistern; wie Sie schon sagten, das Überraschungsmoment würde fehlen. Und nun? Würde er ihr, falls er es abgeschickt hätte, etwa von dem Telegramm an seine Frau und seine drei Kinder erzählen?» – «Wieso drei? Habe ich drei gesagt?» – «Dann eben fünf. Würden Sie einer Frau, die Sie herumkriegen wollen, von Ihren fünf Kindern und Ihrer Frau erzählen?» – «Das wäre tödlich!» – «Aha, aber was dann?» – «Er würde ihr erzählen, daß er die Menschheit demnächst von Impotenz, multipler Sklerose und Aids erlösen werde.» – «Das würde sie nicht besonders interessieren.» – «Sondern was?» – «Es würde sie interessieren, wie der Mann mit dem Lederbeutel, der sie so wunderbar zum Lachen bringen konnte, es anstellen würde, sie zu verführen.»

Später standen sie in ihren Mänteln lange vor dem «Palmetto», im scharfen Licht einer fabrikneuen Laterne. Die hellgestrichenen Fassaden vor dem schwarzblauen Himmel flimmerten wie riesige Monitore, eingeschaltet, aber ohne Programm. Er zeigte ihr, wie ihre Atemsäulen nach oben stiegen, im weißen Licht zerfaserten, sich umschlangen und auflösten. In ihren Locken sah er etwas glitzern, als wären da immer noch oder schon wieder ein paar Röhrenpartikel aus dem Kellergang hängengeblieben. Er fuhr ihr wie in einem um Wochen verspäteten Reflex ins Haar. Als er sie küssen wollte, drehte sie rasch den Kopf zur Seite. Seiner Umarmung jedoch wich sie nicht aus, drückte ihren Unterleib sachte an seinen. Im Weitergehen wandte sie sich ihm plötzlich zu, küßte ihn auf den Mund, biß ihn in die Unterlippe.

In dieser Nacht fuhren sie getrennt, jeder in seinem Auto nach Hause. Aber ihre Geschichte hatte schon angefangen. Zwischen ihnen war, vielleicht weil er das Lachen der Unbekannten im Bus nicht hatte erklären können, vielleicht schon früher, im Röhrenstaubregen des Kellergangs, jene fast gewalttätige Neugier entstanden, die es mit einem «Bis bald!» nicht mehr bewenden läßt.

In den Wochen danach vermied es Marina, ihm im Institut zu begegnen. Sie verabredeten sich meist überstürzt, ohne lange Vorankündigung, an jeweils anderen, immer entlegenen Orten der Stadt. Es war, als wolle Marina es nicht einmal unbekannten Zeugen erlauben, sie wiederzuerkennen.

Marina war launisch, kapriziös, händlerisch mit ihrer Gunst. Aber war sie einmal entzündet, war ihre Lust nicht mehr aufzuhalten. Sie waren voneinander entzückt, von der Leichtigkeit und Unschuld, mit der sie sich über ihre Wünsche verständigten. Wortlos, fast ohne Zeichen, errieten sie ihre Lieblingsfiguren – wie ein Paar, das zum erstenmal die Tanzfläche betritt und gleich die kompliziertesten Tangoschritte ausführt. Ratlos, sogar leicht erschrocken war er jedesmal, wenn Marina zu ihrem ersten Solo ansetzte. War ein gewisser Hitzepunkt überschritten, kümmerte sie sich nicht mehr um ihn. Vom Anschub ihres ersten Orgasmus emporgehoben, löste sie sich von ihm und schoß in uneinholbare Fernen davon. Irgendwo dort, in ihrer eigenen Umlaufbahn, stöhnte und schrie sie ihren Jubel ins All, so daß er sich, da das All ja doch Wände hatte, fragte, ob sie mit ihrem Jubel womöglich, je nach der Phantasie aufmerksamer Nachbarn, einen Streifen- oder einen Notarztwagen anlocken würde. Als er Marinas gewaltigen Lustschrei zum erstenmal hörte, war er fast aus dem Bett gefallen. Im ersten Schreck hatte ihn regelrechtes Heimweh nach den stillen, durch die Rücksicht auf Kinderohren gezähmten Vergnügungen in Jennys Bett befallen. Und obwohl er sich gleich wieder von Marinas Luststürmen mitreißen ließ, hatte ihn kurz ein ganz unpassender Gedanke gestört. Konnte es sein, daß der wohlgesinnte Engel, der ihm Marina über den Weg geschickt hatte, ganz nebenbei gewissen kabarettistischen Neigungen nachhing? Er hatte ihm eine Frau zugeführt, die in der Liebe einem extremen Gegenprogramm folgte. Er fühle sich, gestand er Marina irgendwann, wie eine Bodenstation, nur dazu da, eine Rakete zu zünden, die, kaum habe sie abgehoben, unbekümmert um alle Signale von der Erde ihre eigenen Ziele im Weltraum ansteuert. Marina lachte nur, ihr gefiel der Vergleich. So war das nun mal bei ihr.

Aber solche Irritationen waren bald wieder vergessen. An ihre Stelle trat Dankbarkeit. Was für ein Glück es war, einer Frau nichts schuldig zu bleiben. Sich nicht mehr zu schwer, zu ungeschickt, zu hastig oder zu spät zu fühlen. Sich nicht mehr mit der lächerlichsten aller Männerfragen beschäftigen zu müssen, die das unbelehrbare Kleinhirn immer wieder auswarf, obwohl längst erwiesen war, daß sie nur Schaden anrichtete. Nichts stach, nichts drückte, mühelos fanden die Glieder und Knochen ihre Anschlußstellen und klickten sanft ineinander. Er spürte das sanfte Absinken und Aufsetzen des Körperschiffs nach dem Rauschflug, das Nachprickeln in den Adern und genoß die Feier des langen, festen Augenblicks danach.

Was er in den zurückliegenden Jahren vielleicht am

meisten entbehrt hatte, war dieses Gefühl der Ruhe. Auch wenn er sich das nur einbildete, mit Jenny war es stets gewesen, als sende ihr Körper so etwas wie eine ständige Aufforderung aus, der er nicht Genüge tat. Es war diese Alarmbereitschaft seines Körpers, die Marina ihn vergessen ließ. Plötzlich war alles leicht, leicht der Körper, leicht das Gewissen.

Gleichzeitig spürte er, daß Marina nach einem Vorschlag suchte, nach einer Formel, die den Übergangscharakter ihrer Begegnungen festschrieb. «Eine Geschichte ohne Vergangenheit, ohne Zukunft, es gibt nur Gegenwart.» Er hatte ihr gleich zu Anfang von Jenny und den drei Kindern erzählt, und sie haderte nun eher mit sich als mit ihm: «Ich habe mir geschworen, mich nie mit einem verheirateten Mann einzulassen, erst recht nicht mit einem, der Kinder hat.» Sie kündigte ihm die Trennung an, vorerst aber versuchte sie, eine vorläufige Verfassung zu erfinden, die gegen Hoffnungen schützte.

«Du bist mein Übergangsmann, ich benutze dich genauso wie du mich. Schneller, als du denkst, werde ich dich zu meinem väterlichen Freund machen. Ich werde es sein, der dir den Abschied gibt, nicht umgekehrt. Ich sage dir Bescheid, wenn es soweit ist. Und übrigens: wenn du jemanden kennst, der frei ist und besser als du in mein Leben paßt, stelle ihn mir bitte vor.»

10

NIESSLING? Erst als sich die unbekannte Stimme am Telefon auf Klott berief, erinnerte sich Eduard an dessen Ankündigung. Nießling, das war der Kaufinteressent, der Kücheneinrichter, der nach der Wende ein Vermögen mit Einbauküchen in Ostberlin gemacht hatte. Er mußte den Hörer eine Handbreit von seinem Ohr abrücken. Wie die Werbeeinspielung im Fernsehfilm war die Stimme am anderen Ende der Leitung drei Tonstufen zu laut. Auch schien Nießling von der Idee besessen zu sein, Eduard nicht zu Wort kommen zu lassen – vielleicht aus der Händlerfurcht vor den Pausen, in denen der Kunde noch einmal versucht, in sich hineinzuhören, bevor er eine weitreichende Entscheidung trifft. Schon die Frage der Verabredung löste so viele Vorschläge aus, daß Eduard weder zum Antworten noch zum Nachdenken kam. «Wenn es Ihnen recht ist, lasse ich Sie jetzt gleich von meinem Chauffeur abholen.» Und da Eduard zögerte: «Oder ist es Ihnen lieber, wenn ich mit meinem Privathubschrauber komme? Vorausgesetzt, es gibt auf Ihrem Dach einen Landeplatz!» – Eduard lachte. «Für eine erste Besichtigung wäre ein Hubschrauber durchaus geeignet. Sicher hat Ihnen Herr Mattenklott von der Schwierigkeit erzählt, ins Haus hineinzukommen.» – «Da machen Sie sich mal keine Sorgen. Ich komme in jedes Haus rein. Man muß nur den richtigen Ton anschlagen.» – «Welchen denn?» – «Ich habe da einen ausgewachsenen Marineadmiral aus der Nationalen Volksarmee für mich arbeiten. Der hatte damals, als der Laden drüben noch lief, 18 000 Mann unter sich. Die haben sich inzwischen ja verlaufen, aber der Admiral kommandiert immer noch – meine Kunden. Er ist mein bester Verkäufer! Ein Mann mit einer natürlichen Autorität. Wenn der in eine Küche geht und sagt: Ich würde Ihnen vorschlagen, das machen wir jetzt so!, da legen selbst Sie die Hände an die Hosennaht! Da gehorchen Hausbesetzer genauso wie alte Damen.»

Der Mann hatte einen gewissen Witz. «Bei den Hausbesetzern werden Sie mit Ihrem Admiral kein Glück haben», entgegnete Eduard. «Der Anteil von Wehrdienstverweigerern dürfte ziemlich hoch sein.» – «Kein Problem. Ich habe auch einen ehemaligen Hausbesetzer in meiner Mannschaft. Der verkauft nicht so gut wie der Admiral, aber er kennt den Szeneslang. Und kann zulangen. Am besten bringe ich beide mit, den Admiral und den Hausbesetzer. Fahren wir doch einfach mal hin! Ich sage immer: Die Überraschung ist die Großmutter des Erfolges. Also bis gleich!»

Eduard wurde ärgerlich. «Bis gleich? Gleich kann ich nicht.» – «Wieso nicht? Märkte machen keine Pause.» – «Eben deswegen. Ich bin mit einem anderen Interessenten verabredet.» – «Sind Sie sicher? Mit wem denn?» – «Das werde ich Ihnen nicht sagen.» – «Handelt es sich vielleicht um eine Dortmunder Unternehmensgruppe namens ZIAG?» – «Woher wissen Sie das?» – «Ich will Ihnen nicht vorgreifen, aber ich rate dringend ab. Das sind Subventionsschwindler, schon mehrfach verurteilt. Die unterschreiben den Vertrag und hinterher zahlen die nicht.» – «Und Sie?» – «Ich bringe Bares mit. Wollen Sie es sehen? Ich kann gleich vorbeikommen!»

Eduard gab ihm einen Termin für das Wochenende.

Als er aufgelegt hatte, ärgerte er sich darüber, daß er sich den Luxus dieser Verzögerung leistete. Er brauchte dringend Geld, um die Soll-Zahlen in seinen Bankauszügen zu verbessern. Der einzige Grund, weshalb er der Verlockung widerstanden hatte, war Nießlings Stimme. Er wollte diese Stimme einfach nicht zehn Minuten später noch einmal in seiner Wohnung hören.

Der Ordnung halber kündigte er den Besetzern per Einschreiben die bevorstehende Hausbesichtigung an, machte sich aber keine Illusionen über die Wirkung seines Briefes. Am Samstag stand der Kücheneinrichter eine halbe Stunde vor der verabredeten Zeit in der Tür, ein Mann in Eduards Alter, ein Rätsel. Entweder hatte er diese Spezies in seinen Berliner Jahren übersehen, oder sie war erst in den letzten Jahren in der Stadt heimisch geworden: eine Kreuzung zwischen Zuhälter und Alternativem. Nießling trug spitze Stiefeletten aus Schlangenleder, einen Anzug aus einem schillernden Leinen-und-Seide-Gemisch, unter dem Jackett ein schwarzes, kragenloses Hemd. Die langen, strähnigen Haare, die von den Seitenrändern der sonst kahlen Kopfplatte wuchsen, waren hinten zu einem Zopf zusammengebunden. Die Bräune in seinem Gesicht schien mit einem dicken Pinsel aufgetragen zu sein. Ein Dauerlächeln entblößte die großen, leicht nach vorn stehenden Zähne des Unterkiefers. Kaum hatte Nießling Eduards Wohnzimmer betreten, legte er sein ledernes Aktenköfferchen auf den Tisch, ließ mit einem Klicken, das er, nach seiner Zungenbewegung zu schließen, für erotisch hielt, die Verschlüsse aufschnappen und zeigte den Inhalt: lauter mit roten Banderolen eingefaßte 1000-DM-Scheine. «Das hier für den Anfang und ohne Quittung! Ein cleaner Deal zwischen uns! Ich sage immer: Ein Geschäft muß gut anfangen. Die gute Laune braucht man für die Schwierigkeiten danach.»

Eduard hatte noch nie in einen Koffer mit soviel Geld geschaut, tat aber so, als sei er an solche Anblicke gewöhnt. «Es sind fünfunddreißigtausend, steuerfrei», fuhr Nießling fort, «zählen Sie nach.» – «Was soll ich damit», fragte Eduard, konnte jedoch nichts daran ändern, daß ihm der letzte Kontoauszug seiner Bank vor die Augen trat. Es bedurfte mehrerer und, wie ihn der Küchenverkäufer fühlen ließ, eigentlich überflüssiger Rückfragen, bis er begriffen hatte, was Nießling mit dem Begriff «cleaner deal» meinte. Er versuchte, Eduard gegen seinen Anwalt und Freund Klott auszuspielen! Er wollte Klott um die ihm zustehende Maklergebühr bringen, indem er Eduard die geschätzte Hälfte davon in bar anbot. Voraussetzung sei, daß Käufer und Verkäufer den Vertrag direkt, ohne Zwischenperson, miteinander abschlössen.

Eduard ließ sich seinen Widerwillen nicht anmerken. Er klappte den Koffer mit einer nachlässigen Handbewegung zu, als vermisse er eine Menge weiterer Bündel. «Ganz nett», sagte er, «aber wo sind Ihr Admiral und Ihr Hausbesetzer?» – «Die warten unten im Auto.» – «Gut, dann schauen wir uns das Haus doch erst einmal an. Ich würde Ihnen ja auch keine Küche abkaufen, die ich nicht vorher gesehen habe.» – «Oh, da irren Sie sich!» widersprach der Küchenverkäufer mit einem Grinsen. «Aber wie Sie wollen. Und das Geld?» – «Das nehmen wir mit», sagte Eduard.

Später, als die Besichtigung eine Ereigniskette in Gang gesetzt hatte, die Eduard zu vernichten drohte, fragte er sich, warum er nicht dem ersten Impuls nachgegeben und den Kerl gleich aus der Wohnung geworfen hatte.

Hatte er seinen Widerwillen unterdrückt, um seine Unerfahrenheit mit der Welt des Immobilienhandels nicht zu verraten? Nach der hilflosen Devise, weil dir im Prinzip jeder aus der Branche zuwider ist, kannst du dich auch gleich mit jedem einlassen? Oder waren seine Instinkte durch die Aussicht auf das schnelle Geld betäubt worden?

Auch während der Fahrt hatte es nicht an Warnsignalen gefehlt. Die beiden Männer im hinteren Teil des gepanzerten BMW ähnelten nicht im mindesten den Beschreibungen, die Nießling von ihnen gegeben hatte. Sie trugen dunkelblaue Jacken aus Fliegerseide, Baskenmützen auf dem Kopf. Der Ältere von beiden, der mit herausgereckter Brust dasaß und Eduard knapp zunickte, mochte zur Not als ehemaliger Marineoffizier durchgehen. Der Jüngere mit dem kahlrasierten Schädel und den Fleischerpranken sah wie einer jener Fernsehcatcher aus, deren Anblick Eduard jedesmal unwillkürlich nach der Fernbedienung suchen ließ. Falls der Mann sich jemals zu den Hausbesetzern verirrt hatte, konnte er dort nur Trainingsgruppen im Nahkampf geleitet oder Schränke geschleppt haben.

Unterwegs lag ihm Nießling mit seinen Ost-Abenteuern in den Ohren: wie er in den paar Jahren seit der Wiedervereinigung aus dem Nichts sein Küchenimperium aufgebaut hatte. Gebrauchtwagen? Auf die Idee kam ja jeder. Einbauküchen! Was die Küchen anging, war die ehemalige DDR ein Entwicklungsland. Nießling hielt sich nicht mit der Frage auf, ob Eduard eine Erläuterung der Erfolgsformel wünschte, er gab sie ihm. «Denn wie sah denn die DDR-Küche nach vierzig Jahren Sozialismus aus, was fand man dort? Einen explosionsgefährlichen, von Hand zu zündenden Gasherd ohne Abzugshaube, einen Kühlschrank, in dem man zur Not zwei Flaschen Bier und eine Flasche Rotkäppchensekt kalt stellen konnte, eine verrostete Spüle mit tropfendem Hahn. Automatischer Warm-und-Kalt-Regler, integrierte Arbeitsplatte, Tiefkühltruhe, Küchenblock, Schrankkombination, integrierter Geschirrspüler? Unbekannte Werte. Aber genau diese lang entbehrten Dinge waren es doch, die die Leute wollten. Freie Wahlen, gut und schön. Ich sage Ihnen, was der Sinn der Wiedervereinigung für den Normalverbraucher war: die Einbauküche. Das elektronische Ticken des automatischen Anzünders, wenn man die Gasflamme aufdreht, das grüne Flimmern der digitalen Uhr, die auf den Broiler im Backofen aufpaßt! Und viele, vor allem die Alten, hatten ja ein paar tausend Mark auf dem Konto. Ein Leben lang haben sie gespart, weil sie nicht wußten, wohin mit ihrem Geld. Es gab ja nichts als Schrott zu kaufen. Nun kommt die Währungsunion, der Umtausch eins zu eins, plötzlich ist das Ersparte etwas wert. Es reicht nicht für eine Wohnung oder gar ein Haus, es ist gerade genug für die Einbauküche. Und jetzt kommt der psychologische Teil. In Wirklichkeit braucht niemand eine Einbauküche. Das weiß der Verkäufer, das weiß der Kunde. Der Verkäufer weiß aber auch, daß der Kunde nicht wissen will, was er weiß, er will von seinem eigenen Wunsch nach einer Einbauküche überzeugt werden. Hier beginnt die Kür für den Verkäufer, hier ist sein Talent gefragt, seine Kunst. Denn der Kücheneinrichter verkauft nicht einfach Küchen. Er weiß, daß er dem Kunden vor der neuen Küche zuerst etwas anderes verkaufen muß, eine neue Welt, ein neues Lebensgefühl. Wenn er das nicht schafft, wird er nicht einmal einen Mixer los. Wie er das macht? Was ich jetzt sage, glauben Sie nicht. Aber ich schwöre Ihnen, so wahr ich hier in meinem

BMW sitze und mit Ihnen über Rot fahre, ich bin mein Leben lang ein Stotterer gewesen. Ich bin dieses Handicap erst nach der Wiedervereinigung losgeworden, als Küchenverkäufer in den neuen Ländern. Ich bin ein Verkaufsstar geworden, ein Kundenverführer, ein Kundenguru. Ich halte Vorträge, gebe Schulungskurse, selbst die Konkurrenz sucht meinen Rat. Ein Küchenverkäufer, erkläre ich meinen Leuten, kann sich seine Opfer nicht nach der Schönheit aussuchen. Er hat es in der Regel mit älteren, einsamen Frauen zu tun. Solche Frauen sind gewieft, aber immer noch verführbar. Sie lassen sich nicht durch Charme, sondern nur durch Autorität verblüffen. Durch Bestimmtheit. Ich komme also in die Wohnung und sehe mir die Küche an. Als Fachmann. Ich lasse mir den Gasherd vorführen, ich begutachte den Kühlschrank, lausche dem Motor, ich gebe keinen Kommentar ab. Statt dessen streiche ich mit dem Finger wie versehentlich über ein Regal und gebe mich erstaunt über die Staubspur, die auf der Fingerkuppe zurückbleibt. Ich halte den Finger ungläubig gegen das Licht. Auch wenn kein Staubkorn darauf zu sehen ist, ich tue so, als würden nur die alten Augen meiner Kundin das Malheur nicht erkennen. Dies ist der Beginn des Geschäfts: Sie ist verunsichert, sie entschuldigt sich und ich vergebe. Ich drehe die Gashähne auf und zu, lasse die Schranktüren klappen, blicke zum funzligen Licht und schüttele nachsichtig den Kopf. Und das ist dreißig Jahre lang gutgegangen? Da haben Sie aber Glück gehabt! Der erfolgreiche Verkäufer verkauft nicht, er verspricht Erlösung. Ich erkläre nun die überfälligen Maßnahmen für die Sanierung, nicht nur der Regale, sondern der gesamten Küche. Eine Küche ist die Visitenkarte der Wohnung, sie muß nicht nur funktionieren, sondern den Schönheitssinn befriedigen.

Jetzt kommt der heikelste Teil: die Finanzierung. Ich kann natürlich nicht auf Kreditkarte finanzieren. Woher weiß ich denn, ob die Karte gedeckt ist? Außerdem herrscht da drüben ein Adressenchaos, jeden Tag wird eine andere Straße umbenannt, und die Kunden sind häufig Rentner oder Arbeitslose. Das geht nur gegen Bares, fünfzig Prozent sofort, den Rest bei Lieferung. Mit der zweiten Rate hapert es oft. Da muß man dann manchmal die berühmte Drohkulisse aufbauen. Meistens tut es der Anblick.» Er machte eine vage Geste zur hinteren Sitzbank. Später fragte sich Eduard, warum er Nießling nicht während der Fahrt aufgefordert hatte, anzuhalten und ihn aussteigen zu lassen. Statt dessen hatte er ihn nur in stummem Widerwillen von der Seite angesehen und ihm gestattet, seinen Vortrag mit einem Merksatz abzuschließen. «Auf jeden Zocker», hatte Nießling gesagt, «kommen zehn, die dazu geboren sind, sich abzocken zu lassen.»

Seit Eduards letztem Besuch war das Haus in der Rigaer Straße mit neuen Slogans ausgestattet worden. Der größte Teil der Fassade war inzwischen bemalt und übersprayt – die viele Farbe hätte ohne weiteres für einen neuen Anstrich ausgereicht. Nicht nur im ersten, auch im zweiten Stock waren die Rolläden heruntergelassen, als fürchteten die Besetzer einen Angriff mit Sturmleitern.

Als Nießling und seine Männer aus dem BMW ausstiegen, spürte Eduard in seinen Gelenken, daß ein Verhängnis seinen Lauf nahm. Sie hielten sich nicht damit auf, das Haus in Augenschein zu nehmen. Schnurstracks gingen sie auf die Eisentür zu, rüttelten daran, hieben mit ihren Fäusten auf sie ein. Als sich nichts regte, fingen sie an, gegen die Tür zu treten. «Was fällt Ihnen ein», rief Eduard ihnen zu, «es ist nicht Ihr

Haus, und ich habe Sie nicht darum gebeten …» – «Davon verstehen Sie nichts, so was lernt man in Ihrem Beruf nicht», erwiderte Nießling ruhig. «Gehen Sie aus dem Weg!» Eduard wurde von dem Admiral einfach beiseite geschoben. Der Jüngere nahm einen Anlauf und warf sich mit seinem Körpergewicht gegen die Verbarrikadierung. Nach dem vierten oder fünften Versuch öffnete sich die Tür und schloß sich sofort wieder hinter einer Frau mit deutlich gerundetem Bauch und einem Handy in der Hand. Die Frau aus der Bar! Eduard war zwischen Scham und Bewunderung hin und her gerissen. Der rohen Gewalt der Eindringlinge trat sie allein und unbewaffnet, mit den Insignien des werdenden Lebens, entgegen und ließ ihre Milizen einstweilen hinter der Tür. Auch Nießling und seine beiden Gehilfen konnten sich der Wirkung dieses Auftritts nicht entziehen. «Was Sie hier machen, ist Hausfriedensbruch», sagte sie mit sachlicher, dennoch weithin hörbarer Stimme. «Ich rufe jetzt die Polizei an und sie wird in zwei Minuten hier sein.» Der Admiral stutzte. Der Schläger wartete auf einen Befehl. Nießlings Hohngelächter wirkte ratlos. «Sie sind doch die Hausfriedensbrecher!» rief er. «Sie haben doch gar kein Recht, hier zu wohnen!» Aber mehr fiel ihm nicht ein. Ungläubig sah und hörte er zu, wie die junge Frau die offenbar vertraute Nummer in das Handy eingab, sich mit dem Namen Vera Rheinland meldete, einen «Überfall in der Rigaer Straße» anzeigte und präzise die vier Täter beschrieb.

Danach entstand eine Stille. Keiner wußte recht, was er tun sollte. Frau Rheinland blieb seelenruhig stehen und war inzwischen in ein anderes Telefongespräch vertieft. Nießling schimpfte vor sich hin. «Das gibt es ja gar nicht – Hausbesetzer, die den Besitzer wegen Hausfriedensbruchs anzeigen!» Der Admiral stand kerzengerade da, wie in Trance, der Schläger blickte ihn alarmiert an und schien auf ein Kommando zu warten. Eduard wäre am liebsten einfach verschwunden, mußte aber nun mit den anderen das Eintreffen der Polizei abwarten. Inzwischen hatten sich die Fenster mit den Gestalten der Besetzer gefüllt. «Hey, Schwarzenegger, zeig doch mal deine Klopse, komm rauf, hier oben kannst du üben!» schrie einer. «Das Haus ist ein einziges Fitneß-Studio!» Nießling gab die Order aus, sich nicht provozieren zu lassen. Irgend jemand kippte Wasser oder Schlimmeres aus einem Fenster. Vera Rheinland zeigte mit einer Geste gegen die Balkons an, daß derartige Späße unterbleiben sollten. Alle warteten auf den Einsatzwagen.

Als der Wartburg mit der Blaulicht sprühenden Beule auf dem Dach am Ende der Rigaer Straße auftauchte, hatte sich die Situation, so schien es Eduard, durch bloßes Abwarten entspannt. Aus dem Wagen stieg das unvergeßliche Duo, das Eduard von seinen Besuchen auf dem Revier kannte, das Dreamteam aus einem noch nicht gedrehten deutschen Cop-Film: Links, aus der Fahrertür, sprang der sportliche Vorgesetzte aus dem Siegerland, aus der Beifahrertür rechts rappelte sich der bejahrte Einheimische mit dem nachgeordneten Dienstgrad. Der Junge überließ dem Älteren die Ermittlung. Der wandte sich in väterlichem Ton an Frau Rheinland. In juristisch bewandertem Deutsch erklärte sie, ein bereits mehrfach aufgefallener angeblicher Eigentümer habe mit einer mitgebrachten Schlägertruppe versucht, die Tür aufzubrechen und in das Haus einzudringen. Nießling mischte sich ein. Bei der sogenannten Schlägertruppe handele es sich um den Hauseigentümer Eduard Hoffmann und um ihn selber, den

Unternehmer Malte Nießling, und zwei Firmenange-
stellte. Unvermittelt schlug er dann einen kumpelhaf-
ten Ton an und berlinerte drauflos. «Ja, wo sinn we
denn hier. Det is doch international üblich, daß man
een Haus ankiekt, bevor man et kooft. Det is in Friedrichshain exakt detselbe wie in Charlottenbursch!»
Aber offenbar hatte er sich ausgerechnet mit seiner Ber-
linerei im Ton vergriffen. Der Ermittlungsführende
sprach jetzt deutliches Hochdeutsch. «Sie haben Ihren
Besuch angekündigt?» – «Herr Hoffmann und icke, wir
haben drei Briefe jeschrieben», log Nießling, «ick kann
Se de Kopien zeijen.» – «Das ist natürlich eine Lüge»,
sagte Frau Rheinland ebenso beherzt, «wir haben nie
eine Ankündigung erhalten, geschweige denn drei.» –
«Det is et doch ...», fuhr Nießling ihr ins Wort, «es
jibbt ja hier keene verantwortliche Adresse, nichma
Briefkästen jibbt et hier!»

Der Ermittlungsführende wußte nicht weiter und be-
riet sich mit seinem Vorgesetzten. Der hatte die ganze
Zeit wie unbeteiligt an der Fahrertür gestanden, an der
Fassade hinaufgeblickt und schien damit beschäftigt,
die feindlichen Zeichen und Symbole auf der Wand zu
dekodieren. Er benahm sich eher wie ein Linguist oder
Feldforscher denn als Polizist. «Ich mache einen Vorschlag zur Güte», sagte er dann, mit Blickrichtung auf
Frau Rheinland. «In einer Woche, Punkt 17 Uhr, ist Besichtigung, und jetzt gehen alle nach Hause.»

Nießling nickte, Eduard nickte, Vera Rheinland
schaute kühl über sie hinweg, drehte sich um und ging
zur Tür, einige Besetzer klatschten Beifall. Der Vorgesetzte setzte sich in den Wartburg ans Steuer, wartete,
bis der Dicke neben ihm Platz genommen hatte, und
fuhr mit eingeschaltetem Blaulicht und aufheulendem
Motor davon. Eigentlich war nun alles zu Ende, nie-

mand hatte gewonnen, niemand verloren. Das einsetzende Hohn- und Triumphgeheul aus den Fenstern war vorhersehbar und zu ertragen.

Eduard ging rasch zur anderen Straßenseite. Auf keinen Fall wollte er auf seine schrecklichen Begleiter warten, sich von ihnen verabschieden oder gar zurückbringen lassen. Weggehen, sich nicht mehr umdrehen, mehr war nicht verlangt. Doch da waren diese Geräusche in seinem Rücken, die sich immer lauter über die Geräusche der mäßig befahrenen Straße legten, Kampfgeräusche – Schläge, Stöhnen, Schreie. Er blieb stehen, immer noch mit dem Rücken zu den Ereignissen, die er bis jetzt nur als Soundtrack wahrnahm, als könne er sie sich auf diese Weise vom Leibe halten. Als er sich umdrehte, sah er, daß Vera Rheinland verschwunden war, die Eisentür stand weit offen. Vor der Tür hieben, an ihrer Kleidung kaum unterscheidbar, mehrere Männer mit allem möglichen Gerät, mit Stangen, Stöcken, Totschlägern, aufeinander ein. Offenbar hatten sich einige der Besetzer mit dem Schiedspruch der Ordnungshüter so wenig abgefunden wie Nießlings Leute. Drei oder vier von ihnen mußten aus der Eisentür gestürmt und auf Nießlings Bodyguards losgegangen sein. Das alles war nicht Eduards Sache, sollten sie sich doch die Köpfe einschlagen. Weitergehen, sich nicht mehr umdrehen. Hätte er nicht, in der Bewegung des Wegschauens und Weitergehens, diesen schmächtigen, viel zu kleinen Kämpfer mit seinem Stock gesehen, diese Handvoll Mensch. Was machte der da bloß? Er spürte etwas wie einen scharfen und gezielten Stich in der Brust, als er den Jungen mit dem blonden Schopf erkannte. Kind, was hast du unter diesen wilden Kerlen verloren, unter diesen Kampfhunden, das hier ist kein Märchen und kein Videofilm, mach, daß du wegkommst! Du legst jetzt die Stange weg, du gehst ins Haus, die Tür steht offen, du hast hier gar nichts zu beweisen, such dir andere Mannbarkeitsrituale aus.

Aber ausgerechnet der Junge war der mutigste unter den Besetzern, er wagte sich am weitesten vor. Eduard sah, wie das Kind in einem unbegreiflichen Augenblick der Konzentration, fast der Besinnung, die abgebrochene Billardstange gegen den Muskelprotz hob und sie auf dessen Kopf niedersausen ließ. Der packte den Jungen an dem schlagenden Arm, zog ihn mit einem blitzschnellen Griff zu sich heran, drehte ihn herum und hieb ihm sein Männerknie in den Rücken. Halt, aufhören, sofort aufhören, es ist genug, es war schon zuviel, es muß eine Möglichkeit geben, den Ablauf zu unterbrechen, die Zeit anzuhalten zwischen diesem und dem nächsten Stoß, es kann nicht sein, daß sich so viel Nichtwiedergutzumachendes in so kurzer Zeit abspielt! Aufhören, siehst du denn nicht, es ist ein Kind, ein Zwölfjähriger, so helft doch! Hilfe, Mörder, Polizei! Eduard schrie mit einer Stimme, die er nicht kannte. Aber der absurde, immer noch aufhaltbare Ablauf da drüben wollte nicht aufhören, war durch sein Brüllen nicht zu irritieren, ging einfach weiter, wollte von dieser zur nächsten Sekunde. Da war immer noch die Straße zwischen ihm und den Irren da drüben, wie lange es dauerte, sie zu überqueren, viel zu lange, fünf Sekunden sind eine Ewigkeit für einen entfesselten Schläger. Mit entsetzlicher Deutlichkeit, wie von einer gierigen Kamera herangeholt, sah Eduard, wie der Kopf des Jungen in den Nacken flog, der Körper, als habe er keine Wirbelsäule, nach hinten wegknickte, wie der Schläger dem nun am Boden Liegenden mit seinen Stiefeln gegen den Kopf trat, einmal, zweimal, viele Male, und das schöne, inzwischen blutverschmierte Gesicht unter den

Tritten hin- und herflog wie ein nur noch lose mit dem Hals verbundener Puppenkopf. Das alles war geschehen, bevor Eduard sich auf den Riesenkerl stürzte und ihn umklammerte, bevor der ihm mit seinen fleischigen Fingern irgendwohin ins Gesicht fuhr, bevor beide, Eduard und der Schläger, zu Boden stürzten, bevor der Schläger sich von Eduard mit einem Kopfstoß löste, wieder auf die Beine kam und sich gegen die Hausbesetzer mit blinden Rundumschlägen wehrte. Eduard sah die springenden, tretenden Boots dicht vor seinem Gesicht. Dann sah er sie in der offenen Tür des dicht neben dem Trottoir haltenden und gleich wieder davonrasenden BMW. Eduard hatte sich aufgerappelt und rannte vor den Stangen und Fäusten der Hausbesetzer, die nun gegen ihn, den einzigen übriggebliebenen Feind, losgingen, um sein Leben und wußte im Wegrennen, daß alles, was von nun an geschehen würde, einer anderen Zeit angehörte.

Irgendwie war er zum Polizeirevier gelangt, hatte sich als Zeuge gemeldet. Angaben zur Person des Zeugen, Angaben zur Person des Täters. Das Zittern seiner Hände und Knie hörte erst auf, als er in der S-Bahn saß und mehrere Stationen gefahren war. Ein innerer Vorführer, der nicht auf seine Befehle hörte, spielte ihm die Szene immer wieder in slow motion vor, hielt sie an, vergrößerte Einzelbilder. Er verfälschte das Wesentliche, die Geschwindigkeit des Ablaufs. In Wirklichkeit war alles so rasch passiert, daß man sich einbilden konnte, es wäre nichts passiert.

11 EDUARD wich den Blicken der Fahrgäste aus, deren Neugier oder Mißtrauen offenbar erst geweckt wurde, als er die Hände wie Eisenklammern um die zitternden Knie legte. Draußen sah er in Augenhöhe, lächerlich deutlich, ein Motorrad auf einem Fahrzeugschuppen. Ein paar hundert Bahnschwellen weiter die Arbeiten am offenen Herzen der Stadt. In einigem Abstand das Gerippe des Reichstags. Nah die riesigen gelbweißen Sandflächen inmitten der Stadt, Kieselhaufen dazwischen, gelbe Containerkästen, Haufen von Eisenträgern und die starken Scheinwerfer, die alles erhellten. Der entgegenkommende Zug löste die Bilder für einen Augenblick in einen Wirbel von durcheinanderwirbelnden Lichtpunkten auf. Dann, als sich die Augen wieder an die vorbeigleitende Baulandschaft gewöhnt hatten, sah er den aufgerissenen Körper der Stadt, gut ausgeleuchtet wie auf einem riesigen Operationstisch. Überall waren dunkle, brackige Flüssigkeiten ausgetreten, bildeten Seen, in denen zwischen Eisschollen klobige Baufahrzeuge schwammen. Scheinbar in der Luft schwebende Operationszentren beugten sich mit ihren Augen und Instrumenten über den leblosen Körper, tauchten mit ferngelenkten Armen in die Wunde, kratzten sie aus, schufen Raum für neue Organe, neue Arterien und Sehnen. Unsichtbare Chirurgen, die hoch über dem offenen Leib oder weit entfernt in abgedunkelten Räumen vor ihren Monitoren saßen, lenkten die Bewegungen, suchten nach verborgenen

Geschwüren, die ausgeräumt werden mußten, bevor das neue Herz implantiert werden konnte. Denn dieser verfluchte Leib war ja tatsächlich durchwachsen von stillgelegten oder schlafenden Geschwüren, jeden Tag stießen die Diagnosegeräte auf neue Einschlüsse und Verstopfungen, die inzwischen kaum mehr gelesene Schlagzeilen machten. Der Führerbunker war nach dem Krieg geschleift worden, aber die Bodenplatte und die Außenwände existierten noch, und in unmittelbarer Nähe fand man den Fahrerbunker des Führers mit den völkischen Wandgemälden, ebenso die eine Hälfte des großen Bunkers der Reichskanzlei, den Bunker des Auswärtigen Amtes, den Bunker des Ministeriums für Ernährung und Landwirtschaft, den Bunker des Propagandaministers Goebbels, der nun von einem Holocaustmahnmal überdeckt werden sollte, den Bunker des Hotels Adlon, schließlich den Abhörtunnel, den die CIA in der Zeit des Kalten Krieges hundert Meter weit auf DDR-Gebiet vorgetrieben hatte. Es gab festangestellte und auch wilde Höhlenforscher, die die weitläufigen Tunnelgänge unter der Stadtmitte erforschten und sich darin verliefen. Welches Herz würde von dieser Brust angenommen werden und darin zu schlagen beginnen, welche Art Leben würde es wecken?

In Eduards Rücken erhob sich, erst leise, dann immer mehr anschwellend und schließlich den ganzen Waggon erfüllend, ein unerhörter Gesang. Dort hinten, am Wagenende, stand ein dünner, weißbärtiger Mann. Er trug den abgetragenen Mantel jener Armee, die einmal als Sieger gekommen und als Verlierer abgezogen war. Zuerst hörte sich der Gesang wie die Übung eines Opernsängers an, der am Morgen mit langem Atem ein paar Töne der Tonleiter ausprobiert, aber allmählich fügten sich die Töne zu einer getragenen Melodie. War es das

Lied eines Liebenden oder das Gebet eines Gläubigen? Vielleicht das eines Verlassenen. Die Worte verstand Eduard nicht, aber die Stimme des Bettlers war von so großer Schönheit und Kraft, daß sie Eduard die Tränen in die Augen trieb. Im Schutz des Gesanges sah er das Bild des nach hinten kippenden, wie von einer Axt gefällten Kindes noch einmal und wußte jetzt sicher, dies war geschehen.

In Klotts Vorzimmer mußte er eine halbe Stunde warten, bis er vorgelassen wurde. So kurz wie möglich schilderte er das Vorgefallene. Danach teilte er Klott seinen Entschluß mit: Verzicht auf sein Erbe, egal, was es koste, Heimreise nach San Francisco.

«Du mußt dich jetzt wirklich in acht nehmen», sagte Klott. «Du bist in Panik und dabei, dich in echte Schwierigkeiten zu bringen.» Die Frist für einen Verzicht, das wisse Eduard, sei längst abgelaufen, juristisch seien er und sein Bruder die Besitzer, die Rechnungen seien bekanntlich auf sie beide ausgestellt. Eduards ‹Heimreise› würde als Flucht ausgelegt werden.

Noch wichtiger sei der moralische Aspekt der Sache. Wie er Eduard kenne, werde er nicht mit dem Image des gierigen Vereinigungsgewinnlers leben können, der ein Kind über die Klinge habe springen lassen und anschließend das Weite suche. Eduard müsse den Konflikt hier ausfechten und bestehen. Bisher habe Eduard nicht viel falsch gemacht. Immerhin habe er versucht – jeder Richter werde es mit Respekt vermerken –, die Schlägerei nach seinen Kräften zu verhindern. Daß er nicht im Besitz eines schwarzen Gürtels sei, könne ihm niemand zum Vorwurf machen.

Eduard gab keine Antwort. Plötzlich schien ihm, das deutlichste Ergebnis von Klotts Freßlust war die Ausbildung einer Elefantenhaut gewesen. Er haßte diese anwaltliche Kühle. Begriff Klott denn gar nicht, daß die ganze schäbige Erbsache für ihn, Eduard, gestorben war?

«Wir kennen uns», sagte Klott, «ich muß hier keine Erklärungen über meine Gesinnung abgeben. Aber ich warne dich vor voreiligen Selbstbezichtigungen. Falls dem Jungen wirklich etwas Ernstes zugestoßen ist – bisher gibt es keine Meldungen –, dann ist er ebenso ein Opfer der Hausbesetzer wie von Nießlings Schlägerduo. Nach deiner Schilderung hat der Junge mit den Tätlichkeiten angefangen. Was soll man eigentlich von Eltern halten, die ihre eigenen Kinder zur militärischen Verteidigung eines besetzten Hauses aufhetzen? Ich verlange von dir, daß du dich sofort und vollständig von deiner Schuldbereitschaft verabschiedest. Im Zweifelsfall wirst du nämlich alle Anklagen, die du gegen dich selbst erhebst, rechtzeitig und mit entsprechenden Schadensersatzforderungen verbunden, von deinen Prozeßgegnern hören. Du bist hier nicht in einer Psychogruppe, in der man deine Tränen honoriert. Du mußt dich auf eine öffentliche Verhandlung gefaßt machen. Ein Beschuldigter, der sich selbst anklagt, ist zum Verlierer bestimmt.»

Zwei Stunden später rief ihn Klott zu Hause an. Der Junge sei aus dem Koma aufgewacht und außer Lebensgefahr. Die jähe Erleichterung, die Eduard durchfuhr, machte Klott mit dem nächsten Satz gleich wieder zunichte. Die Ärzte könnten noch nicht sagen, wie schwer die inneren Verletzungen seien und ob sie Dauerschäden hinterlassen würden.

Eduard blieb ziemlich lange stumm, als Jenny ihn zwei Tage später anrief. Womit anfangen. Man kann nicht zwei – lebensverändernde – Ereignisse auf einmal mitteilen. In Wahrheit hatte die Gewalttat in Friedrichshain den Treubruch, der in Neu-Karow begonnen hatte, längst aufgehoben. Jenny hörte seiner Stimme die Verstörung an, als er von dem Jungen mit dem Billardstock erzählte. Mit schnellen, scharfen Nachfragen zwang sie ihn, die Vorfälle der Reihe nach zu schildern und die nächsten Schritte zu durchdenken. Es reicht, wenn einer den Kopf verliert. Zuallererst: das Krankenhaus ausfindig machen, das Kind, womöglich auch die Eltern besuchen. Nicht du, die Schläger sind verantwortlich. Dann: die Vorgänge durch Klott öffentlich klarstellen lassen, vielleicht eine Zeitung anrufen, eine Pressekonferenz organisieren, die Wut und das Entsetzen über die Barbarei der Schläger öffentlich zeigen! Nichts abwarten, nichts dem Gang der Ereignisse überlassen! Wenn eine falsche Version erst einmal in der Welt ist, beherrscht sie die Auseinandersetzung! Niemand interessiert sich für die Berichtigung, die zwei Wochen später irgendwo auf Seite zwanzig steht.

Eduard bewunderte ihre Geistesgegenwart, die Härte und die Findigkeit, mit der Jenny seine Lage analysierte. Sie hatte seine Erbschaft von Anfang an mit einem instinktiven Unbehagen verfolgt – «ich rate dir schlicht und einfach, die Finger davon zu lassen!» –. Jetzt, da die Angelegenheit eine katastrophale Wendung genommen hatte, hielt sie sich keine Sekunde mit rechthaberischen Erinnerungen auf. Sie hatte ihn gewarnt und ließ nun, da er, der Unbelehrbare, in den Brunnen gefallen war, ohne Zögern ihre Leiter zu ihm herunter. Was um Himmels willen dokterte er herum an ihrer Liebe? Warum hielt er den winzig kleinen Splitter, der womöglich nur ihn schmerzte, die ganze Zeit unter ein Vergrößerungsglas? Wenn es eines Beweises ihrer Liebe, ihrer Hingabe bedurfte, hier war er doch! Daß Sie immer Beweise brauchen, Herr Professor! Wie wäre es mit ein bißchen Mut, mit sehr viel Mut, mit Übermut! Nicht alles auf dieser Erde läßt sich beweisen, eigentlich fast gar nichts, aufs Springen kommt es an! Oder aufs Klettern! Küß die Hand, Madame, nein, erst die Füße, und dann den ganzen schönen Rest! «Schade», sagte sie, «daß dir so was erst einfällt, wenn du zehntausend Kilometer entfernt bist. So, und jetzt redest du noch mit Loris. Der sitzt nämlich die ganze Zeit neben mir und wartet darauf, daß ich ihm den Hörer gebe!»

«Die quatscht und quatscht und läßt mich einfach nicht ran!» Loris' Stimme, dort war es Abend, vielleicht schon Nacht, klang, als wäre er gerade aus dem Schlaf aufgewacht. «Du bist ja erkältet», sagte Eduard. «Überhaupt nicht, ich kaue nur ein Bonbon.» (Sie paßt nicht auf, verbietet am Morgen, erlaubt am Mittag, ihre Verbote, das begreift ein Kind noch vor dem Alphabet, sind immer nur Anfälle, die rasch vorbeigehen.) – «Denkst du manchmal an mich?» (Blöder Satz, was sollte Loris damit anfangen?) – «Die ganze Familie vermißt dich, aber ich denke mal, daß ich dich am meisten vermisse. Es kommt mir wie viereinhalb Jahre vor, daß du weg bist. Ich meine viereinhalb Tage.» (Da war wieder der vom Stiefel getroffene, hin- und herfliegende Kopf des Jungen auf dem Trottoir vor seinen Augen, und nun auch, als habe er sie längst gesehen, die Gestalt der Mutter auf der Intensivstation, im grünen Besucherkittel, das Gesicht unkenntlich durch den Mundschutz, nur die Augen.) – «Wir sehen uns bald!» – «Weißt du eigentlich, daß ich auf der Gitarre schon zupfen kann? Aber ich glaube, das konnte ich schon, als du noch da warst.» – «Ich liebe dich!» – «Aber in ‹Math› hatte ich eine Vier.» – «Wieso, das war doch immer deine Stärke. Ich liebe dich trotzdem!» – «Ich auch. Kann man in

Berlin eigentlich Wasserski fahren?» – «Ich glaube schon. Man muß nur ein Boot mieten.» – «Kannst du ein Boot mieten?» – «Klar!» – «Ich muß jetzt aufhören, es wird zu teuer!»

In der Nacht ein Keuchen, dann ein Wimmern, das zum Gebrüll anstieg. Loris lag im Badezimmer. Er krümmte sich auf dem gekachelten Boden, rang nach Luft. Wieder und wieder zog Eduard das japsende Kind zu sich hoch. Mit schweißnasser Stirn reckte es sich in seinen Armen auf, faßte sich mit den kleinen Händen nach dem Herzen und sackte zusammen. Gib mir endlich etwas, was hilft, etwas Richtiges! schrie das Kind, ich ersticke, ich sterbe. – Ruhig, ruhig, tief einatmen, ich bin da, es kann nichts passieren. – In Panik hatte er den Notarzt angerufen. Bis zu dessen Eintreffen hatte er das Kind, das er umdrehte und mit dem Rücken an seinen Bauch preßte, immer wieder hochgezogen und durch die Wohnung geschleift. Er hatte herausgefunden, daß ihm das starke Drücken und Pressen seiner Arme gegen den Brustkorb sekundenweise Aufschub bis zum nächsten Erstickungsanfall gewährte.

Es dauerte eine Ewigkeit, bis der Arzt kam, weitere Ewigkeiten, bis er sein Köfferchen aufgemacht, die Instrumente herausgeholt hatte und den Notfall endlich in Augenschein nahm. Er maß den Blutdruck, schüttelte den Kopf, nahm den Puls, schüttelte den Kopf, schaute ins Ohr. Es ist nichts, sagte er und lächelte. Eine leichte Mittelohrreizung, zu früh für Penicillin. Verblüfft beobachtete Eduard, wie das langsame, rituelle Getue des Notarztes, seine ruhige Sprache, das Kopftätscheln, das Kofferschließen und Formularausfüllen Loris beruhigten. Den eigentlich milden, durchaus erträglichen Schmerz, sagte der Arzt, habe das Kind durch eine sogenannte Hyperventilation zu kompensieren versucht und dadurch keine Luft mehr bekommen. – Also alles Einbildung? – Einbildung, erwiderte der Arzt, sei wohl nicht das richtige Wort. Ob es eine Konstellation in der Familie gebe, die das Kind zwinge, einen Verlust von Aufmerksamkeit – vielleicht verursacht durch Streß und Nervosität der Eltern oder eines Elternteils – zu kompensieren? Eine halbe Valium werde ihn beruhigen.

In der Dunkelheit der Zweihundert-Quadratmeter-Wohnung, in der Eduard mit offenen Augen lag, wußte er, daß dem Kind aus der Rigaer Straße mit einer halben Tablette Valium nicht zu helfen war.

Am anderen Morgen fand er den Zugang zum Labor durch rote Plastikbänder versperrt. Die Bauarbeiter zuckten mit den Schultern, als er sie nach dem Eingang fragte. Sie verstanden weder Deutsch noch Englisch.

Einen Augenblick hatte er gegen die Befürchtung zu kämpfen, man habe das Labor speziell gegen ihn abgesperrt. Erst als er den neuen Eingang, diesmal auf der Rückseite des Hauses, gefunden hatte, bemerkte er, daß der eben erst renovierte Gebäudeteil von Plastikplanen verhängt und von Baugerüsten verstellt war. Später fiel ihm ein, daß ihm Rürup schon vor ein paar Tagen den rätselhaften Vorgang angekündigt hatte. Die erste Renovierung, hatte Rürup mit einem belustigten Augenzwinkern erklärt, sei nur für den Übergang gedacht gewesen; man arbeite jetzt an der nächsten Stufe der Modernisierung, die wahrscheinlich ebenfalls vorläufig sei. Eduard solle Alfred Döblin lesen, Joseph Roth, Theodor Fontane, Heinrich Heine – all diese Zeugen hätten berichtet, daß Berlin zu ihrer Zeit gerade umgebaut werde. Die Stadt sei seit Jahrhunderten im Umbau, aber offenbar werde sie nie fertig.

Er hatte sein Postfach seit Tagen nicht geleert. In dem Bündel von grünen, gelben, roten Mitteilungen, mit denen die Verwaltung jede Nichtigkeit der dringenden Aufmerksamkeit empfahl, fiel ihm ein blauer Einladungszettel mit einer fettgedruckten Ankündigung auf. Er sah auf die Uhr, die Veranstaltung hatte bereits angefangen. Es bestand keine Pflicht, an der wöchentlichen Evaluationssitzung teilzunehmen; das bedeutete jedoch nicht, daß es ihm freistand, sie zu versäumen. Das wichtigste Privileg der Professoren gegenüber den freien Mitarbeitern bestand darin, daß sie die Erwartungen des Instituts freiwillig zu ihren Pflichten erklärten.

Also hetzte er den ganzen Weg wieder zurück. Vom Weißen Haus, die Pfützen und Schlammlöcher vermeidend, über loses Erdreich zurück zum Haupthaus, die Treppe hinauf, vorbei an den blaubemalten Gipsbüsten der Helden der Wissenschaft – keine Frau darunter, das hätte in Stanford längst zu einer Anfrage wegen ‹sex discrimination› geführt – zum Vortragssaal.

Die Innenausstattung erinnerte ihn an das Design im Raumschiff Enterprise. (Das war die Auswahl: Die noch nicht renovierten Räume des Instituts strahlten immer noch den Charme einer Offizierskaserne der Nationalen Volksarmee aus, die bereits überarbeiteten folgten strikt dem Styling amerikanischer Science-fiction-Filme.) In den weißen Plastikstühlen mit den absurd hohen Lehnen wirkten die Kollegen wie Kinder, die auf Erwachsenenstühlen saßen. Auf Zehenspitzen lief er zum erstbesten freien Stuhl. Mit dem unvermeidlichen Köpfedrehen, das dem Zuspätgekommenen gilt, hatte er gerechnet. Der forschende, ihn gleichsam ertappende Blick von Dr. Santner irritierte ihn. Wußte der etwas über ihn, was er eigentlich gar nicht wissen konnte? In den Morgenzeitungen hatte nichts über die Ereignisse in der Rigaer Straße gestanden. Aber sicherlich verfolgte er Radio- und Internet-Nachrichten, vielleicht sogar die Web-Seite des «Schizo-Tempels», nach der Eduard erfolglos gesucht hatte, womöglich gab es direkte Verbindungen zwischen dem immer hochinformierten, wahrscheinlich rastlos browsenden Santner und den Hausbesetzern. Eduard rutschte auf seinem Stuhl so weit nach vorn, daß er durch die hohen Lehnen der Umsitzenden vor allen Blicken geschützt war. Erst in dieser Kauerstellung gelang es ihm, sich auf den Vortrag zu konzentrieren. Je länger er zuhörte, desto deutlicher wurde sein Gefühl, der Gast aus Göttingen sei extra eingeladen worden, um ihm, Eduard, und seinem Forschungsprojekt das Wasser abzugraben. Mit mühsam zurückgehaltener Emotion hielt der Experte, ein Mann in Eduards Alter, eine wissenschaftlich aufgemachte Brandrede gegen die gesamte Forschungsrichtung, der Eduard sich verschrieben hatte. Der Versuch, die genetischen Grundlagen des menschlichen Verhaltens zu erforschen, öffne eine Pandorabüchse. Insbesondere der Versuch, eine angebliche Prädisposition zu auffälligem, gewalttätigem Verhalten biologisch zu begründen und sie durch eine auf dem X-Chromosom liegende Gen-Mutation, nämlich der Monoamino-Oxydase A, zu erklären, komme einem Gewaltverbrechen gleich. Von derartigen Untersuchungen sei der Weg nicht weit zu den eugenischen Konzepten der nationalsozialistischen Erblehre. Die Idee, Gewalttätigkeit als etwas Natürliches zu erklären und die Menschen damit von der Verantwortung für das eigene Tun zu befreien, laufe auf eine Zerstörung von Moral, Recht und Religion hinaus. Eine solche Wissenschaft sei nichts weiter als ein Religionsersatz und führe unweigerlich zum Bösen.

Als der Gast geendet hatte, wünschte Eduard sich, er

säße tatsächlich im Raumschiff Enterprise und könnte sich von einem Dr. Spok in eine Welt ohne Vergangenheit beamen lassen. Alle Blicke, so schien es ihm, waren auf die Lehne seines Stuhls gerichtet. Man erwartete seine Entgegnung, und er zwang sich, seinen Arm weit emporzuheben.

Er gratuliere dem Vorredner zu seinem eindrucksvollen Vortrag, sagte er. Leider sei es dem geschätzten Kollegen nicht immer gelungen, wissenschaftliche von politischen Einwänden sorgfältig genug zu trennen. Er kenne keinen seriösen Forscher, der etwa von einem «Gen für verbrecherisches Verhalten» spreche. Übrigens würden ja, falls jemand danach suchen sollte, die Deutschen als erste im Verdacht stehen, ein solches Gen mit sich zu tragen und weiterzuvererben. Tatsächlich behaupte niemand, daß irgendein Verhaltensmerkmal zu hundert Prozent genetisch festgelegt sei. Ein wie hoher Anteil des menschlichen Verhaltens durch Erbanlagen, ein wie hoher Anteil durch Umwelteinflüsse bestimmt sei, werde sich vermutlich nie beziffern lassen. Fifty-fifty – bei dieser Faustformel werde es wohl bleiben. Folglich negiere die neue Wissenschaft auch nicht den Raum der menschlichen Entscheidungsfreiheit, der Moral, der Religion und der Tradition. Dieser Raum werde allerdings beträchtlich eingeschränkt. Noch vor wenigen Jahren habe es als Verstoß gegen die political correctness gegolten, eine genetische Prädisposition für Krankheiten wie Krebs oder Fettsucht auch nur zu vermuten. Inzwischen spreche man sogar, oft mit zu großer Selbstverständlichkeit, von genetisch fixierten Anlagen für Abenteuerlust, Homosexualität, Depression, Alkoholismus, Sprachstörungen, Drogensucht und Spitzensport. Sicher sei es nur eine Frage der Zeit, bis auch die Existenz genetischer

Komponenten für die individuelle Fähigkeit zur Steuerung der Aggression aufgedeckt würde. Aber auch diese, wahrscheinlich genetisch prädisponierte Fähigkeit unterliege selbstverständlich Umwelteinflüssen. Offenbar ahne der Kollege aus Göttingen nicht, wie weit links ein strikt auf chemische Prozesse fixierter Molekularbiologe landen könne. Jüngste amerikanische Untersuchungen hätten eindeutig gezeigt, daß der Pegel des Transmitter-Gens Serotonin die Gewaltbereitschaft beeinflusse. Je geringer die Höhe von Serotonin im Gehirn, desto größer die Gewaltbereitschaft. Gleichzeitig habe sich herausgestellt, daß dieser Pegel selber wiederum auf Umwelteinflüsse reagiere. Ein niedriger Serotonin-Spiegel spiegle häufig erniedrigende, die Selbstachtung des Individuums verletzende soziale Erfahrungen wider. Hier also beiße sich die Katze in den Schwanz oder die Humangenetik in den Marxismus.

Dem Pegel des Beifalls entnahm Eduard, daß er in der Wertschätzung der Kollegen fast gleichauf lag mit seinem Widersacher aus Göttingen. Trotzdem benutzte er die erste Kaffeepause, sich bei Rürup zu entschuldigen und zu verschwinden.

12 «SCHALTE mal das Regionalfernsehen an. Und lege nicht auf, ich bleibe dran!» – Klotts Stimme klang erregt. Er schien es für selbstverständlich zu halten, daß Eduard einen Fernseher im Labor hatte. Eduard lief rasch zu dem kleinen Zimmer, das mit frisch angelieferten, zum Teil noch nicht angeschlossenen Computern, Monitoren, Faxgeräten vollgestellt war, und schaltete dort den Fernseher ein. Er schloß die Tür hinter sich und rief Klott zurück.

Er sah Bilder eines Demonstrationszugs, der sich, von der Karl-Liebknecht-Straße kommend, auf den Palast der Republik zubewegte. Aus der Kameraperspektive war nicht zu erkennen, wie groß die Gruppe der Demonstranten war, aber einige der Plakate, vom Zoom herangeholt, ließen sich entziffern: «Nazi-Erben legen Friedrichshain in Scherben!» – «Arisierer! Diesmal seid ihr die Verlierer!» – «Friede den Hütten! Krieg den Schlössern!» (Wieso «Schlössern», das war doch falsch zitiert!) Zwischendurch waren Sprechchöre zu hören: «Vierzig Jahre lebten sie im Speck, jetzt nehmen sie uns die Häuser weg!» Auf einem Plakat war ein Foto des Jungen zu sehen. «Opfer der Rückübertragung!» stand darunter. Das Foto zeigte den Jungen unversehrt, beim Billardspiel. Eduard suchte die restlichen Schriftzüge auf dem Plakat zu deuten, aber es gelang ihm nicht. Dann lenkte ihn, sekundenlang, eine Entdeckung ab, vielleicht war es auch nur eine Verwechslung. Der da, kaum wiedererkennbar in der schwarzen Lederjacke, mit der absurden Sonnenbrille auf der Nase, der Arm in Arm mit Hausbesetzern hinter einem Banner «Hände weg von der Marwitz-AG!» herlief – war das nicht Dr. Santner?

Vor dem Palast der Republik kam der Zug zum Stehen. Die Kamera vollführte einen Schwenk über die öde, unendlich lange Fassade mit den abgetönten Scheiben, die der Stolz der sozialistischen Republik gewesen, Eduard jedoch immer wie ein überdimensioniertes Fitneß-Studio vorgekommen war. Der enorme, weißgeränderte Riegel, der wie ein umgekippter Dominostein – gleichsam eine liegende Version des Handelszentrums – den Schloßplatz versperrte, machte einen verlassenen Eindruck. Auf dem Dach aber regte sich etwas. Als die Kamera näher heranging, erkannte er ein paar Gestalten aus der Rigaer Straße im bekannten schwarzen Outfit. Sie hielten ein Banner hoch, dessen schwarze Lettern auf dem roten Grund deutlich zu lesen waren: «Nie wieder Preußen!»

Am anderen Ende der Leitung machte sich Klott bemerkbar. «Hast du den Slogan vorhin gelesen? Hieß es Marwitz-AG? Was soll denn das?» – «Keine Ahnung.» – «Marwitz, Marwitz, kommt mir irgendwie bekannt vor. Sie haben Sinn für Symbole, deine Freunde. Ganz schön pfiffig, ihre Sache auf diesen Platz und vor diese Kulisse zu tragen! Dir ist klar, was sie damit wollen? Den Kampf um deine Hütte mit dem Kampf um den Palast der Republik verbinden. Die Bilder werden um die Welt gehen!»

Eduard verstand kein Wort. Aber während Klotts ahnungsvollem Gerede bewegte sich der Demonstrationszug weiter und nahm unversehens einen anderen Charakter an. Es war, als hätten sich die Demonstranten im Weitergehen plötzlich in eine andere Epoche verlaufen. Vor einem imposanten Gebäude, das Eduard irgendwie bekannt vorkam, kamen sie zum Stehen. Die eher dünnen Reihen wirkten plötzlich eindrucksvoll, fast mächtig. Unter den aktuellen Fernsehbildern von dem Protestmarsch schienen frühere Bildschichten hervorzutreten, Bilder in Schwarzweiß von revolutionären Arbeitermärschen aus den zwanziger Jahren, in Öl gemalte Szenen von 1848, die man aus historischen Bildbänden von Berlin kannte. Der Zug hatte sich vom Palast der Republik über den Marx-Engels-Platz bewegt, aber, sah er recht? – die Kamera zeigte die Szene jetzt in der Totale – die früher freie Südostseite des Platzes war gar nicht leer. Wie durch ein Magierwort aus dem Asphalt gezaubert stand dort, frisch verputzt, die mächtige Barock-Fassade des Hohenzollernschlosses. Er rieb sich die Augen. Noch vor ein paar Wochen war er mit dem Fahrrad die Allee Unter den Linden hinuntergefahren, aber damals hatte dort kein Schloß gestanden! Da war nichts gewesen als ein endloser Parkplatz mit dem Staatsratsgebäude, in dessen banaler Vorderfront, wie ein Pfahl im Fleisch, das berühmte Schloßportal von Eosander steckte. Und jetzt war dieses Portal auf Geisterfüßen über den Parkplatz gelaufen und hatte sich dorthin gestellt, wo es immer gestanden hatte: in seine alte Wand.

«Friede den Hütten! Krieg den Schlössern!» – «Die Nazi-Reichen gehen wieder über Leichen!» – «Hände weg vom Palast der Republik!» brüllten die Demonstranten. Sie waren jetzt vor dem Eosander-Portal angekommen. Plötzlich sah er, hoch über den Demonstranten, das unverwechselbare Profil von Vera Rheinland; offensichtlich wurde sie von ihren Ledermilizen zu den Fernsehkameras emporgehoben. Mit dem kurzgeschorenen Kopf und der Fahne in der Faust erinnerte sie an irgendeine Revolutionsgestalt – Jeanne d'Arc? Aber die hatte ein Schwert in der Faust, keine Fahne! Nein, an die berühmte Dame aus dem legendären, in Öl gemalten Werbeplakat von Delacroix! Ja, das war sie, Eugène reinkarniert, wie sie sich, gefolgt von todesmutigen Freiheitskämpfern, durch Pulverstaub und über Leichen ihren Weg zur Bastille bahnt, Eugène mit der Fahne im emporgereckten Arm, es fehlte nur die bloße Brust.

War alles nur Zitat, spielten die nur Revolution, oder war es ernst? Einige der Demonstranten fingen an, Steine gegen die meterhohen Fenster des Schlosses zu schleudern. Aber das Glas zerbarst nicht, die Wurfgeschosse durchschlugen die Fenster nicht. Dort, wo sie auftrafen, dellten sich die dunklen Scheiben nach innen, bildeten unbegreifliche, elastische Trichter, aus denen die Steine wie Schaumgummibälle herauskollerten. Ein Demonstrant stocherte mit dem spitzen Ende seiner Plakatstange gegen die schweren Türen des Portals und – durchstach sie. Die Kamera sprang auf das Loch mit den Stofffransen und bewies, was Eduard nicht hatte glauben wollen: Das ganze Schloß, das da abgebildet war, war selber nur ein Bild – eine Leinwandkulisse.

Unwirsch erklärte Klott am anderen Ende der Leitung, was außer Eduard angeblich jeder wußte.

Seit zwei Jahren tobte ein Streit in der Stadt über die Frage, wie die Stadtmitte rekonstruiert werden sollte. Die anfangs nur akademische Debatte hatte sich nach und nach zu einem Krieg um Geschichte und Identität ausgewachsen, in dem sich sämtliche Empfindlichkeiten, Ressentiments und Haßgefühle zwischen Ost- und Westberlinern sammelten. Alles hatte damit angefangen, daß die Stadtregierung – wohlgemerkt die erste des vereinten Berlin – den Palast der Republik in Ostberlin abreißen wollte; die Bauaufsicht hatte einen zu hohen Asbestgehalt festgestellt. Nicht daß die Ostberliner «Honeckers Lampenladen», wie sie den Palast spöttisch nannten, liebten. Aber das Volk war in dem Palast, in dem die Volkskammer untergebracht war, mit den Jahren heimisch geworden. Es hatte darin, zu erschwinglichen Preisen, Hochzeiten, Geburtstage, Jugendweihen gefeiert. Als die Pläne für den Abriß bekannt geworden waren, sahen viele Ostberliner darin nur einen weiteren Versuch der «Kolonisatoren» aus dem Westen, ihnen ein Stück ihrer Geschichte wegzunehmen. Das Mißtrauen war zur Wut geworden, als eine Westberliner Initiative sich dafür stark machte, auf dem Platz das historische Stadtschloß der Preußenkönige wieder aufzubauen. Um die Berliner für das Projekt zu begeistern, hatten die Schloßliebhaber eine ungewöhnliche Werbeaktion organisiert: Sie hatten von Pariser Kunststudenten die gesamte Westfassade des Stadtschlosses maßstabgetreu nachmalen lassen und die Leinwände an einem Stahlgerüst befestigt; so war, praktisch über Nacht, die Illusion einer Wiederauferstehung entstanden: Wer den Lindenkorso Richtung Osten fuhr, sah in der Linkskurve die leicht flatternde, wie zum Auffliegen bereite Geistergestalt des vor fünfzig Jahren gesprengten Barockpalastes vor sich.

Die Aktion habe einen spektakulären Erfolg, erklärte Klott. Auf einmal hätten Hunderttausende von Westberlinern ihre nie zuvor bezeugte Liebe zu dem verschwundenen Hohenzollernschloß entdeckt und bemerkt, daß seinem Wiederaufbau eigentlich nur der Palast der Republik im Wege stehe. Prompt hätten nun die Ostberliner ihr Herz für den Palast der Republik entdeckt und durch Umfragen festgestellt, daß sie ohne ihn nicht leben könnten.

Unversehens hatte der Gespensterkampf zwischen Palast und Schloß symbolische Dimensionen gewonnen. In Ostberlin wurden Unterschriften gesammelt, Mahnwachen organisiert, berichtete Klott; man fürchte eine Selbstverbrennung. Der sozialistische Palast stehe plötzlich für die vom Westen ignorierte und verhöhnte Identität der ehemaligen DDR-Bürger, der Abrißplan für den Versuch, diese Identität endgültig zu vernichten. Der Wiederaufbau des Schlosses wiederum gelte als ein Zeichen für die Wiederkehr aller deutschen Übel: des Preußentums, der Monarchie und des Faschismus. «Dabei haben beide Gebäude so gut wie nichts mit den Leidenschaften zu tun, die da in ihrem Namen toben», merkte Klott boshaft an. «Die preußischen Soldatenkönige mochten das Schloß nicht und haben es gemieden, Hitler hat es nie betreten. Und auch Honeckers Palazzo del Prozzo taugt nicht als Symbol der sozialistischen Staatsmacht. Es war wohl das einzige Parlamentsgebäude auf der Welt, in dem auch ein Dutzend Gaststätten, ein Tanzsaal und eine erstklassige Bowlinghalle untergebracht waren. Aber wer interessiert sich schon für die Wahrheit, wenn es um die Identität geht?»

Die Sendung hatte einen überraschenden Abspann. Im Bild erschien ein Gesicht, das Eduard genau kannte, dem er aber keinen Namen zuordnen konnte. Ein Mann mit weichen Gesichtszügen, etwa in seinem Alter. Aus irgendeinem Grund vermißte Eduard eine Narbe links oder rechts neben den Mundfalten. Wo war ihm dieses Gesicht begegnet? Er meinte sich daran zu erinnern, daß der Mann damals, als man von einem derartigen Aufzug eine Gesinnung ablas, eine Scheitelfrisur, Schlips und Anzugjacke getragen hatte. Was die Kleidung anging, war er sich treu geblieben, aber was war mit der Stimme? Hatte er Sprechunterricht genommen? Damals hatte er überhaupt nicht sprechen können; wann immer er in einer der Studentenversammlungen das Wort ergriffen hatte, hatte er sich verstolpert, war niedergelacht oder niedergeschrien worden.

Inzwischen jedoch hatte er eine staunenswerte Souveränität im öffentlichen Reden gewonnen. Mit ruhiger, gleichwohl tragender Stimme, die in der Herstellung von Konsens geübt war, stapelte er druckreife Sätze aus dem Zwar-aber-Repertoire auf. Er sprach über das Eigentumsrecht, «das wir alle verteidigen». («Muß er ja sagen», brummte Klott, «die Klientel, die er betreut, versteht in dieser Sache keinen Spaß.») Aber wie alle Rechte habe auch das Eigentumsrecht eine Grenze, und zwar dort, wo es an «sensible Bereiche der deutschen Geschichte» rühre. «Einige trampeln auf solchen Empfindlichkeiten herum», sagte das Gesicht, das Eduard so gut kannte, und schien ihn direkt anzublikken. «Wir Berliner sehen mit Befremden, daß Leute, die der Stadt vor vielen Jahren den Rücken gekehrt haben, plötzlich ihre Heimatliebe entdecken, sobald es hier etwas zu erben gibt.»

Wo ist der Schmiß? Das haben wir ihn schon damals, im Chor, gefragt! Eduard erinnerte sich: Dieser Studienkollege, jetzt Senator, hatte einer schlagenden Verbindung angehört, aber während seiner ganzen Studienzeit jeden Schmiß schmerzlich vermissen lassen. Schließlich hatte jemand herausgefunden, daß er seine tadellosen Wangen nicht etwa überlegener Säbelkunst verdankte, sondern einer Verweichlichung des Komments in der schlagenden Verbindung. Gewisse Mitglieder konnten sich von der Pflicht zur Mensur befreien.

Aber die Rollen hatten sich vertauscht. Was war passiert? Der schmißlose Mund öffnete sich und erinnerte in diskretem Tremolo an die Lehren der Geschichte. «Was in der Nazizeit zu Unrecht erworben wurde, kann selbstverständlich nicht restituiert werden. Schon gar nicht, wenn vermeintliche Hauseigentümer mit Hilfe von Schlägertrupps in ihre Liegenschaften einbrechen und Leben und Gesundheit der Bewohner gefährden.» Auf die Frage eines Journalisten, wie der Senat mit dem besetzten Haus in der Rigaer Straße zu verfahren gedenke, gab der Senator eine überraschende Antwort: «Das Haus ist nicht besetzt. Es ist vorübergehend bewohnt. Bis zur Klärung der strittigen Rechtsansprüche sehe ich keinerlei Handlungsbedarf.»

«Ein freches Stück!» kommentierte Klott. «Er würde sich hüten, in diesem Ton über die Besetzung einer Dresdner-Bank-Filiale zu reden. Ausgerechnet dich mit deiner Hütte will er, dem Stadtfrieden zuliebe, der Palastfraktion opfern! Aber er wird sich wundern, wir werden ihm den Schmiß, der ihm immer fehlte, nachträglich beibringen!»

Klott verlangte von Eduard, in den nächsten Tagen alles andere zu verschieben. Sie müßten jetzt unbedingt und sofort herausfinden, unter welchen Umständen Eduards Großvater das Haus in der Rigaer Straße erworben und was er dafür bezahlt habe.

Eduard legte auf. Das noch funktionierende Gehirnachtel, das für Überlebensreflexe zuständig war, übermittelte ihm die Botschaft, daß irgend etwas grundfalsch war. Wie hatte es dazu kommen können? Der falsche Säbelfechter an der Stadtspitze verteidigte die Hausbesetzer, profilierte sich als Schutzengel einer von Abwicklung, Arbeitslosigkeit, kultureller Entfremdung überwältigten Einwohnerschaft, als Anwalt der Enterbten, und er, Eduard, die einstige Hoffnung der roten

Zelle Biologie, stand als entfesselter Hausbesitzer da, als der böse Engel der Enteignung und Kolonialisierung, als Vertreter der Schloßpartei?

Er hatte Wut auf alle: auf die Stadt, den Senator, die Hausbesetzer, auf Klott, der ihn nicht gewarnt und offenbar auch nicht sorgfältig nachgeforscht hatte, und auf sich selbst, auf sein vorauseilendes Schuldgefühl. Denn so war es doch: er fühlte sich irgendwie schuldig, noch bevor er etwas Genaues über seinen Großvater wußte. Schon der Verdacht auf einen «verfolgungsbedingten Zwangsverkauf» lähmte ihn. Was wußten eigentlich die anderen? Wahrscheinlich nicht mehr als er. Verdacht genügt, Recherche überflüssig, rette sich, wer kann. Aber er würde nicht klein beigeben, jetzt schon gar nicht. Er würde der Suche auf den Grund gehen und dann entscheiden, ob ihm, ganz unabhängig von der Rechtslage, das Erbe in der Rigaer Straße zustand oder nicht.

In einer Nachrichtensendung war der Name der Klinik gefallen. Eduard folgte, nachdem er den Weg auf der Orientierungskarte der Gesundheitsgroßstadt studiert hatte, den Hinweispfeilen zur Traumatologie. Er sei ein Zeuge der Gewalttat in der Rigaer Straße und wolle nur etwas abgeben für den Jungen, sagte er der Schwester in der Intensivstation. Er kenne den Jungen, möglicherweise erinnere das Geschenk ihn an ein Spiel, das er gern hatte.

«Wir werden es weitergeben», sagte die Schwester, «was ist es denn?» – «Billardkugeln! Kann ich sie ihm vielleicht selbst bringen?» – «Er ist nicht in der Verfassung», erwiderte die Schwester und nahm Eduard die Tasche ab. «Er würde Sie auch gar nicht wiedererkennen.»

Am liebsten wäre er einfach an ihr vorbeigegangen, aber er wußte nicht einmal den Namen des Kindes.

Er erkannte ihn an dem prachtvollen Schopf über dem Gipskragen. Im Park der Klinik war ihm eine junge Frau aufgefallen, die einen Halbwüchsigen im Rollstuhl vor sich herschob. Er brachte es nicht über sich, den beiden entgegenzutreten und sie anzusprechen, aber er folgte ihnen, durch Hecken verdeckt, auf den Nebenwegen. Einmal sah er den Jungen ganz nah, das weiße Gesicht unter der kalten Sonne, schattenlos; er war tief erleichtert, als er ihn reden hörte. Oder phantasierte er die Laute nur? Eduard war zu weit weg, um sich ein sicheres Urteil darüber erlauben zu können, ob der Mund über dem Gipskragen zusammenhängende Sätze sprach. Vielleicht bewegte der Junge nur die Lippen. Oder er redete wirklich, aber nur Unzusammenhängendes, Unverständliches. Reden bedeutete noch nicht Bewußtsein; vielleicht hielt er sich in jener dunklen Sprachzone auf, die das Trauma vermeidet und jede nahe Erinnerung verschwimmen läßt. Durch Loris hatte Eduard erfahren, wie rasch und wehrlos Kinder dieses Alters sich mit fast jedem Schicksal abfinden. Sie glauben dem, der ihnen eine Zukunft als Olympiasieger prophezeit ebenso bereitwillig wie dem, der ihnen sagt, du wirst den Rest deines Lebens Rollstuhl fahren.

DRITTES BUCH

1 NOCH bevor Eduard am anderen Morgen das «Berliner Tagblatt» aufschlug, wußte er, daß darin etwas stehen würde, das eine Gegendarstellung verlangte. Er mußte nicht lange suchen: «Aufruhr in Friedrichshain». Er überflog die Darstellung der Genese des Konflikts, «Hausbesitzer rückte mit Schlägerkolonne an». Über den Jungen nichts, was ihn wirklich erleichtert hätte: «… außer Lebensgefahr … schwere innere Verletzungen.» Dann, nun mit der Autorität des gedruckten und zitierfähigen Presseberichts ausgestattet, die «Hintergründe»: «Das Besitzrecht ist umstritten. Die Hausbesetzer machen geltend, das Haus habe bis 1933 der jüdischen Aktionärsfamilie Kasimir Marwitz gehört, die ihren gesamten Besitz bereits im ersten Jahr nach dem Machtantritt der Nazis verkaufen und aus Deutschland flüchten mußte. Die heutigen Anspruchsteller E. und L. H. seien die Nachkommen eines ehemaligen Wehrwirtschaftsführers, der dank seiner guten Beziehungen zu ‹Streichers Zentralkomitee zur Abwehr der jüdischen Boykott- und Greuelhetze› die Firma des jüdischen Eigentümers für einen lächerlichen Preis an sich gerissen habe. Die rechtmäßige Erbin, eine Tochter des Kasimir Marwitz, lebe in Florida. Die Besetzer haben mit ihr Kontakt aufgenommen.»

Klott drängte, auf der Stelle zum Grundbuchamt in Berlin Mitte zu fahren und einen einfachen Sachverhalt zu klären: Auf der Fotokopie des Restitutionsbescheids war lediglich eine Frau Schlandt als Verkäuferin ausgewiesen, ein Kasimir Marwitz tauchte dort nicht auf. Eduard solle eine Seite zurückblättern und die vorangehende Eintragung prüfen.

Der Neo-Barockbau mit dem bauchig vorspringenden Balkon über den Granitsäulen stand wie ein Findling zwischen namenlosen Hauswürfeln. Als Eduard dem Anwalt durch den Risalit ins Innere folgte, blieb er verwundert stehen. Sie standen in einer imposanten Eingangshalle mit gewölbter Decke, die von schlanken, verschnörkelten Säulen getragen wurde. Geschwungene, gegenläufige Treppen führten zu den oberen Umgängen, die in logenartigen Ausbuchtungen weit in den Raum vorstießen und den Eindruck eines Hoftheaters verstärkten. Der Staat, das sah man an der aufwendigen Renovierung, hatte bei seinen Erbschaften keine ungeklärten Eigentumsansprüche zu fürchten. Gleich nach der Übernahme mußten Heerscharen von Malern und Restaurateuren in Bewegung gesetzt worden sein, um den Dienststellenleitern aus dem Westen eine würdige Arbeitsumgebung zu verschaffen.

Durch die ockerfarbenen Bogengänge eines Quertrakts folgten sie den Hinweispfeilen zum Grundbuchamt und klopften schließlich an eine frisch abgebeizte Holztür. Sobald sie eingetreten waren, befanden sie sich in einer anderen Zeit. Draußen, in der Eingangshalle und den Bogengängen, waren sie im Jahrzehnt des Umbaus herumgelaufen; im Arbeitszimmer herrschte noch die DDR. Zwischen den Wänden hatte sich jener unverkennbare «DDR-typische» Geruch erhalten, den Westbesucher immer von neuem ungläubig wahrgenommen hatten, ohne daß es einem jemals gelungen wäre, seine Quelle zu benennen. Aber auch der Linoleumfußboden, die beiden Normschreibtische mit den klobigen Schreibtischlampen, die wuchtige schwarze

Schreibmaschine und die starr aufrecht sitzende Beamtin, die nicht aufblicken wollte, erinnerten Eduard an die Zeit, in der man beim Eintritt in solche Räume unwillkürlich nach dem Paß mit dem Einreisevisum gegriffen hatte. Klott, der hier offenbar bekannt war, stellte Eduard als seinen Mandanten vor und ließ ihn dann allein. Er selbst hatte einen Gerichtstermin wahrzunehmen.

Die Dame am Schreibtisch händigte Eduard einen Zettel aus, auf dem ein Geschäftszeichen stand, und zeigte mit der Hand vage zu den linker Hand stehenden Regalen. Der Blick, mit dem sie ihn entließ, erklärte jede weitere Frage im voraus für überflüssig.

Eduard hatte sich das Grundbuchamt anders vorgestellt. Gänge, auf vier, fünf Stockwerke verteilt, in denen er sich verlaufen würde, Regale, in denen großformatige, seit Jahrzehnten ungeöffnete Konvolute vor sich hin bröckelten. Die Besitz-Geschichte einer Stadt, in Sütterlinschrift aufgeschrieben, später in lateinischen Buchstaben, wiederum später in Schreibmaschinenschrift, auf einem jener mechanischen Ungeheuer getippt, von denen eines vorn auf dem Schreibtisch stand, ganz zuletzt und frühestens seit ein paar Jahren in Computerschrift. Vielleicht ein paar Wegweiser, die ihn von einem Stadtbezirk zum anderen leiten und schließlich, nachdem er womöglich zwischen den Regalen eingeschlafen wäre, an einem zweiten oder dritten Tag zu dem *einen* Buch führen würden.

Hier aber gab es keine Gänge, keinen anderen Raum. Das Buch, nach dem er suchte, mußte sich hier vor seinen Augen, links an der Wand befinden; es war wohl auch kein Buch, sondern einer jener dünnen, schäbigen Hefter, die in den Ikea-Regalen lagen. An den Tischen sah er Leser, in denen er Schicksalsgenossen vermuten mußte. Aber diese Leser lasen nicht, blätterten nicht, sie hatten auch keine anderen Bücher neben sich aufgestapelt. Für jeden Leser gab es nur ein «Buch», sein Buch, das Buch der Bücher. Und in diesem «Buch», das eben nur ein Hefter war, gab es eine Seite und auf dieser Seite einen Eintrag, der über neuen Reichtum oder weiteres Dahinvegetieren in den alten Vermögensverhältnissen entschied. Wahrscheinlich saßen zur gleichen Stunde andere Leser in anderen Grundbuchämtern in der gleichen Haltung, jeder in andächtiger Stille über sein «Buch» gebeugt. Einige hatten Lupen in der Hand und übertrugen den Orakelspruch aus dem Grundbuch mit Füller oder Kugelschreiber, andere schoben die schicksalsentscheidende Seite in handliche, batteriebetriebene Kopiergeräte, wieder andere hatten Spezialkameras mitgebracht – Speichern nicht vergessen!

Warum in aller Welt hatte der junge, revolutionäre Staat all diese Seiten aufbewahrt? Warum hatte er die Grundbücher – das Allerheiligste der alten bürgerlichen Ordnung – nicht einfach verbrannt, so wie es die junge Sowjetunion getan hatte? Hatten die deutschen Revolutionäre insgeheim und von Anfang an mit der Rückrufbarkeit der neuen Eigentumsverhältnisse gerechnet? Oder konnten sie sich einfach nicht vorstellen, daß ihr Staat sterblich war und die in den Büchern verzeichneten Geschlechter der Eigentümer sich wieder melden könnten? Klott hatte ihm von dem Schloß in Barby erzählt, in dem sämtliche Grundbücher gleichsam gefangengehalten worden waren. Gleich nach seiner Gründung hatten die Beamten des revolutionären Staates neun Millionen Akten nach Barby geschafft und sie in den zweihundert Räumen des Schlosses verstaut. Dort ruhten die Besitztitel in den modernden Räumen, lange

Zeit nur von Tauben und Ratten bewacht, und harrten der Wiederkehr der Namensträger. Irgendein spätentschlossener Revolutionär hatte nach der Wiedervereinigung einen Brandanschlag auf das Schloß verübt. Ein Teil des Dachstuhls war von den Flammen zerstört worden, nicht jedoch die Akten. Akten brennen nicht so gut wie Dachstühle, und selbst wenn sie Feuer gefangen hätten, bei jenem späten Anschlag oder auch bei einem rechtzeitigen, vierzig Jahre früher, sie wären gerettet worden. Die Akten wurden in Deutschland immer gerettet, die Akten hatten das Dritte Reich und die DDR überdauert und würden wohl auch jeden anderen deutschen Staat überleben.

Er brauchte nicht lange, bis er auf seinen Hefter und das Original der Eintragung stieß, die er aus der dem Restitutionsbescheid beigelegten Fotokopie kannte. Als er eine Seite zurückblätterte, erschrak er. Frau Edita Schlandt, die das Haus in der Rigaer Straße im November 1933 an Dr. Egon Hoffmann verkauft hatte, war in der zwei Jahre zurückliegenden Eintragung als Edita Marwitz neben einem Dr. Kasimir Marwitz als Miteigentümerin ausgewiesen. Anscheinend hatte Kasimir Marwitz nach Hitlers Machtantritt aus Gründen, über die Eduard keiner Unterrichtung bedurfte, das Haus einer inzwischen verheirateten Verwandten oder Tochter mit dem Namen Schlandt übertragen. Wie immer Eugène alias Vera Rheinland zu ihren Informationen gelangt war, sie hatte sie nicht frei erfunden.

Die Erkenntnis schrieb seine Erinnerung an die Szenen der letzten Tage um. Waren nicht alle, die ihn ins Visier genommen hatten, die Demonstranten, der Senator, der Verfasser des Artikels im «Berliner Tagblatt», ganz einfach im Recht gewesen, und der einzige, der sich blind und taub gegen die Wahrheit gestellt hatte, war er, der Erbe Eduard? Daß sich seine und Lothars Ansprüche womöglich gar nicht halten ließen, hatte er nicht wissen können. Vermutlich ahnte niemand, wie leicht er den Verlust verschmerzen würde. Peinigend, kaum zu ertragen war der Gedanke daran, was alles im Namen dieses Anspruchs bereits angerichtet worden war.

Halt, nicht so schnell. Die Tatsache, daß Eduards Großvater das Haus von einer jüdischen Vorbesitzerin erworben hatte, besagte nicht automatisch, daß er sich eine Zwangslage zunutze gemacht hatte. Dem Gesetz nach, hatte Klott gesagt, galt ein Verkauf bis zum Erlaß der Nürnberger Rassegesetze als rechtmäßig, wenn die Kaufsumme dem damaligen Vermögenswert entsprochen hatte und nachweislich gezahlt worden war.

BÜCHERBOGEN! Am S-Bahnhof Savignyplatz! Eduard wunderte sich, daß ihm das immer nur im Vorbeigehen wahrgenommene Signet nach so langer Abwesenheit eingefallen war.

Die Verkäuferin, eine hochgewachsene, resolute Person, schien zu merken, daß sie es mit einem Kunden zu tun hatte, der den Bücherladen mit einer Unfallstation verwechselte. Ob es eine Geschichte der Berliner Mietshäuser gebe, fragte Eduard, speziell des Bezirks Friedrichshain. Zielsicher führte sie ihn durch die gewölbten Räume zu einem der überbreiten Bücherborde, dort zog sie vom untersten Bord, Band für Band, ein dreibändiges Lebenswerk hervor, dessen schieres Gewicht es ihr schwermachte, aus der Hocke wieder aufzustehen.

Er fand rasch heraus, daß der ihn interessierende Zeitraum im zweiten und dritten Band abgehandelt wurde. Die Rigaer Straße war nur mit einer Abbildung verzeichnet, er fand aber mehrere Straßen aus der unmittelbaren Nachbarschaft in Bild und Text dokumentiert. Detailliert waren die Schicksale einzelner Häuser, die Vertreibungen der jüdischen Besitzer durch die Nazis und die Veränderungen der Häuser und Straßen in den letzten sechzig Jahren festgehalten. Im Vorwärtsblättern zogen die Straßen des inzwischen vertrauten Viertels wie im Zeitraffer an ihm vorbei und veränderten fortwährend ihre Gestalt. Gründerzeit, zwanziger Jahre, Naziherrschaft, Nachkriegszeit, die Jahre der DDR. Die immer noch geschwungenen Balkongitter aus den dreißiger Jahren durch einfache Stabgitter ersetzt, die verspielten Dachgiebel mit ihren Ausbuchtungen und konkaven Schwüngen nach den Bränden des Krieges vereinfacht und verflacht wieder aufgebaut, die Fassadenornamente aus der Gründerzeit durch glatten Putz, die ehemals vierteiligen Kreuzfenster durch zweiteilige Klappfenster ersetzt, die Jalousien gestrichen, die Souterrains zugemauert, die Eckkneipen verschwunden und in lichtlose Wohnungen verwandelt – die Litfaßsäule aus den zwanziger Jahren jetzt ein Straßenbaum. Das Lebenswerk des Verfassers war unvollendet, die Drucklegung vor den Sprühwerken der Hausbesetzer erfolgt.

Nachdem er halbwegs eingeübt war, ließ Eduard die Seiten andersherum durch die Finger laufen und sah die Veränderungsschübe eines Jahrhunderts im Rückwärtslauf. Das Haus in der Rigaer Straße, das selbst nirgends abgebildet war, machte bei diesem Schnellauf alle Schübe von Verfall und Erneuerung der umliegenden Straßen mit. Ein 1. Mai im Arbeiter-und-Bauernstaat. Im Zurückblättern verwandelten sich die Fähnchen mit dem Hammer-und-Sichelzeichen in den Blumenkästchen auf den brüchigen Balkonen in die selbstgenähten

Stoffbahnen mit dem Hakenkreuz, die aus demselben Anlaß ein Jahrzehnt früher von denselben, damals noch intakten Balkonen flatterten. Und sein Großvater Egon, der Erblasser? Wie hatten die Balkone seines Hauses damals ausgesehen?

In einer Bilderfolge über den Prenzlauer Berg stieß er auf den Namen: Über einem Laden zwischen einem Zigarrengeschäft und einer Drogerie war in gut lesbaren, weißen Lettern vor schwarzem Hintergrund die Aufschrift «Schuhhaus Marwitz» angebracht.

Klott war inzwischen auf dem Weg nach Leipzig und machte Eduard etwas unwirsch klar, daß das Haus in der Rigaer Straße nicht der einzige Restitutionsfall sei, den er zu betreuen habe. Immerhin konnte er Eduard noch sagen, wo er am ehesten etwas über das Schicksal des Schuhhauses Marwitz während der Nazizeit in Erfahrung bringen könne: im Berliner Document Center.

Das begehbare Gedächtnis der jüngeren deutschen Geschichte hatte eine kabarettistische Adresse, es lag zwischen spitzgiebeligen, von hohen Kiefern umstandenen Rentnerhäuschen am Ende einer Sackgasse namens «Wasserkäfersteig», in der sich Radfahrer und Hundehalter tummelten. Von außen sah die Anlage wie ein Gutshof mit angeschlossener Pferdezucht aus, in dem landhungrige Familien mit ihren Kleinkindern das Wochenende verbrachten. Nur die Stacheldrahtrollen über der Einzäunung und die Eisengitter vor den Fenstern ließen ahnen, daß in den Gebäuden Hunderttausende von Tätergeschichten aus der Nazizeit aufbewahrt wurden.

Nachdem Eduard seinen Ausweis und Klotts Vollmacht vorgelegt hatte, mußte er verschiedene Fragebögen ausfüllen. Der amerikanische Beamte fand im

Computer unter dem Stichwort Marwitz AG eine Registriernummer, die er Eduard zusammen mit einer Wegskizze aushändigte. In dem bezeichneten Raum erhielt er auf die Nummer einen Mikrofilm; der Achivar zeigte ihm, wie der Film in die Lesemaschine einzuführen war und sich einzelne Seiten ausdrucken ließen. Eduard erschrak, wie einfach alles war, wie rasch er unter den zahllosen Akten auf die eine, ihn betreffende zugreifen konnte. Schon beim ersten Überfliegen der auf den Film kopierten Dokumente stieß er auf den Namen und die Unterschrift seines Großvaters und auf ein Kürzel, das ihn augenblicklich von jeder Hoffnung heilte: Statt mit dem Vornamen hatte sich der Großvater in seinen Schriftsätzen immer wieder als «Pg Hoffmann» identifiziert.

Eduard mußte den Mikrofilm viele Stunden lang vor- und rückwärts drehen, Dutzende von Seiten ausdrukken und in die richtige Reihenfolge bringen, ehe sich in seinem Kopf ein Bild von den Vorgängen formte, die ihn sechzig Jahre später zum Haus in der Rigaer Straße geführt hatten.

Die Akten waren 1945 von den amerikanischen Truppen im Haus von Julius Streicher gefunden worden und bestanden aus Schriftwechseln verschiedener Parteistellen, Denunziationsbriefen, Boykottaufrufen und Prozeßberichten. Sie dokumentierten eine Raub- und Vertreibungsgeschichte, die einen jüdischen Großaktionär namens Kasimir Marwitz aus dem Land und schließlich in den Tod getrieben hatte. Die Marwitz AG hatte in Berlin nicht etwa nur die Verkaufsstelle am Prenzlauer Berg unterhalten. Es handelte sich um eine alteingesessene und erfolgreiche Schuhfabrik, die dank eines von Kasimir Marwitz erfundenen neuen Nähverfahrens in den zwanziger Jahren stark expandieren

konnte und allein in Berlin über zwei Dutzend Schuh-
geschäfte betrieben hatte. Im Mai 1933 war die Marwitz
AG als erster Großbetrieb im nationalsozialistischen
Deutschland «arisiert» worden. In den Schriftwechseln
tauchten immer wieder die Namen von zwei Firmen-
Angestellten auf: Pg Dahnke und Pg Hoffmann.

Aber je weiter Eduard sich in die Dokumente ver-
tiefte, desto rätselhafter wurde ihm der Großvater.
Denn für den Pg Dahnke gab es offenbar nur einen
Mann in der Firma, den er noch inbrünstiger haßte als
deren jüdischen Besitzer Marwitz, nämlich den Syndikus der Firma, Pg Hoffmann.

Was sein Auskommen anging, stand Dahnke sich
nicht schlecht; zusammen mit seiner Frau Hertha lei-
tete er die Marwitz-Filiale in der Uhlandstraße und erhielt ein festes Gehalt plus Umsatzbeteiligung. Aber
Dahnke fühlte sich offenbar als Opfer. In den von ihm
verfaßten Denunziationsbriefen an Streichers «Komi-
tee gegen die jüdische Greuel- und Boykotthetze» fanden sich immer wieder Hinweise auf die eigenen Leistungen für Vaterland und Partei: «...1914 mit 17 Jahren
an die Westfront gegangen, fünfmal verwundet, Kriegs-
beschädigung zu 40 % anerkannt, später auf 30 % herabgesetzt ...» Nicht etwa materielles Elend trieb ihn
um, sondern der Umstand, daß es anderen Leuten, die
seiner Meinung nach in Deutschland nichts zu suchen
hatten, entschieden besser ging. Kasimir Marwitz, da
schien sich Pg Dahnke sicher, würde die neuen Zeit-
läufte und seine unermüdlichen Denunziationsbriefe
nicht überstehen. Mehr noch aber wurmte ihn der ihm
vorgesetzte Pg, der dem Juden Marwitz bei der Aus-
plünderung des deutschen Volkes half und «bedingungslos dessen Direktiven ausführt».

Eduards Großvater – das war aus einer wohlwollenden Auskunft zu ersehen, die die wirtschaftspolitische Abteilung der NSDAP Berlin zur Verteidigung von Pg Hoffmann auf Anfrage an das Büro von Streicher geschickt hatte – war alles andere als eine Lichtgestalt. «Der ehemalige Korpsstudent» (noch so einer!) «meldete sich bereits 1931 zur Bewegung und setzte sich zur Zeit der nationalen Revolution nachdrücklichst für die Gleichschaltung der Firma ein.» Pg Hoffmann war bereits seit 1929 als Syndikus in der Firma beschäftigt und verdiente, wie von Dahnke erbittert vermerkt wurde, 500 Reichsmark. Doch offenbar nutzte er seine Kontakte zu den braunen Dienststellenleitern, die er aus seiner Studienzeit kannte, um die von Pg Dahnke betriebene Gleichschaltung zu verhindern oder zu verwässern. Dahnkes detaillierte Listen über die immer noch im Betrieb beschäftigten Juden trafen in Streichers Büro auf offene Ohren; der kleine Filialleiter aus der Uhlandstraße schaffte es, daß die Firma bereits am 1. April 1933 boykottiert wurde. Die kleinen Ladenbesitzer und Schuhproduzenten, die mit Marwitz' Preisen nicht mithalten konnten, hatten endlich einen Vorwand, den erfolgreichen Konkurrenten aus dem Markt zu werfen: Der Betrieb war «in jüdischer Hand» und mußte geschlossen werden. Ein «Kampfbund für den gewerblichen Mittelstand» organisierte Demonstrationen vor den Marwitz-Filialen. Die Boykotthetze wirkte, die Umsätze des Schuhhauses wurden rückläufig. Marwitz wollte seinen Betrieb verkaufen, schrieb Angebote an den Lederfabrikanten Wollgraf aus Weinheim. Der wartete ab und rechnete darauf, die Firma in ein paar Monaten für die Hälfte oder gar ein Zehntel des geforderten Preises zu bekommen.

An einem entscheidenden Punkt der Arisierung – Dahnke merkte und meldete es sofort – hatte Pg Hoffmann versucht, den Auftrag der Partei zu sabotieren. Offenbar überzeugte er seinen Chef Marwitz davon, ihn, den Syndikus, als Generaldirektor und Vorstandschef des Unternehmens einzusetzen; Marwitz blieb jedoch Inhaber der Mehrheitsaktien. Pg Hoffmann zwang den gesamten Vorstand zum Rücktritt und entließ zweiunddreißig jüdische Angestellte des Unternehmens sofort. Dreißig andere jedoch beschäftigte er weiter mit dem Argument, «ihm sei von der nationalsozialistischen Betriebszellen-Organisation die notwendige Anzahl der Fachkräfte nicht nachgewiesen worden». In der Fachzeitung «Schuh und Leder», Eduard las den Absatz Wort für Wort, bekannte Egon Hoffmann seinen Glauben an das «Führerprinzip» und den «Volksgemeinschaftsgedanken». Im nächsten Absatz jedoch verlangte er – im Schutz dieser Einleitung? – unter Berufung auf die erfolgte Gleichschaltung ein sofortiges Ende des Boykotts. Mit diesem Artikel vermochte Pg Hoffmann vielleicht einige seiner Parteifreunde aus dem Wirtschaftspolitischen Amt in der Wilhelmstraße 55 und auch den hin und her gerissenen Enkel Eduard zu täuschen, nicht aber Pg Dahnke. Der beklagte weiterhin die «starke Verjudung» der Firma. In den Berliner Betrieben der Marwitz AG habe Pg Hoffmann «nicht eine einzige jüdische Kündigung ausgesprochen», in der Zentrale «ist er von Juden umgeben, wird von diesen beraten und natürlich auch verhetzt. Inmitten dieser ganzen Judengesellschaft steht Herr Dr. Egon Hoffmann und hält alle Mitglieder der Partei nieder, wo er nur kann, damit ihn in seiner Judengesellschaft niemand stört.» Dahnke löste den «marxistischen» Betriebsrat auf und setzte sich selbst an die Spitze einer von ihm selbst gegründeten «deutsch-christlichen» Nachfolgeorganisation. Der neue Generaldirektor handelte umgehend. Er setzte den alten Betriebsrat wieder in seine Rechte und feuert Dahnke – «ohne Grund!», wie Eduard, plötzlich stolz auf den unbekannten Vorfahren, in Dahnkes Protestschreiben an das Büro Streichers las, «mit der Behauptung, daß er mich rein gefühlsmäßig ablehnen müsse». Besonders hoch rechnete Eduard es dem Großvater an, daß er sich offenbar von Dahnkes ständigem Gejammer über seine Kriegsverletzung nicht hatte beeindrucken lassen. «Ich wurde», klagte Dahnke, «an diesem Tag nach schwerer Operation an meinem Oberschenkeldurchschuß aus dem Krankenhaus entlassen. Da meine Wunde noch sehr groß war, ließ ich Dr. Egon Hoffmann bitten, mich in der Zentrale zu empfangen. Er lehnte jedoch ab, da er keine Zeit habe ... Ich mußte also die Treppe wieder herunterhumpeln. Am Abend desselben Tages erhielt ich dann um 9 Uhr die Kündigung durch Boten zugeschickt.» Dahnke rächte sich auf der Stelle: «Dr. Egon Hoffmann ist nur eine vorgeschobene Persönlichkeit. Der Jude Marwitz leitet das Unternehmen nach wie vor, er gibt Dr. Egon Hoffmann die Direktiven, die dieser bedingungslos ausführt...»

Der über sechzig Jahre zurückliegende Zweikampf Dahnke–Hoffmann begann Eduard zu faszinieren. Die rachsüchtige Stimme des Denunzianten gewann durch die handgeschriebenen Briefe an das Büro Streicher eine seltsame Vertrautheit. Aber auch Eduards unbekannter Großvater, der in den Akten nie mit eigener Stimme sprach, teilte sich ihm durch einen unverwechselbaren Stil mit. Ob die Bekenntnisse dieses Vorfahren zum Führer und zur nationalsozialistischen Idee echt oder nur Lippenbekenntnisse waren, vermochte der Enkel einstweilen nicht zu entscheiden. Im Nahkampf mit seinem Widersacher Dahnke jedoch zeigte sich Pg

Hoffmann als ein wagemutiger Spieler, fast als ein Hasardeur.

Dank seiner Verbindungen zur SA-Spitze war es Dahnke gelungen, die Verhaftung von Generaldirektor Hoffmann und zwei leitenden jüdischen Angestellten durchzusetzen – «wegen politischer Vergehen». Am anderen Morgen brauste der Beschuldigte vor dem Arbeitsgericht auf: Dahnkes Anschuldigungen seien samt und sonders «erstunken und erlogen». Dem im Gericht anwesenden Kreiszellenleiter bot Hoffmann an, sich mit ihm zu duellieren. Statt seinen Sekundanten zu schicken, rief der Geforderte die Polizei. Dr. Egon Hoffmann wurde wegen «Beleidigung eines Amtswalters» abgeführt.

Nun folgte eine tragische Posse. Offenbar war Marwitz das Vorgehen seines arischen Generaldirektors gegen den umtriebigen Dahnke zu forsch. Triumphierend meldete dieser, Marwitz selbst habe die Kündigung gegen ihn, Dahnke, wieder aufgehoben und ihm versichert, daß er diese Maßnahme niemals gebilligt habe, «daß meine Frau und ich ihm im Gegenteil das liebste Berliner Geschäftsführer-Ehepaar gewesen sind». Dahnke, mit diesem Erfolg nicht zufrieden, schickte zwei SA-Verwandte zu Marwitz' Dahlemer Villa mit der Forderung, den Generaldirektor Hoffmann auf der Stelle zu entlassen. Wenn Marwitz nicht selbst wieder Chef der Firma werde, müsse er mit einer «schweren Schädigung seines Unternehmens» rechnen, warnten die SA-Leute. Zu alldem war es offenbar nicht mehr gekommen. Schon einen Tag später verkaufte Marwitz seine Firma weit unter Wert an den geduldig ausharrenden Lederfabrikanten Wollgraf. Der neue Inhaber, auch er ein Pg der ersten Stunde und späterer Wehrwirtschaftsführer, entließ sofort alle verbliebenen jüdischen Mitarbeiter der Firma.

Den Pg Dahnke jedoch, der die «Entjudung» der Firma auf eigene Faust betrieben und ihm das Unternehmen eigentlich zugespielt hatte, stellte er nicht wieder ein. Auch nicht seinen Parteifreund, den früheren Vorstandschef Dr. Egon Hoffmann. Pg Dahnke hatte nun noch mehr Grund zum Klagen. In einem seiner letzten, «auch im Namen meiner Frau Hertha» verfaßten Briefe an das Büro Streicher schrieb er: «Und jetzt liegen wir auf der Straße, nicht weil wir unfähig waren, sondern eine politische Überzeugung vertreten haben, die heute das deutsche Volk führt.» Immerhin konnte das ewige Opfer Dahnke ein gutes Jahr später einen moralischen Erfolg vermelden. Seinem am 20. 12. 1934 ausgefertigten Antrag auf Ausschluß des Pg Hoffmann aus der Partei war endlich stattgegeben worden. Selbst in diesen späten Sieg über seinen liebsten Feind jedoch fiel ein Wermutstropfen: «Wie sollen wir damit leben», schrieb Dahnke an den Beichtvater Streicher, der diese Briefe wahrscheinlich nur noch abheften ließ, «daß uns ausgerechnet der überführte Parteifeind Egon Hoffmann in unserem eigenen Haus – ich spreche von dem Mietshaus, das der Firmengründer Jonas Marwitz für seine verdienten Filialleiter gebaut hatte – jetzt als Vermieter entgegentritt und unsere Mieten heraufsetzt?»

Ungläubig starrte Eduard auf die Adresse des Absenders im Briefkopf, die er in jedem von Dahnkes Briefen übersehen hatte: Rigaer Straße.

2 NOCH in der Nacht nach der Sitzung im Document Center hatte Eduard Klott schriftlich um eine anwaltliche Verfügung ersucht, die dem «Berliner Tagblatt» die Behauptung untersagte, Eduards Anspruch auf das Mietshaus in der Rigaer Straße gründe sich auf einen «verfolgungsbedingten Zwangsverkauf». Tatsächlich habe der im Grundbuch ausgewiesene Eigentümer Dr. Egon Hoffmann den Besitz der Marwitz AG, zu dem das Mietshaus ursprünglich gehörte, gegen die «Arisierung» durch die Nazis verteidigt.

Eduard fand Klotts Text zwei Tage später in der Zeitung, versehen mit dem üblichen Nachspann: Die Redaktion sei unabhängig vom Wahrheitsgehalt der Verfügung zum Abdruck verpflichtet.

Der Herausgeber Füllgraf, der sich Eduard eben noch als Führer durch den Berliner Intellektuellen-Zoo angeboten hatte, widmete ihm eine Kolumne im Lokalteil. «Kohlhaas in Friedrichshain» hieß die Überschrift. Der Artikel begann mit einer Paraphrase des unvergeßlichen Eröffnungssatzes der Kleist-Novelle und sprang dann, den anspruchsvollen Stil der Vorlage abrupt verlassend, in den Ton einer öffentlichen Verleumdung um. Die moralische Würde des Restitutionsgedankens gründe sich unter anderem auf das Vorhaben, die arisierten Vermögen der vertriebenen und ermordeten deutschen Juden zurückzugeben. Für den Alptraumfall eines Mißbrauchs und seiner tragischen Folgen sei ein deutscher Tolpatsch, ein Heimkehrer aus den USA verantwortlich, der Ansprüche auf ein Mietshaus in der Rigaer Straße erhebe. Über die Legitimität dieser Ansprüche sei an dieser Stelle nicht zu rechten. Aber es gebe Fälle, in denen ein anständiger Mensch sich statt vom Buchstaben des Vermögensgesetzes von seiner historischen Sensibilität leiten lassen müsse. Historisches Schamgefühl sei manchmal ein besserer Ratgeber als ein habgieriger Rechtsanwalt. Besonders peinlich sei der Versuch des Anspruchstellers, aus dem durchsichtigen Grund der Besitzgier die Biographie des eigenen Großvaters zu schönen. Nach seinem eigenen Eingeständnis habe E. H. den Erblasser nicht gekannt. Bisher wisse niemand, auch nicht E. H., auf welche Weise jener unbekannte Vorfahr in den Besitz des Hauses in der Rigaer Straße gelangt sei. Fest stehe lediglich, daß er als Generaldirektor der Marwitz AG für die Entlassung von 35 jüdischen Mitarbeitern verantwortlich sei. Diese Tatsache allein müsse eigentlich genügen, seinem Enkel die Schamröte ins Gesicht zu treiben. Geschichtsrevisionismus aus Habgier – das könne nicht der Sinn des Restitutionsprinzips sein. Das Bemühen des Enkels, den Großvater nachträglich zum Freund und Helfer des vertriebenen Besitzers der Marwitz AG zu stilisieren, erinnere verdächtig an die unsägliche Standardformel so vieler Nachkriegsdeutscher: Mein bester Freund war ein Jude.

Eduard vermochte den Artikel nur mit Mühe zu Ende zu lesen. Er fühlte, wie ihm die von Füllgraf dringlich anempfohlene Röte tatsächlich ins Gesicht stieg; allerdings war wohl ebensoviel Wut wie Scham für diesen Effekt verantwortlich. Wie konnte ein so geistreicher und entgegenkommender Mann, der ihn doch kennengelernt und eben noch um ein Gespräch gebeten hatte, ihn plötzlich als gierigen Nazi-Erben porträtieren? Warum hatte Füllgraf ihn nicht angerufen und um Auskunft gebeten? So wie den Berliner Winterhimmel hatte Eduard in Kalifornien wohl auch das vergessen – den Kult der Verdächtigung und des Überführens. Nach zwei Jahrzehnten des Verschweigens und Verleugnens der Naziverbrechen hatten die Nachgeborenen damit begonnen, mit der Schuld der Eltern ins Gericht zu gehen. Aber diesem Versuch hatte von Anfang an auch etwas Panisches angehaftet. Es war, als versuchten die Täterkinder das Ungeheuer der deutschen Schuld zu befrieden, indem sie ihm immer wieder frische Schuldige aus den eigenen Reihen zuführten. Der Gestus der Anklage und des Entlarvens hatte auf die Ankläger übergegriffen; häufig diente er eher der gegenseitigen Verdächtigung als der Überführung wirklicher Täter. Wer einen Gedanken als «faschistoid», einen Bekannten als Verharmloser der Naziverbrechen denunzierte, schien damit zu beweisen, daß er selber frei von allen Sünden war, und hatte einen momentanen Vorsprung im Wettlauf um die Unschuld erlaufen.

Im ersten Zorn drängte es Eduard, Füllgraf zur Rede zu stellen, aber nach kurzer Überlegung gab er das Vorhaben auf. Füllgraf würde ihm am Telefon und ganz privat vielleicht seine Bereitschaft zu dieser oder jener Richtigstellung bekunden, der Artikel jedoch war längst erschienen und tat seine Wirkung, und das Überführungsspiel versprach allemal höheren Gewinn als Fairneß.

Der Boden, auf dem er sich bewegte, war nicht fest. Man meinte, auf Asphalt zu gehen, und sackte unversehens ab, watete in unterirdischen Gewölben und Tunneln herum und hielt das Tonnengewölbe über sich für den Himmel. Die Ausschachtungen überall, die Baulöcher, die künstlichen Seen im Berliner Erdreich kamen Eduard jetzt vor wie leichtsinnig geöffnete Einstiege in eine Stadt unter der Stadt. Geister krochen aus ihnen hervor und hängten sich an die Fußgelenke der Lebenden, irritierten ihren Gang, umklammerten ihre Hirne. Anscheinend merkten die für Umweltgefahren sonst so hochsensiblen Einheimischen nichts von diesen unterirdischen Energien, die, wie ein geruchloses Gas, Verdächtigungen, Häme, Zynismus und Rette-sich-wer-kann-Reflexe freisetzten.

Wie ist es zu erklären, daß die Kinder und Enkel so wenig Neugier für die halbwegs anständigen Vorfahren aufbringen, die weder Täter noch willfährige Mitläufer waren, fragte er Rürup am nächsten Tag im Institut. Warum fühlen sie sich irgendwie bedroht, wenn man herausfindet, daß es unter der Überzahl von Jublern und Gehorsamen auch ein paar Leute gab, die Mut zeigten? Er rede nicht von großen Helden, von todesbereiten Widerstandskämpfern, die sich gegen Hitler organisierten – hierzulande einige man sich ja auf nichts so rasch wie auf den Satz «Ich bin kein Held» oder «Ich weiß nicht, wie ich mich verhalten hätte.» Er meine die kleinen und befleckten Helden, Zwischengrößen wie seinen Großvater, Leute, die sich nicht opfern wollten und dennoch für ihre verfolgten Nachbarn, Freunde oder Mitbürger ein gewisses Risiko eingingen. Und wie sei es zum Beispiel zu erklären, daß ein Mann wie Rürup heute fast wieder so isoliert sei wie zur Zeit der kommunistischen Diktatur?

Es war Eduard nicht leichtgefallen, Rürup um einen Termin zu bitten. Seit der Begrüßung im Institut war es zu außerdienstlichen Gesprächen nicht mehr gekommen. Als er ihn in dem kahlen Zimmer an seinem Schreibtisch sitzen sah, bedauerte er, daß Rürup sich selber und seine Autorität nicht besser zu inszenieren verstand. Rürups ganzes Auftreten schien vom Ideal der Unauffälligkeit bestimmt zu sein. Man sah ihn nie anders als in der großkarierten braunen Tweedjacke über dem dunkelgrauen Hemd, dessen Kragenspitzen sich leicht nach oben bogen. Die Schuhe und die Hosen mit der Dauerbügelfalte schienen immer noch vom Geschmack des Regimes geprägt, dem Rürup sich moralisch verweigert hatte. Für Eduard stellte Rürup so etwas wie einen Wunschvater dar, aber die Bescheidenheit dieses kauzigen Charaktergenies, seine Achtlosigkeit in äußerlichen Dingen befremdeten ihn. Er hatte ein anderes Bild von der Rolle eines Wissenschaftlers in der Gesellschaft. Auch wenn die Vertreter seiner Zunft in den Medien meist nur im Arbeitskittel abgebildet wurden, in einer kühlen, irgendwie abstrakten Arbeitsumgebung, begriff doch auch die Öffentlichkeit allmählich, daß die gesichtslosen Leute in den Labors die Revolutionäre der Zukunft waren. Sie, die mit ihren unscheinbaren Diagrammen und Beugungsmustern die Buchstaben des Lebens entzifferten, würden die Gesellschaft nachhaltiger verändern, als es irgendeine soziale Revolution oder irgendein politisches Genie vermochte. Die Mittel gegen die tödlichen Krankheiten der Industriegesellschaft konnten nur auf demselben Weg gefunden werden, denen sie selbst ihre Entstehung verdankten. Die Verteidigung des Planeten gegen Ozon und Überwärmung, die Heilung von den Menschheitsplagen, die Entdeckung neuer Energiequellen und Nahrungsmittel war nicht von zukünftigen Lenins, Maos, Che Guevaras, sondern von ebendiesen unscheinbaren Leuten in Arbeitskitteln zu erwarten.

Rürup sah Eduard an, als spiele er nur den Naiven. «Das ist doch gar nicht rätselhaft», sagte er fast aggressiv. «Die Mitläufer haben das Gefühl und wollen es behalten, daß sie keine andere Wahl hatten. In diesem Gefühl werden sie durch die Helden, die bewußt ihre Existenz aufs Spiel gesetzt haben, nicht ernstlich gestört. Heldentum kann man bekanntlich nicht verlangen. Die kleinen Verweigerer, die nicht gleich ihr Leben riskieren und sich spontan, ohne einen Plan oder den Rückhalt einer Organisation widersetzen, das sind die Spielverderber. Sie kränken das Selbstbild der Mitmacher am meisten. Sie widerlegen den Mythos, daß ‹man eben nichts machen konnte›, weil angeblich jeder, der nicht mitmachte, gleich in der Henkersschlinge oder im Gefängnis landete. Niemand, der sich in der Nazizeit weigerte, einen Zivilisten zu erschießen, wurde wegen Befehlsverweigerung an die Wand gestellt. Niemand, der die Einladung zur Zusammenarbeit mit der Stasi ausschlug – und viele haben es getan –, mußte gleich um sein Leben oder seine Freiheit fürchten. Wie der Erfolg des Widerstandes gegen eine Diktatur, so hängt auch der Erfolg der Diktatur nicht von den Führern, sondern von der Moral der sogenannten kleinen Leute ab. Brechts allzuoft zitierter Spruch: Wehe dem Volk, das Helden braucht, bedarf einer Ergänzung. Einem Volk von Feiglingen wäre mit ein paar großen Helden tatsächlich nicht zu helfen.»

Eduard glaubte, aus Rürups Antwort noch etwas anderes herauszuhören. Rürup hatte seit einiger Zeit verschlossen, beinahe unnahbar auf ihn gewirkt. Im Institut wurde zunehmend Kritik über Rürups Leitungsqualitäten laut. Eine seltsame Koalition hatte sich herausgebildet. Die jüngeren Wissenschaftler aus dem Westen, deren Mut nie auf die Probe gestellt worden war, kamen mit dem elastischen, schon zu DDR-Zeiten weitgereisten Dr. Santner weit besser zurecht. Es wurde gemunkelt, Santner habe einen Ruf nach Washington bekommen; um ihn in Berlin-Buch zu halten, sei ihm die Position des Institutsleiters angeboten worden. Eduard hatte Rürup schon öfter auf das Gerede ansprechen wollen, aber Rürups Distanz gebietende Art machte solche Fragen schwer. Jetzt schien es Eduard plötzlich, daß Rürups Unnahbarkeit die Haltung eines Mannes war, der sich verteidigte. Was an den Gerüchten sei, fragte Eduard, ob er irgend etwas für ihn tun könne.

Rürup sah ihn mit einem leichten Spott in den Augen an, als habe Eduards Frage seiner eigenen Zukunft gegolten. Es sei wirklich schade, erwiderte er, daß Eduards Talente einstweilen eher durch soziale denn wissenschaftliche Experimente gebunden seien, andernfalls hätte er ihn gegen Santners Ambitionen gern in Stellung gebracht. Aber im Institut gehe der Spruch über Eduard um, ausgerechnet «der Amerikaner» lege ein Arbeitstempo vor, das man früher «sozialistisch» nannte. Er, Rürup, werde nicht mehr lange seine Hand über Eduard halten können, da er auf freundliche, aber unüberhörbare Weise gedrängt werde, vorzeitig in den Ruhestand zu gehen. Er sei der Idee nicht abgeneigt. Die Diktatur habe seine moralische Integrität auf die Probe gestellt und seine Haltung mit wissenschaftlicher Isolation bestraft. Die Agenten der neuen Zeit testeten nun seine Tauglichkeit im Wettbewerb und befänden, daß er nur das Verweigern gelernt habe, nicht das Siegen.

«Haben sie nicht sogar recht? Das werden wir herausfinden», sagte Rürup und entließ Eduard.

3 IN DER Nacht darauf wurde Eduard aus dem Bett geklingelt. Er hatte Mühe, Klott wiederzuerkennen. Er trug einen Trainingsanzug, eine Strickmütze auf dem Kopf und eine stark getönte Brille. Klott wieder schlank, der alte Straßenkämpfer! «Es brennt», sagte er atemlos, «los, zieh dich an, nimm deinen Regenmantel mit und setz diese Mütze auf.»

Klott steuerte seinen Rover, als würde er eine Feuerwehr verfolgen, blieb aber gegen alle Mahnungen taub. Die Ampeln hatten für ihn nur noch eine Farbe. Wie von einer seismischen Welle bewegt, stürzten die Häuserwände auf Eduard zu und über ihn hinweg, Laternenmaste, Straßenbäume, Litfaßsäulen bogen sich zur Seite.

«Stell mir keine Fragen», brabbelte Klott unter dem toten Zigarillo in seinem Mundwinkel hervor, «was ich weiß, habe ich gesagt. Es brennt!»

Unweit der Rigaer Straße brachte Klott das Auto zum Stehen. Die Fassaden wurden im Herzschlagrhythmus vom Widerschein blinkender Warnlichter erhellt. Die Feuerwehr- und Polizeifahrzeuge, die in nächster Nähe stehen mußten, waren nicht zu sehen. Auf den Balkons und in den offenen Fenstern standen zahllose Schaulustige. Einige deuteten mit den Fingern über die Dächer, die meisten starrten vor sich hin ins Dunkle, wehrten mit den Händen kleine schwarze Fetzen ab, die, von einem wandernden Licht erfaßt, wie Glühwürmchen aufleuchteten. Es roch nach verbrannten

Plastiktüten, Fahrradreifen, Matratzen, Kühlschränken, nach verkohltem Holz und angesengtem Putz.

«Warum hast du mich hergebracht?» schrie Eduard Klott an. «Ich sehe schon die Schlagzeile: ‹Entfesselter Hausbesitzer greift zum letzten Mittel: Brandräumung!›»

«Keine Sorge», erwiderte Klott knapp. «Einen Hausbesitzer, der mit der Feuerversicherung seit Monaten in Verzug ist, wird man wohl kaum verdächtigen, sein eigenes Haus abzufackeln.» – «Wen dann, die Hausbesetzer?» – «Sicher wird man sie verdächtigen, aber ohne gute Gründe», meinte Klott und zündete sich den Zigarillo an. «Wer wird in einem Haus Feuer legen, in dem er gratis wohnt, Wasser, Strom und die Stadtreinigung nicht bezahlen muß und sich nach so vielen Jahren ganz zu Hause fühlt? Vielleicht ist ganz einfach eine Gasleitung explodiert.» – «Diesen Blödsinn glaubst du doch selber nicht!» – «Es gibt noch eine andere Möglichkeit», sagte Klott bedächtig, «vielleicht taucht demnächst ein Bekennerschreiben auf: ‹Juden und Hausbesetzer raus!› Deutschland den Deutschen! Vor zwanzig Jahren, lieber Freund, was es etwas leichter, solidarisch mit dir zu sein!»

Im Strom der Neugierigen, die aus den umliegenden Häusern drängten, liefen sie zur Rigaer Straße. Die Feuerwehr hatte den Brandort so weiträumig abgesperrt, daß Eduard sich über das Ausmaß des Schadens kein Bild machen konnte. Das Feuer selbst war offenbar gelöscht worden; die Brandstelle erkannte man an der schweren Rauchwolke, die, wie von einem Gebläse emporgetrieben, vom Dach des Gartenhauses in den Himmel stieg.

Klott schlug vor, Eduard solle ihn ins Büro begleiten und die Nacht bei ihm verbringen, es gebe dort ein paar bequeme Ledersofas. Sie müßten sofort am anderen Morgen das Polizeirevier aufsuchen und Einsicht in die Ermittlungsakte nehmen. Eduard war einverstanden, aber er war viel zu aufgeregt, um sich jetzt schlafen zu legen. Stumm fuhren sie zurück. Bei einer Flasche Malt Whisky saßen sie lange auf der Fensterbank von Klotts Arbeitszimmer und blickten auf den leeren, festlich beleuchteten Kurfürstendamm.

Ob er zu allem anderen jetzt auch noch für die Beseitigung der Brandschäden aufzukommen habe, fragte Eduard. Klott lachte auf und schüttelte dann, da Eduard nicht mitlachte, energisch den Kopf. Es blieb unklar, was er eigentlich so absurd fand, Eduards Frage oder Eduards Lage. Klotts gute Laune reizte Eduard noch mehr. Er werde immer nur mit vagen Auskünften abgespeist, warf er dem Anwalt vor, er hätte das Erbe niemals angenommen, wäre er auch nur auf eine der Fallen, in die er seither geraten sei, vorbereitet worden. Bei seinem wütenden Versuch, das Anfangsglied der ganzen Unglückskette zu finden, ging Eduard so weit, Klotts ganzes Gewerbe zu verdächtigen. Er verstehe überhaupt nicht, wie ein Mann wie Klott es fertigbringe, mit diesen windigen Restitutionen sein Geld zu verdienen. Das ganze Prinzip sei absurd und unmoralisch.

Klott hatte Eduards Ausbruch völlig unbeeindruckt über sich ergehen lassen. Eduard hörte nichts als das Krachen der Salzstangen, die der Anwalt sich bündelweise in den Mund schob. Aber plötzlich verlor er die Geduld.

«Ich glaube, du weißt nicht, wovon du sprichst», sagte Klott scharf. «Schau aus dem Fenster. Schräg gegenüber siehst du das Hotel Kempinski, geh weiter den Ku'damm hinauf zu Karstadt, zu Wertheim, zu Hertie – dem ehemaligen Kaufhaus Tietz –, zum KaDeWe. Ist dir klar, daß diese und tausend andere Berliner Betriebe einmal von deutschen Juden aufgebaut und ihren rechtmäßigen Besitzern von arischen Denunzianten und Konkurrenten auf die gleiche Weise gestohlen worden sind wie die Marwitz AG? Nimm das Hotel Kempinski, von Berthold und Helene Kempinski gleich nach Bismarcks Reichsgründung eröffnet. Durch den Boykott gegen jüdische Inhaber geraten die Unternehmen der Kempinskis, zu denen auch das ‹Haus Vaterland› am Alexanderplatz gehörte, unter Druck, die Dresdner Bank sperrt die Kredite, ein ‹arischer› Angestellter der Kempinskis namens Werner Steinke und der Finanzchef des Kempinski-Konkurrenten Aschinger kaufen die Betriebe zu Dumpingpreisen. Die Kempinskis emigrieren nach England, Steinke zieht in die Kempinski-Villa um, der letzte im Land gebliebene deutsch-jüdische Mitbesitzer und Kompagnon der Kempinskis, Walter Unger, wird 1943 deportiert und ermordet. Oder nimm die Geschichte des Berliner Brauerei-Besitzers Ignatz Nacher. Er hatte als erster die Idee, Bier in Flaschen abzufüllen, und wurde damit einer der reichsten Männer Deutschlands. Gleich im ersten Jahr der Nazi-Herrschaft wird er, wieder unter Beihilfe der Dresdner Bank, gezwungen, das Engelhardt-Haus am Alexanderplatz zu verkaufen und als Generaldirektor der Engelhardt-Brauerei zurückzutreten. Am Ende bekam er für seinen Betrieb nicht einmal zehn Prozent des Wertes. Es war ungefähr die Summe, die er sechs Jahre später für seine Auswanderung zahlen mußte. Als er im September 1939 starb, hinterließ er nichts. Sein Bruder hatte 55 Reichsmark auf dem Konto, als er deportiert wurde. Nicht anders ist es den anderen Unternehmern mit jüdischer Abstammung ergangen, den großen wie den kleinen. Für jeden der versteigerten Betriebe standen Dutzende von arischen Bewerbern Schlange. Was sonst zurückblieb, wurde auf Wochenmärkten als ‹Judengut› feilgeboten. Tausende rissen den Händlern das Porzellan, die Möbel, das Tuch, die Bettwäsche ihrer verschleppten Mitbürger aus den Händen und wußten, woher die Sachen kamen. Es gab Inserate in den Zeitungen, die Uhren und Besteck ‹aus Judenkisten› suchten. Während des Krieges fanden die Versteigerungen gleich in den Wohnungen der Verschleppten statt, und oft genug waren es die Hausnachbarn, die sich auf den Hausrat stürzten. Wenn die Restitution nur den einen Grund gehabt hätte, den vertriebenen deutschen Juden ihre Grundstücke und Häuser zurückzugeben, dann wäre sie allein deswegen gerechtfertigt. Große Teile der Berliner Mitte – also im früheren Ost-Berlin – sind das ehemalige Eigentum deutscher Juden. Allein hier geht es um 12 000 Fälle mit einem Verkehrswert von ein paar Dutzend Milliarden Mark, die zu klären sind. Denn die DDR, das ‹bessere›, das ‹antifaschistische Deutschland›, hat ja das Nazi-Unrecht einfach fortgesetzt. Was die Nazis den deutschen Juden geraubt hatten, wurde von den Sozis noch einmal enteignet und ging dann, wie es in der großartig verlogenen Sprache der Funktionäre hieß, in ‹Volkseigentum› über. In den besseren Häusern wohnten dann die, die über das Volk wachten.» Und da sie einmal dabei seien, fuhr Klott fort, er sehe auch nicht ein, warum die Millionen Flüchtlinge aus der DDR, die ihre Häuser für ein Spottgeld an den Staat verkaufen mußten oder enteignet wurden, sich mit ‹den Tatsachen› abfinden sollten. Sicher habe das Gesetz unverzeihliche Lücken, es gebe tausend Gemeinheiten und in vielen Fällen sei eine Entschädigung wahrscheinlich eine gerechtere Lösung als die Rückgabe.

Manchmal kämen Leute durch seine Tür, die mit großer Bewegung vom emotionalen Wert eines Hauses oder eines Grundstücks erzählten, das sie nie gesehen hatten. Aber solche Leute müsse er ja nicht betreuen.

Eduard schwieg. Es war eigentlich absurd, daß Klott ihm all dies erklären mußte. Warum Klott ihn, Eduard, überhaupt betreue, fragte er schließlich, ob es außer ihrer alten Freundschaft irgendeinen guten Grund gebe, sich mit dem Erbanspruch auf das Haus in der Rigaer Straße herumzuschlagen. Klott schien die Frage Genugtuung zu bereiten. Falls Eduards Anspruch sich auf eine Arisierung gründe, erwiderte er, wäre er der erste, der Eduard warnen oder ihn notfalls auch im Regen stehenlassen würde. Er sei aber ziemlich sicher, daß die Behauptungen der Hausbesetzer falsch seien. Er habe eine alte Bekanntschaft aus der Szene aufgefrischt und werde Eduard wahrscheinlich schon in den nächsten Tagen die Adresse von Frau Schlandt, geborene Marwitz, nennen können.

Den Weg zum Polizeirevier in Friedrichshain kannte Eduard besser als Klott. Den beiden Sheriffs aus der noch ungeschriebenen Vorabendserie mußte er sich nicht mehr vorstellen. Klott allerdings, der, nun wieder im Doppelreiher, gewaltig wirkte und offensichtlich daran Anstoß nahm, daß die beiden Beamten zwei Stunden nach Dienstbeginn mit ihrem zweiten Frühstück beschäftigt waren, schien sie zu irritieren. Als er sich in deutlich angehobenem Ton als Eduards Anwalt vorstellte und Einsicht in die Ermittlungsakte verlangte, hätte Eduard ihn am liebsten mit dem Ellbogen in die Seite gepufft. Klott benahm sich, als sei er vor vier Jahren in der Normandie gelandet, habe sich mit seiner Division bis nach Friedrichshain durchgeschlagen und müsse nun mit den beiden Polizeibeamten das Werk der Re-education beginnen.

Mißlaunig blätterte Klott die Protokolle durch. Wieso seine Mahnungen wegen der offen an der Fassade und im Treppenhaus herumhängenden Elektroleitungen in der Akte fehlten, fragte er. «Ich habe immer wieder auf die Brandgefahr hingewiesen. Entweder leitet der Polizeipräsident meine Schriftsätze nicht ordnungsgemäß an das zuständige Revier weiter oder Sie heften sie nicht ab!» Die Brandursache werde von den Sachverständigen erforscht, sagte der jüngere Beamte patzig, im übrigen habe man durchaus Augen im Kopf und bedürfe nicht der Belehrungen eines Rechtsanwalts vom Kurfürstendamm, um einen solchen Umstand festzustellen. Man ermittle gegen Unbekannt wegen des Verdachts auf Brandstiftung.

Wie der Vollständigkeit halber wurde Eduard gefragt, wo er sich in der Brandnacht aufgehalten habe. Seine Auskunft, er habe zu Hause geschlafen und sei von seinem Anwalt aus dem Bett geklingelt worden, wurde zu Protokoll genommen.

Zu seiner Verblüffung maßen die Zeitungen dem Ereignis kaum Bedeutung bei. Es wurde mit einer Drei-Zeilen-Meldung im Lokalteil angezeigt.

4 EDUARD genoß die Stille nach dem Brand, obwohl er sich über ihre Ursache keine Illusionen machte. Aus irgendwelchen Gründen war die Immobilie in der Rigaer Straße in die Lage eines Berghotels geraten, auf dessen Dach sich alle Blitze zuerst entluden, und plötzlich herrschte Ruhe. Es war, als hätten die beteiligten Parteien sich darauf verständigt, neue Bewegungen vorläufig zu vermeiden. Im Verlauf der Auseinandersetzung waren alle, die Hausbesetzer, die Stadtregierung, Klott und Eduard in Positionen geraten, in die zu kommen sie vorher nie vermutet hätten. Eduard stand als der Bilderbuch-Kapitalist aus dem Straßentheater da, dessen Gewissen bei seinen Gewinninteressen endet. Der Senator hatte die Gelegenheit ergriffen, an einem Fall, der die Stadt nichts kostete, ein historisches Fingerspitzengefühl zu beweisen, das er gegenüber den Versicherungen und Banken, den großen Nutznießern der Arisierungen und der Restitution, nie gezeigt hatte. Die Hausbesetzer sahen sich zu ihrer Überraschung von ihrem Erzfeind in Schutz genommen und plagten sich vermutlich insgeheim mit der Frage, was sie wohl falsch gemacht hatten.

In dieser Stille erreichte Eduard ein Anruf von Marina. Seinem Reflex, sich für sein Schweigen zu entschuldigen, widersprach sie gleich. «Wenn ich dich eher hätte sehen wollen, hätte ich dich eher angerufen», sagte sie und schlug ihm eine Wochenendreise nach Weimar vor. Ungläubig fragte er nach. Weimar? Es klang wie das Ziel einer Traumreise, von der noch in keinem seiner Träume je die Rede gewesen war. «Weimar», das war für ihn ein Elternwort gewesen. Etwas Unwirkliches, irgendwie Anstößiges haftete dem Namen an, eine Aura beschädigter Würde und Größe. Weimar, das war die Adresse für neudeutsche Parzivals, das Camelot für die Beschwörer eines besseren, heilen Deutschland. Daß ausgerechnet dieser Ort das Ziel einer ‹Lustreise› mit Marina werden könnte, ein Kurort für sein gekränktes Mannestum, wollte ihm nicht in den Kopf.

Was immer sie aus den Zeitungen oder durch den Institutsklatsch über seine Erbschaftsangelegenheit erfahren haben mochte, sie stellte keine Fragen. Ohne irgendeine ausdrückliche Verabredung waren sie übereingekommen, ihre Begegnungen von ihrem sonstigen Leben strikt getrennt zu halten. Bei jedem ihrer Treffen erforschten sie ein anderes, eben erst eröffnetes Restaurant, ein neues Off-Theater, einen noch nie besuchten Stadtteil. Die sich rastlos entwerfende Stadt, die jede Woche neue Spielorte erfand, bot die ideale Kulisse für die Illusion von einem zweiten, gleichsam extraterrestrischen Leben, das unberührt neben dem jeweiligen ersten existierte.

Die Ereignisse der letzten Wochen hatten die Balance gestört; schon beim letzten Abendessen hatte Eduard seine Neugier auf einen neuen Treffpunkt nur noch heucheln können. In seinem Kopf waren zu viele Stimmen, die ihn mit Erklärungen, Rechtfertigungen, Anklagen beschäftigten. Die Abkapselung des ersten von dem zweiten Leben erschien ihm plötzlich als ein kindisches Vorhaben, gleichzeitig war er hellhörig geworden für den Zwang, den auch Marina sich damit antat. Aus Andeutungen erriet er, daß sie selber mit Bedrängungen fertig werden mußte, von denen er nichts hatte wissen wollen. Ein Umzug stand bevor, der kränkelnde Sohn bedurfte eines Maßes an Zuwendung, das ihre Position im Labor bedrohte. Immer öfter war sie genötigt, sich des Kindes wegen krank zu melden. Der Vater besuchte sie und das Kind, ohne sich je auf verbindliche Verabredungen einzulassen. Es war vorgekommen, daß er ein ganzes Jahr fortgeblieben war, ohne seinen Aufenthaltsort zu verraten, so daß der Junge, wenn er von Mitschülern befragt wurde, in immer neue, verzweifelte Ausreden auswich. Das eine Mal behauptete er, sein Vater führe eine Ranch in Brasilien, ein anderes Mal, er sei Flugzeugentführer und sitze im Gefängnis, zuletzt beschied er seine Freunde mit der Auskunft, der Vater sei gestorben.

Eduard hatte das Kind einmal zusammen mit Marina im Café getroffen. An der beiläufigen Art, in der Marina ihn vorstellte, merkte er, daß sie eine nähere Bekanntschaft zwischen ihm und dem Jungen nicht wünschte. Aber der hatte ihn mit großen, unverwandt blickenden Augen – Marinas Augen – angeschaut, als wolle er prüfen, ob Eduard sich als Ersatz für das unerreichbare Vaterwesen eigne. Es war unmöglich, sich der stummen Frage zu entziehen, und Eduard konnte nichts daran ändern, daß er eine Antwort darauf suchte. Der Junge war bei weitem nicht so schön wie seine Mutter. Die breite Nase und die rötlichen Haare mußte er vom Vater haben. Eduard traute es sich zu, das Vertrauen des Kindes zu gewinnen; was ihn jedoch irritierte, war der seltsam intime, gleichzeitig gereizte Umgangston zwischen Mutter und Sohn. Marina gegenüber benahm sich der Zwölfjährige wie ein launischer Liebhaber, der selbst entschied, wann und ob er eine Bitte oder ein Verbot befolgte. Ein Mann, der versuchen wollte, in diesen

Schutz- und Trutzbund aufgenommen zu werden, würde sich mit der Brechstange Zugang verschaffen müssen.

Als sie dann wirklich in Marinas Cabrio saßen und auf der Autobahn in Richtung Süden fuhren, war es, als würde das Gewicht der Stadt mit jedem Kilometer abnehmen. Seit seiner Rückkehr aus Amerika war Eduard noch nicht aus Berlin herausgekommen. Das andere Licht in der offenen Landschaft, die Farbe des Asphalts, das Tempo und die Fahrweise auf den breiten Fahrspuren, alles war ihm ungewohnt. Der Himmel, so schien ihm, hatte andere Maße als jenseits des Atlantiks. Ganz oben in dem niedrigen Firmament schwebten helle, kaum bewegte Schleier, die der Sonne die Leuchtkraft nahmen, weiter unten flogen ihnen, in einer anderen Dichte und Geschwindigkeit, riesige dunkle Wolkentiere entgegen.

Er mußte sich erst wieder an die Schönheiten der Verhaltenheit gewöhnen. In dem jungen Grün der Wiesen versteckten sich, kaum zu entdecken, weiße und gelbe Blumen, deren Namen er fast schon vergessen hatte, breite Streifen von Heidekraut dehnten sich zum dunklen, geradlinig abgeschnittenen Waldrand hin, in dem nur die rötlichen Kiefernstämme mit dem wie im letzten Augenblick aufgerichteten Nadelhaupt für Aufhellungen sorgten. Vor dem geordneten Hintergrund der Buchen-, Linden- und Ahornstämme erschienen ihm die weißstämmigen Birken wie Attrappen, flüchtig mit Kalk beworfen, Fremdlinge ohne Paß. Auf den Anhöhen waren, fremdartigen weidenden Tieren ähnlich, die grellroten Spitzdächer neuer Siedlungen zu sehen, in den Senken gewaltige eckige Monolithe aus Glas, Stahl und Plastik, die sich wie aus dem Himmel geschissene Exkremente einer fremden Kultur ausnahmen.

Er versuchte, Marina seine Verwunderung zu erklären. Die ganze Zeit habe er das Bedürfnis, sich eine Sonnenbrille von der Nase zu nehmen, nur um festzustellen, daß er gar keine aufhabe. In Kalifornien hatte er den Frühling als eine Explosion von Blüten und Farben erlebt, als ein Leuchtstück, in dem ein unsichtbarer Dirigent die Einsätze gab: Jetzt, crescendo, die Oleander bitte, nun, cantante, die Bougainvilleen, und jetzt, fortissimo, die Zierkirschen. Selbst die Wiesenkulisse, vor der die ganze Inszenierung stattfand, habe in tausend Schattierungen vibriert. Das deutsche Wald- und Wiesengrün, behauptete Eduard, sei schüchterner, einfarbiger als jenseits des Atlantiks, es leuchte nicht. Zum erstenmal bemerkte er die seltsame Glanzlosigkeit der deutschen Wiesen, auch der Blätterbäume, die vielleicht zurückzuführen war auf ein Zusammenwirken der matteren Sonneneinstrahlung und einer gewissen Einhelligkeit des Grüns. Es gab zuwenig Gelb und Rot darin, alles schien wie von einem Maler gemalt, der sich aus nur wenigen Farbtuben bediente und Mischungen scheute. Womöglich hatte die Mattigkeit der Farben wie der Leidenschaften in Deutschland, das ewige Hin und Her zwischen Selbstzweifel und Selbstüberhebung, etwas mit dem Stand der Sonne zu tun, die selbst in der warmen Jahreszeit schräg stand und sich immer zu entziehen drohte.

Marina tippte sich an die Stirn. Sie konnte mit seinen Himmels- und Grünvergleichen überhaupt nichts anfangen; sie liebte die schräge deutsche Sonne und das matte Grün darunter, «matt» sei ihr sowieso und grundsätzlich lieber als «glänzend». Für alles, was ihn störte, fand sie gute Worte, sogar für den Raser, der sich seit ein paar Kilometern hinter ihre Stoßstange gesetzt hatte und sie gerade mit einem empörten Ausscheren überholte. Ein einziges Mal hatte sie Eduard ans Steuer ihres Cabrios gelassen und danach nie wieder. Seine in den USA gezähmte Fahrweise war ihr nach anfänglichen Komplimenten für seine Geduld nur noch lasch und gefährlich verträumt vorgekommen; sie fühle sich sicherer, entschuldigte sie sich, wenn sie selbst am Steuer sitze. Die von ihr bevorzugte, hierzulande «sportlich» genannte Fahrweise machte ihre Entschlossenheit deutlich, im Duell auf vier Rädern mit den meist männlichen Dränglern und Rechthabern nicht nur zu bestehen, sondern zu obsiegen.

Überhaupt schien es ihr Spaß zu machen, seine Eindrücke über die fremd gewordene Heimat zu bestreiten. Wenn sie über das Institut sprachen, ergriff Marina gegen die Wessi-Kollegen Partei. Sie empörte sich über den Dünkel zweitrangiger Karrieristen, die keine Gelegenheit auslassen würden, die zurückgestuften ostdeutschen Kollegen ihren Wissensvorsprung spüren zu lassen, indem sie die deutschen Fachausdrücke durch englische verbesserten – in einem Akzent, der zum Spott reize. Als Frau fühle sie sich viel eher von den ostdeutschen Kollegen angenommen, die übrigens auch viel humorvoller auf ihre gelegentlichen Anfälle reagierten, sich wie ein Paradiesvogel herauszuputzen. Dann wieder verblüffte sie ihn durch die Strenge, mit der sie über die DDR-Männer urteilte. Mit ihren Rauschebärten und ihrem mangelnden Sinn für Kleidung repräsentierten sie doch eigentlich Steinzeit-Exemplare der Gattung. Um so lauter, wenn auch mit einem ironischen Unterton, lobte sie die DDR-Frauen. Seien sie nicht die idealen Partnerinnen für den von Emanzipationsdebatten verstörten westdeutschen Mann? «Selbstbewußt, berufstätig und, o Wunder, dennoch weiblich!» Nach ihren Bekannten zu urteilen, funktioniere die Kombination Westmann–Ostfrau vorzüglich, die umgekehrte Konstellation habe sich bisher immer als ein Rezept für Liebeskatastrophen erwiesen.

Und Marina selber? Er wußte immer noch nicht genau, ob sie aus dem Westen oder aus dem Osten stammte. Sie ließ ihn dafür büßen, daß er diese Frage überhaupt gestellt hatte. Kaum hatte sie sich durch ihre Vorliebe für ein entlegenes, nur im Westen erhältliches Parfum «verraten», foppte sie ihn mit einem Lied der «Jungen Pioniere», das ihr angeblich gefiel. «Was wüßtest du eigentlich über mich, wenn du es wüßtest», fragte sie und blitzte ihn streitlustig an. – «Nichts. Aber findest du es nicht ein bißchen lächerlich, ein derartiges Geheimnis daraus zu machen?» – «Es ist doch gar kein Geheimnis. Hast du nie gehört, daß Frauen aus der DDR orgasmusfreudiger sind als die aus dem Westen? Na also, was rätselst du?» Vielleicht war es doch mehr als ein Ratespiel: eine Übersetzung des verfassungslosen Zustands ihrer Liebe. Es soll kein Vorher und kein Nachher geben, also bitte keine Fragen nach dem Paß und nach besonderen Merkmalen. Trotzdem, mein Lieber, hat auch ein solcher Zustand seine Regeln. «Du sollst wissen: Ich kann immer nur *einen* Mann lieben und auch nur mit *einem* Mann schlafen, und wenn sich dieser Mann, egal, ob ich ihn seit drei Wochen oder seit drei Jahren kenne, nicht an diese Regel hält und ich das rauskriege …» – «Wie kriegst du es denn raus?» – «… ich kriege es immer raus – dann ist es vorbei.» – «Dann machst du Schluß?» – «Ja, dann ist Schluß, und bis auf eine Ausnahme bin immer ich es gewesen, die dann auch die Entscheidung getroffen hat.» – «Das klingt ja furchterregend.» – «Findest du? Es geht mir dabei nicht um irgendeine Moral, sondern um mich. Männer sind in Liebesdingen zu raschen, unwiderruflichen Entscheidungen nicht fähig. Sie sind zum Lavieren geboren, zum Lügen, zum Balancieren in einem Meter Höhe. Mir liegt so etwas nicht. Ich habe noch nie eine Trennung, die ich für notwendig hielt, aufgeschoben oder unterlassen, nur um irgendeinen ‹besseren Zeitpunkt› abzuwarten. Ich brauche immer eine Weile, bis ich mir sicher bin; es ist ein elender Kampf, von Rückfällen, Selbsterniedrigungen, Heulen und Zähneklappern begleitet. Aber wenn ich den Punkt erreicht habe, gibt es kein Zurück. Die Entscheidung ist unwiderruflich.»

Wollte sie ihn warnen? Er sah sie von der Seite, den zum Rückspiegel gedrehten Lockenkopf, das hochgereckte Kinn, als sie zum Überholen ansetzte. Bevor sie wieder geradeaus schaute, blickte sie ihn sekundenlang an. Ihre Augen sprühten vor Kampfgeist.

Die Fassade des Hotels Elephant entsprach fast fenster- und türgenau der Zeichnung auf der alten Postkarte, die Marina ihm gezeigt hatte; in der Eingangshalle dagegen herrschten Art déco und internationaler Hotel-Standard. Der Mann an der Rezeption tippte ihre Namen in einen Computer. Daß sich an dieser Stelle im Lauf von zweihundert Jahren das Who's who der europäischen Prominenz, von Grillparzer bis Thomas Mann und Adolf Hitler, letzterer mit der Berufsbezeichnung Schriftsteller, eingetragen hatte, kam Eduard wie eine Behauptung vor. War hier irgend etwas wirklich älter als der Computer hinter dem Rezeptionstresen? Das ganze Hotel erschien ihm wie eine gelungene Replik, die zufällig an derselben Stelle stand wie das weltberühmte Original. In plötzlicher Panik starrte er auf den Zimmerschlüssel, den ihm der Rezeptionist reichte. Irgend jemand hatte ihm vor langer Zeit mit einem undeutlichen

Lächeln erzählt, aus den Zimmern des obersten Stockwerks im «Elephant» könne man den Wachturm des KZ Buchenwald sehen. Die eingeprägte Nummer zeigte, daß sie im zweiten Stock untergebracht waren.

Die Fenster ihres Zimmers gingen auf den Marktplatz. Die Rennaissance-Bauten rund um den kopfsteingepflasterten Platz sahen aus, als hätten sie erst vor ein paar Monaten das Richtfest erlebt. Eduard warf sich zum Ausprobieren auf das breite Bett und sah Marina am offenen Fenster stehen. Die Linie des leicht nach vorn gebeugten Körpers verzauberte ihm das Zimmer und den Platz davor. Als er neben sie trat und seinen Arm um sie legte, spürte er ein kaum merkbares Beben ihres Körpers. Gerade noch rechtzeitig vermied er die Frage, ob ihr kalt sei. Daß er ein solches Zeichen nur noch als Hinweis auf ein Frieren zu deuten wußte, bestürzte ihn. Der sanfte Gegendruck ihres Körpers versöhnte ihn mit der wie von Kerzenlicht erleuchteten Kulisse draußen. Auf einmal erschien ihm die Behauptung von Unschuld und Geborgenheit, die ihn so oft an den herausgeputzten Fachwerkansichten deutscher Kleinstädte empört hatte, verzeihlich. Wie von einem Lichtstift umrandet sah er die Bürgerhausfassaden, die Stadtkirche und das Rathaus. Sein Blick verglitzerte sogar die zweistöckigen Reisebusse der Berolina vor dem Hotel und die Waden der schwitzenden Touristen, die, viele in kurzen Hosen und Sandalen, wie auf einer Wasserrutsche aus den offenen Bustüren auf den Platz purzelten. Ohne Groll vernahm er die Hans-, Heinz-, Karin-Rufe der Angekommenen, das «Nun-warte-doch!» und «Halt!»-Gebrüll, das ihn in San Francisco, wann immer er es dort vernommen hatte, rasch das Trottoir hatte wechseln lassen.

Marina schloß das Fenster. Ihre Hand am Fenstergriff

war für Eduard wie der erhobene Taktstock des Dirigenten, wenn alle Lichter ausgehen und das Publikum zu husten aufhört. Andere mochten das Fenster schließen, weil es draußen zu laut war. Marina tat es, um die gleich einsetzende Geräuschexplosion im Zimmer für die draußen Vorbeigehenden zu dämpfen. Ihn rührte die Zuverlässigkeit und Zerstreutheit, mit der sie diese vorausschauende Geste ausführte. Sie schloß das Fenster wie eine besorgte Zofe, die einer Herrin, deren hemmungsloses Betragen bekannt und nicht zu ändern ist, das Zimmer vorbereitet. Danach verschwand die Zofe und Marina blieb.

Vor dem zugezogenen Vorhang streifte sie sich das Kleid über den Kopf, den schwarzen Body ließ sie an. Es gefiel ihr, sich ihm in diesem transitorischen, jederzeit widerrufbaren Zustand zu zeigen und ihn durch ihren bloßen Anblick zu erregen. Manchmal war es ihm, als habe sie es darauf abgesehen, ihn mit den Varianten ihrer Unterwäsche zu verblüffen, als wolle sie, mit der Kühle und dem Humor einer Forscherin, das Alphabet seiner erotischen Vorstellungen durchbuchstabieren. Bekenne dich! Grenzenlos war ihre Neugier freilich nicht; vorbeugend hatte sie ihm einmal aufgezählt, mit welchen männlichen Praktiken er sie verschonen solle, falls er nicht riskieren wolle, sie für immer zu verstimmen.

Wie sie mit dem Sektglas in der Hand vor ihm stand, wäre es einer Kunstschändung gleichgekommen, sie ganz auszuziehen. Sie tue es für sich, sagte sie, nicht für ihn, sie genieße es, sich selbst zu gefallen. Wieder wunderte er sich darüber, daß es im Liebesspiel mit Marina keine falschen Bewegungen gab. Durch Zeichen gab sie ihm zu verstehen, daß es sie störte, wenn er zögerte oder fragte, was ihr gefalle; ob er etwa unter einem Beweiszwang leide? Der einzige Auftrag, den sie ihm erteilte, schien darin zu bestehen, daß er seiner Lust folgen solle. Fast fühlte er sich gefoppt durch die Erfahrung, daß alles so einfach war, daß es nichts zu lernen, herauszufinden oder zu erraten gab. Wenn er, von seiner eigenen Heftigkeit erschreckt, innehielt, ermunterte sie ihn weiterzumachen, sie wisse sich zu wehren. Nur noch aus der Erinnerung steifte ihn der Gedanke, daß er vielleicht nur ein Stellvertreter war, daß es auf ihn und seine Künste gar nicht ankam, um Marinas Explosionen auszulösen. Solche Irritationen gehörten wohl zu den Schäden, die er von weit her bis ins Hotel Elephant mitgebracht hatte. Es war, als müsse er sich immer wieder dazu überreden, das Geschenk von Marinas Hingabe anzunehmen.

Die schräg einfallende Nachmittagssonne schickte irrlichternde Leuchtbotschaften durchs Fenster. Wie von Lichtfäden gezogen, bewegten sich die Gegenstände im Zimmer hin und her, verwandelten sich in Licht- und Schattenwesen, die nur in der Sekunde des Aufblickens stillzuhalten schienen. Die Lichtstreifen auf dem Fensterbrett nahmen Kontakt auf mit der aufglühenden grünen Sektflasche auf dem Tisch, wanderten zu den Glitzerperlen auf Marinas Bauch und berührten ihre wie von innen erhellten Lippen. Dann, ohne Übergang, schaltete eine vorbeiziehende Wolkenwand alle Lichter aus und ließ nur noch die roten und grünen On-Lämpchen der elektronischen Geräte brennen. Marinas offener Mund, die eben noch von der schimmernden Oberarmhaut erhellten Achselhöhlen, die dunkle Furche zwischen ihren Beinen, alles, was vorher schon verschattet war, sank zurück ins Dunkel. Er sank mit und ließ sich fallen. In der Bewegung dieses Fallens trat ihm, wie eine Erinnerung aus ferner Zeit, das Bild des Marktplatzes noch einmal vor die Augen. Ihm war, als habe er diesen Platz schon einmal gesehen, in einer ganz anderen Beleuchtung, zu einer anderen Zeit, an einem anderen Ort. Auch damals war der Platz voller Menschen gewesen, aber sie hatten ihn mit einer lügnerischen Aufmerksamkeit begrüßt. Der ganze Jubel war gefälscht, hinterhältig, von einem Intimfeind inszeniert gewesen. Jetzt fühlte er sich aufgefangen. Allenfalls würde der eine oder andere Ohrenzeuge von Marinas Liebesjubel dort unten vor dem Fenster mit einer unwillkürlichen Verzögerung des Schritts aufblicken, sich fragen, ob er richtig hörte, und dann in freundlicher Verwirrung weitergehen.

Der Reiseführer hatte nicht übertrieben: Man brauchte wirklich nur tausend Schritte, um das tausendjährige Weimar zu erschließen. Marina fügte sich nicht ohne Spott in die Rolle der Stadtführerin, die dem «Spätheimkehrer aus den USA» die Werkstätten der deutschen Klassik zeigte. Geduldig entzifferte sie mit ihm die Gedenktafeln, die Wegpfeile und Inschriften, die die Wege der Berühmten nachzeichneten. Ihre Geburts- und Todesdaten, ihre Umzüge und Krankheiten, ihre Zwistigkeiten untereinander und mit dem Hof, der ganze zur Schulpflicht aufgearbeitete Klatsch beeindruckte Eduard auch aus der Nähe nicht. Was ihn zu beschäftigen begann, war in der Tat so etwas wie ein Schritterlebnis: wie klein das alles war. Er konnte es nicht fassen, wie viele gute Geister sich hier in einem Umkreis von tausend Quadratmetern gefunden hatten. Eine kunstsinnige Fürstin hatte erst den einen, dann den anderen als Erzieher engagiert, die wiederum hatten ihre Freunde nachgeholt, und schon hatte sich in wenigen Jahren eine kleine, radikale, phantastisch produktive Minderheit gebildet – Maler, Baukünstler, Komponisten, Dichter, Erzieher, Wissenschaftler und ihrer aller Leibarzt Hufeland, der die Stadt beinahe täglich zu Fuß durchqueren mußte, um seine schwierige, oft hypochondrische Klientel zu versorgen. Mitten im deutschen Wald war eine südliche, sichtlich von italienischen Lebenskünstlern und Leichtfüßen inspirierte Provinzmetropole entstanden, in der die besten Köpfe der Generation mit- und gegeneinander angetreten waren und einander mit ihren Anfällen von Genie, Neid, Wahn, Krankheit inspiriert und ertragen hatten. Wie war dieses Zusammentreffen von räumlicher Enge und Talentüberfluß zu erklären? War das eine die Bedingung für das andere? Hatten sich nicht auch in Lorenzos Florenz gleich fünf oder sechs Jahrhundertgenies in einer ganz kurzen Zeitspanne und auf knappstem Raum entfaltet? Ein Volk, das unter Raumnot zu leiden wähnt, teilt der Welt vielleicht nur eines mit: daß es von allen guten Geistern verlassen ist!

Auch das verwinkelte Weimar war inzwischen von der siegreichen Armee der Baumaschinen, Kräne, Steinsägen und Preßlufthämmer erobert worden. Bauplanen umflatterten Gerüste vor Fassaden, die man aus Fotobänden kannte, Haufen von handverlesenen Kopfsteinen, historischen Dachziegeln, geretteten Fensterrosen türmten sich an den Baustellen. Berlin wie Weimar schienen darin zu wetteifern, sich im gleichen Tempo, aber in entgegengesetzter Richtung aus der Gegenwart herauszukatapultieren. Berlin flüchtete in die Zukunft, Weimar in die Vergangenheit. Selbst der berühmteste Neubau der Welt, das «Versuchshaus» am kleinen Horn, das als die Mutterzelle alles neuen Bauens galt und die Urzeichnung für die Städte des Industriezeitalters von Los Angeles bis Sibirien geliefert hatte, wurde gerade renoviert. Ungläubig lief Eduard durch den unscheinbaren Bungalow und betrachtete die unfertigen, wie aus Spielerei hingeworfenen Skizzen an den Wänden. Kein Gedicht, kein Theaterstück, kein Roman der Klassiker hatte die sichtbare, von Menschen gemachte Welt so radikal verändert wie die Skizzen jener kleinen Priesterschaft, die sich im April 1919 hier konstituiert und die Formel für das Bauen der Zukunft verkündet hatte: Einfachheit, Offenheit, Zweckmäßigkeit.

Goethes Gartenhaus weckte Erinnerungen an die zitternde Unterlippe des Deutschlehrers und an den Knöchel des dürren Zeigefingers, der den Schülern den Rhythmus des Hexameters auf das Schreibpult geklopft hatte.

Uns ergötzen die Freuden des echten nacketen Amors
Und des geschaukelten Betts lieblicher knarrender Ton

Wahrscheinlich hatte der Deutschlehrer denselben Rhythmus schon auf den Schreibtisch der nationalsozialistischen Eliteschule in Karlsruhe geklopft, in der er früher gewirkt hatte. Daß das Liebesnest eines Dichters zum Nationalheiligtum geworden und in den Nachkriegsjahren als ein Zivilisationsbeweis der Deutschen gegen das KZ Buchenwald in Stellung gebracht worden war, hatte den Ort in Eduards Erinnerung für immer beschädigt.

Als Eduard das leichte, irgendwie zu hoch geratene Haus mit dem dünnen Zierfachwerk und dem steilen Schieferdach unter den Buchen stehen sah, war er erleichtert, fast enttäuscht. Wie die Stadt selber wirkte auch das Gartenhaus unendlich kleiner und hinfälliger als die Bilder, die er sich davon gemacht hatte. Ihn verblüffte die schwebende Vorläufigkeit und Verfallsbereitschaft des Ortes. Es war, als seien die Räume immer noch von dem Coup de foudre aufgehellt, der den Dichterfürsten im Park beim Anblick der armen Christiane getroffen hatte. Das ganze Haus schien auf Rollen zu stehen, zusammenfaltbar und wegfahrbereit wie das legendäre Reisebett im Schlafzimmer.

In Christianes Küche wurden sie Zeugen eines Ehestreits. Als hätten sie es auf den Beweis abgesehen, daß der Liebeszauber im Haus noch immer wirkte, waren ein Mann und eine Frau in eine Auseinandersetzung geraten, die leise, mit zusammengepreßten Lippen ausgetragen wurde. Sie stritten über eine Kleinigkeit, aber der Wortwechsel darüber schien einen Abgrund zwischen ihnen zu öffnen. Der Mann, vom Flair des Ortes sichtlich unbeeindruckt, fragte, wieviel Zeit man eigentlich noch für die Besichtigung aufwenden wolle, er habe Hunger. Die Frau, mit einer halbwüchsigen Tochter an der Hand, befahl ihm mit zornrotem Gesicht, er solle sich gefälligst draußen auf die Gartenbank setzen oder in einem Biergarten in der Stadt warten, wenn er denn nichts anderes als seine Bratwürste und sein Köstritzer Bier im Kopf habe.

Auch Marina und Eduard hatten verschiedene Geschwindigkeiten beim Schauen, Lesen, Weitergehen. Sie war schneller und ließ ihn öfter stehen, nur um ihm in den Durchblicken zu anderen Zimmern wiederzubegegnen. Die Auftritte der sich gleich wieder entziehenden Gestalt, die Sekundenansichten ihres Profils, der nackten Arme, des Rückens belebten ihm die

Skizzen und Schattenrisse an den Wänden. Blödsinn, hör sofort damit auf, du bist nur anders lächerlich als der andere!

Aber er konnte nichts daran ändern, daß die Exponate der hier ausgestellten, ins Museumsformat gebrachten Leidenschaft sein Begehren anfachten. Mit einem abweisenden, gleichsam den Anstand wahrenden Kopfschütteln nahm Eduard die Einladung des Ortes an. Er wunderte sich nur noch über Marinas Intuition und Geistesgegenwart. Ohne Ankündigung, ohne Absicht bot sie ihm eine längst aufgegebene und irgendwie verbotene Ankunft an. Überprang er nicht, mit Marina in Goethes Tür und Fenster, den Abstand zu «den Deutschen», den er durch die Ehe mit Jenny und die zweite Heimat in Kalifornien gewählt hatte? Wog sein Abdriften nach Weimar, das gleichsam kulturelle Fremdgehen mit Marina nicht viel schwerer als das sexuelle? Und war der Betriebsschaden in seiner Ehe nicht doch eine Folge von Jennys nie beruhigtem Mißtrauen gegen die Deutschen und einen selbstmißtrauischen Vertreter namens Eduard? Hilfe, nie hatte es eine bequemere Erklärung für ein intimes Mißgeschick gegeben!

Wie aus Versehen hatte Marina eine Lücke aufgedeckt. War es nicht merkwürdig, wie leicht, ja fast triumphierend er und eine ganze Generation den Verzicht auf diesen Teil der deutschen Geschichte ertragen hatten und nicht einmal hatten wahrhaben wollen, daß ihnen etwas fehlte? Plötzlich ließ er den Gedanken zu, wie prächtig sich die Schülerallergie gegen die Heiligen der deutschen Klassik mit der Hinnahme der Teilung vertragen hatte. Es war ja nicht nur die Abtrennung von einem Stück Land, die da bußfertig hingenommen worden war. Sie hatten auch eine liebenswürdige Denk-

und Lebensart großzügig aufgegeben und über den Rand gekippt.

Zögernd registrierte Eduard, daß er auf dem Weg der Versöhnung war. Wie lange noch, und du wirst dein Herz für die Lodenmäntel und die Jägerhüte entdekken, für Eisbein mit Sauerkraut, für die süßen badischen Weine, für die Fußballchöre und den schmerzhaften deutschen Schulterschlag, für das Einhaken und Schunkeln im Marschrhythmus beim deutschen Fasching?

Später lagen sie unter den Bäumen vor Goethes Gartenhaus, er mit bloßem Oberkörper, den Kopf in Marinas Schoß. Der Boden und das Gewimmel unsichtbarer Tiere unter seinem Rücken reizten die entwöhnte Haut. Er ließ den Blick hinaufwandern an dem schimmelgrünen Buchenstamm, bis zu den flackernden Sonnenflecken zwischen den Zweigen, die wie auf einer leicht bewegten Wasserfläche hin- und herzuschaukeln schienen. Eine wärmende, fast südliche Nachmittagssonne schickte Garben von Lichtpfeilen durch die Blätter. Als sie sich aufsetzte, sah er nah über sich Marinas Kinn und folgte den Bewegungen ihrer Lippen. Sie las aus einem Bändchen vor, das sie fast wahllos vom Büchertisch gegriffen hatte. Es war Christiane gewidmet und handelte vom Gelingen und Scheitern einer fast aussichtslosen Liebe. Von ihrem Kampf um Selbstbehauptung in Goethes Freundesclan, der sie als «rundes Nichts», als «Blutwurst» und als «Magd» verhöhnte; von G. dem Säufer, über dessen aufgedunsenen Körper sich die gestrenge Frau von Stein lustig machte; von G. dem Fresser und Genießer, der sich in unzähligen Briefen über seine Versorgung mit Wein, kaltem Braten und die lang entbehrten Liebesfreuden sorgte; von G. dem «Medienopfer», dem Gehaßten und Beneideten, über dessen unziemliche «sinnliche Vorlieben» die Rezensenten sich das Maul zerrissen. Überraschend, nie durchgenommen, das tapfere Eintreten des Berühmten für die unstandesgemäße Geliebte, das fast bis zu seiner Ächtung bei Hofe führte. Schließlich G. als Verräter, der einst «des Hexameters Maß leise mit fingernder Hand ihr auf den Rücken gezählt» und es am Ende nicht über sich brachte, das Zimmer der tagelang Schreienden, qualvoll Sterbenden noch einmal zu betreten.

Ganz oben zwischen den Blättern sah Eduard den Himmel, wie ein Taucher, der aus großer Tiefe zur Meeresoberfläche schaut, dicht über sich die Linie von Marinas Hals, das durchleuchtete Kinn. Einmal, als sie vom Buch aufschaute, traf er ihren Blick und sagte ihr den millionenfach gesagten Satz, der sich durch keinen anderen ersetzen läßt. Auch, daß es so weitergehen solle, immer und immer weiter, so wie jetzt. «Wie denn?» fragte sie. Er sah etwas wie eine Anstrengung auf den offenen Lippen, die sich einen Atemzug später wieder schlossen, sie wendete den Kopf zur Seite.

Als sie im Gegenverkehr des Touristenstroms zurück zum Hotel liefen, war es, als ob eine Stundenuhr tickte. Nur noch mit ungeduldigen, gleichsam überdrüssigen Blicken ging Marina an den noch unbegangenen Stationen der Bildungsstrecke vorbei, dem Haus der Frau von Stein, das immer noch empört zum leichtsinnigen Gartenhaus hinüberzublicken schien, der Anna-Amalia-Bibliothek, dem Puschkin-Monument. Fast zornig gab sie Auskunft, wenn Eduard stehenblieb und etwas fragte, stieß ihn weiter, als er die Schrifttafel studierte, auf der die Grüße des vom Zaren mit Ausreiseverbot belegten Puschkin an Goethe zu lesen waren.

Wie Gehetzte gelangten sie ins Hotel. Im halbdunklen Zimmer warf sie sich aufs Bett, krümmte sich zusammen, zog sich das Kissen über den Kopf. Und plötzlich wußte Eduard, was sie empörte. Er hatte die nie ausgesprochene Vereinbarung verletzt. Leichtfertig, im Schwung des Gefühls hatte er eine bisher vermiedene Tür geöffnet, die er doch nicht offenhalten würde. In Wahrheit hatten sie die Regel, nach der die Stunden oder Tage ihrer Begegnungen von allen Ansprüchen auf eine Zukunft abzuschirmen waren, längst durchbrochen. Eduard sah eine stolze Frau, die mit sich darüber haderte, daß ihr eine Hoffnung, die sie bisher unter Kontrolle gehalten hatte, entwischt war und ihr als Regent ihrer Gefühle gegenübertrat. Und nun beschimpfte sie ihn, daß er sich, weder von ihr noch durch eigenen Einsatz dazu befugt, in ihr Herz geschlichen hatte. «Ich hasse die Art, in der du die Geschichte treiben läßt. Ich habe nie viel von den Fanfarentönen der Feministinnen gehalten, von der Formierung der Geschlechter in Schlachtordnungen. Nein, mein Lieber, hier geht es nicht um ‹Rollenklärung›, sondern um das Einfachste, um Menschenrechte, um Liebesrechte. Es vergeht kein Tag, an dem ich nicht an dich denke, ich könnte nicht nur diese oder eine andere Stunde, sondern mein ganzes Leben mit dir verbringen, und ich verstehe eigentlich gar nicht, warum du dich je von mir verabschiedest, ich begreife den Vorgang nicht, und ich betrüge mich, wenn ich es verstehe. Ich kann meine Wünsche nicht aufsparen für die paar Stunden oder Tage, die mir wie mit dem Meßlöffel zugestanden werden. Machen wir Schluß damit, ich mache Schluß damit. Bitte verschone mich mit nachträglichen Erklärungen. Morgen, ich weiß, wirst du mir alles mögliche schwören, aber morgen ist es zu spät. Es war von Anfang an zu spät. Du wirst dich nie von deiner Familie lösen, und ich kann dich nicht einmal dafür hassen. Eher hasse ich mich dafür, daß ich es so lange gehen ließ.»

Er sah sie auf dem Bett im Dämmerlicht, den nackten, im Schmerz und in der Abweisung verknäulten Körper, unberührbar. Ihr Gesicht im Schatten, blicklos, sprachlos. Sie weinte, kämpfte gegen das Weinen und weinte darüber, daß sie weinte.

Am anderen Morgen fuhr sie ihn zum Bahnhof. Sie wolle noch eine Freundin in Nürnberg besuchen, sagte sie, «vielleicht können wir ja, in ein paar Monaten oder so, im Palmetto essen oder in einen Film gehen. Aber rufe mich bitte nicht an. Ich sage dir Bescheid, falls mir danach ist.» Sie winkte nicht, als der Zug anfuhr. Vor all den anderen Abschiednehmenden drehte sie sich um und lief, ohne noch einmal den Kopf zu wenden, auf dem Bahnsteig zurück.

Vergeblich suchte er in der vorbeifliegenden Landschaft nach den Bildern, die er auf der Hinfahrt wahrgenommen hatte. Es war, als verweigere seine Wahrnehmung jedes Wiedererkennen, als fahre er durch einen unbekannten Erdteil. Da war nichts als eine große Finsternis um ihn herum. In jäh aufblitzenden Augenblicken der Erinnerung suchte sein Verstand seinen Schmerz zu bestreiten, indem er ihm bestimmte Satzfetzen von Marinas Anklage noch einmal vorspielte. Sie hatte ihm ja nicht den Laufpaß gegeben, weil sie genug von ihm hatte, sondern weil sie mehr von ihm wollte, als er zu geben bereit war. Aber warum starrte er die ganze Zeit auf die automatische Tür, als müsse sie sich vor Marina öffnen? Warum hoffte er auf eine Lautsprecherstimme, die einen Fahrgast namens Eduard Hoffmann ans Telefon des Intercity-Zuges rief? Wirkte hier nur der sattsam bekannte atavistische Greifreflex des männlichen Affen nach dem Verlust? Festhalten, was sich entzieht? Oder die Angst, daß ihm auf dem Bahnsteig in Weimar die letzte Chance seines Lebens davongelaufen war?

Das rote Blinklicht des Anrufbeantworters in der Berliner Dachwohnung zeigte zwei Nachrichten an. Als er Jennys Stimme erkannte, fürchtete er einen Augenblick lang eine Anwandlung eifersüchtiger Intuition, eine Kontrollfrage. Aber Mißtrauen und Eifersucht gehörten nicht zu ihrem Repertoire, sie hatte einen ästhetischen Widerwillen gegen derartige Gefühle. «Frauen machen sich damit klein und häßlich», hatte sie ihm einmal erklärt.

Jenny teilte mit, die Debis-Herren hätten ihr nach endlosen und völlig überflüssigen Rückfragen nun doch die Stelle der Pressesprecherin angeboten. Im September könne sie anfangen, und nun sei sie erst einmal verwirrt. «Ehrlich gestanden weiß ich nicht, ob ich mich freuen oder eine Gänsehaut bekommen soll. Ich kann nicht behaupten, daß es mich nach Berlin zieht. Aber ich gebe zu, mit der Aussicht auf einen Stammplatz im renovierten Türmchen des Weinhauses Huth sehe ich die Stadt mit freundlicheren Augen. Auf jeden Fall müssen wir bald entscheiden, unter (oder auf) welchen Dächern wir unsere Experimente fortsetzen wollen.»

Nach Jenny und dem Piepston meldete sich eine andere, nie gehörte Stimme. Eine aufdringliche Stimme, die Eduard irgendwie an den Kücheneinrichter erinnerte, nur kam sie ihm jünger und ungeübter vor. Ein Norbert Kühlmann stellte sich als Mitglied eines «Vereins der Freunde» vor. «Wir verfolgen aus nächster Nähe deinen tapferen Kampf um Haus und Hof und möchten dir zu deinem Vorgehen in der Rigaer Straße unsere Hochachtung aussprechen. Wir sind auch weiterhin bereit, dir zu deinem Recht zu verhelfen, und bieten die handfeste Unterstützung unseres Freundeskreises an. Es darf nie wieder geschehen, daß deutscher Haus- und Grundbesitz, deutsche Erde…» – an dieser Stelle brach die Nachricht ab, als wäre der Anrufer bei der Ansage unterbrochen oder vom Gedanken an eine polizeiliche Auswertung irritiert worden.

Das Band löschen oder der Polizei übergeben? In Deutschland reagierte man entweder mit zuwenig oder mit zuviel Aufregung auf solche Zuckungen des Nazi-Muskels. Die Aufregung über das Zuviel endete freilich fast immer in dem kopfschüttelnden Begnügen mit dem Zuwenig. Was Eduard, beim zweiten Abhören, dann doch die Knie weich machte, war das Wörtchen «weiterhin». Handelte es sich etwa um eine Bekenneransage? Worin genau bestand die angeblich bereits erbrachte Hilfeleistung, und welche weiteren waren zu erwarten? Der Verdacht preßte ihm einen Schrei des Ekels aus der Brust. Die ganze Angelegenheit hatte einen unerträglichen Grad von Widerwärtigkeit angenommen. Nicht einmal das Schloß von Windsor wäre soviel Ärger wert.

Mitten in der Nacht schreckte ihn ein kaum mehr erhofftes Telefonklingeln auf, aber es war nicht Marina. «Ich beglückwünsche dich zu deinen Nerven», raunzte Klott. «So mir nichts, dir nichts aus dem Auge des Orkans zu verschwinden, das läßt entweder auf einen starken Charakter oder auf Persönlichkeitsspaltung schließen!» Er habe dank der bereits erwähnten alten Freundschaft, die den zunehmenden Abstand zwischen den Lebenswegen, Leibesumfängen und politischen Anschauungen überstanden habe, einen Kontakt zu den Besetzern in der Rigaer Straße herstellen können und sei nun endlich im Besitz der Telefonnummer jener Frau Schlandt, geborene Marwitz, die Frau Rheinland für die legitime Erbin halte. Frau Marwitz wohne in West Palm Beach. Nicht nur als Eduards Anwalt, sondern als sein ehemaliger Kampfgefährte rate er, diese Edita Marwitz sofort zu besuchen. «Außerdem», schloß Klott etwas rätselhaft, «solltest du dir gelegentlich einmal klarmachen, daß auch Hausbesetzer zu der Generation gehören, die in den nächsten Jahren rund vier Billionen Mark erben wird.»

Eduard sah auf die Uhr, die Sonne war in West Palm Beach noch nicht untergegangen. Er wählte die Nummer. «Yes? Who? Eduard Hoffmann? You must have the wrong number ... Sorry? The wrong number, I said.» Die Stimme am anderen Ende der Leitung schien ihm zu jung, als daß sie einer Frau gehören konnte, die nach seiner Rechnung weit über achtzig sein mußte. Aber ihr Akzent verriet auch noch nach so vielen Jahren ihre Muttersprache und ermutigte ihn zu der Bitte, keinesfalls aufzulegen. «You don't know *me*, but you knew my grandfather, Egon Hoffmann.» – «Egon? Sure I know him – knew him, I mean. Are you certain, though? He never mentioned having a grandson named Eduard. How come you're calling me?» –«There's something I have to find out about him.» – Er hörte ein kurzes, scharfes Auflachen. – «After all these years? Why? You're probably a grandfather yourself by now.» «I'll explain that, when I meet you.» – «Where are you?» – «In Berlin.» – «East or West?» – «West, I mean former West.» – «And you want to come all the way from Berlin to West Palm Beach? When?» – «Tomorrow.» – «This is ridiculous. What for?» Sie zögerte, dann schien irgend etwas ihre Stimme weicher zu machen. «You're his grandson? If you're half as nice a guy as Egon was, you're welcome.»

Am nächsten Morgen bat er Rürup um vier Tage Urlaub wegen einer dringenden Familienangelegenheit, buchte einen Rundflug über West Palm Beach, San Francisco und zurück und schickte Jenny und den Kindern ein kurzes Fax, mit dem er sein Kommen ankündigte.

5 DAS Flugzeug war mit amerikanischen und deutschen Urlaubern überfüllt. Eduard nahm es als gutes Zeichen, daß die Stewardeß ihn, den spät gekommenen Alleinreisenden, um Entschuldigung für die Überbuchung bat und ihn zu einem Platz in der Business class führte. Er genoß den Augenblick der Beschleunigung vor dem Abheben, das immer stärkere Vibrieren des Riesenkörpers, das die Gespräche verstummen und die Passagiere Halt an den Armlehnen suchen ließ. Als er die Startbahn und gleich darauf die halbe Stadt unter sich wegkippen sah, fühlte er sich leicht und frei. Daß er so plötzlich fort- und hinaufgerissen wurde – es war wie ein großes Ausatmen. Gelassen, ohne Vorwurf sah er die Stadt unter sich liegen, im satten – glanzlosen! – Grün, weit ausgebreitet zwischen den Spreearmen und den vielen Seen, eigentlich doch begünstigt und gut angelegt. Schön war sie nicht und konnte sie nicht werden, aber eine verletzte Schönheit war sie doch. Unwillkürlich suchte er zwischen den dicht gestreuten Wohnwürfeln im Nordosten nach einem Erkennungsmerkmal – nach dem Riesenspeer! –, der ihm das Mietshaus in der Rigaer Straße bezeichnet hätte. In den USA gab es einen Satellitenservice für private Kunden, der für ein 1000-Dollar-Honorar metergenaue Bilder von jedem Garten oder Innenhof der Welt lieferte. Er hätte besser daran getan, diesen Dienst zu engagieren als Nießling und seine Leute.

«Noch einmal in Sachen Kohlhaas», schrieb er an

Klott. «Ich würde um ein Erbe, sollte es mir denn durch eine ‹Arisierung› zugefallen sein, nicht eine Sekunde lang kämpfen. Selbst für den Fall, daß es mir zusteht, ist mir jeder denkbare Genuß daran längst vergällt. Am liebsten würde ich auf mein ganzes enggebautes, verwahrlostes und außerdem besetzes Glück pfeifen und bereue, daß ich es nicht rechtzeitig getan habe. Inzwischen steht aber mehr auf dem Spiel als ein Besitztitel. Nennen wir's die Wahrheit einer Geschichte, die nicht nur mich angeht, aber ausgerechnet mir als der berühmte Dachziegel auf den Kopf gefallen ist. In welchem Buch aus dem Buch der Bücher steht der Satz: Solange ich fünfzig Gerechte in der Stadt finde, will ich ihre Stadt verschonen? Ich glaube, es ist das Buch der Genesis, schlag bitte für mich nach. Ich fürchte aber, daß der von mir zitierte HERR nicht an den sonderbaren Fall gedacht hat, der mich, den Enkel eines Menschen namens Egon Hoffmann, seit einiger Zeit beschäftigt. Wie würde der HERR wohl mit einer Stadt verfahren, die von den Gerechten, die in ihren Mauern lebten, gar nichts wissen will, sie sogar verleugnet, um den HERRN davon zu überzeugen, daß es Gerechte gar nicht geben konnte? Der Terror der Ungerechten, so verteidigen sich die Bürger dieser Stadt vor dem HERRN, sei so total und lückenlos gewesen, daß sogar die Gerechtesten versagen und Ungerechte werden mußten.»

Aber dann, als die endgültige Flughöhe erreicht war, war er froh, den Brief nicht abschicken zu können. Das Schlimmste dort, weit unten und weit hinten in der Stadt, war vielleicht, daß es nicht genug Atemluft für den Zufall gab. Nichts blieb so klein, wie es war. Alles hing immer irgendwie mit allem zusammen. Jede Kleinigkeit war süchtig nach Bedeutung und flüchtete in einen größeren Zusammenhang, strebte nach höheren

Würden, entwickelte einen Größenwahn, wollte Symptom sein, Mythos werden. Ein alberner Knatsch um eine Ruine in Friedrichshain blähte sich auf zum Streit zwischen dem Palast der Republik und dem Hohenzollernschloß. Ein völlig durchschnittliches Malheur zwischen zwei Liebesleuten führte über zwei Ecken und drei Verwandte auf die Spur eines Kollektivmords, sog Kraft und Pathos aus den Wunden der Vergangenheit und ging als antifaschistischer Reflex spazieren. Und er, Eduard, war auf bestem Wege, ein Imam der Beziehungshuberei zu werden.

Als er aufwachte, wußte er nicht, ob die Sonne, die er im rötlichen Dunst stehen sah, eben aufgegangen oder gerade im Untergang begriffen war. Zwischen den Rissen der Wolkendecke unterschied er endlose Wasserflächen, die wie gehämmertes Metall glänzten, an den Rändern hin und wieder dunklere Linien von Ländern oder Inseln, die rasch wieder verschwanden, weit hinten, am äußersten Rand des Fensterhimmels, blasses Rosa, das das Gewölbte vom Flachen zu trennen schien. Der Bildschirm des Monitors zeigte eine Erdkarte, auf der sich ein wie von Kinderhand gezeichnetes Flugzeug auf einer Erdkarte ruckartig vorwärts bewegte. Durch den Blick aus dem Fenster ließ sich die Computer-Simulation so wenig verifizieren wie die behauptete Geschwindigkeit. Daß man sich überhaupt bewegte, bewies eigentlich nur das Drehgeräusch der Motoren und das gemächliche Vorübergleiten von immer neuen, verschwenderisch ausgerüsteten Wolkenarmeen. Ihn störte die rote Nabelschnur auf dem Computerbild, die vom Bauch des Flugzeugphantoms über den Atlantik hing und zurück nach Berlin führte. Sosehr das dumme Flügelding auch ruckte, es gelang ihm nie, sich von seinem Ausgangsort loszureißen.

Auf der Gangway in West Palm Beach prallte ihm feuchte Hitze ins Gesicht. Die Luft, die in sichtbaren, beinahe anfaßbaren Wirbeln vom Asphalt aufstieg, überzog die Haut augenblicklich mit einem Firnis heißer Nässe. Eduard erkannte die neben und vor ihm aussteigenden Mitreisenden nicht wieder. Bisher hatte er sie nur als Sitzende wahrgenommen. Jetzt sah er, daß fast alle das Flugzeug schon in jener Standardkleidung betreten hatten, in der man in Florida, gleichgültig, zu welchem Geschlecht und zu welcher Altersgruppe man gehörte, das ganze Jahr über auftrat: Turnschuhe, kurze Hose, T-Shirt. So viele alte Beine in kurzen Hosen konnte man in Europa sonst wohl nur in Weimar sehen. Mit zusammengekniffenen Lidern nahm er die Helligkeit wahr, die senkrecht vom Himmel stürzte, er spürte das andere Gewicht der Luft.

Das Taxi fuhr an gut arrangierten Gruppen von Palmen vorbei, an Bananenstauden, Grapefruitbäumen, an Luftwurzelbäumen, deren krakenartig ausgreifende Wurzeln manchmal den Umfang der Kronen übertrafen. Von neuem gefiel ihm die Spielfreude und Skrupellosigkeit, mit der das Land sich selber inszenierte. Zwischen den Palmenzweigen schimmerten weiße Hotelfassaden mit goldenen Zinnen und Türmchen hindurch, die an Zeichnungen aus Disney-Filmen erinnerten. Auf den Rasenflächen sah man weißgekleidete Damen und Herren mit Strohhüten auf den Köpfen; riesige Luxusautos bremsten panisch, wenn irgendein weißes Hosenbein aus dem Buschwerk am Straßenrand auftauchte und einen fleckenlosen Golfschuh auf den Fußgängerstreifen setzte. Ein Freund in San Francisco hatte Eduard erzählt, es sei der Traum manches Fußgängers, beim Überqueren der Straße von einer Stoßstange in der Kniekehle sanft berührt zu werden. Mit einem guten Anwalt an der Seite könne ein Mensch, dem ein solches Unglück widerfahre, leicht Millionär werden.

Sie fuhren auf einen gewaltigen Triumphbogen zu; durch den Bogendurchlaß leuchteten der Himmel und das Meer. Erst im Näherkommen wurde Eduard gewahr, daß das Bauwerk auf den Seitenflügel eines schloßähnlichen Hotels aufgemalt war. Jenny hatte von Anfang an mehr Spaß an solchen Spielereien gehabt als er. Die Kunst der Täuschung, hatte sie gemeint, sei wahrscheinlich älter als jede andere Kunst. Was Eduard nur dagegen habe, daß die Amüsementparks, die Skylines der großen Einkaufszentren und Residenzen von einer Theater- oder Kulissenästhetik beherrscht seien, ja, und auch das Innendekor der Kaufhäuser, Hotelhallen, Kinopaläste? Ob es sie denn gar nicht störe, hatte Eduard eingewandt, daß sich das ganze Dekor beim Nähertreten als schöner Schein entlarve, die Balustraden reiner Gips, die Stuckfassaden aufgeklebt, die Kristallüster Plexiglas, die Spiegelrahmen Pappmaché, der Marmortisch Preßholz, die antiken Teppiche Fabrikware. Die Täuschung funktioniere doch immer nur aus einem gewissen Abstand. Ebendeswegen, hatte Jenny ungerührt erwidert, verkaufe sich Amerika so gut im Film. Auf einer Kinoleinwand wirke die Attrappe besser als jedes Original. Die ideale Entfernung zwischen Betrachter und Produkt sei nun einmal die zwischen der zehnten Kinoreihe und der Cinemax-Leinwand. Womöglich hatte ihm Jenny, so fuhr es Eduard im nachhinein durch den Kopf, mit diesem Hinweis auch den idealen Abstand zwischen ihm und ihr bezeichnen wollen.

Der Taxifahrer drosselte das Tempo und fragte einen Passanten nach der Adresse, die Eduard ihm genannt hatte. Das Viertel an der Strandpromenade, in dem Frau Marwitz wohnte, schien von einem Spielteufel entworfen worden zu sein, den die Lust am Gegensatz und an der beherzten Geschmacksverirrung trieb. Eduard hatte noch nie so viele reiche Häuser in so vielerei Baustilen nebeneinanderstehen gesehen. Jedes stritt mit dem anderen um die Ehre, zuerst bemerkt zu werden. Ein Privathaus im Stil einer türkischen Moschee zog den Blick vom benachbarten Alterssitz, der nach Art einer gotischen Kirche gestaltet war, eine toskanische Villa mit Kupferdach versuchte, neben einem griechischen Tempelbau zu bestehen. Ein weiterer Preis war offenbar auf die Kunst der Heckengestaltung ausgesetzt. All diese bewohnten Burgen, Bibliotheken, Klöster, Kirchen waren von dichten, sorgfältig beschnittenen Heckenskulpturen umgeben. Nur ein Bauelement wiederholte sich überall: Zusätzlich zu den Treppenaufgängen waren vor allen Häusern serpentinenartig geschwungene Auffahrten für Rollstuhlfahrer angelegt.

Edita Marwitz wohnte in dem einzigen Apartmenthaus des Villenviertels. An den verbliebenen wilden Palmen und den Resten von Macchia konnte Eduard erkennen, daß es vor nicht allzulanger Zeit noch von tropischem Urwald eingekreist gewesen war. Der schwarze Pförtner in der Eingangshalle meldete Eduard durch das Haustelefon an und zeigte ihm den Fahrstuhl. Die Wohnungstür im sechsten Stock öffnete sich erst, nachdem mehrere Schlüssel gedreht worden waren. Eduard spürte eine grundlose Erleichterung, als er Frau Marwitz vor sich sah. Sie war groß und nicht gerade schlank. Das großflächige Gesicht unter den schütteren, zurückgebundenen Haaren, in denen ein paar blonde Strähnen schimmerten, wirkte scharf, fast kühn.

Die Mundpartie mit den stark geschminkten Lippen und den zahllosen Mundfältchen schien ein autonomes System zu bilden, ein Gesicht im Gesicht. Sie blickte ihn aufmerksam und ein wenig spöttisch an; es war, als suche sie nach Übereinstimmung mit einem Bild in ihrem Kopf. «No», sagte sie schließlich und hielt inne, als wolle sie das Urteil gleich näher ausführen, aber dann schüttelte sie nur sacht den Kopf. Eduard wagte nicht zu entscheiden, ob dieses Kopfschütteln eine Verneinung bedeutete oder auf ein Alterszittern zurückzuführen war.

«I know», sagte er schnell, «this is by way of beeing a surprise attack. I apologize!»

Der falsche Anfang. Mißbilligend, so schien es ihm, zog sie die Lippen nach unten, als sie seine Stimme hörte, und sagte eine Weile nichts, als spiele sie sich seinen Satz noch einmal vor. «No», wiederholte sie, «you don't look like him. Don't sound like him either. No resemblance at all. Do you ever sing?»

«Should I? I used to as a boy. Just one of those things…»

Unvermittelt brach sie in ein Lachen aus, das ihr Gesicht jung machte.

«Ach, sprechen wir deutsch», sagte sie ärgerlich. «Es ist doch komisch, wenn zwei Leute, deren Muttersprache Deutsch ist, sich gegenseitig vormachen, wie gut sie Englisch können. Er hat übrigens genau wie Sie beim ‹th› die Zungenspitze zwischen die Zähne gesteckt. – Kommen Sie herein!»

Ihn wiederum verwirrte der Klang ihres Deutschs. Die Vokale und die harten Rachenlaute erinnerten ein wenig an jene Version des Deutschen, die man aus Hollywoodfilmen über den Zweiten Weltkrieg kannte. Erst als er ihr durch den langen, hellgestrichenen Gang ins

Innere der Wohnung folgte, bemerkte er, daß sie sich beim Gehen mit der linken Hand auf einen Stock stützte. Die Längsseite der beiden ineinandergehenden Wohnräume war von einem verglasten Laufgang gegen die Straße abgeschlossen. Die Schmalseite bestand aus verschiebbaren Glastüren, die zu einer Veranda führten. Das üppig einfallende Licht und die zahllosen Pflanzen verliehen der Wohnung den Charakter eines Gewächshauses, in dem zwischen tropischen Blüten, Büschen und Bäumen erlesene Möbelstücke standen. Auf den Armlehnen der Chaiselongues, der Sofas und Sessel lagen gestickte Schondecken, der marmorne Schachtisch war mit einer geknüpften Auflage bedeckt. An einer Wand hing ein Jugendstilspiegel, dessen handgeschnitzter Rahmen mit Blumen- und Weintraubenreliefs überladen war; das Silberset auf dem Mahagonitischchen mit der fein gearbeiteten Zuckerdose und dem Milchkännchen schien eher für eine Ausstellung als zum Gebrauch bestimmt. Die überall aufgestellten Steh- und Tischlampen brannten alle und beleuchteten die auf den Schreibtischen, Sekretären und auf dem Piano angeordneten Gruppen- und Porträtfotos.

Sie bot ihm einen Korbstuhl in der Veranda an und entschuldigte sich. Es dauerte lange, ehe sie mit Tee und Kognak zurückkehrte.

«Was ist denn plötzlich so interessant an Dr. Egon Hoffmann, daß ein Enkel seinetwegen gleich um die halbe Welt fliegt?» fragte sie. «Hat er Ihnen etwa was vererbt?»

Womöglich hatte sie es nur darauf abgesehen, seine Schlagfertigkeit zu testen, aber Eduard war bereits dabei, sich zu rechtfertigen. Viel zu hastig erklärte er, wie sein Bruder und er erst durch den Brief eines Freundes seines Vaters auf «ein» Erbe – er vermied das Fürwort unser – in der Rigaer Straße aufmerksam gemacht worden seien, von dem sie vorher so wenig gewußt hätten wie von dem Erblasser, seinem Großvater Egon, und erzählte dann von den Auseinandersetzungen um das besetzte Haus, die einen Zwölfjährigen fast das Leben gekostet hatten; von der Behauptung der Besetzer, daß er ein Nazi-Enkel sei, der die rechtmäßige Erbin, nämlich Frau Marwitz, fünfzig Jahre nach den Nazis zum zweitenmal um ihren Besitz zu bringen suche; von der seltsamen Prominenz, die der ganze Fall inzwischen gewonnen hatte.

Er war nicht sicher, ob sie zuhörte. Noch immer sah sie ihn an, als forsche sie in seinem Gesicht und seiner Stimme nach Beweisen für die Behauptung, daß er Egon Hoffmanns Enkel sei. Offenbar hatte sie ein weit genaueres Bild von diesem Vorfahren als er selbst. Die ganze Zeit über irritierte ihn auch das sanfte, stetige Kopfschütteln. Dann wieder ein kurzes, spöttisches Auflachen.

«Sie sind nicht zu beneiden um das Land, aus dem Sie kommen», sagte sie. «Geteilt oder vereinigt – sobald man etwas bohrt, spritzt der braune Dreck wieder hervor. Auch wenn man nur daneben steht, kriegt man die Spritzer ab und muß sich erst einmal das Hemd saubermachen!» Offenbar machte es ihr Spaß, in Rätseln zu sprechen und ihn in die Rolle des Ratenden zu bringen.

«Nicht richtig gelesen, schlampig recherchiert», fuhr sie fort und sah ihn an, als habe *er* sich dieses Vergehens schuldig gemacht. «Frau Rheinland und ihre Freunde haben da ein paar Dinge durcheinandergebracht. Irgendwo haben sie gehört oder gelesen, wie zwei nicht mehr ganz junge Damen aus Florida im Flur eines Berliner Gerichtssaals die Nerven verloren und handgreiflich wurden. Sie wissen nichts davon? Was lesen Sie denn? Es ging doch durch alle Zeitungen! Die beiden Greisinnen – eine der beiden sitzt hier vor Ihnen – hatten sich tatsächlich erdreistet, den kriminell dummen Enkel eines ehemaligen Wehrwirtschaftsführers zu ohrfeigen. Dieser tüchtige Vorfahre hatte die gesamte Firma meines Vaters gleich im Jahr eins nach Hitlers Machtantritt für eine lächerliche Kaufsumme an sich gerissen und arisiert. Nach dem Krieg durfte er das ergaunerte Vermögen behalten, mußte sich aber zu einer zwanzigprozentigen Ausgleichszahlung verpflichten. So weit, so ungerecht. Der Wehrwirtschaftsführer ist irgendwann als steinreicher Mann gestorben. Mein Vater hat sich 1935 in Berlin das Leben genommen. Irgendwann, denkt man, ist so eine Geschichte wenigstens juristisch zu Ende, aber nichts da. Sie geht weiter und immer, immer weiter! Nun zu den Ohrfeigen. Kaum haben sich die beiden Deutschländer auf wundersame Weise vereinigt, meldet sich der Enkel des Wehrwirtschaftsführers zu Wort. Nicht etwa mit einer Entschuldigung, mit einer Geste der Scham, nein, mit Ansprüchen. Der zwanzigjährige Unschuldsbengel will sich und der Firma nun auch noch die Grundstücke und Häuser einverleiben, auf die sein famoser Großvater nach dem Krieg keinen Zugriff hatte, weil sie dummerweise von der DDR-Regierung enteignet worden waren. Der junge Wollgraf behauptet dreist, mein Vater habe sein gesamtes Vermögen seinerzeit ‹freiwillig› verkauft, und die 1950 vereinbarte Ausgleichszahlung habe selbstverständlich auch die in der DDR liegenden Vermögensteile eingeschlossen, darunter das Mietshaus in der Rigaer Straße. Verstehen Sie es endlich? Frau Rheinland hat Sie ganz einfach mit dem geohrfeigten Enkel des Wehrwirtschaftsführers verwechselt!» Ihr

Lachen schien nicht frei von Schadenfreude. «Und ich kann es ihr nicht einmal übelnehmen. Sie können ja wirklich nicht das mindeste dafür, daß Ihr Großvater anders war. Daß Sie stolz auf ihn sein können. Sie kennen ihn ja nicht einmal. Ich habe mich immer gewundert, daß sich niemand von den Hoffmanns je darum bemüht hat, etwas über ihn in Erfahrung zu bringen.»

Sie stand auf, führte Eduard zum Flügel und zeigte auf eines der gerahmten Fotos. Darauf war ein Streichquartett zu sehen, bestehend aus vier Männern im Studentenalter. Edita Marwitz beobachtete Eduard, während er in den Gesichtern auf dem Foto nach einem Erkennungsmerkmal forschte. Mit plötzlicher Entschiedenheit deutete er auf den schnauzbärtigen Geiger mit dem Vatermörder, der am Pult im Vordergrund saß. «Das ist mein Vater Kasimir», sagte Edita Marwitz mit einem unnachsichtigen Lächeln, «Ihr Großvater war zuständig für die Noten mit dem Baßschlüssel.»

Eduard trat noch näher und betrachtete den jungen Mann mit dem Cello. Er hielt sein Instrument merkwürdig weit vom Körper ab, während er mit dem vierten Finger der linken Hand ganz oben auf dem Griffbrett die Saite niederdrückte. Hinter der randlosen Brille schien er ungeduldig, fast zornig zu Kasimir, dem ersten Geiger, zu blicken.

«Ach, Sie wissen ja nicht einmal, wie er ausgesehen hat! Ihre Großmutter hat es in ihrem gekränkten Stolz offenbar geschafft, ihn vollkommen aus dem Gedächtnis der Familie zu streichen. Nun ja. Als Ehemann und Vater war Egon wahrscheinlich eine Katastrophe. Ein Angeber war er, ein Spieler, ein unverbesserlicher Schürzenjäger. Aber ist es nicht etwas seltsam, wenn ein Mann, der nicht treu sein konnte, deswegen auch noch von seinen Kindeskindern mit Nichtachtung gestraft wird? Viele treue deutsche Ehemänner seiner Generation haben sich ganz andere Dinge zuschulden kommen lassen, sind Denunzianten, Rassisten, Mörder geworden. Sind sie deswegen von ihren Familienangehörigen zur Rede gestellt oder gar verleugnet worden? Nach getaner Arbeit wurden sie von ihren treuen Ehefrauen und lieben Kinderchen in die Arme geschlossen. Egon, der schlimme Egon, hatte etwas, was rar in Deutschland ist.»

Nach und nach setzte sich aus der Erzählung von Edita Marwitz die Geschichte einer schwierigen Freundschaft zusammen. Kasimir und Egon kannten sich vom gemeinsamen Jurastudium in Leipzig. Als Kasimir die Schuhfirma seines Vaters übernahm, holte er den Studienfreund als Syndikus in die Geschäftsleitung. Als die Nazis gleich nach ihrem Wahlsieg begannen, Boykotts gegen Betriebe von deutsch-jüdischen Unternehmern zu organisieren, hatte Egon dem Freund geraten, die bevorstehende Gleichschaltung selbst durchzuführen, um den Betrieb zu retten, und ihn, Egon, zum Generaldirektor zu ernennen. Kasimir hatte nach einigem Zögern zugestimmt. Zwischen den beiden entstand eine merkwürdige, zwischen Verdacht und Vertrauen schwankende Konkurrenz. Egon, der sich im Streichquartett wie im Betrieb gern in den Vordergrund spielte, machte keinen Hehl daraus, daß er die neue Machtstellung genoß. Kaum hatte er das Büro des Generaldirektors mit den drei Fenstern zum Kurfürstendamm bezogen, erfüllte er die Auflagen des Reichswirtschaftsministeriums so energisch, daß Kasimir unsicher wurde. Er und die Seinen fragten sich manchmal halblaut, was bei Egon eigentlich echt und was Tarnung war: sein öffentliches Auftreten als Pg und überzeugter Nazi oder sein privat geäußerter Abscheu gegen das «braune Banausentum». Vor allem über die

Frage, wie ernst die Lage für Deutsche jüdischer Abstammung geworden war, gerieten sie in Streit. Kasimir verbot sich und anderen jeden Gedanken daran, daß in dem Land, in dem seine Familie seit Jahrhunderten lebte, ein ungeheuerlicher Raub- und Mordzug gegen ihn und seinesgleichen begonnen hatte. Er war überzeugt, daß der Nazispuk bald vorbei sein werde und man die paar Jahre durchhalten müsse. Als Egon Kasimir drängte, die Firma zu verkaufen und mit der Familie so rasch wie möglich das Land zu verlassen, platzte es aus ihm heraus: Er könne sich schon denken, warum Egon die Zukunft seines Freundes so schwarz male! Damals soll Eduards Großvater die Marwitz-Villa in Dahlem wortlos verlassen und die späteren Entschuldigungen Kasimirs ohne ein sichtbares Zeichen der Versöhnung zur Kenntnis genommen haben.

Als jedoch Kasimirs Verhaftung drohte, versteckte er den Freund bei sich und sorgte durch seine Verbindung bei der Partei für die Aufhebung des Haftbefehls. Im Herbst 1933, nachdem die Umsätze der Firma Marwitz durch den Boykott und die drohende Schließung ständig zurückgegangen waren, entschloß Kasimir sich zum Verkauf seiner Aktienmehrheit an seinen Lieferanten, den Lederfabrikanten Wollgraf. Der hatte es mit dem Kauf nicht eilig. In dieser Situation schlug Egon dem Freund vor, das Mietshaus in der Rigaer Straße aus dem Betriebsvermögen herauszunehmen und an ihn, Egon, zu verkaufen.

Bei der Verhandlung über den Kaufpreis, so Edita Marwitz, habe Egon endgültig bewiesen, wo er «mit dem Herzen» war. Er bot Kasimir einen Kaufpreis an, der um ein Viertel über dem verlangten lag, und überwies die Summe unverzüglich auf ein Konto in Paris. Dieses Geld gestattete es Kasimir, die Ausreise seiner

Angehörigen vorzubereiten und einen Teil der Möbel außer Landes zu schaffen. In Amsterdam gelang es der Familie, sich samt Hausrat nach New York einzuschiffen.

Es war dunkel geworden. Frau Marwitz beantwortete Eduards Nachfragen nicht mehr und schwieg, als sei sie des Erzählens und Auskunftgebens schon seit einer Weile überdrüssig geworden.

Vor den Fensterwänden sah er die weißen und gelben Lichtpunkte der Straßenbeleuchtung und die pulsierenden grellen Schriften der Leuchtreklamen, weiter weg die Lichterketten der Autos, die sich wie zwei endlose, in entgegengesetzter Richtung fahrende Züge aneinander vorbeibewegten, hoch im schwarzen Himmel schwebend die dunklen, nur in den mittleren oder oberen Abschnitten beleuchteten Riesenkuben der Hochhäuser, künstliche Gebirge, in denen sich die Höhlenbewohner des einundzwanzigsten Jahrhunderts eingenistet hatten. In ein paar Jahren, dachte Eduard, würde Berlin die gleiche Silhouette in den Himmel schreiben. Die neuen Städte wuchsen nicht, sie vergrößerten sich in ruckartigen, wütenden Schüben und wiederholten im Riesenformat das Muster, das die Elektroniker im Innern eines Computers anlegten.

Das Halbdunkel überschminkte die Falten und ließ nur noch die großen Linien im Gesicht von Edita Marwitz erkennen, als sie plötzlich weitersprach. «Ganz so uneigennützig, wie mein Vater glaubte, war Egons großmütige Geste allerdings nicht. Es war ihm entgangen, daß Egon nicht nur aus Liebe zu Brahms und Schubert zu unseren Kammermusikabenden kam.»

Wenn er seine Soli hatte und das Cello mit dem Bogen in ein Orchester verwandelte, so fuhr sie fort, habe Egon ihr Blicke zugeworfen, als wolle er sich ihr erklären. Irgendwann hatte sie ihn schließlich trotz des eindeutigen Rufs, der ihm vorausging, erhört. Es war eine heimliche Leidenschaft; beide hatten unterschiedliche, aber gleich starke Gründe zur Diskretion. Ihre Verbindung mit dem Bankkaufmann Martin Schlandt habe sich trotz aller Mahnungen und Vermittlungsversuche ihrer Eltern bereits im ersten Jahr der Ehe als Fehlgriff erwiesen. Egon seinerseits habe Wert auf Heimlichkeit gelegt, weil schon ein Gerücht über die Affäre seinem größten Feind im Betrieb, einem haßerfüllten Betriebsrat namens Dahnke, die Handhabe geliefert hätte, ihn zu stürzen. Vor allem aber habe es der sonst so mutige Egon nicht über sich gebracht, Kasimir mit der Eröffnung unter die Augen zu treten, daß er der Geliebte seiner Tochter sei. «Der Fluch der Heimlichkeit ist uns um die halbe Welt, bis nach Florida, gefolgt, als wir uns zwei Jahre später wiedersahen», erzählte Edita Marwitz. «Hier, in dieser Wohnung, hat er meine Familie und mich nach dem Tod meines Vaters besucht, und wir haben unsere Treffen wiederaufgenommen – aber heimlich wie in Deutschland, an wechselnden Orten, immer auf der Flucht vor Zeugen.»

Nachdem der Verkauf der Firma abgewickelt worden und der Kaufpreis auf dem Pariser Konto eingetroffen war, hatte ihr Vater etwas Unbegreifliches getan. Er hatte, anstatt der Familie mit dem ersten Schiff in die USA zu folgen, die zehn Millionen Francs bis auf einen kleinen Rest wieder in Reichsmark umgetauscht und war nach Berlin zurückgekehrt. Seine Angehörigen ließ er im unklaren darüber, was er vorhatte. Anscheinend hatte er sich in den Kopf gesetzt, mit dem Geld einige Teile des Betriebes zurückzukaufen oder mit Hilfe seiner alten Freunde in den Banken und in der Industrie- und Handelskammer eine neue Firma aufzubauen. Die alten Freunde aber, so erfuhr Edita Marwitz später, wollten ihn nicht mehr kennen, auch nicht Kasimirs Schwiegersohn Martin Schlandt von der Dresdner Bank, dem es nach dem Verkauf der Firma mit der Scheidung gar nicht schnell genug hatte gehen können. Zwei Jahre nach seiner Rückkehr nach Berlin nahm sich Kasimir das Leben.

«Danach war es uns erst recht unmöglich, meine Mutter mit einem Geständnis zu belasten», fuhr Edita Marwitz fort. Vielleicht sei es Egon auch ganz recht gewesen. Immer öfter plagte er sich mit Gewissensbissen, daß er Kasimirs Vertrauen mißbraucht habe, als er sich ins Herz der Tochter geschlichen hatte. Vielleicht waren das alles auch nur Ausflüchte. Was der Rassenwahn der Nazis, Editas Angst vor dem Zorn der Mutter, das Mißtrauen der amerikanischen Freunde gegen den Familienfreund aus dem Naziland nicht vermocht hatten, nämlich sie auseinanderzubringen, das schaffte Egon schließlich kraft jenes Lasters, von dem er weder in guten noch schlechten Zeiten lassen konnte, mit seiner Schürzenjägerei. Irgendwann waren die Anzeichen zu deutlich, die Ausreden zu kläglich geworden. «Eines Tages habe ich dasselbe gemacht wie Ihre Großmutter. Ich habe ihm die Koffer vor die Tür gesetzt.» Da war es wieder, das spöttisch-kämpferische Auflachen.

«Und jetzt? Jetzt nimmt also die böse Geschichte doch noch ein gutes Ende, jedenfalls für Egons Enkel. Die werden jetzt Millionäre! Was werden sie bloß anfangen mit dem unverhofften Reichtum?»

Eduard war plötzlich müde. Er hatte keine Lust mehr, irgend etwas richtigzustellen, sich zu verteidigen, aufzupassen, daß er nichts Falsches sagte.

«Keine Ahnung», sagte er. «Bisher war ich ja nicht einmal sicher, ob uns das Haus überhaupt zusteht.»

«Was denn? Sie haben gar keine Idee? Wollen Sie es mir vielleicht schenken? Oder den netten jungen Leuten überlassen, die umsonst darin wohnen? Oder noch besser: das Haus verkaufen und den Erlös an eine wohltätige Organisation überweisen? Wie wäre es mit der Jewish Claim Commission?»

«Darüber muß ich nachdenken.»

«Darüber sollten Sie keine Sekunde nachdenken», herrschte ihn Frau Marwitz an. «Das ist auch so ein gojischer Krampf: daß man seine Moral befleckt, wenn man auch noch einen Nutzen davon hat. Wahr ist, es ist nicht Ihr Verdienst, daß Ihr Großvater Mut und Anstand bewiesen hat. Einen solchen Mann zum Großvater zu haben und von ihm auch noch ein Haus zu erben, das ist wie sechs Richtige im Lotto. Aber nun, da Sie das Los gezogen haben, ist es Ihre Pflicht, etwas daraus zu machen. Warum sind es immer nur wir, die Geretteten, die für die paar Deutschen, die geholfen haben, Bäumchen pflanzen und ihnen Orden an die Brust heften? Warum macht ihr das nicht? Jeder Volksschüler bei euch kann die Namen Hitler, Goebbels, Eichmann buchstabieren, aber er weiß nichts von den Egons. Ihr macht ja richtig Werbung für die Mörder! Mit welchem Beispiel im Kopf und im Herzen wollt ihr eure Kinder aufwachsen lassen?»

Sie rappelte sich aus dem Korbstuhl auf, nahm ihren Stock und machte Licht. Es war Zeit zu gehen.

«Wie ist eigentlich», fragte Eduard im Aufstehen, «der Streit mit Wollgrafs Enkel ausgegangen?»

«Als Farce», sagte sie. «Der junge Richter schmetterte die beantragte Ordnungsstrafe wegen Körperverletzung mit nachfolgendem Nasenbluten ab. Wollgrafs Anspruch auf alle Marwitz-Immobilien in der ehemaligen DDR gab er jedoch statt. Vielleicht wußte er, daß er

Wollgraf damit strafte. Denn als der Richter ihm vor-
rechnete, wie viele Hypotheken er zu übernehmen und
wie viele Arbeitsplätze er zu erhalten hätte, verzichtete
der strahlende Sieger prompt auf alle Liegenschaften. –
Ach, übrigens, falls Sie deswegen gekommen sind:
Irgendwo in meinen Papieren habe ich den Bankauszug
mit der Überweisung Ihres Großvaters. Muß ich ihn
jetzt heraussuchen?»

«Nicht nötig», sagte Eduard schnell, «Hauptsache,
daß er da ist.»

Eduard sah ein ironisches Glitzern in ihren Augen, als
sie ihm die Hand zum Abschied reichte.

6 DER schwarze Hotelportier begrüßte Eduard, als würde er ihn kennen und hätte seit Tagen speziell auf ihn gewartet. Auch wenn dieser Überschwang zu den Dienstleistungen des Hotels gehörte, ließ man ihn sich gern gefallen. Zusammen mit dem Schlüssel überreichte ihm der Portier eine Nachricht von Jenny: «Buy today's New York Times and look at Section D. Call me.»

In West Palm Beach war die «New York Times» ungefähr so populär wie die «Frankfurter Rundschau» in Oberammergau. Die Verkäuferin im Hotelkiosk zeichnete Eduard eine abwechselungsreiche Hindernisstrecke zu einem Zeitungsladen auf, der die ‹internationale Presse› führe. Den Weg dorthin vertrieb er sich mit der Phantasie, ein findiger, auf das Thema abonnierter Korrespondent habe Verbindungen zwischen der Neonazi-Szene in Friedrichshain und einem Nazi-Enkel namens Eduard Hoffmann aufgedeckt.

Als er die Zeitung endlich in den Händen hielt, mußte er lange suchen, bis er auf die Mitteilung stieß, die Jenny gemeint haben mußte. Unter der Überschrift «Mysterious death of German poet» fand er den Namen Theo Warenberg und eine vierzeilige Meldung. Der von vielen als «Dichter der Einheit» apostrophierte Autor sei in seiner Wohnung tot aufgefunden worden. Möglicherweise habe er seinem Leben durch Selbstmord ein Ende gesetzt.

Eduards erster Impuls war, die Nachricht als eine Falschmeldung zu verwerfen. Dann sagte er sich, daß er nur die Bestürzung zu betäuben versuche, die jemand empfindet, wenn das Schlimmste, das er seit langem kommen sah und nicht aufgehalten hat, am Ende wirklich eintrifft. In rascher Abfolge traten ihm, als wollten sie die Nachricht prüfen oder widerlegen, Bilder vor die Augen. Theo, wie er ihm ein paar Seiten aus den Berichten seines Bruders reicht und ihn beim Lesen beobachtet ... Theo barfuß mit dem Remote control in der Hand, den hohen Raum mit den Klängen seiner neuesten Lieblings-CD füllend ... Theos Gesicht nah neben ihm im dunklen Zimmer am Spreekanal, während sie in der Winterkälte am offenen Fenster sitzen und dem leisen Brechen und Schaben der Eisschollen lauschen, die im schwarzen Wasser treiben ... Theo im Suff, wie er ihm fehlerlos und bald nur noch sprachtrunken eine ganze Seite einer Kleistschen Satzfuge rezitiert ... Theo in der Bar, wie er mit schräg gestelltem Kopf und der Zutraulichkeit eines Kindes zwei nebenan sitzende Damen in ein Gespräch über den letzten Streit mit seiner Geliebten verwickelt und sie um Rat fragt. Die Damen kurz pikiert, dann rasch und dauerhaft begeistert ... Theo im Weingeschäft, wie er im Flirt mit der beeindruckenden Verkäuferin unbeirrbar nach der einzigen Grappaflasche verlangt, die unerreichbar auf dem obersten Bord unter der Decke steht. (Theo, der schwierige Gast, der überall und mit Erfolg darauf besteht, daß man sich seinetwegen durchaus und unbedingt alle erdenklichen Umstände machen soll: Herr Ober, andere Gäste bitte!) Wie er der Verkäuferin die Leiter hält, während sie zur Grappaflasche hinaufsteigt, und ihr, nun schon halb mit ihrem Beifall, weil er es so unverschämt und offensichtlich macht, zwischen die Beine schaut ... Theo im Mantel in seiner Wohnung, mit bloßen Füßen auf dem Parkett, die Augen übergroß in dem abgemagerten Gesicht. Und jetzt, im Festhalten der Erinnerung, war es plötzlich, als habe ihm Theo beim Abschied im Flur noch etwas sagen wollen, etwas Dringliches, das er, Eduard, verpaßt hatte, indem er zu rasch die Tür öffnete.

Auf einmal wußte er, warum er jenseits von Schock und Schmerz die Meldung in der «New York Times» nicht glauben konnte. Daß Theo seinem unerbittlichen Gläubiger am Ende zuvorgekommen war und selber die Entscheidung getroffen hatte, war vorstellbar. Selbstbestimmung – im Leben wie im Tod! Aber daß er den Widersacher zur letzten Verhandlung in seine Wohnung gelassen haben sollte, das paßte nicht zu ihm. Theo empfing zu Hause ungern Besucher. Schon sein Schönheitssinn, die Vorstellung, wie er nach einigen Tagen der Verwesung aussehen würde, hätte ihm ein unbemerktes Dahinscheiden verboten. Theo war ein Star, er hätte einen selbstgewählten letzten Auftritt inszeniert, in einem Luxushotel zum Beispiel, sicher nicht ohne Begleitung, nach dem Genuß eines erlesenen Mahls und des teuersten Whiskys auf der Karte (auf Rechnung des Hotels), und er hätte Wert darauf gelegt, daß er kurz nach dem letzten, langen Schluck in einem fotografierbaren und erinnerungswürdigen Zustand aufgefunden werden würde.

Vom Hotel aus rief er Jenny an. Erst als er sie schon begrüßt hatte, wurde ihm klar, daß nicht Jenny, sondern Ilaria am anderen Ende der Leitung war. Inzwischen beherrschte sie exakt das leicht ungnädige «Hello», das Jenny hervorbrachte, wenn sie den Hörer aufnahm. Unvermittelt schaltete sie aber in ihren alten Mädchenton zurück, als sie Eduard erkannte. «Du mußt nach Berlin zurück? Shit! Wir schreiben nächste Woche eine Chemiearbeit.» Er sagte ihr, sein bester Freund in Berlin sei

gestorben. «Klar», sagte Ilaria, «da würde ich auch zu-
rückfahren. Freunde sind wirklich wichtiger als die Familie.» Jenny war nicht zu Hause, doch Ilaria tröstete
ihn wegen des verschobenen Wiedersehens. Auf ein
paar Tage mehr oder weniger komme es nun auch nicht
mehr an. Jenny habe versprochen, sie alle schon zwei
Wochen vor der Sommerpause aus der Schule zu nehmen, um nach Berlin zu fliegen.

Für den Rückflug versorgte sich Eduard mit zwei Ta-
bletten eines Schlafmittels und überstand die fünfzehn
Stunden auf weiten Strecken dämmernd; er wurde erst
wach, als er in einem Berliner Taxi saß. Zu Hause setzte
er die Tasche ab, vergewisserte sich kurz, daß die beiden Invariablen aus der Dachsicht – der Funkturm und
der Mercedesstern auf dem Europacenter – ihre Positionen nicht verändert hatten, und machte sich auf den
Weg zur Volksbühne.

Nachdem er durch die verbretterten Abstiege und
Umführungen im S-Bahnhof Alexanderplatz ins Freie
gelangt war, erschien ihm die Stadt in ihrer Vorläufigkeit fast vertraut. Schon auf dem Weg zum Rosa-Lu-
xemburg-Platz stieß er überall auf Zeichen des Verlu-
stes, von dem offenbar ein ganzes Stadtviertel betroffen
war. An Hauseingängen klebten Plakate mit Theos Versen, an Häuserwänden waren, nun plötzlich leserlich,
Graffiti mit Titeln von Theos Stücken und Halbsätzen
aus Gedichten oder Interviews aufgesprayt. «Zivilisation der Scheintoten», «Hunde müssen wieder Wölfe
werden.» Es war, als hätten sich die Graffitikünstler
nach Theos Tod zu der Übersetzung bekannt, die er
ihren Hieroglyphen mit seinen Texten seit jeher angeboten hatte. Auf dem klobigen Kastendach der Volksbühne, auf dem immer noch in großen Neonlettern die

Wegweisung «OST» in den Himmel ragte, war eine schwarze Fahne gehißt, die nun wohl zweierlei anzeigte: Aufruhr und Trauer. Die beiden Seitenflügel waren von zwanzig Meter langen Stoffbahnen verdeckt. «Damit etwas anfängt», las man auf der linken Seite, «muß etwas zu Ende gehen» auf der rechten. Der runde Vorbau der Eingangshalle mit den mächtigen Säulen wirkte wie der Einlaß zu einem Heldengrab. Der Gebäudezwitter, der sich zwischen Kraftwerk und germanischer Thingstätte nie entscheiden konnte, bekannte sich nun als Mausoleum.

In die Litfaßsäule vor dem Theatereingang war ein Monitor eingebaut, der Videoclips zeigte: Theo zwischen den Mülltonnen der Berliner Stadtreinigung, Beckett lesend ... Theo auf dem Dach des Weinhauses Huth, Anlauf nehmend und einen Sprung nach unten simulierend ... Theo auf der Toilette sitzend, wie er aus einem Buch – seinem ersten Gedichtband? – Seiten herausreißt, sie rezitiert und sich dann damit den Arsch abwischt ... Theo im Anzug, zehn Jahre jünger, bei einer Preisverleihung, wie er die ausgestreckte Hand des Akademiepräsidenten in der Luft stehen läßt. Dann eine kurze Sequenz, die Eduard den Atem nahm: Theo, wie Eduard ihn verlassen hatte, im Flur seiner Wohnung. Wie aus dem Schlaf oder einem Rausch aufgestört, kommt er der Kamera entgegen, abwehrend, dann – abwehrend oder Abwehr nur noch spielend? – Auskunft gebend. Die Kamera schwenkt nach unten, erfaßt die bloßen Füße unter dem Sommermantel.

Aus den herumgereichten Zetteln erfuhr Eduard, was er bereits wußte. Das Theater kündigte eine szenische Lesung des letzten noch unveröffentlichten Stücks von Theo Warenberg an. Doch was hatten die dunkelblauen Mercedes- und BMW-Limousinen mit den Fahrerpuppen hinter den abgetönten Scheiben hier zu suchen? Die Eingangshalle war von Menschen überfüllt, die meisten hatten nichts mit jenem Publikum gemein, das Eduard im Winter hier gesehen hatte. Es war ihm immer schwergefallen, in irgendeiner Live-Situation, auf dem Flughafen zum Beispiel, in einem der dunkel gekleideten, im Pulk vorbeigehenden Reisenden, die andere zum Stehenbleiben und Tuscheln veranlaßten, einen Prominenten wiederzuerkennen, den er eben noch, in fürchterlicher Vergrößerung, in den Abendnachrichten gesehen hatte. Aber nun, da sie alle in den Zuschauerraum drängten und nicht recht vorwärts kamen, konnte er einige Gesichter identifizieren – Gesichter von Parteivorsitzenden, Senatoren, Herausgebern, Schriftstellern, Literaturkritikern. Besonders in ein Gesicht starrte er mit so unverhohlener Verblüffung, daß der Betroffene ihm abrupt den Rücken zuwendete. Seit dreißig Jahren hatte er den ehemaligen Kommilitonen aus der schlagenden Verbindung, der sich nie geschlagen hatte, nicht aus so großer Nähe gesehen. Was Eduard vergessen und die Fernsehkameras verschwiegen hatten: wie klein er war! Unter den vielen, für jederzeitige Kameratauglichkeit präparierten Köpfen fiel ihm angenehm der ungekämmte Schlohkopf auf, der auf Santners Party die Rede gegen den westdeutschen Kolonialismus gehalten hatte. Mit ihm waren auch die meisten anderen Teilnehmer jenes geteilten Festes erschienen; allerdings konnten sie hier, in dem Geschiebe und Gedränge, keinen Abstand voneinander halten. Und auch das Stammpublikum mit den bunten Frisuren und den Blech- und Eisenornamenten in Nase, Ohr und Lippen war da! Das habituelle Lederschwarz der Hausbesetzer rieb sich nur unauffällig am Leinen-, Baumwoll-, Seidenschwarz der anwesenden Haus- und

Stadtbesitzer und nahm ungewollt den Charakter von Trauerkleidung an.

Aber warum ging es nicht weiter in den Theatersaal, warum staute sich alles in dem viel zu engen Vorraum? Erst als Eduard sich auf die Zehenspitzen stellte, entdeckte er in dem Geschiebe einen Mittelpunkt, auf den sich alles zubewegte: fünf dunkel gekleidete Frauen. Unter ihnen erkannte Eduard zwei, die in der Zeit vor Theos frauenlosem Leben dessen Lebensgefährtinnen gewesen waren. Die anderen konnten nur Vorgängerinnen oder Nachfolgerinnen jener beiden sein; alle fünf sahen einander ähnlich und waren überraschend jung. Eduard fiel ein Satz von Theo ein. Er kenne, hatte er in gewohnter Bekennerlust gestanden, eigentlich nur dreizehn Jahre im Leben einer Frau: die zwischen zweiundzwanzig und fünfunddreißig.

Der Senator war sichtlich in Verlegenheit, nachdem er sich mit Hilfe seiner Begleiter zum Mittelpunkt durchgeboxt hatte. Offenbar hatte ihm niemand einen hilfreichen Hinweis ins Ohr geflüstert. Er wußte nicht, welcher von den fünf Witwen er zuerst sein Beileid ausdrücken sollte, und nötigte vorsichtshalber alle fünf zum Handschlag. Dabei murmelte er einen Satz, der fünfmal exakt dieselben Lippenbewegungen auslöste. Doch wer war die Dame mit dem Diamanten in der schwarz gemalten Unterlippe, die nach dem Regierenden in den Kreis der Frauen trat und dort, als wäre sie die sechste Witwe, stehenblieb? Vera Rheinland! Der Bauch inzwischen flach, der Busen unter dem nicht ganz geschlossenen Reißverschluß der Lederweste von Muttermilch geweitet. Um Himmels willen, Theo! Wenn du das sehen könntest! Im Tod hast du erreicht, was dir zu deinen Lebzeiten nicht einmal dein ärgster Feind, also du selbst, vorausgesagt hätte. Alle lieben

dich und reichen sich die Hände! Leute, die einander
sonst nicht grüßen, beugen sich in gemeinsamer Ergrif-
fenheit über den Abgrund, den du besungen hast. Dich,
den unerbittlichen Spötter und Spalter, die Ratte im
Kanal, feiern sie jetzt als den Brückenbauer, als den
Heiland aus dem Gully. Du bist der Dichter der Vereinigung geworden!

Eine Stimme, irgendwo von oben und von der Seite
her, ließ die Anwesenden nach und nach verstummen.
Alle Köpfe drehten sich zu dem Schauspieler, der leicht
erhöht auf dem Treppenabsatz des Vorraums erschien.
Wie ein Wächter stand er in einer der fünf Flügeltüren,
die ins Innere des Tempels führten, der einzigen, die
jetzt offenstand. Von einer rhythmischen elektronischen Musik begleitet, intonierte er in verhaltenem,
kunstvoll aufgerauhtem Sprechgesang Verse von Theo.
Unter der Gewalt dieser leisen, wie unabsichtlich stol-
pernden, dann wieder jäh zäsierenden Stimme entstand
eine Konzentration im Raum. Ein vergessenes, offenbar nie ganz verlerntes Ritual nahm seinen Lauf. Einige der jüngeren Theatergäste machten den Anfang,
die Witwen taten es ihnen nach, und schließlich setz-
ten sich alle, die Würdenträger mit ihren Bodyguards
und die Träger der Nasen-Lippen-Ohren-Insignien aus
der Gegenwelt, gemeinsam auf den Fußboden. Was
Eduard sah, war ein Sit-in aller Fraktionen in der Stadt,
vielleicht sogar aller Parteien, die einander seit der
Gründung der beiden deutschen Staaten bekämpft und
verleumdet hatten und nun in andächtigem Lauschen
die Köpfe und die Waffen senkten. Nur die Zuspätgekommenen an den weißgerippten Ausgangstüren setz-
ten sich nicht, konnten sich nicht setzen, weil sie zwischen den platzgreifenden Sitzenden im Innern des
Vorraums und den von außen Hereindrängenden zu-

sammengepreßt und fast hochgehoben wurden. Unter ihnen war einer, den Eduard vor nicht langer Zeit irgendwo gesehen hatte. Einer, der mit seinem Backenbart und der Fliege am hochgestellten weißen Hemdkragen wie ein Angehöriger jener neuen Menschenart aussah, die jetzt nach Berlin einmarschierte – ein Modeschöpfer, ein Abwickler, ein Börsen-Yuppie? Einer, den Eduard zu kennen meinte, dessen Anblick ihm wie ein Laserstrahl durch die Kortex fuhr. Es konnte nicht sein, daß Theos Stasi-Bruder die Stirn hatte, hier zu erscheinen.

Was murmelte, ächzte, schrie die Stimme aus der Höhe? Es waren Zorngesänge auf das Leben der Zombis, der Untoten, der MacDonald's-Zivilisation, Hymnen auf das Raubtier Geschichte und die Blutrituale der Geschundenen, aus denen der neue Mensch erstehen werde, Untergangsprophezeiungen und Abgesänge ohne das mindeste Versprechen auf Ablaß und Erlösung. «Der Schrecken, das erste Gesicht des Neuen». Flüchtig streifte Eduard die Erinnerung an den Lachreiz, den er in Theos Premiere empfunden hatte. Woher rührte dieses fast süchtige Verlangen des Publikums nach Bestrafung? Eine andere Stimme löste die erste ab. Es war eine Frauenstimme, aber die Heiserkeit und das Stocken waren jetzt keine Kunstmittel mehr, sondern Zeichen einer nur mühsam beherrschten Bewegung. «Viele, die hier sitzen, haben ihn gekannt, jeder auf seine Weise. Und jeder wird ihn nun auf seine Weise vermissen. Daß er ein Großer war und bleiben wird in der Republik der Dichter, die Gründungstage weder braucht noch kennt, das wußten wir seit langem. Ich möchte hier von seiner Bescheidenheit reden. Denn er, der Spracherneuerer und -meister, der mit seiner stokkenden, unerbittlichen Stimme am Ende die ganze

Welt dazu gebracht hat, ihm zuzuhören, war immer auch ein Genie des Zuhörens. Wenn man ihn traf, vor oder nach einer Probe, in der Kantine oder in einer seiner dreihundert Stammkneipen, war man verblüfft, fast erschrocken. Er, der Sprecher einer ganzen verfemten Epoche, sprach ja nicht nur, er verstand es zuzuhören. Mutiger und kunstvoller als alle anderen hat er in seinen Texten die Skandale eines Jahrhunderts in die Welt hinausgeschrien. Er war zu bescheiden, fast möchte man sagen, zu achtlos mit sich selbst, um sein eigenes Leben zu benennen. Die Ärzte sagen uns, man kenne die genaue Todesursache nicht. Wir aber, die ihn in den letzten Monaten und Wochen gesehen und gesprochen haben, wir kennen die Krankheit, an der er gelitten, die ihn ausgezehrt und am Ende umgebracht hat. Der Name dieser Krankheit ist: Bundesrepublik Deutschland. Es ist gut, daß dieser Dichter inzwischen auch von denen gehört und anerkannt wird, die er zeit seines Lebens angeklagt hat. Aber deswegen gehört er doch nicht allen. Wir können es nicht zulassen, daß diejenigen, die uns unser Land, unsere Betriebe und unsere Häuser nehmen, nun auch noch unser geistiges Eigentum an sich reißen und Erbansprüche darauf geltend machen; daß sie unsere Trauerfeier arrangieren, unsere Rednerlisten bestimmen und ein Staatsbegräbnis zu ihren Ehren arrangieren. Als Trauernde sind sie willkommen, aber als Zuhörende und Schweigende, nicht als Trauerdiebe.»

Ein Raunen lief durch den Raum. Offene Beifalls- oder Mißbilligungsbezeigungen verbot der Anlaß der Versammlung. Aber auch diejenigen, die sich durch den Gefühlsausbruch der alten Dame anfangs noch vertreten gefühlt haben mochten, schienen von den schrillen Tönen, mit denen er endete, irritiert zu sein. Sichtlich war die Sprecherin vom Schmerz über Theos Verlust zu einer Klage über ganz andere, umfassendere Verluste fortgerissen worden. Aus der Klage war eine Anklage geworden, die sich mit einem würdevollen Augenniederschlagen nicht abtun ließ. Eine peinigende Spannung und Erwartung baute sich auf. Denn der Adressat der Anklage, der politisch Verantwortliche für alle genannten und ungenannten Defizite, besuchte ja in diesem Augenblick nicht irgendeine stillgelegte Zeche. Der Täter, als Trauergast maskiert, saß im Yogasitz, wenige Fußbreit von der Witwenrunde, mitten zwischen den Opfern. Mit der feindlichen Übernahme der anderen Stadthälfte nicht zufrieden, schlich er sich auch noch in die allerletzte Bastion der Entrechteten ein, ins Innere der Gefühle, in den Zufluchtsort der Utopie. Alle, Eduard eingeschlossen, bemühten sich, nicht dorthin zu blicken, wo der Erbschleicher saß.

Der Senator stand auf, strich sich den Schlips zurecht und sprach. Da war sie wieder, die wundersam verwandelte, im Verbinden und Ausgleichen geübte Stimme. Mut konnte man ihm nicht absprechen. Denn dies war nicht sein Revier, und es gehörte nicht gerade zur politischen Routine, in einer feindlichen Hinterbliebenenschar wie dieser spontan und ohne Manuskript das Wort zu ergreifen.

«Ich möchte hier niemandes Trauer stören», sagte der Senator, «und ich ertrage vieles. Aber ich lasse mir auch von niemandem das Recht nehmen, Theo Warenberg meine Ehrerbietung zu erweisen. Ich kenne ihn nicht erst seit der Wende. In den ersten Jahren ist er mir ein schwieriger, stets humorvoller Herausforderer, später ein skeptischer Berater, schließlich beides gewesen: Widerpart und Freund. Ich will mich hier gar nicht damit brüsten, aber ich glaube, ich war der letzte, der ihn lebend gesehen und zum Taxi gebracht hat – nach einem langen Gespräch in meinem Haus. Und ich denke, wir alle ehren diesen großen Deutschen am besten, indem wir nicht neue Grenzmauern an seinem Grab aufrichten, die der lebende Theo Warenberg mit seinen Versen längst leichtfüßig übersprungen hatte. Meine verehrte Vorrednerin hat völlig recht, wenn sie andeutet, daß er die Utopie des Sozialismus niemals aufgegeben hat – obwohl, ganz sicher bin ich mir da nicht! – und daß er die Unzulänglichkeiten des westlichen Systems, in dem er übrigens seit vielen Jahren Wohnung genommen hatte, mit Versen gegeißelt und verhöhnt hat, die schon ihrer poetischen Kraft und Kühnheit wegen Bewunderung verdienen. Aber wahr ist auch, daß er die unheilbaren Krankheiten des real existierenden Sozialismus rechtzeitig und, wenn ich das hinzufügen darf, mutiger und kunstvoller als jeder andere benannt hat. Ich sage nicht, daß es die sozialistische Diktatur war, die ihn umgebracht hat. Das wäre, mit Verlaub, zuviel der Ehre. Aber selbstverständlich ist das andere Deutschland, das er in seiner Sturm-und-Drang-Zeit für das bessere gehalten und dem er seine Begabung und seine Intelligenz geliehen hat, die große Desillusion seines Lebens gewesen. Dem Kapitalismus hat er jede Gemeinheit zugetraut, daher ist er auch nie von ihm enttäuscht gewesen. Deswegen sollten wir uns hier nicht mit der gegenseitigen Zuweisung von Todesursachen blamieren. Nein, dieser Dichter gehört nicht der einen oder der anderen Partei, nicht dem Osten, nicht dem Westen, er gehört der Literatur. Wie für alle wahren Dichter war die Realpolitik am Ende nur Spielmaterial für ihn, eine Kulisse, in der er seine Verzweiflung über das Scheitern der Idee an den Abgründen der menschlichen Natur inszenierte. Deswegen bitte ich

Sie dringlich, das Recht auf Trauer nicht zu monopolisieren. Dies ist ein öffentlicher Ort. Nicht nur Sie, auch seine vielen Freunde aus dem Westen der Stadt haben ein Recht darauf, ihren Gefühlen Ausdruck zu verleihen und sich in Würde von ihm zu verabschieden.»

Kein Laut. Der Senator hatte seine Entgegnung so geschickt ausbalanciert, daß einem Nachredner kaum ein anderer Ausweg als die persönliche Beschimpfung geblieben wäre. Seine Art der Vereinnahmung ließ sich nicht so leicht anfechten wie die seiner Vorrednerin, weil sie gegen jeden Versuch einer Vereinnahmung gerichtet war. Aber das war wohl kaum der Grund für das entsetzte Schweigen. Alle, Eduard eingeschlossen, kauten an einer wie nebenbei eingestreuten Bemerkung des Senators herum. Daß ausgerechnet er, der Senator, derjenige gewesen sein sollte, der Theo zum letzten Taxi gebracht hatte! Es war unmöglich, aber vorstellbar. Womöglich gehörte Theo ja wirklich allen.

7 KLOTT hatte Eduard noch in der Nacht vor seinem Rückflug in West Palm Beach angerufen und sich Bericht erstatten lassen. Mehrmals hatte er Eduard mit flapsigen Bemerkungen über seinen Großvater unterbrochen, sich dann aber, als er merkte, daß Eduard nicht in der Stimmung war, mit der Ankündigung begnügt, er werde Eduard bei seiner Ankunft einen gänzlich unerwarteten, aber diesmal seriösen Kaufanwärter für das Haus in der Rigaer Straße präsentieren.

Als Eduard Klott im Büro gegenübersaß, bekam er nichts als Vorwürfe zu hören. Warum in aller Welt er nicht darauf bestanden habe, den Beleg über die von seinem Großvater gezahlte Kaufsumme mitzunehmen. Durch ein solches Dokument würde sich die ganze Angelegenheit sofort zu Ende bringen lassen.

Er habe es nicht über sich gebracht, erwiderte Eduard, die alte Dame am Ende des Gesprächs mit einer solchen Bitte zu behelligen. Doch er sei sicher, daß Edita Marwitz jederzeit eine von Klott aufzusetzende Erklärung, sie habe keinerlei Ansprüche auf das Haus in der Rigaer Straße, unterzeichnen werde. Ihr liege daran, daß Eduard sein Recht auf das Erbe durchsetze.

Klott holte mit drei Fingern eine ganze Großfamilie von Gummibärchen aus dem Glas auf seinem Schreibtisch, schob sie sich in den Mund und sah Eduard an, als sei er nicht ganz richtig im Kopf.

«Ich weiß nicht, was es bei dir ist», legte er los, «Jetlag, Mind-lag, Alz- oder Schmalzheimer. Du mußt herunterkommen von deinem hohen Roß. Du bist mit einer Lufthansamaschine nach Florida geflogen, hast dort von einer jüdischen Bekannten deines plötzlich heißgeliebten Großvaters ein paar nette Sätze über ihn gehört und kommst zurück als Unschuldsengel! Als Tröster, der die geschundene deutsche Seele aufpäppelt! Willst du vielleicht eine Gedenktafel an der Fassade der Rigaer Straße anbringen lassen: Hier lebte, nein, dieses Haus kaufte Dr. Egon Hoffmann aus humanitären Gründen von seinem allerbesten Freund Kasimir …? Sollen wir dort alle, zum Datum des Verkaufs, Kränze für den braven Egon ablegen? Und bitte, verschone mich und deine zukünftige Gemeinde ein für allemal mit dieser Liebesgeschichte!»

Er wolle nichts weiter, als das Haus, das ihm und seinem Bruder zustehe, endlich in Besitz nehmen und so rasch wie möglich verkaufen, erwiderte Eduard kühl. Was Klott eigentlich habe, worüber er sich aufrege?

«Ist dir überhaupt nicht klar, wie viele Dahnkes auf einen Egon kommen? Und wie viele Unverbesserliche, junge wie alte, sich auf deine Geschichte stürzen und ihr Süppchen darauf kochen werden? ‹Auch mein Naziopa war ein Judenretter!› Hatten wir das nicht schon mal? Kommt dir das nicht fürchterlich bekannt vor?»

«Ich glaube, du irrst dich», sagte Eduard. «Die Geschichte meines Großvaters eignet sich nicht im mindesten für eine Entschuldung der Deutschen, ganz im Gegenteil. Wenn es denn um das Schuldvolumen geht – die Geschichte *eines* halbwegs Anständigen macht die Schuld der abertausend Mitläufer und Mittäter nicht etwa kleiner, sondern größer. Sie zeigt, daß es durchaus möglich war, die Maschinerie der Verfolgung und Vernichtung zu stören. Hätte es mehr solcher Störer gegeben, vielleicht wäre sie gebremst, sogar angehalten worden.»

Klott winkte ab und blickte auf die Uhr. Ob er Eduards Wünsche gegenüber seinem Anwalt so zusammenfassen dürfe, daß es ihm am Ende egal sei, an wen er verkaufe, Hauptsache schnell?

Eduard nickte.

«Ich habe jemanden, den ich dir sofort vorstellen kann», sagte Klott, nahm seine Jacke und schob Eduard aus der Tür.

Zu spät erinnerte Eduard sich an seine letzte Fahrt mit Klott. Zwar herrschte diesmal Tageslicht, dafür legte ein prasselnder Regen einen dichten Wasservorhang vor die Frontscheibe. Eduard hatte das Gefühl, im Innern einer geschlossenen Waschanlage zu sitzen. Immer nur sekundenweise gaben die Scheibenwischer die Umrisse der Stadtviertel frei, die sie durchrasten. Klott fuhr mit einer Unbekümmertheit, als sitze er am Lenkrad eines Spielautomaten. Erst auf regenüberfluteten Pisten, erklärte er, könne er sein Bestes geben. Übrigens rede er nicht gern, während er fahre.

Sie fuhren die gleiche Strecke wie damals in der Brandnacht. Eduard hatte Mühe, die Umgebung der Rigaer Straße wiederzuerkennen. Vom Nord- und Südende der Straße, aber auch aus den Seitenstraßen war eine offenbar täglich wachsende Armee von Renovierungsfirmen gegen das besetzte Haus vorgerückt und hatte es umzingelt. Alle Straßenschilder waren neu, die Dächer neu gedeckt, einige Fassaden bis zum ersten Stock mit Marmor verkleidet, viele Haustüren abgebeizt und mit Messingknäufen ausgestattet. In dieser Umgebung wirkte das großväterliche Haus wie ein Bild aus der Stummfilmzeit, das noch nicht koloriert und ins 35-mm-Format gebracht worden ist. Bis auf ein paar neue Slogans hatte sich an der Fassade nichts verändert. Und ausgerechnet hier, direkt unter den offenen Fenstern, parkte Klott seinen lindgrünen Rover, als habe er nie etwas von Buttersäure und Farbbeuteln gehört.

Unter Klotts Regenschirm blickte Eduard an den Antennenkabeln und den lose im Mauerwerk hängenden Fensterrahmen hoch, als sähe er alles zum erstenmal. Was hatte er mit dieser Bruchbude zu schaffen, wozu der ganze Aufwand an Geld und Emotionen? Inzwischen hatte ein halbes Land, in kleineren oder größeren Portionen, still den Besitzer gewechselt, hatten die westdeutschen Versicherungen und Banken ihre alten Filialen oder Mutterhäuser mitsamt den Ansprüchen aus den DDR-Altschulden ohne jede Störung übernommen, hatten die westdeutschen Parteien ihre alten oder für alt erklärten Parteisitze in aller Ruhe renoviert, die im Westen heimisch gewordenen und dort bekanntlich obdachlosen Junker, Barone, Grafen ihre ostelbischen Dörfer und Schlösser wieder bezogen, die westdeutschen Konzerne ihre ehemaligen Mutterbetriebe in den «neuen Ländern» beerbt, geplündert und den Rest aus dem Markt geworfen – fünfundneunzig Prozent des Produktivvermögens der alten DDR hatte irgendwie in westdeutsche Hände gefunden. Und er, Eduard, hatte es noch nicht einmal geschafft, ein paar Traumtänzer aus seiner Ruine herauszuschmeißen, die ihm, statt Miete zu zahlen, ihre Licht-, Wasser-, Gas- und Müllrechnungen zukommen ließen!

Er folgte Klott durch die angelehnte Eisentür. Anscheinend war es nicht das erste Mal, daß sein Anwalt diesen Weg nahm. Ohne Umstände fand er hinter einer abgestellten Tür den Flurlichtschalter und stapfte schnaufend und fluchend die Treppen hoch. Verblüfft bemerkte Eduard, wie sich der Charakter des Treppenhauses von einer Treppenkehre zur nächsten veränderte. In den beiden unteren Etagen hausten offenbar die wahren Hausbesetzer, die Fundamentalisten, die jeden Pinselstrich im Treppenhaus für ein Zeichen ideologischer Verweichlichung hielten. In den oberen Etagen, beginnend mit dem dritten Stock, hatte sich die heimliche Bourgeoisie der Hausbesetzer eingerichtet. Erste Vorboten einer Wohnkultur erkannte er in den lose von der Decke hängenden Lichtbirnen im Flur und den Abtrittmatten vor den Türen. Die meterlangen Lücken im Treppengeländer waren in den oberen Etagen durch neue, entweder in Handarbeit gedrechselte oder aus intakten Treppenhäusern entwendete Teile ausgefüllt. Ab dem vierten Stock herrschte die offene Korruption. Vorbei an abgebeizten Türen mit stilechten Messingauflagen an den Türschlössern gelangte man zur letzten Treppe, die mit einer roten, mit Messingstäben fixierten Teppichauflage bedeckt war.

Ohne anzuklopfen, öffnete Klott eine Tür. Sie gelangten in einen gut zweihundert Quadratmeter großen Raum, ersichtlich eine ehemalige Wohnung, aus der – ohne Eduards Genehmigung – sämtliche Wände herausgerissen worden waren. Um einen unendlich langen, mit weißen Bettlaken bedeckten Eßtisch saßen einige Besetzer. Verwirrt registrierte Eduard, daß Vera Rheinland ihnen zuwinkte, aufstand und Klott mit einem Kuß begrüßte. Sie waren erwartet worden, mit Kaffee und Kuchen. Außer Jeff und Frau Rheinland kannte er niemanden; vergeblich suchte er nach dem Jungen.

Ohne ersichtliche Emotion hieß Vera Rheinland auch Eduard willkommen – mit dem Gestus einer Politikerin, die sich entschlossen hat, mit dem Feind in Verhandlungen einzutreten. Der politische Wind habe sich gedreht, erklärte sie. Der neue Innensenator habe die ‹Berliner Linie› der Konfliktvermeidung mit den Hausbesetzern aufgekündigt. Die Stadtregierung bereite sich jetzt auf die Hauptstadt vor. Dazu gehöre nicht nur die Einrichtung einer Bannmeile, die Einführung einer Hundesteuer, die Entfernung von Obdachlosen und Prostituierten aus dem Zentrum, sondern auch die Räumung der besetzten Häuser.

Später wunderte er sich nur noch, wie schnell alles gegangen war. Die Besetzer verpflichteten sich, alle von Eduard verauslagten Rechnungen für die Betriebskosten des Hauses zu bezahlen. Sie seien dabei, die Brandschäden in Eigenarbeit zu beseitigen. «Das Prinzip Eigentum», sagte Vera Rheinland, «lehnen wir selbstverständlich ab. Für eine längere Übergangsperiode bleibt uns jedoch nichts weiter übrig, als selber Eigentümer zu werden.»

Nun trat ein schmaler, kaum erwachsener Besetzer mit einem Seepferd-Tattoo auf dem Oberarm mit Klott in die Verhandlungen über den Kaufpreis ein. Alarmiert registrierte Eduard, mit welcher Ruhe und Professionalität der alternative Kaufinteressent sein keckes Angebot begründete – es lag etwas über der Hälfte der von Klott genannten Summe. Offenbar folgten Geschäfte dieser Art einer universalen Grammatik. Wenn es ans Feilschen geht, dachte Eduard, verflüchtigen sich die Unterschiede zwischen den Lagern und den Überzeugungen. Aber sein Jet-lag gewann unaufhaltsam die Oberhand über seine Pflicht zur erhöhten Aufmerksamkeit. Empört richtete er sich noch einmal auf, als er den Preis hörte, den Klott als sein «absolut letztes Angebot» bezeichnete: neunhundertfünfzigtausend für das ganze Haus? Das Bürschchen mit dem ausgehungerten Gesicht setzte sechshundertfünfzigtausend dagegen. Lächerlich! Klott, wir gehen! Im neuerlichen Wegtrudeln hatte er plötzlich die Stimme seines Bruders im Ohr. Aber statt gegen den gerade stattfindenden, von Klott mitbetriebenen Ausverkauf zu protestieren, erzählte Lothar ihm mit dem Gehabe höheren Wissens von einem Vertragsabschluß in Neuseeland, bei dem er Zeuge gewesen war. Als es nach einem langwierigen Streit über ein Grundstück schließlich doch noch zu einem Vertrag zwischen der Universität Christchurch und den Ureinwohnern kam, hatte der ganze hundertköpfige Clan in Stammestracht den Chief begleitet, um der Unterschriftszeremonie beizuwohnen. Wie kommt dieses Jüngelchen mit dem Seepferd auf dem Oberarm eigentlich dazu, empörte Lothar sich, für die ganze Hausbesetzerbande zu sprechen? Nur weil sein Vater das Geld auf dem Konto hat? – Gut. Aber was hältst du von dem Angebot? fragte Eduard den Bruder. – Außer zum Verfahren, schimpfte Lothar, habe er zu der ganzen Sache nichts zu sagen, und entschwand.

Ein Tritt ans Schienbein, im Aufschrecken sah er Klott. Der mächtige Oberkörper im weißen Hemd war überdeutlich bis zum eingezwängten Hals. Aber weiter oben hatte sich etwas verändert. Der Kopf mit der Tellerlippe und dem albernen Haarkamm auf dem plötzlich kahlen Schädel, war das Klott? War er, in der Maske des Anwalts und Notars, in Wahrheit der Häuptling der Gegenpartei?

«Achthundertfünfzigtausend. Einverstanden?»

Eduard sah Klotts Kopf bedrohlich näher kommen.

«Ein Superpreis für ein halbverbranntes, immer noch besetztes Haus!»

«Ich muß aber noch meinen Bruder anrufen», sagte Eduard nach einer Pause, die, nach den Bewegungen von Klotts Augenbrauen zu schließen, viel zu lange dauerte. Und setzte seine Unterschrift auf die Stelle im Vorvertrag, die ihm Klotts Finger zeigte.

8 ZUERST entdeckte Eduard Katharinas blonden Pferdeschwanz hinter der Glaswand des Ankunfts-gates, sie rief ihm etwas zu, das er nicht hören konnte. Er sah nur ihre kleine Hand, die sie, nach amerikanischer Art grüßend, wie einen kleinen, im Gelenk rotierenden Fächer vor dem Gesicht hin und her bewegte. Dann sah er das rückhaltlos lachende und Faxen schneidende Ge-sicht von Loris, der sich vor Katharina schob und den Kopf gegen die Glaswand preßte; hinter den beiden, mit gewolltem Abstand, die um einen halben Kopf aufgeschossene Ilaria. Die Wiedersehensfreude von Kindern, die ihren Vater fast ein halbes Jahr entbehrt hatten, schien proportional zur Körpergröße abzuneh-men. Ilaria winkte nicht, wahrscheinlich meinte sie, sich von der plumpen Freude des Jüngsten abgrenzen zu müssen. Statt dessen nahm sie die Schirmmütze ab, senkte demonstrativ den Kopf und strich sich damit, als wolle sie ihn vorwarnen, einmal vor- und einmal rück-wärts über ihr Bürstenhaar. Das ganze schöne Haar – wie mit einer Sense abgemäht und pinkrot gefärbt! Womög-lich trug sie auch noch ein Piercing in der Lippe oder am Nasenflügel, das er auf die Entfernung nicht sehen konnte. Und was hatte die sicher ebenso schockierte Jenny wohl gesagt, als ihr die Tochter so unter die Augen getreten war? «Great. I love it!» Wo war Jenny über-haupt?

Als er die Kinder mit dem Gepäckwagen aus der Tür kommen sah, unterdrückte er eine Aufwallung von Enttäuschung. Zwei Segeltuchkoffer und ein paar Taschen – das sah nicht nach einem Umzug aus, eher nach großen oder kleinen Ferien, nach Vorbeischauen.

«Hey, da seid ihr ja!» – «How do you like my haircut», fragte Ilaria. «Toll», sagte Eduard, «this color is just spectacular.» Ein abwartendes Lächeln auf Ilarias Gesicht. Sie war sichtlich enttäuscht darüber, daß Eduard so einverstanden war. Bei der Umarmung mit Katharina spürte er, etwas zu spät, ein leises Zurückschaudern ihres halberwachsenen Frauenkörpers. Eine Sekunde lang der Gedanke, seine Tochter sei bereits mit der «Rühr-mich-nicht-an»-Krankheit geschlagen. Dann begriff er, daß sie mit dem katzenhaft zurückgebuckelten Oberkörper nur jede noch so versehentliche Berührung ihrer gerade entsprossenen winzigen Brüste zu vermeiden suchte. Jenny, leicht fröstelnd, das Gesicht immer noch durchwärmt von der freigebigeren Sonne Kaliforniens, stand im Hintergrund, als habe sie nichts mehr zu tun mit den halb und ganz großen Kindern, die sie in die Welt entlassen hatte. Geduldig wartete sie darauf, als letzte begrüßt zu werden. Die Umarmung, der trockene Kuß – eine Elternsache.

Als sie dann alle auf der Dachterrasse der Charlottenburger Wohnung standen, in Augenhöhe mit den Kronen der Linden und Kastanien, entstand ein Augenblick von Euphorie. Jenny war zufrieden und atmete tief ein. Ihr schien, hier, oberhalb der Traufhöhe, sei eine andere, eine zweite Stadt entstanden, eine leichtgebaute, lichtdurchlässige Oberwelt; hier müsse eine andere Art von Menschen leben, durch die Nähe zu den Vögeln freier und leichtsinniger geworden.

Wider Eduards Rat legten sich alle am hellen Nachmittag in die Betten. Nachts um eins war Loris wieder hellwach und wollte Wasserski fahren.

Eduard half ihm, sich so leise wie möglich anzuziehen. Er hatte den Schlafgeruch des Kindes fast vergessen. Ein paar Sekunden lang hielt er seine Nase in das kreuz und quer stehende Haar auf den heißen Schädel, unter dem es zu pochen schien. Auf Zehenspitzen verließen sie die Wohnung und fuhren zum Wannsee. Loris' Augen blitzten auf, als Eduard ihn über das Gatter hob, das den Bootssteg gegen die Uferpromenade absperrte. Sie liefen über die Holzlatten bis zum Ende des Steges. Zwischen den Planken platschte schwarzes, unsichtbares Wasser gegen die Pfosten, das manchmal, wenn es von irgendwo einen Lichtreflex einfing, aufschimmerte.

Die Nacht, obwohl warm und klar, war sternenarm. Eine Weile saßen sie auf dem Steg, ließen die Beine baumeln und schauten über die dunkle, kaum bewegte Wasserfläche zum buschigen Ufer auf der anderen Seite, hin und wieder fuhr ihnen ein böiger Windstoß ins Gesicht. Die Lichter der Häuser drüben schwankten, als hingen sie an einer Schnur im Wind. Loris suchte den «großen Lastwagen» am Himmel; die Sterne erschienen ihm hier viel weiter entfernt von der Erde als in San Francisco.

Als es ihnen zu kalt wurde, standen sie auf und begutachteten die vertäuten Boote. Loris war von einem Rennboot mit zwei Motoren fasziniert, dessen zugespitzter, überlanger Bug wie das Cockpit eines Kampfflugzeuges aus dem Wasser stach. Am Haltetau zog Eduard das schwimmende Geschoß zu sich heran und hielt es fest, bis Loris aufs Heck gesprungen war. Er spürte den inneren Jubel des Kindes über das verbotene Eindringen. Eine Weile saßen sie in den tiefen Sitzen und ließen sich vom Wasser schaukeln. Loris kurbelte an dem großen Steuerrad herum und riß mit der dicken kleinen Hand den Schaltknüppel hin und her. Das Armaturenbrett und die gebogene Frontscheibe erinnerten ihn wohl an die Weltraumfighter, die er in seinen Computerspielen steuerte. Automatisch suchte er mit der linken Hand nach der Befehlstaste, mit der sich die Bordraketen starten ließen.

Danach kletterten sie, die dazwischen liegenden Boote als Potonbrücke benutzend, zum nächsten Traumgefährt. Lange lagen sie rücklings auf dem Bootsdeck einer Segelyacht. Es war, als wären sie allein auf der Welt. Außer dem leisen Stoßen und Schaben der Boote im Wasser, dem Knarren der Maste und der weithin hallenden Kinderstimme war kein Geräusch zu hören.

Als Eduard Loris dann auf der Bugspitze der Yacht balancieren sah, stand ihm, in einem jähen Aufzucken, das Bild des zusammenknickenden Jungen in der Rigaer Straße vor Augen; scharf und schmerzhaft die Gewißheit, daß eine sekundenlange Störung im Ablauf genügen konnte, so ein ganzes, halbfertiges Leben in einen Brei aus Blut, Spucke, Dreck zu verwandeln.

Jennys Blick führte Eduard wie im Replay Veränderungen in der Stadt noch einmal vor, die er schon nicht mehr wahrnahm. Manchmal fragte er sich, ob etwas, was Jenny überraschte, überhaupt jemals anders gewesen war. Daß die Doppeldeckerbusse dreistellige Nummern anzeigten und Endstationen, an denen man noch nie gehalten hatte; daß die Telefonbücher einen Stoß von fünf Bänden ausmachten; daß man auf den Trottoirs in Charlottenburg überall Russisch hörte – war es nicht immer so gewesen? Selbst die Ostberliner Ampeln, behauptete Jenny, hätten sich verändert. Das blinkende Fußgängerzeichen sei früher schlanker gewesen, nicht so füllig und wohlstandsrund wie jetzt. Noch ein anderes Symbol erregte Jennys Mißfallen: der plötzlich allgegenwärtige deutsche Adler. «Nichts gegen Wappentiere, nichts gegen Adler. Aber schau dir doch einmal das Exemplar im Bundestag ganz unbefangen an. Die Flügel rund, die Füße viel zu breit und krallig, der Kopf winzig, kaum zu erkennen. Euer Adler sieht doch aus wie einer, der nur noch laufen und greifen, nicht mehr fliegen kann, wie ein Bratpfannenvogel. Vergleiche den polnischen Adler, nimm das Wappentier von Washington oder Pisa – alles schlanke, elegante Vögel, denen man zutraut, daß sie hin und wieder abheben. Konnte man euren Adler denn nicht zur Feier der neuen Republik wenigstens ein bißchen abspecken, ein bißchen eleganter und flugtauglicher zeichnen?»

Es gefiel ihr, daß man sie im «tent» erkannte und begrüßte, als sei sie niemals fort gewesen. Überhaupt die Gepflogenheit der Berliner, keine Fragen nach dem Grund des zeitweiligen Verrats zu stellen und jemand so zu behandeln, als habe man ihn erst gestern aus der Tür gehen sehen. Ein Alarmzeichen allerdings, daß die Stühle und Tische im «tent» neuerdings schon um zweiundzwanzig Uhr vom Trottoir geräumt werden mußten. «Der Einzug Bonner Gewohnheiten in Berlin», meinte Pinka, die Wirtin. «Der rasante Abstieg einer internationalen Metropole zur deutschen Hauptstadt», schlug Jenny vor.

Eine andere Veränderung, die ihr bei einem Gang über den nächtlichen Kurfürstendamm auffiel, empörte sie. «Siehst du das gar nicht?» fragte sie, als sie an den stark geschminkten Frauen vorübergingen, die in metergenau vermessenen Abständen im Schatten der Fassaden standen. «Früher standen sie alleine hier, sie kontrollierten selber das Geschäft. Jetzt tun sie es wieder unter den Augen der Schläger mit den Rolexuhren und den spitzen Schuhen, die mit den Pässen ihrer Sklavinnen in den Taschen in den Hauseingängen lungern.»

Wieder einmal rettete ein Taxifahrer die ganze Stadt vor Jennys Zorn. In einem Hin und Her über die Nachteile, die der Fall der Mauer für Berlin mit sich gebracht habe, hatte Jenny dem Fahrer gesagt: «Verstehen Sie mich bitte nicht falsch! Ich war immer Antikommunist!» – Es interessiere ihn nicht, hatte der Fahrer erwidert, was für eine Art Kommunist sie sei. Jenny war entzückt.

Vorhersehbar drehte sich ihr der Magen um, als ihr zum Abschluß eines Fernsehabends, unter den Klängen der Nationalhymne, Postkartenansichten von Weimar als Gutenachtbilder vorgesetzt wurden. «Ich habe gar nichts gegen Nationalhymnen», sagte Jenny. «In den USA müssen die Kinder jeden Morgen die Hand auf die Stelle legen, wo sie ihr Herz vermuten, und singen. Nur diese deutsche Hymne, ich weiß nicht! Sie ist irgendwie so dröhnend und gleichzeitig so verschlafen.» – «Moment mal, diese vorsichtige, eher fragende Melodie aus Haydns Streichquartett – was findest du daran schrecklich?» – «Genau dieses Fragende, das ist das Schreckliche», sagte Jenny. Eduard hatte andere Ansichten über die Hymne, aber er schwieg.

Jenny mit einem Geständnis seiner Untreue zu behelligen, hatte er sich bald aus dem Kopf geschlagen. Schon bei der ersten Andeutung hatte sie ihm zu verstehen gegeben, daß sie als Mitwisserin nicht zur Verfügung stehe.

Manchmal sah sie ihn an, als erwarte sie eine Initiative von ihm. Worauf wartest du, es gibt keinen besten Augenblick! – Einen besten sicher nicht, aber es gab günstige oder ungünstige Begleitumstände. Zu den letzteren gehörten zum Beispiel Kinder, die jeden Augenblick hereinplatzen konnten, weil sie sich gerade langweilten oder einen unaufschiebbaren Hunger auf Omeletts verspürten. Oder auch Regen und zwölf Grad Außentemperatur. An einen glücklichen Zufall im Bett glaubte Eduard ohnehin nicht mehr. Er stellte sich ein gut vorbereitetes Liebesfest vor, einen festlichen Show-down, bei dem zumindest das äußere Szenario allen Wünschen von Jenny entgegenkam. Eine Lästerstimme in seinem Kopf lachte ihn gleichzeitig aus. Wen du auf keinen Fall dem Zufall überlassen möchtest, guter Eduard, ist ausgerechnet er, der Zufall.

Direkt unter ihrem Schlafzimmer tobten sich einst-weilen zwei Quälgeister aus. Eduard waren die Haus-bewohner in der unteren Etage bisher nur durch das erstaunlich große nierenförmige Schwimmbecken auf-gefallen, das auf ihrem Balkon stand. Er hatte sie immer fragen wollen, bei wem sie es gekauft hatten; genau so eines, mahnte Loris jeden Tag, sei ihm von Eduard ver-sprochen worden. Als wollten sie Eduard und Jenny da-mit herausfordern oder ärgern, hatten sie nun das bisher offenbar unbenutzte Balkonzimmer zum Ort ihrer nächtlichen Vergnügungen erkoren. Pünktlich gegen null Uhr dreißig wurde das Lustgestöhn der Frau mal durch die offene Balkontür, mal durch irgendeine Was-ser- oder Abflußröhre, die in Berliner Altbauten als Ge-räuschleiter funktionieren, mit so großer Trennschärfe nach oben getragen, daß man versucht war, die beiden aus dem eigenen Badezimmer zu vertreiben. Jenny hatte die Frau kennengelernt – «eine Sängerin», be-hauptete sie – und keinen Augenblick gezögert, sie als Simulantin einzuordnen.

«Es hört sich durchaus glaubwürdig an», widersprach

Eduard. – «Ich bitte dich, diese absurd hohen Giekser, das merkst du doch selbst, daß das Oper ist! Sie macht es, um ihre Stimme zu trainieren.» – «Es soll ja hin und wieder vorkommen, daß solche Laute echt sind.» – «Wer bestreitet das. Aber hör doch mal genau hin, jetzt … jetzt! Klingt es nicht wie eine Bandschleife? Wie eine Stöhn-Konserve? Womöglich hat sie sogar ein Tonband unters Bett gestellt! Sei ehrlich, findest du das etwa schön?» – «Schön nicht, ich finde nur, es klingt ziemlich live.» – «Wirklich phantastisch», sagte Jenny, «wie leicht sich Männer täuschen lassen.» – «Ich nicht», sagte Eduard. Jenny sah ihn halb belustigt, halb mitfühlend an. «Was diese Sache angeht, kann sich kein Mann auf der Welt, Idioten ausgenommen, jemals sicher sein!»

Er erzählte ihr nichts von dem Traum, den er in der Nacht davor gehabt hatte. Er stand auf der Dachterrasse und sah, wie eine seltsame Gestalt auf dem gegenüberliegenden Dach auf- und niederstieg. Das Aktenköfferchen, der hochgestellte Hemdkragen mit Fliege, die Sonnenbrille, all das paßte nicht zu einem Schornsteinfeger. Der Mann setzte sich auf den Dachfirst und schaute, mit der Sonnenbrille vor den Augen, unverwandt in seine Richtung. Eduard rief ihm zu: Mach, daß du wegkommst. Was oder wen suchst du hier? Da löste sich die Gestalt mit einer clownesken Beingrätsche vom First, rutschte über das Steildach, schlidderte auf ihn zu und saß plötzlich im Schneidersitz vor ihm. Mit schräg gestelltem Kopf sah das Männchen zu ihm hoch und nahm die Brille ab. Eduard erkannte ihn. Er hatte ihn doch eben erst gesehen, bei der Totenfeier in der Volksbühne, diesen als Vertreter verkleideten Yuppie, Theos Stasi-Bruder. Aber dann hörte er die Stimme, die bekannte Sechzig-Zigaretten-täglich-Stimme. Gott, war das schön! sagte Theo, riß sich den Backenbart ab und brabbelte weiter. Noch nie in meinem Leben bin ich so gut behandelt worden. All diese wunderbaren Reden! Zum erstenmal klingelt es auch in der Kasse. Steigende Auflagen, Sondersendungen, Sonderausgaben, Sonderaufführungen. Schade nur, daß ich keine Interviews geben kann. Du sagst es doch niemandem, daß du mich getroffen hast, auch nicht Jenny? Ich habe nämlich vor, noch eine Weile tot zu bleiben. Wo hast du Jenny eigentlich gelassen? – In San Francisco, sagte Eduard. – Was, du hast es immer noch nicht geschafft? stieß Theo unter fürchterlichem Husten und Lachen hervor und ließ ein geiles Lippenschnalzen hören. Ich sehe sie doch da hinter deinen Riesenfenstern im Bett warten, die arme Jenny. Schade um sie, was für eine Frau! Jetzt aber! Du hast doch nicht etwa Angst vor mir? Komm, gib mir deine Hand! Er zog sich an Eduards ausgestrecktem Arm hoch, sein Körper war leicht wie der eines Fünfzehnjährigen. Aber kaum stand er auf den Beinen, umarmte er Eduard mit einer Kraft, als wolle er beweisen, daß er immer noch jederzeit in der Lage sei, Eduard die Luft abzuschnüren. Ich bin dir noch etwas schuldig, sagte Theo, kramte in seinem Aktenköfferchen, holte ein paar Utensilien hervor und drückte sie ihm in die Hand. Eine fühlte sich rund und hart an, die andere weich und vorne spitz. Nicht dort, wo du sie suchst, ist Jennys Stelle, flüsterte er ihm dabei ins Ohr, sondern zwischen dem zweiten und achtzehnten Rückenwirbel … Plötzlich war Eduard mit dem Fläschchen und der Feder bei Jenny und wußte, daß Theo ihm durch die Fenstertüren zusah. Spielerisch versuchte Jenny, ihm Theos Hilfsmittel aus den Händen zu schlagen. So etwas hast du doch gar nicht nötig! lachte sie, strampelte mit den Füßen und drehte sich auf den Bauch. Rasch ließ er einen Tropfen aus der Flasche auf Jennys Rücken fallen. Sofort sah er das Zittern, das durch ihren Körper lief. Als er mit der Feder über die gleiche Stelle strich, war es, als ob ein warmer Regen auf Jennys Rücken niederginge. Sie bäumte sich auf, hielt inne, sank nieder, gleichzeitig war ein Blitzen und Lachen in der Luft. Aber kaum war sie wieder zu Atem gekommen, setzte sie sich auf, stieß ihn mit dem Ellbogen aus dem Bett und beschimpfte ihn: Was fällt dir ein, du Mistkerl! Abstauber! Wer hat dir das erlaubt? Schleichst dich von hinten an und nimmst dir, was dir gar nicht zusteht! Niemand hat dich darum gebeten. Raus mit dir, verschwinde, laß dich hier nie wieder blicken! Und während ihr Tränen der Wut aus den Augen schossen, nahm sie alles, was da herumlag, zerknickte und zerbrach es, die unwiederbringlichen Federn, den kostbaren, kaum benutzten Flakon, bewarf Eduard mit den Resten, jagte ihn aus dem Zimmer.

Theo zog Eduard mit einem harten Griff an sich. Sie standen jetzt gefährlich nah am Rand des Flachdachs. Das Wichtigste hast du immer noch nicht verstanden, brüllte Theo ihm ins Ohr. Daß du den Kopf riskieren mußt! Springen mußt du, springen ... Wußtest du eigentlich, daß ich eine sechsjährige Tochter habe? kicherte er dann. Wo denn? fragte Eduard verblüfft. – In San Francisco. Keine Sorge, du kennst die Mutter nicht. Aber da gehe ich jetzt hin. Besuche mich! Theo sprang und löste sich, statt zu fallen, in ein dunkles, aufwärts davonstiebendes Flatterwesen auf. Kurz war noch das Aktenköfferchen neben den sich ausbreitenden schwarzen Rockschößen erkennbar, dann nur noch die schimmernde Glatze, ein weißer Lichtpunkt, der gen Westen flog.

Der Abend, an dem Jenny die Kinder in die Abendvorstellung eines dreistündigen Monsterfilms aus den Hollywood-Studios geschickt hatte, war entgegen den Voraussagen warm und wolkenlos geblieben. Das angesagte Sturmtief namens Bea war nach Skandinavien abgewandert und widersprach damit Jennys Ansicht, die Stadt Berlin bezeichne genau die Stelle auf der Wetterkarte, die jede vom Atlantik heranstürmende Schlechtwetterfront ohne Zwischenaufenthalte zu erreichen suche.

Der unbekannte Vormieter ihrer Wohnung hatte auf dem hinteren Ende des begehbaren Flachdachs zwischen Vorder- und Hinterhaus ein Holzpodest errichten lassen, eine Art Jägerstand, der freie Sicht über den gegenüberliegenden Dachfirst und die hinter ihm verborgenen Stadtteile gestattete, gerade groß genug, um einen Tisch, eine Bank und ein paar Stühle aufzunehmen. Dort saßen sie, den ersten Abend allein. Eduard hatte Jennys Lieblingsessen zubereitet, einen «Imperiale», einen rötlichen Fisch von der Spezies der «Dentice». Sie befanden sich auf gleicher Höhe mit den Kronen der Hinterhoflinden und -kastanien, deren blühende Äste den festlich gedeckten Tisch auf dem Hochsitz wie zu groß geratene Zimmerpflanzen umstanden. Die Dachlandschaft mit ihren karminroten, auberginebraunen, schwarzgrauen Flächen und den oft jähen Einschnitten oder Aufstockungen wirkte unharmonisch, man sah ihr an, daß das Leben auf und unter den Dächern Berlins eine nachträgliche Erfindung war. Über jedem vierten oder fünften Dach sah man einen Dachkran hängen. Aber in der Dämmerung wirkten die Baugerüste wie Verpuppungen, aus denen sich hellere und freundlichere Gestalten lösen würden. Hinter den golden und violettrot aufleuchtenden Wolkenschraffuren am äußersten Rand des Horizonts konnten sie immer noch die Sonne sehen, die für die Bewohner der unteren Stockwerke bereits untergegangen war. Hin und wieder suchte ein Flugzeug zwischen den rot blinkenden Positionslichtern der Kräne, Kirchtürme und Fabrikschornsteine seinen Weg zum Flughafen oder aus der Stadt hinaus. Eduard überlegte, ob ein Passagier mit einem guten Fernglas vor den Augen sie erkennen könnte. Jenny hatte nur Augen für eine Katze, die plötzlich auf dem schmalen Scheitel eines Dachfirstes einen Spurt hinlegte, auf einen Schornstein sprang und dort, mit dem Kopf auf den ausgestreckten Pfoten, sitzen blieb. Man konnte fast dabei zuschen, wie sich ihre Umrisse in der jetzt rasch einfallenden Dämmerung auflösten, bis sie schließlich ganz von den zwei verschiedenen Dunkelheiten des Schornsteins und des Himmels aufgesogen wurden und nur noch die grün phosphoreszierenden Augen übrigblieben.

Jenny hatte die Katze vom ersten Tag an durch bereitgestellte Untertassen mit Milch und Leckerbissen angelockt und auf diese Weise die Besitzerin kennengelernt – es war niemand anderer als die «Sängerin». Die «Sängerin», erzählte Jenny, hatte ihre Katze Hera kraft der Solidarität, die zwischen Müttern aller Arten herrscht, nicht sterilisiert, um ihr wenigstens einmal das Erlebnis einer Mutterschaft zu gönnen. Aber Hera kehrte von ihren Ausgängen stets frustriert zurück, statt einer Schwangerschaft brachte sie halb totgebissene Vögel mit, die sie ihrer Herrin großzügig in die Küche legte. Erst ihre polnische Putzfrau hatte die «Sängerin» über den Grund von Heras Mißerfolgen aufgeklärt: Die deutschen Kater seien alle sterilisiert. Eine läufige Katze aus Berlin müsse schon bis nach Polen laufen, wenn sie einen fähigen Freier finden wolle.

Jenny im Schatten auf dem Hochsitz, den Kopf hochaufgerichtet auf dem langen Hals, blickte erst zu den Katzenaugen auf dem Schornstein und dann zu Eduard. Sie machte die zweite Weinflasche auf und prostete ihm zu. Ein kaum hörbarer Windstoß fächerte eine der Blätterkronen auf, die nun wie ein dunkler Fesselballon vor ihnen stand. Es war, als blättere Jenny in dieser Sekunde Tausende von Erinnerungen durch und suche nach dem Augenblick des ersten Erkennens, als ihre Augen sich zum erstenmal gefunden und nicht mehr losgelassen hatten. Es hatte dieses große Anfangsversprechen gegeben – eine Weltreise stellte man sich vor, Kamelritte durch die Wüste, Tage und Wochen, in denen man nichts tun würde, als sich zu räkeln auf dem Deck eines Küstenseglers und sich faul zu lieben auf den schaukelnden Planken oder einem Felsen hoch über der Brandung. Als sie jetzt aufstand und auf ihn zukam, war es, als habe sie sich in die Frau zurückverwandelt, in deren Augen er sich verloren hatte, damals, als alles möglich schien, als sie noch nicht Schulbrote zuzubereiten, noch nicht Zeugnisse zu unterschreiben, noch nicht Unfallstationen aufzusuchen hatten, noch nicht Angestellte ihrer Kinder geworden waren.

«Du wirst mich doch heute nicht bis nach Polen laufen lassen», kicherte Jenny und küßte ihn. «Tust du mir einen Gefallen? Nimm mich einfach, so wie ich bin, und trage mich über die Schwelle!» – «Über welche Schwelle?» – «Na welche wohl, über die ins Haus.» – Es gelang ihm nicht, seine Überraschung zu verbergen. Jenny sah ihn neugierig an. «Woher hast du bloß diesen Spleen mit der Liebe hoch über allen Wipfeln unter freiem Himmel.» – «Von wem denn, von dir!» – «Von mir? Das muß eine Verwechslung sein. Ich finde, der beste Ort für das, was wir jetzt gleich machen werden, ist unser Bett. Und diesmal, Allerliebster, geht es nach meinen Spielregeln, nicht nach deinen.»

Sie lachte auf, als er sie über die Holztreppe des Hochsitzes hinunter und über das Flachdach trug. «Kannst du noch? Dein armer Rücken!» Jedes Keuchen vergalt sie mit einem Kuß. «Kann es sein, daß du jetzt sehr beschwipst bist und gar nicht mehr weißt, was du tust?» – «Ich bin genauso beschwipst wie du.» – «Wunderbar», sagte sie. «Hast du das bestellt?»

Ungläubig blickten sie aus den Fenstern. Da draußen donnerte und knallte es. Irgendein unfreiwilliger Komplize, zweifellos ein Bauherr, hatte ein Feuerwerk inszeniert, eines der zahllosen Richtfeste, die alle paar Tage über der Stadt niedergingen. Schade nur, daß die Lichtgebäude, die die Bauherrn in den Himmel zeichneten, so viel vergänglicher waren als ihre Inszenierungen auf der Erde.

«Stell dir vor, es ist das erste Mal», hörte er Jennys Stimme. «Du weißt nichts von mir, außer daß du einen sehr langen Atem haben mußt und nichts fragen darfst. Du achtest nur auf meine Zeichen, und du kommst nicht, bevor ich es dir erlaube.»

Sie schwebten, genauer, Jenny schwebte. Durchs Fenster sah Eduard unter sich das Riesenschiff der Stadt mit den schwankenden Lichtern, über sich den künstlichen Lichtertanz im schwarzen Himmel, vor sich die auf- und niedergehende Jenny. «Laß mich nicht fallen, kannst du noch? ... Denk an die Brandung unter dem Felsen, die nie innehält, an den Küstensegler, der nie zu schaukeln aufhört, an die Bachkantate und die wunderbare Stimme, die immer nur zwei Silben singt: Gee-du-hu-hu-hu-huld. Und wenn das nicht hilft, denk an etwas Ernüchterndes, an den kilometerlangen Autostau in Buch, an die Ampel, die nicht auf Grün springen will.»

Plötzlich spürte er Jennys Aufbäumen, Innehalten, Luftanhalten. Nach einer langen Pause, ohne vernehmbares Atemholen, ein genauer Satz: «Die Kinder sind zurückgekommen!»

Eduard lauschte in die Nacht. Er hörte den brummenden Kühlschrank in der Küche, weiter entfernt den wummernden Autostrom von der Hauptstraße, von irgendwoher das Plärren eines Kindes, dem wahrscheinlich im nächsten Augenblick eine bereitliegende Flasche in den Mund geschoben wurde. Der Schlüssel, dessen Geräusch sie hatte zusammenzucken lassen – er hatte sich nur in Jennys Kopf gedreht. Niemand war gekommen, nicht die Kinder und nicht Jenny. Wie eine Eishand fuhr die kühle Luft aus der offenen Terrassentür über Eduards schweißnassen Körper. Da war nichts als eine langsame, aus den Lenden aufsteigende Gewißheit, die sich auf sein Hirn legte. Geeee-nu-hu-hu-hu-hug.

«Das war's», sagte er. «Ich gebe auf, ich empfehle mich. Ich habe mich getäuscht, habe dich enttäuscht, wurde von dir getäuscht. Was immer ich dir gebe, es ist nie genug. Ein wie großer Narr muß ich noch werden, um das Einfachste nicht zu begreifen. Du liebst mich ja gar nicht, hast mich noch nie geliebt. Aber das mußt du doch gewußt haben, von Anfang an! Da gibt es irgend etwas, was dich an mir stört, was dich ekelt, etwas, was nicht zu ändern und zu kurieren ist, etwas Unüberwindbares, Heilloses. Warum hast du es mir nie gestanden? Warum hast du dich und mich so lange hingehalten? Mich mit einer Aufgabe beschäftigt, die nie zu lösen war? Es muß ja etwas ganz Einfaches sein, etwas Elementares: der falsche Geruch, die falsche Augenfarbe, die falsche Haut, die falsche Bewegung! Etwas viel Banaleres jedenfalls als all die edlen, großmächtigen

Verhinderungs- und Abhaltungsgründe, an denen ich mich abgearbeitet habe. Deine Schwierigkeiten mit den Deutschen und ihrer kalten Stadt, das Urmißtrauen gegen den Mann aus dem Mördervolk, die Kosten einer multikulturellen Ehe – alles Quatsch, Vorwände, vertane Zeit. Natürlich gibt es kein Unglück zwischen Mann und Frau, das sich besser für Ausreden jeder Art eignet, keines, für das so viele Ursachen in Frage kommen. Du hast mir immer neue Rätsel aufgetischt, und ich, der Idiot aus dem Märchen, habe sie brav, eines nach dem anderen, studiert und zu lösen versucht. Habe Fachbücher gewälzt, die du hättest lesen sollen, habe Szenarien ausgedacht, die du hättest arrangieren müssen. Jede Stufe der Leiter bin ich hinaufgestiegen, obwohl längst klar war, daß die Leiter ohne Ende ist. Weil ich das Einfachste nicht wahrhaben wollte: Es gibt etwas an mir, das du einfach nicht magst, etwas, das so unabänderbar und ekelhaft ist wie die Hände des Glöckners von Notre-Dame.»

«Du vergißt, daß Gina ihn am Ende liebt, trotz seiner struppigen Hände», sagte Jenny mit kaum hörbarer Stimme.

«Sie liebt ihn, weil er sie rührt, aber sie denkt überhaupt nicht daran, mit ihm zu schlafen.»

«Was fummelst du, was machst du da?»

«Du siehst genau, was ich mache. Ich ziehe mich an, ich verabschiede mich.»

«Ich liebe dich doch, Idiot. Geht das endlich in deinen Kopf? Wo willst du hin?»

«Wohin? Keine Ahnung. Ich weiß nur, daß ich weg will, endgültig weg von einer Frau, die mich nicht will.»

«Mach, was du willst, aber bitte nimm nicht diese Tür.»

Daß sie auch in der Sekunde des endgültigen Abschieds die Kontrolle über sich behielt, daß sie sich nicht einmal jetzt gehenließ, führte ihm nur neue Kräfte zu. Da war kein deutliches Ziel in seinem Kopf, nur eine große Energie, nach draußen zu gelangen, endlich zu tun, was er gleich beim erstenmal, als er das Malheur bemerkt hatte, hätte tun sollen. Weg, nichts als weg und sich durch keinen verspäteten Liebesnachruf, kein Kinderschluchzen aufhalten lassen.

«Ja, dann geh doch, geh! Aber nicht durch diese Tür! Es ist die falsche Tür, hörst du zu?»

Er dachte gar nicht daran zuzuhören. Es gab hier oben viele Türen, viele Fenster und alle waren richtig. Mit einem Griff legte er den Hebel um und war draußen, bitte schön. Allerdings sehr weit draußen … Er hörte Jennys Schrei – wenn schon kein Lustschrei, dann wenigstens ein Angstschrei, dachte er, und merkte gleichzeitig, daß Jenny in praktischer Hinsicht recht hatte. Denn irgend etwas war grundfalsch mit der Tür. Statt des Flurs mit dem Teppichboden fand er unter seinen Füßen steil abwärts geneigte Dachziegel, auf denen er sogleich einen halben Meter abwärts schlidderte. Immerhin, er hielt sich noch, mit einer Hand hielt er sich an dem Kipphebel der Tür fest, die weit, weit nach außen schwang. Einen Atemzug lang hing er so, dann legte sich der Hebel unter seinem Gewicht nach unten um und gab ihn frei. Das Weitere war nichts als Mechanik, Isaac Newton, Schwerkraft. Er plumpste auf das Steildach, rutschte über die flachen Ziegel unaufhaltsam auf die Dachrinne zu, wurde von ihr, wie von einer kleinen Sprungschanze, leicht angehoben und nach vorn geschleudert – und war in einer anderen Geschwindigkeit. Von nun an nahm er alles verlangsamt, in einer wohltätigen und berauschenden Zeitverzögerung wahr. Er sah die roten Lichter und die weißen Katzenaugen über den Dächern, sah die blöden gelben Fenster gegenüber und die vorbeigleitenden Autos unten auf der Straße. Die ganze Stadt mit ihren bleichen Lichtern kam ihm entgegen, bot ihm ihre harten Flächen dar, hieß ihn willkommen. Guter Eduard, warum nicht gleich, warum hat es so lange gedauert, von Anfang an haben wir auf dich gewartet. Dann spürte er, als geschehe es gar nicht ihm, den Aufprall dieser plumpen fremden Körpermasse, die einmal zu ihm gehört hatte und sich unter der Wucht des Aufschlagens unschön verformen würde, während er sich längst gelöst hatte und auf seiner eigenen Bahn weiterschwebte. Unpassend nur, daß er es hörte, das Aufschlagen seines Körpers, daß er Wasser im Gesicht fühlte und sich darüber wundern konnte, daß er im Wasser lag. Jemand bot ihm eine Hand an und stellte mit deutschem Akzent eine unbegreifliche Frage: «Alles okay, Dr. Hoffmann?»

Und plötzlich war da auch Jennys Stimme. «Tut das weh?» fragte sie, während sie seine Füße, dann die Fußgelenke, dann die Knie und Oberschenkel betastete. «Nein», sagte er jedesmal empört, denn was sollte einen Toten schmerzen.

«Dann steh doch bitte auf», sagte Jenny.

Das Aufstehen war nicht schwer, das Stehen sehr. Er tropfte, außerdem meldete sich ein stechender Schmerz im Fußgelenk. «Halb so wild», sagte Jenny, als müsse sie nicht Eduard, sondern die «Sängerin» beruhigen und sich bei ihr für Eduards Unpäßlichkeit entschuldigen. «Ich denke, er kommt mit einem Bluterguß davon.»

«Wie ist es denn passiert?»

«Er hat die falsche Tür genommen», sagte Jenny. «Glückwunsch zu ihrem großzügigen Balkon!»

Sie sprachen wenig. Jenny versorgte sein Fußgelenk mit kalten Umschlägen und vermied seinen Blick. Allmählich vergaß er seinen Schmerz. «Idiot», flüsterte sie. Wie er sie nur so habe erschrecken können, was ihm eigentlich eingefallen sei, ob er am Ende gar gewußt habe, daß sein beherzter Abgang in einem Swimmingpool enden würde.

Stunde oder Tage mochten vergangen sein, da legte sie ihm den nassen Umschlag statt auf die Füße über die Augen. Sie erregte ihn mit ihrer eiskalten Hand und setzte sich auf ihn. Irgendwann, er hatte nichts getan, woran ein Mann sich eigens erinnern würde, hörte er etwas wie einen sirrenden Pfeil, der sich von einer zurückschnellenden Sehne löst, sah Jenny sich wie im Schmerz zurückbiegen, hörte einen himmlisch schönen Seufzer, etwas wie ein lebenslang aufgeschobenes Ausatmen, spürte das Zusammenschrecken ihrer Glieder, wie ein feiner Sprühregen es auf erhitzter Haut hervorruft. Jennys Augen fand er nicht.

«Ja», sagte Jenny.

Lange lag er neben ihr, schmiegte sich in ihre Achselhöhle und lauschte dem Nachhall der Erschütterungen in ihrer Brust, als höre er ein Echo des Urknalls, der nach einer Legende der Wissenschaft der Beginn aller Schöpfung war.

«Wie denn und warum?» fragte Eduard schließlich. «Im Bett, und ganz ohne Anstrengung, fast in meiner Abwesenheit? Wo ist die Höhe, was ist mit der Gefahr?»

«Das hast du von Anfang an mißverstanden. Ich habe dir immer gesagt: Es geht nicht um ein Szenario, nicht um eine Technik, nicht um irgendeine Stellung, das ist alles Männerkram.»

«Sag endlich!»

«Du hast es mit einem schwierigen Fall zu tun», erwiderte Jenny und blickte ihn nicht an. «Woher ich meinen Spleen habe, keine Ahnung. Halb hast du ihn erraten und dann total falsch interpretiert. Es war doch absurd, wie du mich über die Brüstung im Türmchen des Weinhauses Huth gebogen und mich beinahe aus dem Fenster geworfen hast. Es ging ja nie darum, daß *ich* falle, stürze und im Bauschlamm lande – was für eine Idee! Natürlich war das umgekehrte Risiko gefragt: ein Mann, der für die Frau seines Lebens sein Leben wagt, einer, der Kopf und Kragen aufs Spiel setzt, um mich zu erobern. Als du so plötzlich vor meinen Augen über die Dächer verschwunden bist, da ist irgend etwas bei mir gerissen»

«Und wie soll es jetzt weitergehen?»

Er sah eine einzelne Träne in Jennys Augen schimmern.

«Ich weiß nicht», sagte sie. «Du kannst ja nicht jedesmal vorher aus dem Fenster springen.»

Alle im Roman vorkommenden Personen sind frei
erfunden. Ähnlichkeiten mit toten oder lebenden Personen sind zufällig und nicht beabsichtigt.

Bei der Schilderung der sogenannten Arisierung der
Marwitz AG habe ich mich von einem Artikel von
Catarina Kennedy-Bannier im «Tagesspiegel» (Berlin,
14. 12. 1992) sowie dem vierten Kapitel des Buches
«Boykott, Enteignung, Mord» von Johannes Ludwig
(München 1992) inspirieren lassen. Der Lektüre dieser
Arbeiten verdanke ich auch die Anregung zu eigenen
Recherchen in den National Archives in Washington
und beim Mutterbetrieb des Schuhhauses Tack in Burg
bei Magdeburg.

Ich danke dem Woodrow Wilson Center in Washington,
D.C., für das mir gewährte großzügige Stipendium.
    Ebenso herzlich möchte ich mich bei der Stiftung
Preußische Seehandlung für die Unterstützung dieser
Arbeit bedanken.

P.S.

«**Friedrich Christian Delius** kommt aus einer aufklärerischen Tradition, die von Heine bis Brecht reicht. Ironie, Satire, kritische Reflexion sind seine Mittel.» *Der Spiegel*
Geboren in Rom, aufgewachsen in Hessen, hat F.C. Delius in den sechziger Jahren als Lyriker begonnen. Seine Gedichte waren kritische Lesarten der Wirklichkeit, «Para-Phrasen» einer Sprache der Herrschenden.

Friedrich Christian Delius
AMERIKAHAUS
UND DER TANZ UM DIE FRAUEN
rororo
Erzählung

Adenauerplatz *Roman*
(rororo 15837)

Ein Held der Inneren Sicherheit
Roman
(rororo 13469)
Roland Diehl, Ghostwriter und Nachwuchs-Ideologe im Verband der Menschenführer, erlebt eine totale Verunsicherung, als sein Chef entführt wird. «Ein Modell Deutschland von eindrucksvoller neurotischer Unwirtlichkeit.» *Der Spiegel*

Amerikahaus und der Tanz um die Frauen *Erzählung*
160 Seiten. Pappband und als rororo 22482
Berlin 1966 – Die erste Demo gegen den Vietnamkrieg, ein Mann im Tanz zwischen zwei Frauen, protestantischer Erziehung und erster Rebellion.

Der Spaziergang von Rostock nach Syrakus *Erzählung*
(rororo 22278)

Die Birnen von Ribbeck
Erzählung
72 Seiten. Pappband und als rororo 13251

Japanische Rolltreppen *Tanka-Gedichte*
72 Seiten. Pappband.

Himmelfahrt eines Staatsfeindes
Roman
368 Seiten. Gebunden

Der Sonntag, an dem ich Weltmeister wurde *Erzählung*
128 Seiten. Pappband und als rororo 13910

Selbstporträt mit Luftbrücke
Ausgewählte Gedichte 1962 – 1992
160 Seiten. Pappband

Uwe Friedrichsen liest Die Birnen von Ribbeck
1 Toncassette im Schuber (Literatur für KopfHörer 66025)

Ein Gesamtverzeichnis aller lieferbaren Titel von **Friedrich Christian Delius** finden Sie in der Rowohlt Revue, kostenlos im Buchhandel, und im Internet: www.rowohlt.de

Harry Mulisch, geboren am 29. Juli 1927 in Haarlem, ist der Sohn eines ehemaligen Offiziers aus Österreich-Ungarn und einer Jüdin aus Frankfurt; seine später geschiedenen Eltern sprachen Deutsch miteinander. Als Autor begann Mulisch mit einer Reihe von Sachbüchern. Später schrieb er Romane und Erzählungen, Gedichte, Dramen und Opernlibretti, Essays, Manifeste und philosophische Werke.
Harry Mulisch lebt heute in Amsterdam.

Das Attentat *Roman*
(rororo 12130)
Dieser politische Roman wurde in einundzwanzig Sprachen übersetzt und machte Harry Mulisch weltberühmt.
Die Verfilmung von Fons Rademaker wurde mit einem «Oscar» ausgezeichnet.

Augenstern *Roman*
(rororo 12782)
Ein achtzehnjähriger Tankstellengehilfe wird zum «Augenstern» einer reichen alten Dame, die auf Capri ein großes Haus führt. Doch das stilvolle Luxusleben im Palazzo bricht für den plötzlichen Dandy, der eigentlich Schriftsteller werden will, jäh wieder zusammen

Die Säulen des Herkules *Essays*
(rororo 22449)

Vorfall *Fünf Erzählungen*
(rororo 13364)
«Ein Glücksfall in der Gegenwartsliteratur.»
Stern

Höchste Zeit *Roman*
(rororo 12508)
«Mulischs meisterhafter Roman von Theaterzauber, Intrigen, bedrohlichen Raufhändeln und Liebesgeschichten ist phantasiereich, witzig und tiefsinnig.»
Neue Zürcher Zeitung

Die Entdeckung des Himmels
Roman
(rororo 13476)

Selbstporträt mit Turban
(rororo 13887)
«Ich betrachte meinen Lebenslauf als einen Quell der Einsicht, einen *fons vitae*, und so sollte jeder zu seiner Vergangenheit stehen.» *Harry Mulisch*

Die Elemente *Kleiner Roman*
(rororo 13114)

Das sexuelle Bollwerk *Sinn und Wahnsinn von Wilhelm Reich*
(rororo 22435)

Weitere Informationen in der **Rowohlt Revue**, kostenlos im Buchhandel, und im **Internet:** www.rororo.de

Elfriede Jelinek

Mit kalter Schärfe analysiert **Elfriede Jelinek** die alltägliche Gewalt an Frauen. «Es gibt Dinge, die werden mir als Frau von den Kritikern nicht verziehen. Es gilt als einer Frau angemessen, hübsch, intelligent, sparsam und sensibel zu schreiben. Aber ein Extremismus in der Schilderung wird mir als Frau nicht zugestanden.» Elfriede Jelinek wurde mehrfach für ihr Werk ausgezeichnet, unter anderem mit dem Heinrich-Böll-Preis (1986) und dem Georg Büchner Preis (1998).

Die Ausgesperrten *Roman*
(rororo 15519)
«Es ist bemerkenswert, mit welchem Detailreichtum Elfriede Jelinek die Spielarten kleinbürgerlichen Verhaltens aufzeigt, präzise eingeschrieben in die Zeitgeschichte des österreichischen Wirtschaftswunders.» *FAZ*

Die Klavierspielerin *Roman*
(rororo 15812)
«Eine literarische Glanzleistung.» *Süddeutsche Zeitung*

R. Friedrich / U. Nyssen (Hg.)
Theaterstücke *Was geschah, nachdem Nora ihren Mann verlassen hat oder Stützen der Gesellschaft. Clara S. musikalische Tragödie. Burgtheater. Krankheit oder Moderne Frauen*
(rororo 12996)

Die Liebhaberinnen *Roman*
(rororo 12467)

Die Kinder der Toten *Roman*
672 Seiten. Gebunden und als rororo 22161

Stecken, Stab und Stangl. Raststätte. Wolken. Heim.
Neue Theaterstücke
(rororo 22276)

Ein Sportstück
192 Seiten. Pappband und als rororo 22593

wir sind lockvögel baby!
Roman
(rororo 12341)

Lust
(rororo 13042)

Michael *Ein Jugendbuch für die Infantilgesellschaft*
(rororo 15880)

Totenauberg *Ein Stück*
96 Seiten. Pappband.

Oh Wildnis, oh Schutz vor ihr
Prosa
288 Seiten. Kartoniert und als rororo 13407

Erika Pluhar liest aus «Oh Wildnis, oh Schutz vor ihr», «Keine Geschichte zum Erzählen»
1 Toncassette im Schuber
(Literatur für KopfHörer 66002)

rororo Literatur

Herta Müller wurde 1953 in Rumänien geboren und lebt seit 1987 in Berlin. Ihr Werk wurde mit zahlreichen Literaturpreisen ausgezeichnet, 1994 mit dem Kleist-Preis.
Im Rowohlt Verlag sind folgende Titel lieferbar:

Der Fuchs war damals schon der Jäger *Roman*
288 Seiten. Gebunden und als rororo 13503
Herta Müller, eine Autorin, «die in der deutschsprachigen Literatur nicht ihresgleichen hat» (*FAZ*), verbindet in ihrem – inzwischen verfilmten – Roman eine poetische Prosa mit der oft beklemmend eindringlichen Schilderung des Totalitarismus.
«Ein Roman, der viele Leser verdient.»
Verena Auffermann, Süddeutsche Zeitung

Herztier *Roman*
256 Seiten. Gebunden und als rororo 13709
«Ein seltsam, wunderbares Buch.»
Rolf Michaelis, Die Zeit

Heute wär ich mir lieber nicht begegnet *Roman*
240 Seiten. Gebunden
Herta Müller erzählt, wie das regelmäßige Verhör beim Geheimdienst das Leben und die Gedanken einer jungen Frau beherrscht.

Niederungen
(rororo 13360)

Reisende auf einem Bein
(rororo 13417)

Hunger und Seide *Essays*
176 Seiten. Gebunden und als rororo 13601
Essays über Macht und Widerstand in einer Diktatur, über Wahrheit und Lüge, Aufrichtigkeit und Betrug.
«Die mitleidlose Treffsicherheit ihrer Sprach-Bilder ist kaum zu übertreffen. Ein Satz von Herta Müller kann einen Roman ersetzen.
Verena Auffermann, Süddeutsche Zeitung

Der Wächter nimmt seinen Kamm *Vom Weggehen und Ausscheren*
96 Postkarten in einer Pappschachtel
96 Seiten.

Der Mensch ist ein großer Fasan auf der Welt
(rororo 13385)

Ein Gesamtverzeichnis aller lieferbaren Titel der *Rowohlt Verlage* finden Sie in der *Rowohlt Revue*. Vierteljährlich neu. Kostenlos in Ihrer Buchhandlung.
Rowohlt im Internet:
www.rowohlt.de

Helmut Krausser
Schweine und Elefanten *Roman*
(paperback 22526)
Schweine und Elefanten ist
der noch ausstehende erste
Teil der Hagen-Trinker-
Trilogie, mit der Helmut
Krausser seinen literarischen
Durchbruch schaffte.

Susanna Moore
**Die unzuverlässigste Sache
der Welt** *Roman*
(paperback 22427)
Abschied vom Haifischgott
Roman
(paperback 22328)
«Susanna Moore schreibt
wie ein Engel, der ein Leben
lang Dämonologie studiert
hat.» *Jim Harrison*

Virginie Despentes
Die Unberührte *Roman*
(paperback 22330)
«… ausnahmsweise liegen die
Trendjäger richtig, die
Virginie Despentes zum
absoluten *must* dieses Jahres
gekürt haben.» *Le Figaro*

Sarah Khan
Gogo-Girl *Roman*
(paperback 22516)
Mit untrüglichem Sinn für
Situationskomik und herzer-
frischender Selbstironie fängt
die Autorin unvergeßliche,
wahre Szenen aus dem Leben
moderner junger Menschen
zwischen wilden Träumen
und Perspektivlosigkeit ein.
Kleine sarkastische Seitenhie-
be auf Institutionen wie die
«Hamburger Schule» inbe-
griffen.

Ray Loriga
Schlimmer geht's nicht *Roman*
(paperback 13999)

Justine Ettler
**Marilyns beinah tödlicher Trip
nach New York** *Roman*
(paperback 22350)
«Dieser Roman fordert den
Leser von Anfang an zu
seinem eigenen Vergnügen
heraus, stachelt und kitzelt
und verursacht Schwindelge-
fühle.» *The Sunday Age*

Will Self
Das Ende der Beziehung *Stories*
(paperback 22418)
Den Kultstatus, den Will Self
derzeit genießt, verdankt er
in erster Linie seinen Stories,
von denen der vorliegende
Band die bedeutendsten
versammelt.

Alberto Manguel
Eine Geschichte des Lesens
(paperback 22600)
«Gleichermaßen gelehrt wie
tiefsinnig und geistreich.
Eine wahre Schatzinsel, die
wahrscheinlich schon durch
den bloßen Erwerb klüger
macht … ein großes und
schönes Buch.» *Die Zeit*

Weitere Informationen in der
Rowohlt Revue oder im **Internet:**
www.rowohlt.de